強大吉

공인중개사의 성공시대

強大吉 공인중개사의 성공시대

초판 1쇄 발행 2025년 5월 25일

지은이 김철수
펴낸이 장길수
펴낸곳 지식과감성#
출판등록 제2012-000081호

주소 서울시 금천구 벚꽃로298 대륭포스트타워6차 1212호
전화 070-4651-3730~4
팩스 070-4325-7006
이메일 ksbookup@naver.com
홈페이지 www.knsbookup.com

ISBN 979-11-392-2600-3(03810)
값 19,000원

• 이 책의 판권은 지은이에게 있습니다.
• 이 책 내용의 전부 또는 일부를 재사용하려면 반드시 지은이의 서면 동의를 받아야 합니다.
• 잘못된 책은 구입하신 곳에서 바꾸어 드립니다.

지식과감성#
홈페이지 바로가기

小說
强大吉

공인중개사의 성공시대

强大吉의 끝없는 野望

부동산 실전 사례 300번 포함

김철수 지음

지식감성

이 책의 내용(국가명, 인명 및 기타 전부)은 허구이며, 픽션입니다.

목차

1. RECORD SHOP 경영하던 시절　　　　　7P
   (공인중개사 사무소 경영하기 전)

2. 공인중개사 사무소 경영하던 시절　　　21P
   (실전 사례 1~300번 포함)

3. 중개법인 등을 경영하던 시절　　　　269P

4. 정치 입문 후 끝없는 야망의 시절　　　273P

01

RECORD SHOP 경영하던 시절
(공인중개사 사무소 경영하기 전)

나는 몇 년 동안 한국 최고의 포장회사에서 영업, 무역 담당 상무로 근무했다. 그러던 중 거래처인 A식품 회사 대표(설인식, 100억 원의 부도를 내었음)와 가족 모두가 해외로 도피하여 책임을 지게 되면서 회사를 사직했다. RECORD SHOP(100평)을 산본신도시에서 개업하여 운영하던 어느 날 몇 개월을 꾸준히 오던 손님(김성숙)이 아침 일찍 오셔서 "저녁에 식사 대접을 해도 될까요?" 하며 묻길래 "그렇게 하시지요." 하고 약속을 잡았다. 먼저 자리를 잡고 앉아 있다가 얘기하는 중에 2년 전 남편(김성남 변호사)하고 합의 이혼을 했다고 하며, 자기 전남편은 2~3일에 한 번씩 술에 취해 들어와 문이라도 늦게 열어 주거나 말 한마디 잘못한다고 생각되면 행패를 부리기 일쑤여서 할 수 없이 합의 이혼을 했다고 한다. 그렇게 되어 위자료로 지금 자기가 살고 있는 60평 아파트와 5층 빌딩, 현금 40억 원을 받았다고 하였다. 변호사하고 결혼한다고 하니 집에서 빌딩, 아파트와 현금을 결혼 선물로 주었던 것을 돌려받은 것이다. 그런데 요새 미련이 남아서 그런지 재결합하자며 집으로 매일 찾아오는데, 죽일 수도 없고 아주 난감하다고 하였다. "경찰에 신고하세요!" 하니까 "유명 화가 겸 미대 교수가 매 맞고 살기가 무서워서 이혼했다고 하면 신문에 날 일이 아닌가요?" 하면서 눈물을 글썽거렸다. "외동이세요?" 하니까 고개를 끄덕이기에 "그놈이 왔을 때 내게 전화 주시면 가서 해결해 주겠습니다."라고 하니까 눈물을 흘리며 고맙다고 하였다. 그리고 나서 헤어져 집에 오니 전화로 그놈이 지금 와서 문을 두드리고, 별 난리를 다 친다고 했다. 택시를 타고 가니 그자가 서 있었다. 누구를 찾느냐고 물어보니, 당신하고는 상관없는 일이라고 말하길래 "여기 김성숙 씨가 내 약혼자인데 무슨 관계가 없다는 겁니까?"라고 했다. "아! 당신 때문에 기고만장하는구만!" 하면서 "야, 이 자식아, 너는 가만히 있어!"라고 하더니 주먹을 뻗길래 피하면서 낭심을 차 버렸다. 그가 아! 소리를 지르면서 고통 때문에 곧 죽을 것 같은 소리를 내었다. 손바닥으로 따귀를 몇 대 때리니까 조용해졌다. "너 이놈, 내 약혼자 한 번만 더 괴롭히면 죽을 줄 알아. 인마, 내가 폭력 전과 20범이야. 너 같은 놈은 소리 소문 없이 죽일 수 있어, 이 자식아. 여기 각서에 사인해!" 하니까 읽어 보더니 사인하고 돌려주었다. "너 그동안 김성숙 씨 괴롭힌 값으로 내일 이 계좌에 30억 원 송금해. 만약 내일 오전 중으로 송금 안 하면, 너 변호사니까 잘 알겠지. 너를 고소할 테니까 알아서 해."라고 하니까 "예, 알겠습니다." 하고 엉금엉금 기듯이 가 버렸다. 그렇게 하고 나니 문을 열고, 김성숙이 "수고하셨어요, 고맙습니다. 이 은혜를 어떻게 갚아야 할지 모르겠네요." 하며 "우선 시원하게 드세요."라면서 맥주 3병을 주거니 받거니 했다. 끝내고 나니, 술이 약한지 김성숙은 탁자에 머리를 대고 취해서 잠이 들고 말았다. 김 여사를 안방 침대 위에 눕히고 나는 거실 욕탕에서 문밖에 옷을 가지런히 벗어 놓고 1시간을 냉탕, 온탕으로 옮겨 가며 샤워하다가 욕조에 더운물을 받아 놓고 들어가 잤는데 깨어 보니 아침 6시였다. 집에 가 봐야겠다고 생각하고 옷을 다 입고 안방 문을 두드리니, 김 여사가 "예." 하면서 들어오라고 하였다. 김 여사도 안방 욕실에서 샤워를 하고 나온 모양이었다. 가시게요? 하길래 그렇다고 하니 "아침 식사는 하고 가세요. 어제 수고도 많이 하셨는데."라고 하여, 조금 있다가 김 여사가 음식을 차려 놓고 "맛있게 드세요!" 하길래 같이 즐겁게 식사를 하고, 커피까지 한 잔씩 하고 RECORD SHOP으로 출근하였다. 하루 종일 열심히 일했다. 그런데 주머니에 뭔가 잡히어서 보니 메모지에 '나 당신을 진심으로 사랑해요! 내가 SHOP에 5개월 동안 오며 가며 보았는데 당신같이 부지런하고, 건강하고 키도 큰(190cm) 사람은 세상에서 처음 봐요. 부디 나하고 결혼해 줘요. 당신은 아무 것도 갖고 오지 않아도 돼요. 내가 재산이 많으니까! 나도 정상적인 부부가 되어 아기 낳고 당신하고 행복하게 살고 싶어요. 나가면 잊어버리지 말고 전화해 줘요. 사랑하는 당신의 김성숙으로부터.'라고 적혀 있었다. 그렇지만 난 약 30일 동안 김 여사를 잊어버리고 바쁘게 보냈다. 그러다 퇴근 시간에 갑자기 김 여사가 생각나서 전화를 했더니, 김 여사가 바로 받더니 "왜 이제야 전화해요? 지금 올 수 있어요?" 하고 울면서 묻기에 "예." 하고 바로 갔다. 문을 열면서 김 여사가 "왜 이제 와? 내가 얼마나 기다렸는데, 내가 별생각을 다 했잖아. 이제 매일 와요. 그렇지 않으면 우리 집에서 같이 살아!" 하면서 눈물을 계속 흘렸다. 그리고 맛있는 음식을 차려서 함께 식사를 맛있게 하고, 샤워를 하고 나서 10시쯤 꿈속으로 들어갔다. 다음 날 깨어 보니 아침 8시기에 김 여사도 깨워서 같이 식사하고 나는 RECORD SHOP으로 출근했다. 그리고 며칠 지나서 전 직장에서부터 알고 지냈던 A국의 마리아가 입국하여 일을 끝내고 소공동 커피숍에서 만났다. "오랜만이에요! 왜 회사를 그만두셨어요?" 하고 물어서 "거래하던 회사 대표가 부도를 내고, 온 가족이 외국으로 도피해서 책임지고 그만두었어요."라고 하니 고개를 끄덕인다. 부산공장(포장회사)으로 가서 일을 보고 2일 후에 다시 온다고 하며 헤어졌다. 그리고 다음 날 회사 일로 전부터 알고 지냈던 JAP국의 포장회사 사장인 아야꼬가 와서 커피숍에서 오래간만에 만났다. 그리고 이튿날 나는 김성숙과 결혼하기로 합의했다. 혼인신고만 하기로 해서 행정복지센터에서 혼인신고하고 김성숙의 집에서 살게 되었다. 그리고 당일 RECORD SHOP으로 출근하여 하루 종일 일에 묻혀 있었다. 퇴근 시간이 되어 집으로(짐은 혼인신고 전날 다 옮겨 놓았음) 들어가니, 와이프가 오늘부터 1일이라고 하면서 좋아하였다.

다음 날부터는 RECORD SHOP 일에 더욱 열중하였다. 몇 주가 지나서 가끔 오시던 정은숙이라는 유명 음료 회사 여 사장이 테이프와 CD를 몇 장 사더니, 나한테 저녁에 시간 있냐고 물어보아, "예."라고 대답하고 만났다. 자기는 대표이사이고 나이는 29세, 독신주의자라고 말하면서 평생을 자유로운 영혼으로 살아가고 싶다고 하였다. 그러면서 정은숙이 식사를 같이하자고 하여 일식집에서 회를 시켰다. 소주 1병, 맥주 1병을 같이 마시면서 여러 가지 얘기를 나눴다. 자기는 학창 시절에 열렬한 연애를 했었는데 나와 외모, 행동, 목소리도 비슷한 애인이 교통사고로 사망하여 평생을 혼자 살기로 결심했다고 하였다. 내가 고개를 끄덕이자

"이 호텔에 예약을 해 놓았으니 내가 취하면 이 호텔방에 재워 주세요. 길에서 자면 안 되잖아요?" 그렇게 얘기를 하면서 정은숙이 갑자기 탁자에 이마를 붙이고 일어나질 못하였다.

그래서 정은숙을 안고서 E/V를 타고 1005호로 가서 침대에 눕히고, 메모지에 "정 여사님, 실례 많았습니다. 먼저 가겠습니다. 제게 실망하셨다면 용서해 주세요."라고 써 놓고 집으로 가니, 와이프가 깨어서 문을 열어 주며 "아이구, 우리 신랑 늦으셨네." 하면서 양복을 받아 걸어 놓았다. 같이 보양 차를 마시면서 와이프가 아기를 갖고 싶다고 하여 "그러면 당신이 먼저 샤워하고 침대에 누우세요."라고 말했다. 그러고 나서 나도 샤워하고 누워서 속으로 건강하고 예쁜 아기를 낳게 해 달라고 기도했다. 자다가 깨어 보니 아침 7시가 되어서 식사를 하고, RECORD SHOP으로 출근하여 우리 와이프와 앞으로 태어날 아기를 위해서 열심히 일을 했다.

그렇게 세월이 흐르는 동안, 와이프는 나의 건강을 위해 영양제를 하루도 안 빠지고 챙겨 주었다. 한 달 후 지난번에 만났던 정은숙(음료회사 사장, 교육학 박사)이 아침 일찍 RECORD SHOP으로 찾아왔다. 같은 건물 커피숍으로 옮겨서 한숨을 쉬며 얘기하는데, 자기 회사 경리부장이 회사 자금 30억 원을 가지고 사라졌다고 한다. 경찰에 신고하고 나니 생각나는 사람이 나밖에 없었다는 것이다. 관계 기관에 연락하여 우선 출국 금지부터 시켰다. 김 부장 관련 이력서를 자세히 보면서, 가족관계증명서도 보았는데 부모님이 지방에 살고 계셨다. 부모님께 전화를 해 보니 아버님이 전화를 받으시어, "○○회사에 근무하는 김 부장님 거기 계세요?" 하니까 어제 다녀갔다고 한다. "어디로 간다고 하던가요?"라고 물어보니 곧 돌아온다고 하면서 물건을 맡겨 놓고 갔다고 하며, 곧 돌아올 거라고 하기에 "지금 가겠습니다." 하고 지방으로 내려갔다. "저는 김 부장이 다니는 회사의 부사장인데요, 혹시 어제 별다른 얘기는 없었습니까?" 하고 물으니 "맡겨 놓은 것이 가방인데, 한번 보시겠습니까?" 하여 열어 보니, 돈뭉치가 들어 있어 정은숙 사장에게 전화하니 1시간 만에 경리 직원들과 함께 도착해서, 확인을 해 보니 30억 원이 그대로 있어서 부모님께 "아드님이 왜 이런 일을 벌였는지 모르겠습니까?"라고 물어보았다. 며느리와 손녀가 암을 앓고 있는데 손녀는 돈을 겨우 마련하여 입원시켰고, 며느리는 돈이 없어서 집에서 죽을 날만을 기다리고 있다고 했다. 정 사장이 한참 생각하더니 10억 원을 부모님께 드리면서 아드님과 통화되시면 용서해 줄 테니 회사에 나오도록 부탁드린다고 하며 일어났다. 어차피 경찰에 신고했으니 벌을 받겠지만 최소한의 처벌을 받게 해 드리겠다고 하고 서울로 올라왔다. 그날 저녁 정 사장이 식사를 하자고 하여, 일식집에서 회하고 청주를 시키며, 정 사장이 "대길 씨, 고마워요." 하고 인사를 하여, 고개를 끄덕이며 헤어져 집으로 돌아왔다.

그 후에는 일이 바빠서 RECORD SHOP과 집만 왔다 갔다 하면서 2개월이 지났다. 어느 날 회사 다닐 때 거래 관례로 잘 알고 지냈던 N은행 지점 차장(이성애, 31세)으로부터 전화가 와서, 점심 약속을 하고 만나니, 본인이 6개월 전 지점장으로 승진되어 N은행 지점장으로 발령이 나서 기분 좋게 일하고 있다고 한다. 그런데 차장 1명이(이승민) 지점장이 SOLO인 걸 알고 자기도 총각이라고 하면서 귀찮게 한 지가 한 달이 넘었다고 하며 허구한 날 집까지 와서 인터폰을 누르고 행패를 부린다고 하여, 저녁에 지점장님 집으로 갔다. 그 남자가 인터폰을 누르며 서 있어서 "무슨 일이시죠?" 하고 물었다. 본인이 애인인데 집에 있는 것 다 아는데 응답이 없다고 하여 내가 약혼자인데 무슨 일이냐고 물어보니, 그럴 리가 없다고 하면서 "내가 5개월 전부터 애인이었는데 무슨 약혼자입니까?" 하고 되물어 보기에 "내려가 조용한 곳에 가서 얘기합시다."라고 하니 따라 내려왔다. 한적한 어린이 놀이터로 가서, "내가 약혼자라고 하는데 무슨 말이야?"라고 하니까, "야! 나이도 어린 놈이 약혼자는 무슨 약혼자야?" 하면서 주먹을 쭉 뻗길래 피하면서 낭심을 걷어찼다. 아파서 별짓을 다 하길래 손바닥으로 따귀를 때리니 쭉 뻗어 버렸다. 경비실로 가서 1012호에 전화하여 지점장님에게 물 반통과 플래시, 카메라를 가지고 내려오라고 하니 쏜살같이 내려와 물을 그의 얼굴에 부었다. 남자가 일어나서 무릎을 꿇고 미안하다면서 다시는 오지 않겠다고, 용서해 달라고 빌기에, "각서에 사인해!" 하고 주니까 보더니 각서에 사인했다. "너 이번 주에 무슨 수를 써서라도 다른 지점으로 가! 만약 못 갈 것 같으면 은행을 사직해! 가 봐!" 하니까 억지로 일어나서 절뚝거리며 가 버렸다. 지점장님이 올라가자고 하여 함께 갔다. 나는 "저 샤워하겠습니다." 하고 20분 동안 하고 나와서 옷을 입고 집으로 돌아갔다.

한 달이 금방 지나갔다. 어느 날 안애리 변호사로부터 전화가 와서 점심을 같이 하게 되었다. 다 죽어 가는 사람 모양이 되어서 "왜 그러세요?"라고 하니까 남편이 허구한 날 바람을 피우고, 2~3일에 한 번씩은 술을 먹고 들어와서 살짝 기분이 나빠도 두들겨 팬다는 것이다. 그러곤 이튿날에는 항상 미안하다고 한단다. 남편의 직업은 운송회사 대표라고 하며 12시 전에는 들어온다고 했다. "내가 같이 가서 기다릴게요." 하니 좋다고 해서 밤늦게 집으로 찾아갔다. 거실에 앉아서 차를 마시고 있는데 남편이 술에 취해 비틀거리며 들어왔다. 안 변호사가 "지금 오세요?" 하며 같이 들어오는데 남편과 눈이 마주쳤다. "이 사람 누구야?" 하고 남편이 물으니 안 변호사가 "5촌 동생인데 서울에 오래간만에 와 병원에서 진찰하고, 내일 결과를 보러 갈 거예요." 하니까 "그래?" 하고는 "차라리 모텔을 얻어 주지?"라며 소리를 지르며, 함께 안방으로 들어가서 한참 다툼이 일어났다. 안 변호사가 "나 죽네!" 하며 다 죽어 가는 소리를 내며 뛰어나오기에 "누님! 내 뒤에 서 있어요!"라고 말하자, 남편이 "야! 네 누나 내놔." 하면서 나를 제치려고 하길래, 밀쳐 내니, 남편은 비틀거리며 주저앉아 "남의 부부 싸움에 왜 끼어 들어?" 하고 흔들거리며 일어났다. 손을 올리기에 그 손을 비틀어 버리고 발로 나를 차길래 피하면서 아예 낭심을 걷어차 버렸다. "어이구." 하면서 별 난리를 치길래 양 볼을 2번 손바닥으로 때렸더니 바닥에 쓰러졌다. 욕탕에 데리고 가서 냉수를 뿌리니 정신이 들었는지, 주저앉아서 멍하니 쳐다보기에 "누님에게 들었는데 화만 나면 누님을 괴롭힌다며? 너는 내 손에 죽어야 돼. 나 살인으로 10년 살다가 12월에 특사로 빵에서 나왔어! 너 내 손에 죽지 않으려면 네 잘못을 누님께 빌고, 너에게 맞고 산 3년 치 맷값 30억 원과 네가 살고 있는 아파트를 누님에게 주어서 이혼하고, 누님 안 보이는 곳에서 살아! 그리고 이 각서에 사인해!" 하고 주니 받자마자 떨면서 사인을 해 주었다. "이혼 신청서에 도장 찍어." 하고 내미니 도장을 찍어 주었다. "내일 아침에 이혼 신청서 제출해." 그렇게 하여 이혼하고 친구인 김사라 변호사 사무실에 가서 아파트와 현금 30억 원을 받고 헤어졌다.

이튿날 오후에 안 변호사가 전화를 해서 저녁 약속을 하고 만나게 되었다. 일식집에서 회에 청하를 마시는데 안 변호사가 "당신 같은 사람과 하루만 살다가 죽어도 여한이 없겠다."라고 하길래 "누님, 저는 결혼했습니다."라고 말하자 그녀가 한숨을 쉬며 소주 1병을 더 시켜, 주거니 받거니 하면서 "누님, 그동안 고생 많이 하셨어요. 그러니 좋은 사람 만나서 잘 살아요!" 하니까 고개를 끄덕이며 고맙다고 하며 헤어졌다.

내가 운영하는 RECORD SHOP은 싸게 팔고 친절하다는 소문이 나서 장사가 아주 잘되어 점포를 늘릴까 하는 생각도 하게 되었다. 바쁘게 지내던 어느 날 직원이 전화가 왔다고 하여 받아보니 이비인후과 정지나 과장이 만나자고 한다. 약속 장소에 나가 보니 많이 야위어서, "무슨 일 있어?"라고 물으니 6개월 전에 속아서 약혼을 했는데, 파혼을 해 주지 않아서 죽겠다는 것이다. 약혼자가 사기꾼(김상식)이고, 카바레 춤쟁이라며 파혼하라는 여자들이 5명은 된다고 하였다. 그자가 대학교수에 변호사라고 한 것은 사기인데, 파혼하려면 20억 원을 내라고 한다는 것이다.

나는 "그럼 지금 그놈하고 사람이 별로 안 다니는 곳에서 만나자고 약속해!"라고 말하며, 약속 장소로 나가 보니 그놈이 먼저 와 있었다. 나만 차에서 내려 "우리 동생 정지나하고 약혼한 사람이야?"라고 물었다. 남자가 고개를 끄덕이며 "누구십니까?" 하고 묻길래 "5촌 오빠"라고 답했다. "무슨 일이세요?" 하고 물어보길래 "당신 이력이 전부 가짜인 데다 파혼하려면 20억 원을 내라고 했다면서?" 하고 따지니 아니라고 잡아떼는 것이다. 그가 "뭐 이런 놈이 다 있어?" 하며 2단 앞차기로 달려들었다. 살짝 피하면서 낭심을 걷어찼는데 그의 비명소리에 이어 내 귀에서 피가 흘러내렸다. 잘못했으면 내가 당할 뻔했다. 그놈은 고통을 못 참고, 별 짓을 다 하기에 손바닥으로 뺨을 몇 차례 때리고 나니 조용해졌다. 멀뚱해져서 쳐다보기에 "너, 그만 맞고 파혼할래?" 하니까 바로 "예, 파혼하겠습니다."라고 하여, 그러면 "약혼반지하고 약혼 시계 내놓고 각서에 사인해!"라고 하니까 사인을 해 줬다. "내일 오전에 네가 저지른 죄에 대한 벌금으로 이 통장에 10억 원을 송금해! 그렇지 않으면 내 동생들 시켜서 정신차리게 해줄테니까! 그러면 다 끝나는 거야, 이 자식아!" 하니, 얼굴이 새하얘지면서 땀까지 흘리는 것이다. "형님, 살려 주십시오! 하라는 대로 다 하겠습니다."라고 사정을 해서 해결해 주고 헤어져 집으로 돌아왔다. 그리고 SHOP에서 열심히 일하다 보니 한 달이 훌쩍 지나갔다.

얼마 후 정지나의 친구인 정나래(안과 과장)에게서 전화가 왔는데 좀 도와주시면 고맙겠다고 하는 것이다. 어떤 환자가 눈병이 나서 치료해 주어, 열흘 만에 완쾌되었는데 그동안 나에게 반했는지 결혼하자고 조른다는 것이다. 하도 졸라서 한번 데이트해 주며 음료수를 나누어 마셨는데 무슨 약을 섞었는지 정신을 잃고 호텔방에서 강간을 당했다고 했다.

다음 날에 또 강제로 강간을 당했다고 하며 이제는 외모도, 말하는 것도 싫어서 만나지 말자고 했는데도 계속 스토킹을 하며, 허구한 날 쫓아다닌다는 것이다. "언제 그자를 만날 수 있어요?"라고 물으니 매일 집으로 오니까 집에 가면 만날 수 있다고 했다. 그날 저녁 집으로 같이 가서 기다리고 있으니, 밤 9시쯤 되어 인터폰이 울렸다. 그녀(정나래)가 인터폰을 확인하더니 그 자식이라고 하길래 문을 열고 나가서 "누구십니까?" 하고 물었다. 문동준이라고 하기에 나는 약혼자라고 했더니 "약혼자 좋아하네. 내가 여길 몇 달 와 보았는데 당신은 처음 봐." 하며 나를 쏘아보

앉다.

"내가 외국에 1년 정도 있다가 와서 못 본 모양인데 약혼자는 맞아." 하고 말하니 "먼저 찌른 사람이 임자 아니야?"라고 하는 것이다. "이 자식아!, 강간한 것도 먼지 찌른 거냐?" 하고 말하니 그놈이 "뭐, 이런 게 다 있어?" 하며 주먹을 뻗었다. 나는 주먹을 피하면서 낭심을 차 버렸더니, 그놈이 "윽!" 하고 아파서 어쩔 줄을 모르길래 "야! 너 또 계속 스토킹할 거야?"라고 하니까 고개를 저었다. 각서를 주면서 "사인해!"라고 하니 사인을 해 주었다. 그리고 "강간죄, 정신적 피해를 준 죄 등에 대한 위자료로 내일 오전에 30억 원을 이 통장으로 쏴!" 하면서 통장번호를 주었더니, 그러자 그놈은 "예, 넣겠습니다." 하며 다리를 질질 끌면서 가 버렸다.

집 안에서 모든 것을 다 들은 모양인지 그녀가 문을 열면서 들어오라고 하며, "수고 많으셨어요! 이 은혜를 어떻게 갚지요? 우선 좀 드세요!" 하며 맥주와 안주를 내놓았다. 고맙다는 얘기를 몇 번 듣고 "무슨 일이 있으면 전화하세요." 하고 집으로 돌아왔다. 또 즐거운 일상이 시작되어 SHOP에서 열심히 일하다 보니 한 달이나 지나고 있었다.

어느 날 신문을 보니, 광고란에 10월 중순경 공인중개사 시험이 있다는 광고를 보고, 광고를 한 일등학원으로 가서 등록(저녁반)하고 집으로 가니 와이프가 임신 3개월이라고 했다. 와이프에게 축하한다고 하면서 "우리 2세와 당신을 위해 중개사 학원에 다녀서 평생 써먹을 자격증을 딸 거야."라고 하니까 고개를 끄덕이며, "당신 몸 상할까 봐 걱정돼요." 하며 여러 가지 건강 얘기를 하다가 꿈나라로 여행을 떠났다.

다음 날부터 학원에서 열심히 수강했다. 시험이 6개월 남았기에 열심히 공부해서 모의고사를 매월 1등을 했다. 얼마 후 일요일에 모 고등학교에서 시험을 봤는데, 전부 아는 문제여서 거침없이 정답을 찍어 내려갔다. 시험이 끝나고 학원에 가서 답을 맞춰 보니 만점이었다. 원장님이 따로 불러 금일봉을 주시어 강대길이 "고맙습니다."라고 인사를 하자 원장님이 저녁을 사주겠다고 하여 같이 일식집에 가서 회를 안주로 시키고 청주와 맥주를 마시면서, 이주나 원장이 본인의 이력을 얘기를 하는데, 현재 35세이며, 이혼녀이고, 아기는 없다고 한다. 키는 175cm라고 하며, 남편은 대학교수였는데 술에 취해 오면 몸이 약한 것에 자격지심이 있어서 그런지 사람을 괴롭혔다고 한다. 골치가 너무 아파서 이혼하자고 합의 보고, 살고 있는 아파트와 현금 10억 원을 받으며 합의 이혼을 하게 됐다고 하였다.

자신도 대학원 박사과정을 수료하고 법학 박사가 되었다고 하며, 대학 강사를 하다가 이혼을 하고, 학원을 차렸다고 했다. 자기의 인생 내력을 얘기하다 보니 끝이 없어서 "오늘은 일찍 가야 하니 다음에 전화드리겠습니다. 오늘 신세 많이 졌습니다." 하고 헤어져서 집으로 갔다. 와이프에게 "시험 만점 맞았어요." 하니까 "여보, 대길 씨, 아주 좋아요, 참 잘했어요." 하며 기뻐해 주었다.

다음 날부터 또 RECORD SHOP에서 더욱 열심히 영업을 하였다. 나는 경제학 석사를 마치고 1년 후에 RECORD SHOP이 자리가 잡혀서 낮에 몇 시간씩 시간을 쪼개, 일주일에 3번씩 ○○대학교 대학원 경제학 박사 과정에 다니게 되었다. 학생은 6명이었는데 나만 빼고 전부 여학생이었다. 하루는 한 학생(이성순)이 나하고 같이 학교에서 나오게 되었는데, 그녀는 여상을 나와 회사 경리로 일하면서 야간 대학교와 대학원을 졸업하고, 현재 박사과정에 다니게 되었으며, 희망은 경제학 교수라고 하였다. 자기는 6년을 연애했는데, 신랑 집안의 반대로 그 남자가 변심하여 좋은 집안의 규수와 결혼했으며, 그 후로는 결혼을 안 하기로 결심했다고 한다. 나는 "집에서 와이프가 생일날이어서 빨리 오기를 기다리고 있고, 이성순 씨는 항상 만날 수 있으니까 약속을 정하여 다시 개인적으로 만나시지요!" 하고 헤어져서 집으로 돌아왔다.

나는 열심히 공부하고, 박사학위 논문도 잘 써서 2년 후에 경제학 박사학위를 받았다.

02

공인중개사 사무소 경영하던 시절
(실전 사례 1~300번 포함)

나는 전부터 알고 지내던 모든 지인들에게 전화로 부동산 공인중개사 사무소의 개업을 알려 드리고 앞으로 많이 이용해 달라며 인사를 하고 사무소를 시작하였다.

 안양에 약 50평 정도의 사무실을 임차하여 보조원 3명을 두고 일을 시작했으며, 안양 시내에 있는 모든 사무소에 인사를 하고 명함을 교환하였다(이때 명함 3만 장을 인쇄해 놓았다).
 그리고 각 동별로 집집마다 방문하여 명함을 주고 우편함에도 넣으면서 만안구 전체에 5개월 정도 걸려서 다 돌렸다.
 개업 후 1일 1계약식으로 계약서를 써 나갔다. 하여튼 1년에 365개 이상의 계약서를 썼다. 왜냐면 공동중개도 하면서, 매매, 임대차도 가리지 않고 했기 때문에 많은 계약을 할 수 있었다. 1주일에 한 번씩 직원들과 와이프와 같이 회식을 하였다. 그러나 술은 마시지 않았다. 그렇게 바쁘게 1년이 지나갔다. 직원이 3명이 있으니 나, 직원들은 더욱 적극적으로 활동하게 되어 지역 신문(교차로, 벼룩시장, 가로수)에 각각 하루 몇 건씩 게재되도록 적극적으로 PR하였다. 그 결과 1일 1계약 이상의 실적을 올리게 되어, 계속 수입이 좋아지게 되었다. 그리고 텐과 포스 등 인터넷 광고 업체에도 가입하여 광고의 범위를 넓혔다.

 공인중개사도 법원에 등록하고, 일정 금액을 선납하면 경매를 할 수 있도록 규정이 바뀌어 공개적으로 활동하게 되었다.
 그렇게 하여 경매 전문가를 뽑아서 경매를 적극적으로 하게 되었고, 직원들은 집에 가지고 가는 봉투가 갈수록 두툼하게 되어 더 활동적이고 적극적으로 일하게 되었다.
 와이프는 항상 갖가지 영양제를 찾아 열심히 챙겨 주었으며, 나는 그 덕분인지 날이 갈수록 신체가 더욱 좋아지고, 건강도 더욱 좋아졌으며, 나의 꿈도 더욱 커졌다.
 나는 중개법인을 설립하기 위해 관련 법률을 참고하여 법인으로 전환했을 경우, 더 습득해야 할 지식을 쌓기 시작했다.
 이때 당시 정부는 약 5년간의 경상수지 적자가 계속되어 외환보유고가 계속 줄어들었고, 1997년 말경에는 IMF의 지원금을 받는 유사 이래 최대의 외환위기가 터졌으며, 은행 대출이자는 연 25% 이상까지도 되었다. 라디오, TV에서는 매일 몇 명이 자살했다는 뉴스들이 계속 나왔고 20대 재벌 중 13개 재벌이 부도가 나서 해체되는 등 경제가 아주 어려워졌다.

어느 날 신문을 보니 S전자 보통주(종가 기준)의 주당 가격이 기록적으로 대폭 하락했다는 기사가 있었다. 나는 증권 투자를 하지 않은 데다 증권에는 문외한이었지만 S전자가 무너지면 나라가 망할 것이라는 생각이 들어서, 와이프와 나는 증권회사에 가서 각자의 이름으로 계좌를 개설하여 S전자 주식을 각자 40만 주씩을 매입하여 김성숙 40만 주, 강대길 40만 주씩을 가지게 되었다. 그 후 나와 와이프는 주식에 투자한 것을 머릿속에서 지우고 와이프는 미대교수와 화가로서 정진하고, 나는 부동산 중개법인을 설립하기 위해 만반의 준비를 하게 되었다. 공인중개사가 되기 전 직장 생활을 할 때, 서울 K동에 1천만 원으로 기와집을 매입하고, 재개발이 되어 그 후, 32평 아파트를 소유하게 되었다. 또한 N대통령 시절에는 46평 아파트를 약 9천만 원에 매입하게 되었다. 그리고 지금은 중개사 업무에만 집중하여 돈을 버는 대로 은행에 고금리로(정기예금 등) 현금 10억 정도의 여유자금을 가지게 되었다.

건강은 내가 조심하여 365일을 운동하고 있고, 우리 와이프는 아들 쌍둥이를 낳아서 잘 키우며 살고 있다.

실전 사례 1~300번

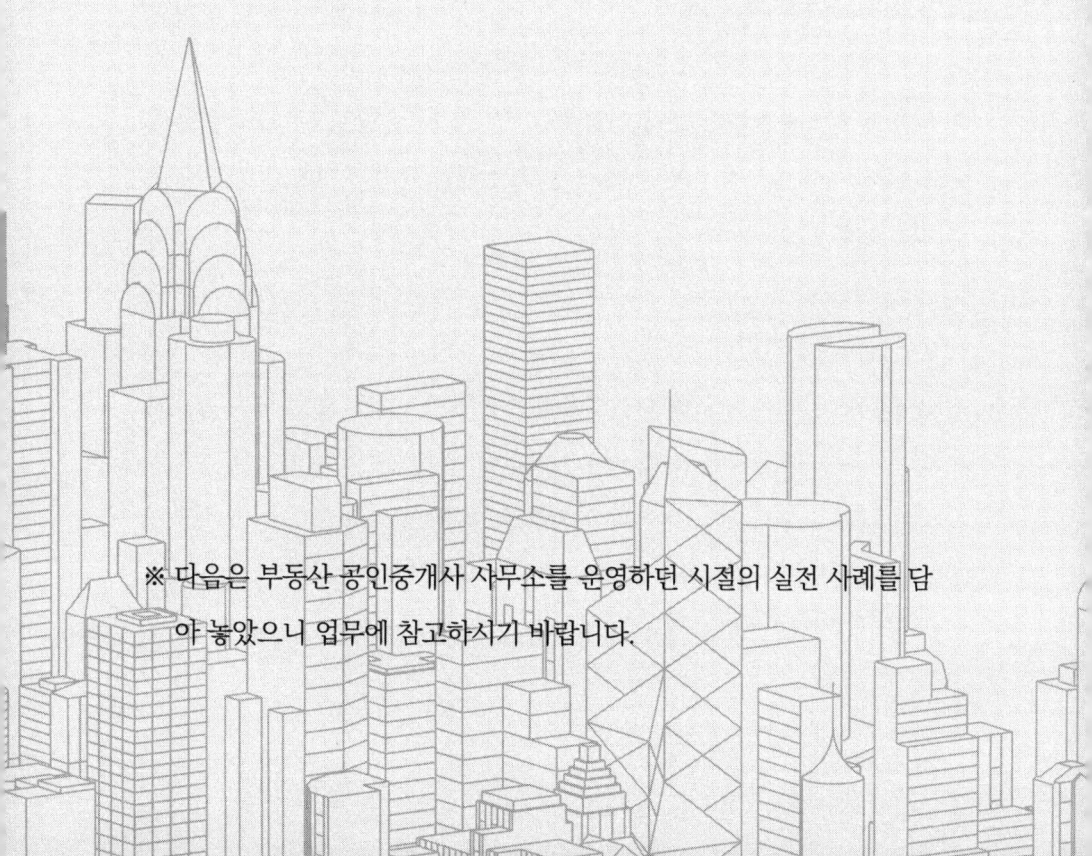

※ 다음은 부동산 공인중개사 사무소를 운영하던 시절의 실전 사례를 담아 놓았으니 업무에 참고하시기 바랍니다.

〈실전 사례 1번〉

　개업 초기 아파트 36평형을 중개하여 매매계약을 했는데, 매수인은 60세 정도의 남자 손님이었다. 계약 후 7일이 지난 어느 날, 매도인이 사정이 생겨서 그러니 해약을 하자고 전화가 왔었다.

　왜냐고 물으니 개인 사정상 부득이 해약을 하겠다고 하여 일단 매수인에게 자초지종을 설명하였다. 그랬더니 다음 날 매수인이 아들의 사법고시 합격증과 주민등록등본을 가지고 와서 내 아들이 현직 검사인데 만약 계약 이행이 안 되면 중개사와 매도인을 고소하겠다고, 악을 쓰며 문을 열고 나가 버렸다.

　매도인에게 그 상황을 즉시 통보하고 변호사에게 자문을 받아 보니 공인중개사는 아무런 잘못이 없으니 걱정하지 말라고 하였다. 일을 정상적으로 수습하라고 따로 조언을 주어, 그렇게 하였다. 얼마 후 매도인이 자신의 문제가 풀렸는지 계약 이행을 하겠다고 하여 안양 1번가 농협은행에 함께 가서 법무사 직원을 불러 놓고, 잔금을 무사히 마치고 양쪽 수수료를 받고 끝냈다.

〈실전 사례 2번〉

　산본에 있는 큰 병원의 물리치료사와 간호사가 결혼을 하게 되었는데 본인들은 근무해야 하기 때문에 어머니에게 8천만 원 전세로 방 2개를 얻어 달라고 부탁했다. 어머니가 부동산 중개사무소에 와서는 보증금 1천만 원에 월세 60만 원으로 계약서를 써 달라고 하여 써 주었더니 어머니가 아들이 준 7천만 원을 혼자 챙겼다. 차후에 문제가 발생할 것 같아

신랑에게 그 얘기를 했는데, 며칠 동안 여러 가지 사연은 있었지만 문제 없이 해결되었다.

〈실전 사례 3번〉

안양9동에 있는 아파트 23평이 1억 7천5백만 원에 매매가 되었는데, 다음 달 초에 한국은행 기준금리를 인하한다고 정부에서 발표하는 바람에 잔금도 하기 전부터 가격이 오르기 시작하여, 잔금 날에는 2억 5천만 원까지 오른 적이 있었다. 그 매도인은 한국은행에서 발표하는 기준금리가 인하된다는 소식을 모르고 매도했던 것이다. 지금은 시세가 더 올라서 4억 2천만 원에 거래되고 있는데, 그 매도인에게 미안하게 생각한다.

〈실전 사례 4번〉

개업 후 첫 번째 계약 시 제일 필요했던 지식을 몰라서 친구인 중개사에게 물어봐 알게 된 특약 사항이 있다. 지금 처음 개업하시는 분들은 다 알고 있을(나는 개업 초에 몰랐음) 사항들을 적었다.

1) 현 시설 상태에서 매매(임대차)한다.
2) 제세공과금은 잔금일 기준으로 정산한다.
3) 계약서에 없는 사항은 관련법 및 관련 규정에 따른다.
4) 임대인에게 임차인이(애완동물이 있는 경우에는) 미리 얘기하여, 특약 사항에 꼭 적어 놔야 한다.

⟨실전 사례 5번⟩

　가난한 개척교회의 중년 남자(자칭 지방교회 장로)가 찾아왔다. 5년 전에 지인인 사업가에게 50억 원을 빌려주었는데, 그동안 이자도 안 주고, 원금을 갚지도 않아서 고민하던 중, 이번에 다행히 50억 원(원금)을 받았다고 하였다. 그는 못 받을 것으로 생각하고 있었는데, 하나님의 은혜로 받게 되었다고 생각한다면서 힘든 개척교회에 도움을 주고 싶다고 하였다. 그런데 이 교회가 힘들게 운영하는 것 같아서 안양2동에 있는 상가주택(매매 예상가 38억 원)을 매입하여 이 교회에 증여하고 싶다고 하니 해당 목사님은 깜짝 놀라면서, 고맙다고 그 장로에게 감사 인사를 하였다.

　해당 건물은 일주일 후 매매계약을 하자고 시간을 정하여 우리 사무소에서 만나기로 약속했는데, 10분 전까지도 온다고 통화한 그자가 오지를 않아서 계약을 못 했다. 2시간을 더 기다렸지만 결국은 오지 않아 나는 매도인에게 욕만 먹고, 개척교회 목사는 그동안 가짜 장로에게 접대비와 용돈으로 500만 원을 허비했다고 하며 힘없이 사라졌다. 나중에 확인해 보니 교회는 문을 닫고 다른 곳으로 이사 갔다고 하였다.

⟨실전 사례 6번⟩

　안양4동에서 빌라형 다가구 주택 102호를 1억 2천만 원에 전세 계약을 했고, 잔금은 30일 후인 일요일에 만나서 드리기로 했다. 시간 맞춰 임차인과 이삿짐이 도착했는데 잔금 중 6천만 원이 부족했다. 월요일에 갖다주겠다며 이삿짐을 내리게 해 달라고 하니 난감하여 임대인에게 좀 봐줄 수 없겠느냐고 부탁을 하였다. 그러나 중개사가 책임진다는 각서를 써 주면 이사를 해도 좋다고 하는데, 수수료 조금 받고 6천만 원을 책임질 수가 없어 임차인에게 안 된다고 했다. 월요일에 잔금을 가져오라고 하며 돌려보냈으나 월요일 밤까지도 아무 연락 없이 임차인이 오지 않아서 계약 이행도 안 되고 수수료도 한 푼 받지 못했다.

〈실전 사례 7번〉

　비가 종일 오던 날, 2주 전부터 방을 얻으려고 왔던 손님이 다섯 군데에 비를 맞으며, 원룸 월세방을 보러 다니다가 마지막으로 본 원룸이 좋다고 했다. 타 공인중개사와 공동중개로 그곳 중개사가 열심히 계약서를 작성하고 있는데 임차하려는 손님이 "혹시 신발장 있나요?"라고 물었다. 임대인이 없다고 했더니 갑자기 임차인이 계약을 안 하겠다고 하며 일어나는 것이다. 할 수 없이 나와서 50m 정도 가고 있는데, 그 중개사무소에서 전화가 와서 한 군데를 더 보았으나 임차인이 싫다고 하여 그냥 헤어지고 말았다. 신발장 때문에(값이 약 5~10만 원) 계약을 못 하게 된 임대인이나 임차인을 이해하기 힘든 하루였다.

〈실전 사례 8번〉

　빌라는 보통 준공하기 얼마 전이나, 준공 후 분양하는 등 종류가 다양한데, 준공 검사 전 매매계약을 하게 되었다. 그래서 아주 세밀히 하기 위해 3층으로 올라가서 왼쪽 301호와 오른쪽 302호 사진을 찍고 빌라업자에게 재삼 확인을 받아서 매매계약을 하였다. 30일이 지난 후 잔금을 하러 올라갔을 때, 내가 계약한 301호 마크가 오른쪽에 붙어 있고 실제로 계약한 문 앞에는 302호 마크가 붙어 있었다. 매수인과 내가 빌라업자에게 따지면서 "왼쪽 빌라를 301호로 바꾸지 않으면, 사기 혐의로 경찰에 고발하겠다."라고 말하고, 다음 날 다시 찾아가 보니 왼쪽에 301호 번호표가 붙어 있었다. 당연히 건축물 대장에도 301호가 왼쪽에 있는 것으로 바뀌어 있었다. 그래서 신축빌라를 계약할 때는 필히 호수와 함께 빌라를 사진 찍어 오는 습관이 생겼다.

〈실전 사례 9번〉

한여름에 비가 많이 오던 날, 젊은 청년이 투룸 전세(8천만 원)를 얻겠다고 왔다. 일곱 군데를 보여 주며 옷이 다 젖었는데, 청년이 마음에 드는 곳이 없다며 수고하셨다는 말도 없이 도망가듯 뛰어가는 것이다. 너무 화가 나서 그 청년을 골목으로 끌고 들어가 약 30분간 훈계를 하면서 행동으로도 질타하여 예의범절을 가르쳐 주었다.

〈실전 사례 10번〉

보증금 5백만 원/월세 40만 원에 방 2개 있는 깨끗한 곳으로 얻기로 하여 3주 동안에 열 군데를 보여 주었는데, 그중 마음에 드는 곳이 한 군데 있어서 계약을 하려고 했다. 그런데 임대인이 2층 테라스에서 물이 새서 2층에 사는 세입자를 1층으로 이사하게 하고, 2층 테라스를 고치기 때문에 1층은 세를 못 놓고, 2층을 세놓겠다 말하고는 더 이상 말도 없이 가 버렸다.

그다음 주, 임대인 측 중개사가 전화로 임대인이 마음이 변하여 1층을 계약하겠다고 한다며 임차인을 데리고 오라고 하여 계약을 하였다. 20일 후 잔금 하루 전날 임대인 측 중개사가 나에게 전화하여, 그 건이 해약되었다고 말했다. 황당해서 왜 그렇게 되었냐고 물어보니 임차인이 어제 와서 자기 비용으로 입주 청소(청소비 10만 원) 하는데 벌레가 몇 마리 나오니까 기겁을 하며 해약해 달라고 했다는 것이다. 황당해서 내가 임차인에게 내용증명을 보내서 법적으로 처리하겠다고 하자, 잠시 후 임차인이 전화로 똑같은 얘기를 하기에 법적으로 처리하겠다고 하자 수수료를 드리겠다며 이해해 달라고 부탁하여 중개 수수료만 받고 해약을 인정해 주었다.

〈실전 사례 11번〉

안양2동 상가주택이 40억 원에 매물로 나왔는데 45년 된 건물이고, 3층의 주택은 건축물대장에 근린생활시설로 기재되어 있었다. 내가 2년 전에 전세 계약을 할 때, 중개대상물 확인서에 실수로 주거용으로 적어 놨는데 건설회사에서 본 건물을 주인과 직접 협의하여 구매하게 되었다. 문제는 내가 그 건물 1층 공인중개사 사무소 계약 기간이 1년 이상 남았는데 매수자인 A건설 회사 측에서 다음 달까지 비워 달라고 하는 것이다. 내가 거절하였더니 2년 전에 썼던 계약서를 매도인으로부터 받아 와선 근린생활시설을 주거용으로 적어 놓았다고, 내달 말까지 사무소를 옮기지 않으면 구청에 신고하여 몇 개월 영업정지 조치를 나오게 할 것이라고 협박하는 것이다. 할 수 없이 2개월 월세만 면제받는 것으로 하고 사무실을 비워 준 적이 있다.

〈실전 사례 12번〉

안양2동에 40억 원 정도의 상가주택이 있었는데 건물주가 그 건물을 나하고 A중개사 두 군데에 매물로 내놨다. 또한 매수인도 나하고 A중개사 두 곳에 부탁을 했는데, 며칠 후 매도인과 매수인이 나의 사무소로 와서 매매계약을 했다. 60일 후 잔금을 하고, 양쪽으로부터 중개 수수료까지 받고 끝났으나 A중개사는 자기 물건과 자기 손님을 내가 가로챈 것으로 오해하였다. 얼마 시간이 지난 후 내가 만나자고 하여 해명을 하고 무마한 적이 있었다.

〈실전 사례 13번〉

안양5동의 B중개사가 공동중개 하자고 하여 30억 원에 내놓은 매물(다가구주택)을 보여 주었다. 그러나 그때는 계약 성립이 안되어 다른 손님을 보여주고 마음에 든다면 공동중개 하기로 했다. 그런데 B중개사가 나에게는 말도 없이 다른 손님과 계약을 했는데, 같은 동네의 C중개사가 나에게 귀띔을 해 주어서 찾아가 수수료를 받을 수 있었다. 다신 그 중개사와는 거래를 안 하게 되었다.

그 후 그 건이 동네에 소문이 나면서 B중개사는 외톨이가 되었고 결국 어쩔 수 없이 다른 곳으로 사무소를 옮기게 되었다.

〈실전 사례 14번〉

안양2동에 있는 건물 2층에 복싱클럽을 임차하게 되었다. 집주인이 자기가 잘 아는 인테리어 업자를 선정해서 쓰라고 나에게 문자를 보냈다고 하는데 나는 보질 못했다. 그러니 복싱클럽 대표도 당연히 모르고 자기가 데리고 온 업자에게 일을 맡기려고 했는데, 결국에는 건물주가 계약을 안 하겠다고 해서 월세계약을 못한 적이 있다.

⟨실전 사례 15번⟩

안양3동에 올 상가 건물이 있었다. 매수인을 소개해 주는 사람이 자칭 매수인의 사촌 오빠라고 하는데(내가 보기에는 사회에서 만난 사이인 것 같았다), 매매계약을 하기 전에 나에게 잠깐 보자고 했다. 나가 보니 매수인 수수료를 자기에게 달라고 하는 것이다. 계약을 못 할까 봐 불안해서 매도인 수수료만 받는 조건으로 계약을 하고 매수인 수수료는 못 받고 말았다. 그때 생각을 하면 지금도 별로 기분이 좋지 않다.

⟨실전 사례 16번⟩

안양5동에 있는 아파트 25평을 매수 손님이 보여 달라고 하여 아파트 주인과 미리 약속한 시간에 갔더니 가정모임(종교)을 하고 있었다. 여주인이(지병으로 뇌전증이 있다는 사실을 나는 모르고 있었음) 갑자기 발작을 일으켜서 나와 손님이 놀라 더 이상 보지 못하고 나갔다. 없었던 일로 하고, 다른 25평을 소개하겠다고 하니 더는 보기 싫다고 하여 잡지도 못하고 돌려보낸 적이 있다.

⟨실전 사례 17번⟩

잘 아는 동료 중개사가 오전 11시에 안양5동 36평 아파트 매물이 있느냐고 문의했다. 있다고 하니까 저녁 6시에 자기 잘 아는 단골손님이 현물을 보고 매매계약을 한다고 하여 만나기로 약속하였다. 오후 1시경 젊은 매수 손님이 똑같은 36평 매물을 문의하기에 이미 약속이 되어 있으니 미안하다고 나중에 매물이 나오면 연락을 해 주겠다고 했다. 그 손님은 만약 저녁 6시에 계약이 안 되면 연락을 달라고 신신당부를 하고 갔다. 그러나 저녁 6시에 약속한 대로 공동중개 계약을 하게 되어 나중에 왔던 손님에게는 오전에 약속했던 대로 계약이 성사되었다고 통보하고 끝냈다. 그러나 양타를 못한 것이 머릿속에서 지워지지 않는 것은 어찌할 수 없었다.

〈실전 사례 18번〉

안양3동 아파트 상가에서 중개사 업무를 하던 어느 날, 사무소에 자주 놀러 오시던(26평 로얄 층 거주자) 분이 자신의 26평 아파트를 팔고 33평 아파트로 차액 부담 없이 갈아탔으면 좋겠다고 하며, 나에게 부탁하였다. 연구해 보겠다고 하고 약 1개월이 지난 뒤 마침 33평 저층 아파트가 급매로 1억 2천5백만 원에 나와서 26평에 살고 있던 그분에게 보여 드렸더니 좋다고 했다. 때마침 26평을 상기와 같은 금액으로 매수하겠다는 손님이 있어서 시간을 맞추어 매매계약을 한 적이 있는데 그 후에 아파트 주민들 사이에 내가 능력이 있다고 소문이 돌아 중개 업무를 아주 잘할 수 있었다.

〈실전 사례 19번〉

안양6동에 있는 주택매매를 위해 매도인 집을 저녁 늦게 방문했다. 가격 협의 후에 매매 약속을 하고 일어나려고 하는데 다른 중개사(밤늦게 조용하여 전화 목소리가 다 들렸음)가 가격을 1천만 원 올려 주겠다고 하는 것이다. 그래서 나와의 약속은 그 자리에서 깨지고 돌아온 경우가 있는데 그때 누가 전화했는지는 알고 있었다. 그러나 왜 남의 다 된 일에 끼어들어서 망치느냐고 따지고, 싸우기가 싫어서 그만두었다(그때 밖에 나와 그 내용을 손님에게 전화로 얘기했는데, 그 손님이 1천만 원을 더 주고 살 수 있겠냐고 물으니 단호하게 그렇게는 못 하겠다고 하였다). 다음 날, 확인해 보니 4억 1천만 원에 다른 중개사가 계약을 하여 속이 상했다.

나는 매매계약이나, 상가 임대차 계약 시에 양 당사자에게 잔금이 끝나도 가능하면 다른 사람에게 말하지 말라고 하는데도 누설되어 계약 전이나 계약 후에도 말썽이 생기는 경우가 가끔 있다. 특히 권리금이 붙어 있는 상가 임대차 계약의 경우에(건물주들이 권리금을 수수하여 옮겨 가는 상인들을 굉장히 싫어하기 때문에) 건물주들이 알면 말썽이 생기는 경우도 있어서, 소문 없이 비밀리에 처리하는 경우가 많다.

〈실전 사례 20번〉

안양3동에 지하 1층, 지상 4층의 올 상가 빌딩이 50억 원에 매물로 나왔다. 매매계약을 추진하여 45억 원에 매수인 측과 계약을 하기로 합의해 계약 날짜까지(매도인과 매수인도 합의) 정해서 기다리고 있었다. 그런데 느닷없이 매도인이 A중개사는 50억 원을 받아 준다고 했다면서 50억 원에 매매 합의가 안 되면 나와 계약을 안 하겠다고 통보가 왔다. 어쩔 수 없이 우리 측 매수인에게 매도인이 다른 매수인(A중개사)으로부터 50억 원에 계약을 하겠다고 제의가 왔다고 "50억 원에 계약하시면 안 되겠습니까?" 하고 요청하니까 매수인이 단번에 계약을 안 하겠다고 하였다. 그것은 A중개사가 매수 손님도 없이 매물이 안 팔리도록 중간에 머리를 써서, 매도인을 회유했던 것 같다.

그렇게 되어 계약하려던 매수인도 포기했고, 매도인은 더 받으려고 기다리다 결국 그 건물은 5년이 지나도록 안 팔리고 있다.

금액이 어느 정도 고가인 매물은 한번 손님이 지나가면, "딱, 이거다." 하는 손님이 없는 이상 매매하는 데 시간이 많이 걸린다.

〈실전 사례 21번〉

안양6동의 큰 종교 건물 건너편으로 약 20m 들어가면 중개사무소(중개사는 30대 초반의 기혼 여성)가 있다. 30대 중반의 남자가 바로 입주할 수 있는 투룸(보증금 1천만 원에 월세 50만 원)을 얻고자 하여, 마침 한 집이 있어서 보여 주었다고 한다. 손님은 그 집이 마음에 든다며 계약을 하자고 하며 나오는데, 그 여성 중개사가 소변이 급하여 그 집 욕실에서 급히 소변을 보고 있다가 손님이 덮쳐서 강간을 당하여, 중개사가 반항하니 손님이 그 중개사를 살인한 사건이 발생하였다. 몇 년 전에 발생한 사건으로 매스컴에 크게 보도된 일이 있었다. 공인중개사 관련 부서에서는 이 사실을 심각하게 생각하고 여성 중개사가 혼자서 남성 손님을 안내할 때에는 특별히 조심하라는 공문을 각 중개사무소에 발송하고, 주의를 준 적이 있다.

〈실전 사례 22번〉

아파트값이 별로 안 움직이고 손님도 많이 없을 때, 아는 분이 안양3동 오래된 B아파트 26평을 전세 1억 2천만 원을 끼고 1억 3천만 원에 매입한 뒤 1년 후 1억 6천만 원으로 매도하여 약 3천만 원의 차익을 본 적이 있다. 흔한 경우는 아니지만 자세히 들여다보고 연구해 보면 발생하는 경우가 가끔 있다.

〈실전 사례 23번〉

　안양5동에서 중개 사무소를 할 때, 사무소를 옮기겠다고 하여 잘 아는 B중개사무소에 중개를 해 달라고 부탁을 한 적이 있다. 권리금은 B중개사가 판단하여 적당한 가격을 받아달라고 했는데 마침 임자가 있어서 권리금을 받고 사무실을 옮긴 적이 있다.
　권리금을 받을 때는 좋았지만, 사무소를 다른 곳으로 이전하고 나서 새로운 사무실을 운영하려고 하니 잘 안되고 힘이 들었다. 그 뒤로 중개사분들을 만나면 좋다고 생각되는 곳에서 은퇴할 때까지 계속 한자리에서 운영하는 것이 더 좋다고 권유하곤 한다.

〈실전 사례 24번〉

　한번은 여성 무속인이 와서 큰 투룸을 월세로 얻어 달라고 하였다. 얻어서 조용히 점만 보고, 굿은 안 한다고 하였다.
　나는 물건이 없어서 이웃의 중개사에게 공동중개를 하자고 하여 적당한 곳을 보여 주고 공동중개를 했다. 그 여성 무속인이 하는 말이 자기는 10년 전에 안양의 3대 미인이었다고 하였다.
　무속인이 되기 전에는 일반 주부로 애들과 남편하고 화목하게 살았는데, 신기를 받아서 가출하여 떠돌아다니고 있다고 하였다.
　대개 임대인들이 무속인에게 임대하는 것을 무척 싫어하는 경우가 많다. 임대인들은 점집이 시끄럽고, 여러 손님들이 다녀서 집이 더러워지고, 건물이 낡아진다고 하여 싫다고 한다. 또 세를 들어가면, 이런저런 일로 다투는 경우도 많다고 한다. 게다가 무속인이 세를 살고 있으면 다른 방을 세놓는 데도 장애가 많이 생기고, 일반적으로 자기가 사는 집에 빨간 깃발이 날리고 있으면 아주 싫어하는 사람이 많아서 다른 분이 세 들어 오래 사는 경우도 많지 않다고 한다.

〈실전 사례 25번〉

안양5동에 아주 오래 운영하고 있는 목욕탕이 있는데, 대지가 약 300평에 건물은 약 400평이었다. 동네에 잘 아는 중개사가 같이 공동중개를 하자고 하여 40억 원에 매매계약을 했다. 잔금도 잘 처리하고, 중개 수수료도 받고 끝났다. 그런데 목욕탕 주변에 있는 중개사가 나에게 찾아와서 "전에 형님에게 내가 같이하자고 하여 목욕탕을 보여 준 적이 있는데, 모릅니까?" 하면서 수수료를 달라고 하는 것이다. 험악하게 생긴 업자 3명과 같이 와서 별소리를 다 하길래 "나는 그 목욕탕에 동생하고 같이 들어가 본 적이 없으니, 마음대로 해!" 하니까 나를 죽일 듯이 쳐다보면서 내 앞으로 다가왔다. 나름대로 노려보며 싸움하기 일보 직전에 같이 온 일행들이 뜯어말려서 끝난 적이 있다. 가끔 수수료가 많이 나오는 물건은 경쟁자가 많기 때문에 서로가 욕심이 생겨 주먹다짐을 하는 경우도 있다.

〈실전 사례 26번〉

안양동에 주상복합 아파트가 있는데 2층의 근린생활시설에 무단으로 아파트 시설을 해 놓았다. 이건 불법건축물인데 괜찮으냐고 물어보니 임대인이 책임질 테니 전세를 놓아 달라고 하였다. 그래서 임대차 계약서를 작성했는데 임대인이 지방에 있어서 내가 지방으로 가서 계약서 및 계약금 영수증에 도장을 받고, 임대인, 임차인 둘 다 불법건축물이라는 것을 알고 계약했다는 것을 임대차 계약서 특약사항에 기재까지 하여 계약을 했다.

그리고 2년이 지나서 1년 넘게 임차인을 구하고 있으나 아직도 임차인을 못 구하고 있다. 월세이면 모를까 전세이니 거금을 떼일 수도 있다고 생각하여 계약이 안 되는 것 같다.

〈실전 사례 27번〉

안양5동 동사무소 인근에 매가 35억 원의 상가주택이 있었는데, 매수인이 30억 원이면 매수를 한다고 하여 매도인 측 C부동산 중개사와 같이 가서 자세히 보여 주었다. 그러나 집주인이 외국에 나가 있다는 이유로 귀국하면 계약할 수 있다고 하였다.

시간이 지나다 보니 1년이 되었다. 부동산은 1년 전 새로 사무실을 이전 개업한 중개인이었는데 1년이 지나자 소문도 없이 다른 곳으로 이전해 버렸다. 그러던 어느 날, 길에서 매수인을 만났는데 어떻게 되어 가느냐고 물어보니 6개월 전에 C부동산과 매매계약을 하고 1개월이 지나서 잔금을 했다는 것이다. 바로 그 중개사를 수소문하여 만나서 따지니 중개 수수료는 받았으나 내 마음은 별로 편하지가 않았다.

〈실전 사례 28번〉

안양9동에 있는 E중개사에서 한 손님이 투룸(반지하)을 월세 계약했다. 며칠 뒤 잔금을 하고 입주했는데 하필 장마철이라 다음 날 비가 많이 내려 반지하방에 물이 차 버렸다. 임차인이 놀라서 한밤중에 중개사에게 전화하여 어떻게 조치를 해 달라고 했다. 중개사는 동사무소에서 양수기를 빌려 와 밤이 새도록 물을 빼 주었다고 한다. 반지하는 무조건 매매, 임대차를 안 하는 게 상책이라고 생각한다.

〈실전 사례 29번〉

　사무실 창업 초기에 PR을 하기 위해 명함 3만 장을 제작하여 출퇴근 하면서 각 아파트, 빌라, 다가구, 상가 등의 우편함에 넣어 놓고, 사람들에게도 주고 다녔다. 이로 인하여 만안구 내에서 몇 년이 지난 후에도 연락이 와 중개한 사례도 있다. PR은 아무리 많이 해도 부족하지 않다는 생각을 가지게 되었다. 휴무일은 1년에 3일(구정 1일, 신정 1일, 추석 1일)만 빼고 항상 근무했었는데 시간이 흐르면서 부동산 모임 등에서 매월 첫째 주 토요일과, 일요일, 국경일 등에 휴무하는 규정이 생겨서 휴무일에는 근무를 안 하고 있다. 그런데 직장 근무하는 사람들은 휴무일에 집을 보러 다녀야 하는데 문을 여는 곳이 없으니 애로 사항이 많다고 하는 사람들이 많이 있다.

〈실전 사례 30번〉

　X건설 부회장이 군대 동기였는데 그 부회장과 아주 친한 동기가 있었다. 그 친구에게 부탁하여 아파트 부지를 준비해 대지 1만 평을 관련 서류와 함께 전부 제출하였다. 몇 달을 기다렸으나 좋은 소식이 없어서 그와 친한 동기생도 나에게 미안하게 생각했으나 몇 차례 만난 후에는 포기하기로 하였다. 각 중개사 사무소에는 ○○회사 대표, 전무, 부장, 과장의 명함을 가지고 다니는 분들이 땅이 있느냐고 문의하시는데 대부분 중개사무소에서는 이분들이 오는 것을 별로 환영하지 않는 경우가 많다.
　특히 아파트 부지를 구하는 분은 더욱 싫어하는 경우가 많은데 선배 중개사의 말을 빌리면 아파트 부지를 구하려 하는 시간에 각종 부동산의 매매, 전월세를 계약하는 것이 훨씬 실속이 있다고 한다. 왜냐하면 건설

회사에는 부동산(토지, 임야 등) 구매 담당이 있고 담당 부서가 따로 있는데, 우리 같은 규모의 중개업자의 경우에는 거의 중개를 할 수가 없다는 것이다.

〈실전 사례 31번〉

가끔 중개사무소에 이웃이나 친구들이 놀러 오면 1년에 큰 거 한두 번 하면 1~2년은 먹고사는 것 아니냐고 묻는다. 그런데 잘 생각해 보면 1월부터 12월까지 누가, 언제 계약한다는 보장이 없으니 말하기 좋아하는 사람들이 하는 얘기로 흘려들으면 된다. 그러나 한편으로는 계속 노력하다 보면 1년에 큰 부동산 한 건 정도는 할 수 있지 않을까란 생각도 해 보게 된다.

〈실전 사례 32번〉

친한 중개사가 주 업무로 아파트 및 나대지 매매를 하는데 나대지에는 지상 건물이 없기 때문에 표지판을 만들어 놓기 전에는 아주 가끔 실수하는 경우가 있다. 한번은 지방 땅을 매매하는데 경기도 A시 B동 주택과 빌라용 택지가 몇 개 매물로 나왔다. 695-10번지 택지를 매매계약하기로 한 매수인에게 엉뚱하게 바로 옆 땅 695-11번지를 지적하며 땅 5천 평을 매매계약을 맺었다. 지상물도 없고 표시해 놓은 것도 없으니, 헷갈려서 바로 옆 땅을 계약한 것이다. 약 5억 원의 땅을 잘못 계약하여 그 땅 때문에 몇 년을 고생했다.

⟨실전 사례 33번⟩

　안양5동에 약 40년 된 아파트가 있었다(몇 년 후 재건축으로 인하여 다 철거되고 새 아파트가 재건축되었음). 300가구 중 대지 지분 없는 아파트는 중개하지 않았는데, 다른 중개사들은 지분이 없는 것을 아는지 모르는지 중개하여 매매계약을 했다. 나중에 알고 보니 재건축 과정에서는 지분이 있든 없든 차별 없이 취급되는 것을 보고 "아차! 내가 잘못했나?"란 생각을 했었다. 오래된 아파트나 빌라의 경우에는 가끔 대지 지분이 없는 것도 있으니 주의를 기울여 재건축 시 다른 취급을 받게 되는 것 아닌가 확인하고 중개하길 바란다.

⟨실전 사례 34번⟩

　안양4동 B아파트 재건축의 경우 주민들이 이사 가기 전부터 재건축 착공하기 전까지 약 6개월~1년 6개월의 이사 기간을 정하여 주민들에게 여유 시간을 준다. 그러나 전부 다 이사할 때까지 남아서 살고 있는 경우가 가끔 있는데 갈 곳이 마땅치 않기 때문일 것이라 생각한다. 그중 한 가족이 있었는데 남편은 다리에 장애가 있고(직장을 못 다님), 부인이 직장을 다니며 딸과 함께 세 가족이 살고 있었다. 약 6개월이 더 지나서 이사를 가게 되었는데 나에게 찾아와 투룸을 아주 싼값에 월세로 얻어 달라고 했다. 내 자신은 반지하를 싫어함에도 그 손님에게 괜찮으냐고 물어 안양3동에 있는 반지하 투룸을 월세로 얻어 주었다. 그런데 중학생 딸과 남편이 부인을 대하는 태도가 남편은 가정관리사 대하듯 하고, 딸마저 정말 싸가지 없이 대하는 것을 보고는 내 마음이 많이 상했다. 그 이후, 안양9동에 있는 근로복지회관에서 컴퓨터를 공부할 기회가 있어서 잠깐 다녔는데, 그때 우연히 그 아주머니를 보게 되었다. 정신이 나간 것인지 앞만 보고 감정 표현도 없이 출퇴근하는 것을 가끔 보면서 계속 마음이 좋지 않았다. 근로복지관에서도 막일을 하는 것 같았다. 저렇게 사는 사람도 있구나 하고 마음이 아팠던 적이 있다.

〈실전 사례 35번〉

안양3동 아파트 26평을 매매하게 되어 매도인과 매수인을 동행해 현장 체크를 하고 매매계약을 하게 되었다. 2개월 후 우리 사무소에서 잔금을 하고 양쪽에서 수수료를 받고 끝났다. 그러고 나서 기분 좋게 사무실에 있는데, 매수인이 잔금 30분 후 급히 아파트로 와 보라고 하여 갔더니 문짝마다 쇠꼬챙이 같은 것으로 찍은 듯 너덜너덜하게 되어 있었다. 그래서 매도인에게 달려가서 따지니 자기들은 원래 그런 상태였다고 우기며 나를 내쫓아 버렸다. 할 수 없이 매수인에게 가서 수수료 받은 것을 전부 다 돌려주고 몇 번이고 미안하다고 사과하여 해결했는데, 잔금 전에 미리 현장을 가 보았더라면 이런 일은 없었을 것이다.

나는 다음 날 방 3개와 화장실 문짝이 망가진 것을 전부 사진 찍고 내용증명서에 첨부하여 전 주인에게 손해배상을 하도록 등기속달로 보냈다. 만약 배상을 안 할 경우 법적으로 처리하겠다고 강경하게(만약 해결이 안 되면 사기와 재물손괴죄로 고소하겠다고 하였다) 나갔다. 그 후 적당한 금액과 사과를 받고 그 일을 끝냈다.

〈실전 사례 36번〉

　안산시에서 안산의 개업중개사와 공동중개 하기로 했다. 법무사 사무소 과장과 매수인, 매도인과 안산의 개업중개사와 나까지 사무소로 가서 적당한 가격에 매수하기로 했는데, 건축물 대장 오른쪽 상단에 위법 건축물이라고 적혀 있던 걸(이것은 법무사 과장이 지적함) 그냥 지나칠 뻔했다 알게 되었다. 그래서 논의 끝에 가격을 재조정하여 다시 쓰고, 매매계약을 하게 되었다.

〈실전 사례 37번〉

　강원도에서 평생을 장사만 하시다가 안양에 이사하러 오신 할머니에게 안양5동의 아파트(36평)를 보여 드리고, 협의 끝에 매매계약을 하게 되었다. 1개월 후 잔금까지 무사히 마치고 중개 수수료를 받았다. 할머니는 원래 흥도 많으시고 산에 가는 것을 좋아해서 매일 수리산을 다니셨으며 나의 중개사무소에도 자주 들러서 인생 사는 얘기를 많이 해 주었다. 약 6개월이 지난 어느 날, 아파트 25평을 추가로 구매하시겠다고 하셔서 매매를 해 드렸다. 아들이 39세였는데 장가를 아직 못 가서 결혼하면 며느리와 손자 등이 속 편하게 살라면서 25평으로 혼자 옮겨서 사셨다. 약 2개월 후 아들이 결혼하고 1년 후에 손자를 얻어 할머니는 여한이 없다고 즐거워하며 잘 사셨다. 어느 날, 할머니가 오셔서 47평 아파트를 사 달라고 하셔서 매수해 드렸는데, 아들네 가족들과 합가하게 되었다고 한다. 기존 사시던 25평과 36평 아파트는 매매해 드렸는데, 약 6개월 후 할머니가 사무실로 와선 울면서 하소연을 하셨다. 그동안 며느리와 살면서의 고통을 말씀하시면서, 한 달 전에는 며느리가 손자를 데리고 가출해 버렸다고 하셨다. 결국 할머니가 며느리와 아들로부터 배신을 당한 것이라고 아파트의 이웃들이 수군거리고, 나도 그렇게 생각하고 있다. 요즘도 가끔 그 할머니가 생각나곤 한다.

〈실전 사례 38번〉

안양3동에서 5동 사이에 2억 원 정도로 거의 신축에 가까운 빌라를 사려는 매수자가 있었다. 방 3개, 화장실 2개, 큰 거실이 있는 전용 15평 이상인 것을 찾았는데 마침 안양5동에 비슷한 물건이 있다고 하여 매수인과 같이 실물을 체크하러 갔다. 그런데 문을 열면 바로 싱크대가 보이는 게 싫다고 해서 나왔는데 매도인 측 중개사가 2억 1천만 원까지 해 준다고 하여 생각해 보고 다음 날 다시 오든지 하겠다고 하며 돌아갔다. 이튿날, 매수인이 다시 한번 가 보겠다고 하여 그 집을 다시 자세히 보고 나왔다. 매수인이 "2억이면 하겠습니다."라고 하니 즉시 매도인 측 중개사가 매도인과 협의하여 그렇게 하자면서 "내일 와서 계약을 하겠다."라고 한다. 다음 날 약속 시간에 갔더니 매수인이 1억 9천만 원에 해 주시면 지금 계약하겠으니 할인해 달라고 하니 매도인과 중개사는 얼굴색이 변하여 일어나서 계약을 못 하고 돌아왔다. 나는 매수인이 왜 이렇게까지 깎아 달라는 건지 이해가 가지 않았으나 끝까지 참기로 하였다. 다음 날 매수인이 와서 어떻게 됐느냐 묻기에, 하기 싫은 걸 참고 매도인에게 전화를 했더니 모든 돈 문제가 해결되어서 안 팔겠다고 하였다. 그래서 매수인에게 그대로 얘기하자 그럼 다른 빌라를 보자고 하여 안양3동에 있는 매매가 2억 9천만 원 하는 빌라를 보러 갔다. 안양5동 것과 사이즈는 거의 같았다. 매수인은 또 2억 8천만 원으로 깎아 달라고 해서 집주인에게 말했더니 안 된다고 하면서 주위의 다른 빌라는 3억 원에 팔렸다고 했다. 매수인에게 그렇게 전하니 알았다고 하며 갔는데 다음 날 2억 9천만 원에 계약을 하자고 하였다. 나는 속으로 '이건 무슨 스토리야?' 하면서 매도인에게 오라고 연락하니 30분이나 지난 후에 왔다. 그렇게 해서 2억 9천만 원에 계약하고 2개월 후 잔금을 치르고 수수료도 다 받고 완결하였다.

〈실전 사례 39번〉

얼마 전, 안양에 있는 지하상가 중 점포 1개를 보증금 1천만 원/월 150만 원에 계약을 해 주었는데 점포를 임차한 부부가 복권방을 하면서 간단한 일용품도 놓고 잘 팔았다. 복권 판매가 잘되어서 나도 가끔 가서 팔아 주기도 했는데 그럴 때마다 아주머니가 "당첨되세요." 하면서 미소를 지으면서 기분 좋게 말을 하고 항상 웃는 얼굴로 대하다 보니 날이 갈수록 친절하다고 소문이 나서 계속 매출이 늘어나는 것 같았다. 그래서 임차계약해 준 나도 기분이 좋아서 가끔씩 들러서 인사를 하고 복권을 구매하였다. 그런데 어느 날, 아주머니가 안 보여서 "아직 안 나오셨나 봐요?" 하고 물으니 폐렴으로 입원하였다고 하였다. 다음 날 복권방에 갔더니 문이 닫혀 있어서 나는 내가 너무 일찍 나와서 그런가 싶어 조금 있으면 문을 열겠지 생각하고, 퇴근길에 가 보았는데도 문이 닫혀 있었다. 그렇게 시간이 흘러 2개월 정도 후에는 아예 문을 닫아 버렸다. 아마 폐렴으로 오랫동안 입원해 있거나, 안 좋은 일이 발생한 것으로 판단하게 되었다. 나는 속으로 점포를 개업하려면, 건강검진 정도는 해 보고 장사를 해야 되겠구나 하고 생각해 보았다.

⟨실전 사례 40번⟩

　빌라를 1억 원 미만으로 방 2개 있는 것을 매입하겠다는 매수인이 찾아와서 공동중개 하겠다는 생각으로 이웃 중개사의 물건을 보여 주었다. 매매계약은 9천만 원에 하고 잔금은 1개월 후에 하기로 했다. 잔금 하는 날에 매도인 중개사무소에서 하기로 하고 법무사 실장을 대동하고 가서 마무리를 하고 중개 수수료를 받기로 했는데 매수인이 내 얼굴을 빤히 쳐다보더니, 10만 원 수표를 던져 주다시피 하고 뛰어서 길 건너로 도망갔다. 어이가 없어서 보고 있으려니 이구동성으로 빨리 쫓아가서 수수료를 다 받으라고 말들을 하였으나 나는 쫓아가지 않고 내용증명을 보내기로 하였다. 내용은 법적 수수료를 안 주면 법대로 하겠다는 것이었다. 3일 후 은행통장으로 수수료 차액을 보내 주어서 마무리지었다.

　※ 오래된 중개사인 친구의 말에 의하면 중개상에 문제가 발생한 경우, 빨리 해결하거나, 잊어버리고 다른 일을 열심히 하는 것이 더 낫다고 한다.

⟨실전 사례 41번⟩

　X건설회사가 안양에 약 5천 평의 토지를 구매하여 오피스텔 및 상가를 건설하기 위해 2년간 정성을 들여 99% 이상의 토지를 매입했으나, 약 50평 정도의 대지에 3층 건물을 가지고 있는 소유자가 마지막까지 버티어 결국은 평당 약 5배를 더 주고 매매했다는 소문을 들었다. 그런 와중에 사도 20평이 또 매매를 안 하고 마지막까지 버티고 있었는데 5명의 명의로 되어 있어서 소유주를 찾기도 힘든 가운데 어렵게 찾았으

나 가격이 맞지 않아서 두 달간의 협상 끝에 결국은 매도인 대표가 있는 안산 오이도에 가서 매매계약과 동시에 잔금을 하였다. 그리하여 현재의 큰 건물이 준공되어서 안양 시장 인근이 깨끗이 개발되었다.

〈실전 사례 42번〉

안양에 있는 회사에서 강당을 신축하기 위하여 계획을 세우고 추진해 가던 중 출입문으로 계획하고 있는 곳에 다가구주택(대 60평, 건물 60평)이 있었는데, 이것을 매입하지 않으면, 건축을 못 할 형편이 되어 있었다. 회사 측에서 하다 하다 안 되니까, 총무부장이 개인적으로 부탁하여 나와 친한 중개사와 같이 주인을 찾아가서 설득을 하여, 결국 7개월 만에 매매계약을 했는데 고생은 고생대로 하고 시간은 시간대로 보냈으나 보람은 있었다.

〈실전 사례 43번〉

안양9동에 투룸을 월세로 사는 분이 그곳이 만기가 되어 다른 곳으로 옮겨 가자고 하여 안양9동의 중개사와 공동중개로 다른 주택으로 월세계약을 해 드리고 잔금을 하고 입주시켜 드렸는데, 그분이 알코올중독자인지는 몰랐다. 그분이 이사 와서 몇 달 후 병원에 다니다가 돌아가셨다(알코올중독 관련 병이 악화되어서 돌아가셨다고 함). 임대인과 임대인 측 중개사가 나한테 왜 그런 환자를 소개했냐고 따져서 당황한 적이 있다. 그 후에 손님을 소개할 때는 우선 환자인지 여부를 파악한 후에 중개를 하는 버릇이 생겼다.

〈실전 사례 44번〉

 가끔 월세 사시는 분 중, 집에서 돌아가시는 분이 계신데 잘 아는 분이 다가구주택을 소유하고 있었다. 반지하를 다른 중개사가 중개하여 입주하고 얼마 동안 사시다가 홀로 방에서 돌아가셨는데 약 7일이 지나서야 발견되었다. 냄새가 심하게 나서 방문을 열어 놓고 20일 정도를 냄새 제거하는 약도 놓고 하여 겨우 냄새를 제거했다고 한다. 그래서 임대인들도 가끔 여러 가지 고충이 있다고 들었다. 요즘은 75세 이상이며 병세가 있는 독거노인이면 임대를 안 하는 경우가 많다.

〈실전 사례 45번〉

 IMF 위기 때 은행의 지점장으로 퇴직하여 중개사무소를 경영하는 분이 계셨는데, 그의 부인은 생활력이 강하여 유치원이나 학원버스를 운행하여 가정생활에 보태었다. 그런데 이 중개사는(내 생각에는 지점장 시절이 잊혀지지 않는 분 같았다) 사무실에서 점심때나 저녁때만 되면 소주를 마셨고, 보조원이 한 분 있었는데 이분이 일을 거의 다 하는 것 같았다. 나한테 중개사무소를 권리금을 받아 넘겨 달라고 하며 의뢰했는데 허구한 날 술을 마시니 술값도 잘 안 나오는 것 같았다.

 한 달 뒤, 사무소를 다른 중개사에게 넘겨주었는데 지금은 소식이 끊어져서 무엇을 하고 지내는지는 모른다. 은행이나 관직에서 어느 정도 수준의 자리에 있었던 분들이 사무소 운영을 잘 못한다는 소문도 있다. 말 좋아하는 분들의 얘기로는 항상 갑의 입장에서 일을 하다가 을의 입장에서 영업을 하려고 하니 심적으로 어려웠을 것이라는 말을 소문으로 가끔 들었다.

〈실전 사례 46번〉

　안양동에서 A중개사가 사기를 치고 도망갔다는 소문을 들었는데 나하고 잘 아는 중개사였다. 사고 나기 10일 전 나하고 안양동의 투룸 월세방을 공동중개 한 적이 있다. 나는 사기범인지도 모르고, 공동중개를 하고 깔끔하게 잔금까지 처리한 적이 있다. 그런데 내가 안양동의 그 중개사에게 볼일이 있어서 가려고 전화를 하니까 나한테 오겠다고 하여 기다리고 있는데 갑자기 형사 2명이 들이닥치더니 그 중개사 이름을 대면서 "이 사람 알고 계십니까?" 하고 묻길래 알고 있다고 하니, "사무실이 어디냐? 사무실 전화번호가 어떻게 되느냐?"라고 물어서 그대로 얘기를 해 주고 있는 사이 그 중개사는 아무것도 모르고 약속한 대로 나의 사무소로 들어왔다. 형사가 얼굴을 보더니 "○○○ 씨죠?" 하면서 달려들어 수갑을 채우고 데려가 버렸다. 나중에 알고 보니, 지방에서 다가구주택을 가지고 있었는데 보증금을 떼어먹고 도망친 수배자라고 하였다. 순간적으로 나는 운이 좋았다고 생각했다. 그 후로는 전혀 나타나지도 않고 그의 사무소에는 사기로 돈을 잃어버린 사람들만 왔다 갔다 한다는 소문을 들었다.

〈실전 사례 47번〉

　안양4동에 큰 오피스텔 건물이 있었는데 굴지의 건설회사가 건축하여 인기였다. 한 여성이 21평을 1억 원에 전세 계약을 했는데 애인이 자신의 자금으로 그 여성 명의로 얻어 준 것 같았다. 잔금을 하고 잊어버렸는데, 나의 사무소로 그녀의 남자친구가 찾아왔다. 이 여성이 모 금융회사에 전세계약서를 저당 잡히고 5천만 원을 차용했다는 것이다. 그래서 두 사람의 문제인 것 같은데 어떤 일로 찾아오셨냐고 하니까 사실 확인을 하러 왔다는 것이다. 그래서 나는 잔금 이후로는 그녀를 본 적도 없고, 그 이상은 아무것도 모른다고 하였더니 둘이 말다툼을 하면서 나가 버렸다. 이렇게 남자의 어리숙한 마음을 이용하여 사기 치는 여성도 가끔 있다.

〈실전 사례 48번〉

경기도 이천에 있는 땅을 어린이 유치원 여성 원장이 남편과 상의도 없이 우리 중개사 사무소 보조원(내 친구의 부인으로, 근무한 지 두 달 정도 되었음)과 광명시에 있는 B부동산 중개사와 알게 되어 이천에서 다 같이 임야 매매계약을 하게 되었다. 매매 가격이 3억 원인데 계약금을 매도인에게 5백만 원을 주고 계약을 하고 왔다. 그런데 계약서에 부동산 업자란을 보니, A컨설팅 대표 ○○○와 전화번호, 주소를 적어서 도장을 찍고 공동중개업자인 B부동산은 제대로 된 주소, 상호, 중개사 이름과 인장을 찍어서 가지고 왔다. 그렇게 지나갈 수도 있었지만, 원장 남편이 "이 땅을 왜 샀느냐? 이천에서 거주할 것도 아니고, 농사지을 것도 아니고, 돈이 남아도느냐?" 하면서 부인을 질책하다가 남편이 잘 아는 부동산 중개사무소에 가서 계약서를 보여 주니, "뭐 이런 계약서가 있어? 컨설팅 업자가 왜 계약서에 이름을 쓰고 계약했느냐?"라면서 당장 해약해 오라고 하며 부인(원장)을 나무랐다. 그래서 내가 보조원에게 광명시 B부동산 대표하고, 매수인(원장)과 같이 가서 해약해 오라고 하며, 컨설팅 대표에게 전화로 "왜 부동산 업자란에 당신 이름을 쓰느냐?"라고 물으니, "나는 행정사인데 쓰면 안 되냐?"라고 되레 따졌다. 그래서 공인중개사법 위반으로 처벌받지 않으려면 우리 직원과 B공인중개사 대표, 매수인을 다 보냈으니, 매도인을 찾아서 계약금 500만 원을 회수해 보내라고 하여 일을 수습한 적이 있다.

〈실전 사례 49번〉

　어느 노부부가 우리 사무소에 와서 빌라 매입을 하고 싶다고 하였다. 그래서 안양9동에 있는 A중개사 사무소와 공동중개를 하기로 하고 빌라를 보여 주니 좋다고 하여 계약금 500만 원으로 계약을 했는데, 노부부가 25평 생활형 숙박시설(일명, 생숙이라고 함)을 3억 원에 신혼부부와 매매계약을 하고 계약금 5백만 원을 받았다고 한다. 생숙은 주차장도 별 규제를 안 받고, 매수자 입장에서는 월세든, 전세든 세를 놓고 사는 데 좋다고 소문이 나 있다고 한다. 단, 금융기관에서 생숙은 융자받는 것이 어렵다고 알려져 있어서 중개사무소에서는 생숙 매매 하는 것을 원하지 않고 있는 곳이 많다고 한다. 그런데 생숙을 매입한(계약금 5백만 원만 낸 상태임) 신혼부부가 금융기관에 융자 관계를 상담해 보니, 잘 안되었던 것 같았다. 그래서 그 신혼부부는 노부부(생숙 매도인)에게 계약금을 돌려 달라고 하니, 그 노부부는 9동의 A중개사에게 그 얘기를 하고, 빌라 매도인에게 사정 얘기를 하여 해약하고 5백만 원 계약금을 그 신혼부부에게 되돌려주고 끝을 냈는데, 그 이후 노부부는 아직도 매매가 안 되어 그 생숙에 그대로 살고 있다.

〈실전 사례 50번〉

　하루는 사무소 앞에서 수리산으로 등산하기 위해 오고 가는 사람들을 무심히 보고 있는데 전에 회사 다닐 때 동생처럼 친하게 지내던 부장(최종남)이 지나가기에 반가워서 "오랜만이야!" 하고 아는 체를 하니 놀라면서 반갑다고 인사를 하며 "선배님, 부동산 하세요?" 하고 물어봐서 그렇다고 하니, 이천에 자기가 상속받은 조상 땅이 있다고 하면서 팔아 달라고 하였다(1만 평인데 평당 2만 5천 원으로 총 2억 5천만 원임). OK 하며, 차 한잔한 뒤 헤어졌다.

운 좋게도 다음 날 젊은 분이 찾아와서 땅도 취급하느냐고 묻길래 고개를 끄덕였더니 "묘지로 쓸 땅을 찾고 있는데 살 수 있느냐?"라고 하여 손님과 땅 주인(후배), 친한 중개사와 같이 가서 현장 답사를 했는데 아주 좋다고 하여 매매계약을 했다. 매도인은 계약하자마자 중개 수수료를 기분 좋게 주었다. 고맙다고 점심까지 같이 하고 헤어졌는데, 며칠 후 매수인이 전화가 와서 그 땅에 다시 같이 가자고 하여 같이 가 보니(매수인이 계약 후에 다시 한번 가서 꼼꼼히 보니) 낮은(오래된) 무덤이 5기나 있다고 하면서 자기는 남이 쓴 묘에는 자기 조상을 모시지 못한다고 해약을 해 달라는 것이다. 그래서 할 수 없이 해약을 해 주었는데 계약 후 받은 수수료도 후배에게 전액 돌려주고 매듭을 지었다.

〈실전 사례 51번〉

젊은 처녀가 원룸을 월세로 구해 달라고 하여 보 500만 원/월 40만 원에 풀 옵션으로 얻어 주었는데, 임대인이 나에게 와서 "애견이 있는 분에게는 세를 안 놓겠다고 했는데 왜 애견이 있는 사람에게 세를 주었느냐?"라고 따졌다. 그래서 "내가 임대인 앞에서도 애견을 키우면 안 된다고 했으며, 계약서상에도 애견을 키우면 안 된다고 특약 사항에도 넣었는데 무슨 말씀이세요?" 하고 세입자에게 물어보니, 며칠 전 친구가 고향에 내려가면서 나에게 키워 달라고 하여 할 수 없이 키우고 있다고 하면서 임대인에게 사정을 하였다. 임대인은 한참 생각을 하다가 강아지가 많이 짖지 않게 키우라고 양보하여 무마된 적이 있다.

〈실전 사례 52번〉

　안양3동 구석에 있는 원룸(큰 원룸+큰 거실, 옵션 없음, 보 1천만 원/월 60만 원, 부가세 없음, 원룸 거주자가 지방에 있는 직장으로 출근하기 좋은 곳으로 이사 가기 위해 내놓음)을 인터넷에 올리고 난 뒤 3개월이 지나도 손님이 없어서 임대차 계약을 못 했는데 4개월이 지나자, 손님이 방문하여 상기 원룸을 보고 바로 마음에 들어 계약을 하게 되었는데 이 여성은 40대 중반의 미녀로 저녁에 출근하는 직업을 갖고 있다고 하는데 무슨 직업인지는 말하지 않아 궁금증을 자아내게 하였다.

〈실전 사례 53번〉

　친척 동생이 결혼하게 되어 결혼식에 참석했다. 그리고 투룸을 전세 1억 원에 계약하여 잔금을 하고 들어가서 살았다. 그러고는 잊어버렸는데, 들리는 소문에 의하며 처형이 이민 가서 살고 있는 호주에 영어 6개월 연수를 하러 갔다고 하여 그럴 수도 있겠지 생각했지만 이해는 가지 않았다. 6개월 후 처가 돌아와서 살고 있다는 것까지는 들었는데, 몇 개월이 지난 어느 날, 대낮에 처가 남편이 직장을 간 사이에 살림 일부와 전세 보증금 1억 원을 받아서 도망갔다는 것이다. 확인을 해 보니 정말이었다. 어이가 없어 하는데 남편이 경찰에 고소했다는 것이다. 나중에 합의를 했는데 전세보증금 1억 원을 돌려받는 것으로 합의하고 이혼했다는 것이다.

　그 후로 식당에서 일하는 중국 교포인 예쁜 아가씨와 결혼하고, 아기를 3명이나 낳아서 행복하게 잘 살고 있다고 한다.

〈실전 사례 54번〉

내가 운영하는 중개사무소 뒤 한산한 뒷골목에 있는 동네 슈퍼가 나가게 되어 보증금 2천만 원에 월세 120만 원으로 30평을 얻어 주어 카페를 개업하여 간판을 문패의 2배 정도되는 아주 작은 것을 달고 영업을 하는데 낮에는 장사를 안 하고, 초저녁부터 새벽 1시까지 영업을 하였다.

골목 상권이고, 사람들의 왕래도 별로 없어서 별 기대를 안 했는데, 첫 개업날부터 1년이 지난 지금까지도 저녁만 되면 밖에 줄 서서 기다리는 손님이 많을 정도로 영업이 잘되었다. 그래서 소문을 들어 보니 젊은 사람이 대표로 있으면서 CHEF까지 겸하고 있는데, 음식 솜씨가 아주 좋아 전국적으로 소문이 나서 손님이 많다고 한다. 반면에 20m 도로변에 있는 카페 하나는 간판도 멋있고, 내부도 청결하게 해 놓았는데, 똑같은 평수에 손님이 반 정도밖에는 없었다. 소문에는 음식 맛이 조금 떨어진다고도 하고 여러 가지 얘기가 있었다. 그러나 노력하면 얼마 지나지 않아서 손님이 많아질 것이라고 기대해 본다.

〈실전 사례 55번〉

개척교회 자리로 안양9동에 있는 건물 2층(30평)을 목사님이 보시고 좋다고 계약을 하시고 한 20일 정도 지나서, 잔금을 하고 수수료를 받는데, 싸다며 고맙다고 하였다. 가신 다음에 계산을 다시 해 보니 아차! 주택 요율은 0.5%이고, 상가 요율은 0.9%인 것을 잘못 적용하여 계약했던 것이다. 목사님이 수수료가 싸서 고맙다고까지 말씀하셨는데, 더 달라고 할 수도 없고, 더 받는 것을 포기하고 말았다.

〈실전 사례 56번〉

　지하 3층에서 지상 12층으로 오피스텔을 건축한다고 하여 대지 500평을 구하는 매수인이 있어서 땅을 보여 주고 매도인과 매수인이 합의하여 매매계약을 하였다. 그리고 4개월 후 잔금을 하여 매수인은 수수료를 주는데, 매도인은 수수료를 안 주고 가 버려서 다음 날 매도인을 서울로 찾아가 "수수료를 왜 안 줍니까?" 하고 따지니, 너무 싸게 팔아서 억울해서 못 준다는 것이다. 그래서 혼잣말로 화장실 갈 때와 나올 때가 다르다는 말이 맞는 말이네 하고 나오려고 하는데, "너 지금 뭐라고 했어?" 하며 소리 지르기에 그때는 큰 소리로 되풀이해서 말하니, 얼굴이 빨개지면서 "야! 너 내가 누군지 알아?" 하면서 죽일 듯이 쳐다보길래, "나는 네가 누군지 모르겠는데, 너 맞고 줄래? 그냥 줄래?" 하니까 "야, 김 비서!" 하고 부르니 불독같이 생기고, 레슬러같이 체격이 좋은 친구가 들어왔다(밖에서 다 듣고 있었던 모양이다).
　김 비서가 유도를 했는지 나를 잡아서 업어치기 하려고 붙잡으려는 순간에 무릎으로 낭심을 찍어 버렸더니 고통 때문에 별짓을 다 하며 괴성을 지른다. 그래서 "야! 줄래? 안 줄래?" 하니까 얼른 금고를 열어서 미리 계산을 해 놓았는지 수수료를 법대로 주기에 나오면서 "야! 사람 봐 가면서 수수료를 떼먹든지 해!" 하고 문을 소리 나게 닫고, 사무소로 와 버렸다.
　그 자식이 백(back)이 있는 것처럼 소리를 질러 댔으니 누가 찾아오려나 하고 2개월을 기다렸으나 아무런 연락 없이 끝났다.

〈실전 사례 57번〉

　임대인들은 중국 교포들에게 방을 세 주는 것을 별로 좋아하지 않는다. 중국에 사는 교포들이 돼지고기를 좋아하는 분들이 많아서 기름에 젖은 쓰레기를 좌변기에 버리면 그것이 쌓여서 변기가 막히고 하수도에 버리면 하수도가 막혀서 임대인이 고생을 한다고 한다. 중국 교포가 세를 들면 음식물 쓰레기를 쓰레기봉투에 넣어서 밖에 내놓으라고 해도 말을 잘 안 듣는다고 하였다. 그리고 혼자 사는 방에 친한 교포들이 외로우니까, 많이 드나들어서 집도, 방도 지저분해지니까 싫어하는 임대인이 많다고 한다.

　그래서 임대인들이 임차인이 사는 내내 잔소리하는데도 고치질 않으니까 서로가 불편하다고 하며, 특히 이사 간 다음에는 하수도나 싱크대가 막히는 일이 종종 있어서 임대인이 고생하는 경우가 많다고 한다.

〈실전 사례 58번〉

　안양2동에 3층 건물(상가주택)이 있는데 2층의 방 2개를 1억 원에 전세 계약을 맺었다. 그리고 잔금 때가 되어, 잔금을 하고 임차인은 수수료를 주고, 임대인은 안 주고 가 버렸다. 그래서 왜 안 주는지 물어보려고 하니, 전화도 안 받고, 피하기만 하였다. 이해가 안 가기도 하고, 화도 나고 해서 계약서에 있는 자택 주소로 내용증명서를 보냈더니 받은 날 전화가 와, 우리 사무소에서 만나자고 하여 기다렸더니, 도착해서 하는 얘기가 반만 받으라고 한다. 그래서 "사장님은 1층 점포 임차인이 월세를 반만 받으라고 하면 받겠습니까?" 하니 아무 말을 안 하고 가 버리고 말았다. 다시 한번 강력한 말만 골라서 써 가지고 보기도 싫어서 통장번호와 이름을 같이 써서 내용증명서를 보냈더니 받은 날, 수수료 전액을 은행 구좌로 송금을 해 주어서 문제를 해결하였다.

〈실전 사례 59번〉

　안양3동에 약 40년 된 1층 연립주택이 매물로 나왔다. 마침 매수인 이(재건축 가능성을 보고 매수) 매매계약을 하고 잔금까지 다 하고 끝냈다. 그리고 잊어버리고 있었는데 두 달 후에 매수인이 전화로 2층에서 1층으로 물이 샌다고 하소연을 했다. 그래서 가 보니 물이 줄줄 새기에 2층에 올라가 문을 두드리니, 무슨 일이냐고 물어서 1층의 천장에서 비가 오듯이 물이 새는데, 좀 내려와서 보시고 고쳐 주시면 좋겠다고 말했더니, 문도 안 열어 주고 "그냥 가세요, 나하고는 관계없는 일이니까." 하길래 어이가 없어서 몇 번 문을 두드려도 대답이 없었다. 1층으로 내려와서 그대로 얘기하니 한숨만 쉰다. 그래서 동네 업자를 불러서 내용을 설명하니 "그러면 할 수 없지요." 하면서 천장 물새는 곳에 적당한 크기의 넓은 깔때기를 붙이고 연립주택 1층 벽을 뜯어서 적당한 크기의 파이프를 이용하여 새는 물을 밖으로 내려 보내라고 한다. 옆에 있던 주인과 눈이 마주쳐서 "그렇게라도 하시겠습니까?" 하니 한숨만 쉬면서 "그렇게라도 해야지요." 하기에 그 기술자에게 맡겨서 공사를 하고 연립주택 주인이 30만 원을 부담하고 끝냈다.

※ 아주 사소한 일로 공동주택에서는 말도 안 되는 사고가 가끔 일어난다.

〈실전 사례 60번〉

　안양동 B아파트 담 옆에 약 500평의 땅이 있었는데, 약 20년 전에 1층 상가를 10개 정도를 건축하고 내부에는 주차장과 화장실을 만들어서 세를 받고 있었다.

　점포들이 위치가 좋아서였는지 모든 점포가 잘되었다. 건물에는 통닭(맥주 포함)을 파는 점포도 있었으며, 약 30평 정도 되었다. 한 손님이 그 점포를 찍어서 권리금이 좀 비싸더라도 인수하겠다고 하여 열심히 중개를 했는데 경영하는 부부가 싫다고 하여 결국은 두 달을 보내고 완전히 손을 들고, B아파트 인근 큰 도로변의 거리가 한산한 곳에 점포를 중개하여 개업을 했는데 개업일부터 몇 달간 개그맨들이 계속 오니 소문이 나서 날이 갈수록 아주 잘되었다. 그런데 B아파트 옆에 있던 상가, 30평 정도의 통닭을 파는 점포도 계속 잘되었지만, 건물주가 상가주택을 건축한다고 하여 점포, 경영주들을 내보내고 1년이 걸려서 건물을 완공하였다. 건물주는 신축이 다 된 다음에 월세와 보증금을 약 3배를 올려서, 전에 하던 분은 포기하고, 권리금도 못 받고, 다른 곳으로 이사하였다.

〈실전 사례 61번〉

　안양3동에 주택 2채(대지 95평)를 9억 5천만 원에 매매를 했다. 그런데 뒷집을(매매된 집의 건물이) 약 2평 정도 침범한 것으로 판정되어 매매계약이 해약될 위기에 처했다. 그래서 고민하고 있었는데 주택 2채를 매매한 매도인은 그전부터 그렇게 위반한 것을 알고 있었다. 그것을 속이고 나에게 매매를 의뢰했던 것으로 판정이 나서 수수료가 문제가 아니라, 잘못하면 매매계약이 해지되게 생겼으니 너무 황당하고, 화가 나서 나는 "이렇게 알면서도 속이고 매도한 집주인에게 고소하겠다."라고 불만을 토로했더니 2평이 침범된 옆집과 자기네들끼리 합의를 하고 무사히 잔금까지 하고 수수료를 받은 적이 있다. 지금은 그 자리에 빌라를 멋지게 지어 놨다.

〈실전 사례 62번〉

　안양5동에서 중개사무소를 하던 때인데, 동네 목욕탕을 경영하고 있는 아주머니가 찾아와 방 3개가 있는 전셋집을 구해 달라고 하여 길 건너 A부동산에(나는 물건이 없었기 때문에) 전화로 물어보니, 있다고 하여 그 아주머니와 같이 A부동산에 들어가니, "어, 아주머니 어쩐 일이세요?" 하여 아주머니가 사정 얘기를 하였다. 그 중개사는 10일 전부터 자기에게 부탁하여 자기 손님이니까 그냥 나만 나가라고 하기에 황당하여, "당신이 그동안 못 찾아 주었으니까, 나에게 오신 것 아니냐? 나 아니었으면 이 손님은 또 다른 곳으로 가셨을 거야." 하고 설득을 시키는데 그 아주머니도 내 말이 맞다고 하니까 A부동산이 할 수 없이 방을 보여 주고 공동중개를 한 적이 있다.

〈실전 사례 63번〉

　안양5동 나의 중개사무소에 여자 손님이 와서 투룸을 구한다고 하여, 온 동네 부동산을 거쳐서 온지도 모르고 아는 중개사마다 전화하여 투룸을 보여 주었는데, 8번째 본 방이 마음에 든다고 하여 B중개사에서 공동중개 계약서를 쓰고 있는데, 어떻게 알았는지 C부동산 대표가 B부동산에 와서 "이 손님은 내 손님인데 왜 당신이 데리고 와서 계약서를 쓰고 있느냐."라고 따져서 "어떻게 아는 손님이요?" 하고 물어보니 3일 전에 B부동산에서 그 손님을 데리고 다니면서 6군데를 보여 주었는데 마음에 드는 것이 없어서 "나중에 더 구해 주세요." 하며 갔다고 하여 얘기를 듣고 보니 기분이 썩 좋지 않아서 그 손님 없는 곳에서 B, C, 나 셋이서 수수료를 3등분 하자고 하여 해결하였다.

〈실전 사례 64번〉

안양2동 뒷골목으로 사무소를 이전하여 영업을 하던 때인데, 나만은 그때 일요일에도 밤늦게까지 있었다. 손님도 없다 보니 책도 읽고, 신문도 보고 있었는데 30세 정도의 건장한 청년이 찾아와서 "전세 7천만 원 정도의 투룸 물건이 있나요?" 하고 묻기에 마침 있어서 방문하려고 그 집에 전화를 하였으나, 받지 않았다(동료 중개사들은 일요일에는 쉬던 시절이다). 내일 다시 오시면 좋은 곳을 안내하겠다고 하고 손님을 보내려 하는데, 전깃불을 끄고, 문을 잠그더니(안에서는 누구나 열고, 닫을 수 있음) 칼을 빼 들고 돈을 내놓으라고 하여 왼손을 뻗는 척하면서 오른쪽 발로 낭심을 걷어차 칼을 먼저 뺏고, "이 새끼야, 일요일이라 바쁘지도 않은데 잘됐다."라고 하며 아파서 쩔쩔매는 놈의 따귀를 몇 차례 때리니 정신을 잃고 말았다. 주머니를 뒤져서 주민등록증을 꺼내고, 휴대폰을 꺼내서 내 주머니에 넣고, 수돗물을 한 바가지 얼굴에 뿌리니 정신을 차리고 깨어나 쭈그리고 앉아서 "잘못했습니다, 용서해 주세요." 하며 울었다. 인적사항 및 전화번호도 아니까 무슨 일이 생기면 찾을 수 있겠지 하고 "너 어떻게 할 거야?" 하니까 "다시는 안 오겠다." 하며 "돈이 한 푼도 없어서 그랬던 것이니, 제발 용서해 주십시오." 하기에 "그럼 용서해 주지, 일을 해서 돈을 벌고 정직하게 살아! 다시는 오지 마." 하고 보낸 적이 있다.

〈실전 사례 65번〉

안양동에서 사무소를 운영하던 시절 사무소 길 건너 주택조합에서 20평과 30평을 합하여 180가구를 준공하여 아파트를 매도하는 분, 매수하는 분들이 오가면서 바쁘게 지냈는데, 한 분이 30평 아파트를 매수해 달라고 하여, 조합사무소에 가니, 마침 30평이 있어서 가격 협상 끝에 매매 계약서를 쓰게 되었다. 매수인이 하는 말이 자기 생각대로 가격이 낮으면 수수료 100만 원을 더 준다고 하여 계약을 하고 나니, 정말로 100만 원을 더 줘서 고맙다고 하고 건설회사 본사에 매도인과 매수인, 나와 같이 가서 소유자 변경을 마치고, 사무소로 오는데 수수료 영수증을 달라고 하여 법정수수료 영수증만 주겠다고 하니, 준 돈 전부를 써 달라고 했다. 그래서 도로 100만 원을 주면서, "내가 달라고 한 것도 아니고 자진해서 준 것인데, 너무하는 것 아닙니까?" 하고 따지니 한참 생각을 하다가, 미안하다고 하면서 50만 원을 더 주겠다고 하길래 또 마음이 변할지 몰라서 "그냥 넣어 두세요." 하고 헤어졌다.

〈실전 사례 66번〉

안양동 Y건물(대 500평, 건평 800평)을 매매하기 위하여, 매도인과 매수인들을 수없이 만나면서 제일 나중에 처음 방문한 손님이(건축회사) 5시간 정도의 미팅 끝에 매매 가격을 확정하여, 자기네 내부에서 이사회를 열어서 결정한다고 한 뒤, 10일 후에 매도인과 매수인이 만나서 계약을 했는데 부동산 경기가 안 좋았던 시점이라 중도금을 1~5차로 나누고, 잔금 날까지 정하여 양자가 공증인 사무소에 가서 공증을 받았다. 그러나 경기가 계속 더 안 좋아지니, 양측이 몇 번을 만나서 중도금 날짜와, 잔금 날짜를 변경하고 공증을 다시 받고, 최종 변경된 잔금 때에 법무사를 동행하여 완결 지었다. 시작부터 계약, 중고금, 잔금까지 1년 6개월이 걸렸던 계약이었다.

〈실전 사례 67번〉

빌라와 단독주택의 전세 매물이 거의 다 없어지고 LH 등과 금융기관의 대출자는 많은데, 전세 매물은 아주 귀하게 되었다. 전세를 얻으면 대개의 경우 나중에 보증금을 뺄 때 문제가 발생하지 않도록 예방하기 위하여 보증보험에서 판단하는 전세가격보다, 실제 전세 가격이 높을 경우 보험 가입을 안 해 준다. 그래서 임대인들은 전세 계약을 안 하고, 월세 계약을 많이 하다 보니 전세가 줄어든 한 가지 요인에 들어간다. 마침 안양5동 C부동산에서 방 3개에 LH로 가능한(전세 1억 3천만 원) 집이 있다고 하여 가 보니, 리모델링하고 깨끗하여 계약을 하였다. 그런데 그 여성 중개사가 눈에 많이 익은 사람이어서 물어보니 고등학교 3학년 말에 교제했던 동년배 여학생이었는데 너무 많이 변해서 알아보지 못했던 것이다. 계약이 끝나고 같이 식사를 하면서 옛날을 회상하고, 앞으로 자주 통화하자고 약속하고 돌아왔다.

〈실전 사례 68번〉

안양4동에 대지 150평, 건평 300명의 상가주택이 있었는데, 나에게 매물로 내놓아 약 4개월 만에 매수인을 찾아 가격 협상 끝에 매매계약을 하여, 3개월 만에 잔금을 하였다. 그런데 상가주택을 판 매도인이 누구의 말을 들었는지 ×시에 있는 여관을 경매로 받아서 보일러 시험 운행을 하던 중 보일러가 터지면서 남녀 두 사람이 즉사하였다. 나중에 소문을 들어보니 안양에 부인과 어머님이 같이 계셨는데, 졸지에 남편을 잃은 부인은 바로 내려가서 사건을 수습하고는 소문도 없이 다른 곳으로 이사 가 버렸다.

〈실전 사례 69번〉

　안양2동 상업지구 내에 약 600평 정도의 대지를 매입하여 주상복합 아파트를 건축하기 위하여 주차장 출입구에 있는 약 50평의 대지를 건축회사에서 매입하고자 했으나(다른 땅은 평균 평당 1천만 원에 매입) 이 땅은 유독 1평당 4천만 원 아니면 안 판다고 하여, 그 땅만 빼고 보니 아파트 출입구가 ㄷ 자 형태로, 보기에도 안 좋고, 그 땅임자는 안 팔릴 경우에는 값이 더 떨어질지 모른다는 위기감에 어느 정도 선에서 매도하겠다는 의사를 가지고 있었는데(그 소유자는 근처에 사는 분의 조카이고) 삼촌은 나중에 결국 1평당 4천만 원에 매입할 것으로 자신한다며, 버티자고 했는데 건축회사에서는 수십 번을 조율했으나 합의가 되지 않아, 그 50평만 놔두고 아파트를 건축하였다. 건축을 다 하고 보니, 아파트는 잘 지어 놓아서 별 불편이 없고, 도리어 50평만 덩그러니(지상 1층 점포) 있어서 지나가는 사람들이 왜 안 팔아서 아파트 입구를 불편하게 해 놓았느냐고 얘기한다. 아파트는 신축하자마자 다 분양되어 나 홀로 아파트지만 아주 좋아 보였다.

〈실전 사례 70번〉

　하루는 여성 무속인이 찾아와서 투룸을 반지하라도 좋으니 싼 가격에 임차해 달라고 하여 장마 때 물이 찰 수도 있는데, 괜찮겠냐고 물으니, "돈이 적은데 그럴 수밖에 없지 않으냐?"라면서 사정하길래, 그러면 이틀 정도 찾아 볼 테니, 빨간 깃발을 달지 마시고 팻말을 작게 하여 '점 보는 집'이라고 패를 만들어 놓는 조건이라면 주인을 설득해 보겠다고 하니, 좋다고 하여 보 2백/월 25만 원에 반지하로 임차계약을 해 주었다. 그런데 한 달 후에 같은 반지하에 사는 남자 분이 자기가 예뻐 보여서 그런지 오며, 가며 계속 쳐다본다고 불편해서, 못 살겠으니 다른 방을 알아봐 달라고 하여 알아보았으나, 그런 정도의 집을 찾을 수가 없었다. 그런데 그분은 일주일마다 와서 사정을 하며, 그 남자가 강간할까 봐, 무섭다고 하며, 계속 다른 방을 알아봐 달라고 졸랐다. 그런데 그 후 어떻게 된 일인지 안 오길래 궁금했는데, 소문을 들으니 그 옆방에 살고 있던 남자와 눈이 맞아서 그곳에서 자리 잡고 점을 보면서 잘 살고 있다고 한다. 어느 날, 지나가다 들렀다며 그 무속인과 이런저런 얘기를 하다 보니, 그 옆집 남자와 잘 살고 있다고 하며 "고맙습니다." 하고 가 버렸는데, 무엇이 고맙다고 하는 것인지 생각을 해 보았다.

〈실전 사례 71번〉

　안양2동 상업 지역 대지 5백 평을 협상 끝에 매도인, 매수인이 합의가 되어 매매계약을 하고 잔금까지 했다. 매수인(건축업자)이 이제는 건축하는 일에서 은퇴할 때가 됐다고 생각하고 연구한 끝에 원룸을 평균 4평(보통 6~7평 정도)에 풀 옵션으로 건물을 10층까지 신축하였다. 보통 원룸이 보 500/월 45만 원 할 때인데, 보 300/월 30만 원으로 하니 지방에서 온 학생이나 직장인들이 싼값과 좋은 인테리어에 혹하여 지금까지도 공실 없이 사업을 잘하고 있다. 이것은 그분이 몇십 년 동안 건축업자로서의 노하우가 쌓였기 때문이 아닌가 생각한다.

〈실전 사례 72번〉

중국 교포 출신의 여성이 지방에 있는 부유한 총각(아버님이 부유함)과 결혼하여 아기 2명을 낳고 단란하게 잘 살았는데 남편이 교통사고로 하반신 불구가 되었다. 경제적으로는 부담이 없었는데 남편이 불구가 되니 성적인 욕구가 남들에 비해서 많은 편이었는지 나가서 살고 싶은 마음이 컸는지 어느 날, 안양에서 중국요리 음식점을 하겠다고 하여 시아버님으로부터 돈을 받아서 음식점을(약 20평, 보 3천/월 150만 원) 하겠다고 하여 임대차 계약을 해 주었다. 처음 1년간은 장사가 잘되었는데, 그다음부터는 주방장하고 눈이 맞아서 점포 경영에 신경을 덜 쓰다 보니 2년 후에는 보증금도 거의 다 없애고 점포 문을 닫게 되었다. 나중에 소문을 들어보니 호프집 종업원 생활을 하며, 신랑하고는 연락을 안 하고 사는 처지가 되었다고 한다. 시아버지가 수소문 끝에 상경하여 만났으나 내려가기 싫다고 하여 할 수 없이 시아버지만 내려가셨으며, 지금도 호프집을 전전하며 자유로운 인생을 살고 있다.

〈실전 사례 73번〉

어느 날, 아파트 경비하시는 분이 혼자 살 수 있는 방 1개를 구해 달라고 하여, 조그만 방을 보 5백/월 25만 원에 임차계약을 해 주었는데, 계약하기 전 몇 군데를 보면서 다니는 동안에 얘기를 들어보니 자기가 경비로 있는 모 아파트에 사시는 80 넘은 할머니가 자기가 경비하는 날만 되면 찾아와서 먹을 것을(정성껏 만든 음식) 준다는 것이다. 그래서 아파트는 많은 사람들이 모여 사는 곳이라, 자기가 이제는 정말 오시지 말고 경비실에도 들르지 말라고 얘기했는데도, 계속 음식물을 손수 해 가지고 찾아온다는 것이다. 왜 그러냐고 물어보면 당신한테 반해서 그런다고 한다. 그래서 그 아파트 경비 일은 그만두고 다른 아파트 경비 자리를 찾아보고 있다고 하였다.

〈실전 사례 74번〉

하루는 밤 8시쯤 35세 정도로 보이는 건장한 청년이 찾아와 투룸을 전세 1억 3천만 원에(LH 자금) 임차하겠다고 하여 불러주는 대로 전화번호와 이름을 적는데 이 손님이 주머니에 손을 넣더니 무엇인가를 만지작거리길래 느낌이 안 좋아서 마침(연필꽂이에 낮에 쓰던 드라이버가 있었음) 그것을 왼손에 들고 똑바로 쳐다보며, "그럼 내일 다시 오시든지, 제가 전화를 드리든지 할 테니까, 가 보시지요." 하니까 명함을 달라고 하여 내가 움직이면 이 청년이 무슨 짓을 할지 몰라서 내 책상에서 조금 떨어진 책상 위에 있는 "명함꽂이에서 가지고 가세요." 하니 가지고 바로 나가면서 인사도 없이 나를 쳐다보는 눈이 아주 매서웠다. 오싹하고 살기가 느껴져서 아유 잘됐다 싶어서 "내일 전화 주세요." 하고 나간 후에 얼른 문을 잠그고 일을 보다가 밤 9시에 사무소 문을 닫고 나왔다. 오늘, 내가 운이 좋은 날이라고 생각했다.

〈실전 사례 75번〉

　안양2동 뒷골목에 40년 이상 된 건물이 있는데(지하 1층, 지상 3층) 2층 전체가(방 4개, 화장실 1개, 아주 큰 거실) 보 3천만 원/월 1백만 원에 임대로 나와 손님을 맞추어 임대차 계약을 하면서 몇 식구입니까? 하니 5식구라고 하여, 특약 사항에 "살림 이외에 도박, 춤 등 위법적인 것을 할 경우, 임대인은 즉시 해약을 요구하며, 이런 사유로 계약 기간 내에 이사를 나가면 중개 수수료 등은 임차인이 부담한다."라고 적어 놓았다. 그런데 며칠 후 3층을 전세로 임차하겠다고 하는 손님과 같이 가 보았더니, 그날따라 세입자가 지방에 가서 내부를 볼 수가 없었다. 그래서 "2층이나 3층이나 내부 구조가 같기 때문에 2층을 보고 마음에 드신다면 계약을 해도 됩니다."라고 설득하니 임차인이 좋다고 해서 2층에 내려가 "부동산에서 왔습니다."라고 하니 문을 열어 주길래 내부를 보니, 여자들 10명 정도가 각 방에 나누어져서 앉아 있고, 급히 치운 담요에서 화투 한 장이 보여 모른 체하고 집만 보여 주고 "계약을 하시겠습니까?" 하고 물어보니 하겠다고 하여, 전세 2억 원에 계약을 하였다. 문제의 2층은 나만 안 본 것으로 하면 되겠지 하고 생각을 하였으나(화투놀음을 하던 사람 중 돈을 많이 잃은 사람이 경찰에 신고하여 ○○○번지 2층에서 매일 오후에 화투를 하는데, 금액이 크다고 신고를 하였음) 2층의 임차인과 놀음하던 15명이 현장에서 붙잡혀 경찰서에 가는 사건이 있었다.

〈실전 사례 76번〉

　안양3동에 중개사 사무소를 하는 영감님이 있었다. 큰 점포를 얻어 반은 사무소, 반은 나누어서 별도로 사용하고 있었다. 오래 하시다 보니 단골손님이 많아서 잘되겠지 하고 생각하고 있었는데 어느 날 경찰들이 그 사무소 옆방을 밤 10시경 단속을 나와서 도박하던 사람들을 붙잡아 가서 난리가 났었다고 하며, 다음 날 이웃 중개사가 와서 그 소식을 전해 주었다.

내용은 밤만 되면 1년 내내 화투를 했다고 하는데, 그중 돈을 많이 잃은 사람이 경찰에 신고하여 그런 일이 있었다고 한다. 그 영감님과 도박꾼들이 붙잡혀 가 처벌을 받았다. 그 후에는 도박을 안 했는데, 수입이 줄다 보니 그 영감님은 사무소를 다른 분에게 넘기고 나가 버렸다. 약 1년 후 그 영감님이 폐암으로 돌아가셨다. 폐암에 걸린 것은 도박판에서 밤새도록 옆에 앉아서 담배 연기를 매일 들이마셨기 때문이라는 소문이 돌고 있다.

〈실전 사례 77번〉

안양4동에 오랫동안 고급 공직에 계시다가 퇴직한 남성(60세)이 계셨는데, 체력도 좋고 대인관계도 원만한 분인데 중개사무소를 하시겠다고 하여 본인이 사무소를 임차계약을 해 주었다. 첫날부터 아침 9시에 나와 저녁 늦게까지 열심히 일하였다. 젊은 부인이 10살 정도 되는 아들과 함께 가끔 사무소에 들러서 남편에게 "저 사장님(본인)과 같이 좀 더 열심히 하세요." 하며 스트레스를 주었다. 그러던 어느 날(개업 2년 후) 문을 닫고 안 나오기에 근처 중개사에게 물어보니 병원에 뇌출혈로 입원했다고 한다. 2개월 후 퇴원해서 재활 치료를 받느라 일부러 걸어서 다니기도 했었는데 어느 날, 돌아가셨다는 소식을 듣고 중개사들 의견이 부인이 너무 잔소리를 해서 돌아가신 것 같다고 한다. 실제로 현재 부동산 경기는 바닥으로 회복하는 데 많은 시간이 걸릴 것으로 생각된다.

〈실전 사례 78번〉

안양동에 공인중개사가 사무소를 얻고자 하여 보 1천만 원/월 50만 원에 얻어 주었는데 몇 년 동안 열심히 하는 것 같았다. 가끔 들러보면 성경책을 읽고 계셨고, 독실한 크리스천이었는데 성격이 그렇게 활달하지는 않았다. 한 1년간 불황이라 잘 안되다 보니, 스트레스도 쌓이고 우울증도 온 것 같았다. 그러던 중 뇌출혈로 쓰러져서 두 달 정도 입원해 있는 동안 중개사무소를 넘겨 달라고 부탁하여 다른 중개사에게 중개를 해 주었다. 그리고 1년 이상 지난 어느 날, 우연히 그의 부인을 만나 안부를 물어보니, 병이 더 심각해져서 지금은 집에서 6개월 이상 누워서 배설물을 받아 내고 있으며 말도 못 할 정도로 심각하다고 하며 부인이 요양사 자격증을 따서 저녁에는 직장에서 돌아와 남편을 돌보고, 낮에는 요양사로 출근하여 일을 하고 있다고 하는데 참 안타까운 일이었다.

〈실전 사례 79번〉

안양동에 약 30년 넘은 아파트가 있었는데 그 아파트 내에 있는 상가의 중개사와 내가 공동중개 하기로 하고 32평 1층 아파트에 매수 손님을 데리고 가서 보여 주었다. 들어가 보니 깨끗하게 정리해 놓고 사는데 낮이라 그런지 아무도 없고 그 사모님만 계시고, 친절히 집을 보여 주었다. 매수인이 아주 좋다고 하며, 아내랑 의논해서 내일이나, 모레쯤 다시 오겠다고 하며 갔는데, 그다음 날 똑같은 시간에 누가 인터폰을 눌러서 보니, 어제 왔던 사람이라 문을 열어 주고 대화를 하다가 갑자기 칼을 들고 위협하여, 강간을 한 다음 그 여자를 묶어 놓고(입도 막아 놓고) 집에 있던 돈과 귀금속 등을 가지고 사라졌다. 그런데 그 아파트 상가에 있는 중개사가 화장실을 다녀오다가 어제 보았던 1층 아파트 쪽을 보니 문이 약간 열려 있어, 이상하다고 생각하고 문을 열어서 안을 보니, 그 사모님이 입과 몸이 묶여 있어 우선 입을 풀어 주고, 몸을 풀어 주면서 물어보았다. 그동안에 있었던 일을 얘기하며, 그 중개사는 나를 오라고 하여 3명이 의논을 했는데, 그 사모님은 경찰서에 얘기해 봤자 강간당한 것도 창피하고 금품을 많이 갖고 간 것도 아니니 우리 세 사람만 알고 끝냈으면 좋겠다고 말씀하시어 의논 끝에 없던 일로 하자고 하여 "죄송합니다."라고 인사를 하고 돌아온 적이 있다.

〈실전 사례 80번〉

　서울시 구로동에 복도식 아파트(350세대)가 있었는데 총 12층 아파트였다. 24평 아파트를 내 손님을 모시고 가서 아파트 상가 내 중개사와 공동중개 하여, 806호를 매입해 주어, 아주머니와 가족들이 함께 살았다. 그 아파트는 801호와 810호 옆에 밖으로 나가는 계단이 각각 있었으며 항상 잠그지 않고 있어서 누구나 다니기가 아주 좋았다. 어느 날, 누가 806호 인터폰을 누르길래 보니 중학생 정도 되는 애가 접시에 신문을 덮고 새로 이사 와서 떡을 돌린다고 하여 무심코 문을 열어 주었는데, 열자마자 들어와서 신문 밑에 있던 것은, 떡이 아니라 식칼을 꺼내어 "돈 내놔." 하니까 그 아주머니가 너무나 놀라서 "도둑이야!" 하면서 안으로 도망갔다. 그러니까 아이는 더 놀라서 접시와 칼을 내동댕이치고 왼쪽 801호 쪽 문을 열고(가방이 밖의 계단에 있었음) 허둥지둥 도망가 버렸다. 아파트에 있던 분들도 놀라서 경찰에 신고하여, 경찰이 와서 수색하던 중 810호 밖의 계단에 있는 책가방을 발견하고 학교에 전화하여,

학생 집으로 가서 무사히 잡아 법대로 처리하였다. 그러나 그 집 아주머니는 놀란 마음을 병원에 3개월을 다니면서 치료하였다.

〈실전 사례 81번〉

　2023년 1월 1일 자로 공개한 주택 공시가격이 2022년 1월 1일보다 대부분 내려가고 2023년 9월 30일까지는 공동주택 공시가격에 150%를 계산하여 은행 융자도 해 주고 보증보험 가입 시에도 상기 금액까지 적용해 주었으나, 2023년 10월 1일부터 신규 전세 입주 예정자는 주택 공시가격에 승수 126%로 계산된 금액으로 전세금 융자를 받게 되자, 임대인(집주인)은 퇴거하는 기존 전세 세입자에게 24%의 차액을 자신의 자금을 더해서 내보내야 하기 때문에, 자금을 마련하지 못한 임대인은 전세 사기꾼으로 전환될 가능성도 많다. 전세 임대차 계약 시에는 중개사나 임차인, 임대인은 이러한 사항을 감안하여 계약을 해야 하는데 잘못하면 계약 이행이 안 될 경우도 있다. 그러나 월세 임대차인 경우에는 보증금이 주택공시 가격보다 훨씬 낮기 때문에 별로 걱정을 안 해도 될 것으로 생각된다. 상기와 같은 사유로 전세는 점점 사라지고, 월세가 많이 늘어나는 것이라고 생각한다.

〈실전 사례 82번〉

　안산시에 있는(8년 전에 신축하여 E/V와 주차장이 있음) 빌라(방 2개, 거실, 욕실)를 2년 전에 공동중개로 임차계약을 하여 2024년 3월에 전세금을 반환해 주어야 하는데 임대인이 전세금을 항상 가지고 있는 것도 아니기 때문에 다시 전세를 놓든지, 매매를 해서 보증금 1억 2천6백만 원을 반환해야 하기 때문에 몇 차례 전세 손님과 매매 손님에게 보여 주었으나 출입문 입구 밖에 쌓여 있는 물건들과 집 안에 널려 있는 물건들 때문에 질색을 하고 손님들이 되돌아가서 임대인은 집 밖과 집 안을 깨끗하게 해 놓아야 전세 계약이 되지 않겠느냐고 임차인에게 얘기했으나 오히려 임대인이 청소하라고 하여 지금까지 전세도, 매매도 안 되는 경우가 있었다. 결국은 전화로 또 얘기했으나 못 하겠다고 하여 임대인이 고민하는 경우도 있었다. 시간이 약간 있으나 전세보증금을 못 돌려줄 경우 전세보증금 사기나 유사한 범죄로 입건될까 봐 전전긍긍하는 임대인을 보았는데 딱하기만 하다.

〈실전 사례 83번〉

요즈음 공동주택(다세대) 전세 사기 사건이 자주 발생하다 보니 주택에 전세로 사는 대부분의 임차인들이 걱정하는데 3년 전만 해도 전세금 떼일까 봐 전세권 설정을 하던 적이 있었다. 지금은 아예 귀찮으니까 임대인이나, 임차인들이 월세를 선호하는 경우가 많아지다 보니 서민들의 경우, 월세 부담이 많아서 고생하는 경우가 많다. 어떤 분은 서울에 직장이 있는데 자가용이 꼭 필요한 분들은 아예 시외에 집을 옮겨 자가용으로 출퇴근을 하는데 러시아워에 고생할까 봐 새벽 4~5시경에 집에서 나와 회사 근처에 자가용을 주차시키고, 도시락으로 식사를 해결하고, 졸리면 수면을 취하다가 출근을 하고 퇴근 시에도 회사 근처에서 김밥 등으로 때우고 아예 밤늦게 러시아워를 피해 퇴근하는 분도 본 적이 있다.

〈실전 사례 84번〉

안양3동 L아파트 뒤 코너 건물에서 D중개사 사무소를 하는 분이 계셨는데 발이 넓고, 각 기관마다 지인이 많았다. 이분이 화투를 좋아하여 가끔 사무실에 있는 방(여기서 혼자 살림도 했음)에서 재미 삼아 화투도 치고 술도 마시면서 사무소를 운영하셨는데, 나와 인연이 되어서 대지 200평의 5층 건물을 공동중개 하였다. 그런데 계약한 후에 측량을 해 보니 옆 7층 건물의 대지 3평을 침범하여 건물이 지어졌다는 것이 밝혀졌다. 그래서 옆집과 다툼이 생겨 잘못하면 해약이 되게 생겼다. 해약을 하게 되면 보통 문제가 아니기 때문에 D중개사무소 대표님이 중간에서 중재를 잘하여 해결되었다(매도인이 옆 건물 주인과 잘 흥정하여 얼마간의 금액을 주고 해결되었음). 며칠 후부터 D중개사 대표님이 안 보여 다른 분에게 물어보니 폐가 안 좋아서 고향(부여)에 내려가서 요양하신다고 하여 올라오겠지 생각을 했는데 얼마 후 돌아가셨다고 하는데 원인은 담배를 많이 피워서 그런지, 폐암으로 돌아가셨다고 한다. 참 안타까운 일이었다.

〈실전 사례 85번〉

안양5동 지하 40평에 노래방을 하겠다고 손님이 얘기하여 보 3천만 원/월 100만 원에 임대차 계약을 해 준 적이 있다. 대개의 경우 노래방에는 1차나 2차까지 하고 뒤풀이하러 오는 경우가 많은데, 개업식 날 내가 싸게 중개를 해 주어서 고맙다고 초대를 해 주어서 잘 아는 중개사와 약간의 선물을 가지고 가서(나는 술을 못함) 음료수를 마시며, 1시간 정도 기분 좋게 노래하고 있는데 밖이 시끄러워서 문을 열고 나가 보니 카운터에서 여자 주인과 손님 두 사람(약 45세의 남자 손님) 사이에 약간의 다툼이 있었다. 내용을 들어 보니 맥주 5병과 안주를 먹고, 도우미 2명까지 불러서 2시간을 놀고 나와서 노래만 부르고 나왔다고 우기는 것이라고 했다. 내가 중개한 노래방인데 그냥 갈 수도 없고 점포에는 종업원(여자 3명)과 여자 주인 합하여 여자만 4명이어서 난처해져 보고 있는데, 손님들이 노래방비 4만 원만 던져 주고 가 버렸다. 주인 입장에서는 맥주 5병과 안주 합하여 7만 원과 도우미 아가씨 2명의 팁 10만 원을 합하여 17만 원을 완전히 손해 보게 생겼다. 그러니까 여주인이 종업원에게 카운터를 보라고 하고 급히 쫓아 나갔다. 그런데 소리 높여 싸울 수도 없는 것이 노래방에서 술 파는 것과 도우미를 부르는 것은 위법이기 때문에 신고할 수도 없어서 노래방 주인이 아무리 붙들고 사정을 해도 노래만 불렀는데 무슨 말이냐며 억지를 부리니, 노래방 주인은 환장할 지경이었다. 그래서 할 수 없이 노래방 주인에게 들어가 있으라 하고 (내가 돈을 받아 주어야겠다고 생각함) 마침 한가한 골목이 있어서 데리고 가서 "신사분들이 왜 술값에 아가씨 팁까지 떼어 잡수시려고 합니까? 17만 원 주고 깨끗이 매듭짓고 가세요!" 하니까 "당신이 뭔데 나서서 이래라 저래라 하는 거야?" 옆에서 들어 보니 딱해서 그런다고 하며, "여자 한 분이 먹고살겠다고 오늘 개업한 것이니 기분 좋게 술값과 도우미 팁은 주고 가세요." 하니, "야! 너 장사 그만하고 싶어? 술과 도우미는 불법 아니야?" 도망갈까 싶어 양복을 붙잡고 있으니, 양복이 찢어질까 봐, "이거 놓지 않으면 파출소에 신고할 거야!"라고 한다. 주위를 보니, 날씨도 춥고, 밤이 늦어서 사람들이 안 지나가길래 귀에다 대고, "야! 이 새끼야, 너 맞고 줄래? 그냥 줄래?" 하니까 어이가 없는지 조금 있다가 "우선 양복을 놔! 이 새끼야." 하면서 바로 오른손을 뻗길래, 손을 피하면서 팔을 잡아 뒤로 돌리니 빠지려고 애를 쓰길래 "줄래?, 안 줄래?" 하니까 "줄 테니, 이것 놔!" 하길래 손을 놓았더니, 발로 차길래 피하면서 낭심을 차 버렸다. 그랬더니 옆에 있던 놈이 팔을 뻗는다. 피하면서 그놈도 아예 낭심을 차 버렸다. "그냥 주고 갈래?" 하니까 "주겠습니다." 하고 다 죽어 가는 소리로 말하며 주저앉아서 지갑을 꺼내 17만 원을 주었다. "너희 두 놈, 주민증 다 내놔." 하니까 다 주었다.

"너희들 내일 주민센터에 가서 주민증 잃어버렸다고 하고 재발급받아. 만약 너희들이 신고하면 우리 애들 풀어서 신세 갚을 테니까 앞으로는 여기 얼씬도 하지 마! 가 봐, 이놈들아!" 하니까 엉금엉금 기다시피 하여 가 버렸다.

노래방에 오니 주인이 반가워하며 "어떻게 됐어요?" 묻길래 17만 원을 주면서 "사장님과 나는 전혀 모르는 사이이며, 그냥 노래만 부르고 갔다고 하세요." 하고 나왔다.

〈실전 사례 86번〉

안양의 모 기업에서 외국에서 오신 기술자들이 재직하는 동안 거주하게 하려고 아파트 10가구를 매입하여 사용하였는데, 회사 사정상 매도를 의뢰하여 여러 경로를 통하여 매매를 해 준 적이 있었다. 어쩌다가 내가 전부 처분하여(1년 동안에 양타로 매매계약을 하여) 수수료 수익을 올린 적이 있는데, 아무리 경기가 안 좋아도 일을 열심히 하다 보면 이렇게 특별한 기회도 온다.

〈실전 사례 87번〉

　모 회사에서 직원들 숙소로 단독주택을 소유하고 있다가 사정이 있어서 매도하게 되었다. 그러나 약 5년 동안 비워 두고 관리를 하지 않았기 때문에 집이 엉망이었다.

　지상 2층으로(대지 50평, 건평 60평) 만약 관리를 잘했더라면 아주 좋은 조건이 될 텐데, 안타까웠다. 그러나 현 상태로 매도를 하는데, 인터넷 광고를 보고 약 30명 정도가 다녀갔는데 아무도 계약을 하지 않았다. 그런데 한 분이 매입하겠다고 하여 적당한 가격에 매매계약을 하고 잔금까지 했는데, 끝난 다음에 왜 매입하셨냐고 물어보니, 마침 그 집 앞에 공원이 있었는데, 공원 앞에 20m 도로가 있었다. 그래서 옆집으로부터의 소음도 없을 뿐 아니라, 공원이 그 집의 정원처럼 생각이 들다 보니 좋을 것 같아서 매입하게 되었다고 했다. 그 주택이 매매가 된 이후 몇몇 손님이 전화가 와서 이미 매매가 되었다고 하니 많이 아쉬워하였다.

〈실전 사례 88번〉

　안양5동에 있는 주택 6채(약 200평)를 A빌라 업자와 동행하여 약 30일 동안에 주택 6채 소유자들과 가격 등 모두가 합의되어, 10일 후 각각 계약하기로 한 날, A빌라 업자가 나타나지 않아서 주택소유자들로부터 욕을 바가지로 얻어먹고 "대단히 죄송합니다." 하고 나왔는데, 약 2달 후에 상기 6채 중 한 분이 나에게 연락이 와서 만나 보니 그 A빌라 업자가 다른 B빌라업자를 내세워 전부 다 계약을 하고, 3개월 내에 집을 비워 주는 조건으로 약속했다는 것이다. 그 얘기를 듣고 계약서를(주택소유자들을 설득하여) 전부 복사하여 A빌라 업자를 만나서 대화한 결과 전부 사실로 드러나서 사기로 고소하겠다고 하니, B빌라 업자와 3자가 만나서 사과를 받고, 수수료를 달라고 하니 반만 받으라고 하여 A, B업자를 양손으로 멱살을 잡으면서 "맞고 줄래? 좋은 말로 할 때 줄래? 이 새끼들아!" 하니 건축업자가 되기 전 주먹을 쓰던 놈들이라 주먹을 믿고 욕을 하면서 대들기에, 한 놈씩 업어치기로 정신을 잃게 하여 깨어나도록 물통의 찬물을 끼얹어 줬더니 정신을 차리기에, "A는 여기 남고, B는 빨리 가서 나에게 송금해." 하고 계좌번호와 금액을 가르쳐 주니, 은행에 가서 송금을 해 준다고 해도 믿을 수가 없어서, "네가 송금을 안 해 주면 A는 내가 경찰서에 데려가서 사기로 집어넣을 것이고, B는 돈에 생명을 건 놈이니까, 죽여 줄 테니 알아서 해!" 하고 "1시간 내에 송금을 하지 않으면 도망간 것으로 알고 고소할 테니 알아서 해! 그리고 두 놈 다 주민등록증과 명함을 받아 놓고, 1시간에서 1분만 지나도 경찰에 고소할 테니 알아서 해! 송금하고 바로 나에게 전화해, 이 나쁜 새끼들아." 하고 B를 보내 주었더니 30분 있다가 전화로 송금했다고 하며 확인해 보라고 한다. 확인해 보니 입금이 되었다. "앞으로 그렇게들 살지 마!" 하고 보내 주었다.

〈실전 사례 89번〉

약 3년 전에 30대 초반의 회사원이 안양3동에 있는 다가구주택 1층 방 2칸 전세 9천만 원에 입주하여 지금까지 별일 없이 살았는데, 갑자기 내년 1월 말에 지방으로 발령이 나서 이사를 가게 되어 전세 손님을 구해 달라고 해서 손님과 같이 가 보니 집 안이 엉망이었다. 안방 문짝은 오래되니까 구멍 난 곳도 있고, 화장실 문짝도 습기가 차고, 나무문짝에 습기가 배어서 덜렁덜렁하고, 욕탕에는 세면대도 없어서 남자들도 심하다고 생각할 것 같은데 문제가 있을 것 같았다. 그러다 보니 손님을 3명 정도 더 보여 주었으나 거래가 되지 않아 지금도 그대로 안 나가고 있다.

※ 전세든, 월세든 세를 놓을 경우에는 필히, 미리 깨끗하게 수리와 청소를 해 놓아야 한다. 상기 방 2개 주택은 임차인이 나가고 난 다음에 임대인이 올 수리(수리비 1천만 원)를 하겠다고 했으나, 수리를 하지 않은 상태라 손님들은 집만 보고 안 되겠다고 해서 계약이 안 되고 있는 것이다.

〈실전 사례 90번〉

안양 X동에 반지하 빌라를(방 2개, 거실, 욕실) 전세 9천만 원에 내놓았는데, 요즘은(공동주택 공시가격 × 1.26 = 전세보증금 반환보증보험을 들 수 있는 최고 금액임) 보험 드는 문제가 있을 것 같아 공동주택 공시가격을 보니 반지하임에도(1층으로 등기부 등본에 기재되었음) 생각보다 고가이기 때문에 융자나 보험 드는 데도 문제가 없었다. 손님에게 몇 번 보여 주었으나 임차계약은 안 되었다. 그 이유는 반지하 빌라가 1층으로 등기부에 기재되어 있다는 점 때문에 사람들이 꺼려하기 때문이고, 또 다른 이유는 반지하에 사는 것을 싫어하기 때문이라는 생각이 든다.

〈실전 사례 91번〉

LH와 각종 금융기관 등에서 전세자금 대출 시

① 종전(2023년 9월 30일까지)에는 (주택 공시가격 × 1.5를 적용하여) 전세자금 대출을 해 주었으나

② 현재는(2023년 10월 1일부터) 주택 공시가격×1.26을 적용하여 전세자금을 대출해 주고 있어서 상기와 같이 126%를 적용함에 따라 안양동 B빌라를 3년 전에 1억 3천만 원에 전세를 들어갔으나, 2023년 10월 1일 이후에는 새로운 임차인이 LH나 은행에서 1억 2천만 원밖에 융자를 못 받아서(자기 자금 5% 포함) 전에 있던 세입자에게는 1억 2천만 원+1천만 원(임대인 부담)=1억 3천만 원을 임대인이 맞추어 주어야 한다. 그래서 임대인들이 빌라 등을 전세 놓을 때에는 1천만 원 이상의 차액을 부담할 경우가 발생할지도 모르니, 미리 되돌려주어야 할 돈을 마련해 놓고, 새로운 전세 계약을 해야 한다.

〈실전 사례 92번〉

미모의 여성이 얼마 전 안양동 뒷골목의 약 40평 상가를 보 2천만 원/월 2백만 원에 임대차 계약을 하여 현재 B카페를 성황리에 잘 운영하고 있고 근처 뒷골목에는 약 5년 전부터 A카페를 운영하는 분의 말씀이 5년 동안 평균 수준의 손님만 있다가 건너편 6m 도로변의 상가 40평 B카페가 개업하면서부터 성황리에 잘되다 보니, 많은 손님들이 A카페를 지나서 B카페에 들어가는 덕분에 저절로 알려져 A카페도 덩달아 손님이 급격히 늘어나게 되었다고 한다. 그러다 보니 동네가 카페의 숲이 되어 청춘 남녀들이 많이 지나가게 되었다.

〈실전 사례 93번〉

2020년 2월 곰탕집을 하겠다는 분이, 안양 1번가 대로변 코너 건물 1층의 약 50평 되는 점포에 반하여, 보 1억 원/월 450만 원에 계약을 하고 아주 잘 경영하게 되었다. 이분은 지방에서 곰탕집을 잘 운영하고 계신 분인데, 2호점을 내기 위해 몇 달 동안 점포를 구하러 다녔으나, 포기 직전에 안양에 들러서 아주 마음에 드는 점포를 권리금도 없이 계약을 하였다. 계속 번창하시기를 기원한다.

〈실전 사례 94번〉

원룸은 거의 학생들이 많이 얻는데, 보통 12월, 1월, 7월, 8월에 학기 시작 전부터 월세 계약을 한다. 원룸 빌딩에 있는 중개사 사무소는 이때 가장 바쁘다. 그래서 원룸 빌딩에 있는 중개사와 공동중개 하는 것이 보통인데, 나 홀로 계약하는 중개사들 때문에 원룸 빌딩에 있는 중개사는 남모르는 고통이 있다고 한다. 법에 규정되어 있는 것도 아닌데, 원룸 빌딩에 있는 중개사들은 자기 물건을 빼앗기는 기분이 들어 아주 기분이 나쁘다고 한다. 보기에 따라 다른 의견도 많이 있으나, 강대길 본인은 공동중개 하는 것이 맞다고 생각한다.

〈실전 사례 95번〉

안양동에서 중개 사무소를 처음 개업하여 바쁘게 지내던 어느 날, 인근에 있는 식당에 단골로 다니면서 점심을 해결했는데 나는 음식 솜씨가 좋아서 내 입맛에도 맞아 다녔는데, 그 음식점 주인은 자기에게 반해서 항상 오는 줄로 착각하여 자기의 이력을 얘기하면서 가족관계증명서를 떼어 가지고 와서 혼자 산다고 하며 구애를 하여, 나는 기혼자이며 잘 살고 있다고 하면서 그다음에는 일체 그 식당에는 가지 않고, 다른 식당에서 식사를 했다. 그녀는 그래도 가끔씩 사무실에 별 용건도 없이 들르

곤 했는데 어느 날, 우리 와이프가 사무실에 들러서 얘기하는 것을 보고는 그다음부터는 오질 않아서 잘됐다고 생각하며 일에만 열중을 하여 많은 수익을 얻었는데, 사무소에 남자나 여자나 일 년 열두 달 남편이나 부인이 안 나타나면, 홀아비나 과부로 소문이 나서 별일이 다 생길 수가 있으니, 신경을 써야 한다. 그 후로는 어쩌다가 길에서 만나도 내가 피해서 다니니까, 저절로 떨어졌다.

〈실전 사례 96번〉

B공인중개사 사무소를(도로변에 보 1천/월 70만 원에) 30세 청년에게 임대차 계약을 해 주어서 영업을 잘하고 있던 어느 날, 20대 후반의 여성이 C부동산 사무소를 얻어 달라고 하여 좋은 장소가 B부동산 바로 맞은 편 건너(20m 도로변)밖에 없어서 보 5백만 원/월 50만 원에 임대차 계약을 해 주었더니 B부동산 청년이 나에게 와서 따져서, 미안하지만 자리가 없어서 그런 것이니 양해해 달라고 하여 무마를 했으나, B와 C부동산은 몇 달이 지나도록 서로 연락을 안 하게 되고, 공동중개도 안 하게 되었다. 중개사 A 지역 친목회에 B와 C부동산도 각각 가입하여 12월 연말 모임에서 만나게 되었는데, 1차 식사가 끝나고, 2차 노래방에서 뒤풀이를 하며 어떤 대화가 있었는지, 다음부터는 서로 간에 연결하여 공동중개도 하다 보니 친해지게 되어 1년 후에는 결혼까지 하여 몇 년이 지난 지금까지도 각각 부동산 사무소를 하며 잘 지내고 있다.

〈실전 사례 97번〉

몇 년 전, 안양동에 아파트 32평을 중개하여(적당한 가격에 매매계약을 하여) 잔금이 끝난 후 입주하여, 입주 기념으로 찾아가 선물을 드리고 나니 식사를 같이 하자고 해서, 식사도 하고 술도 하게 되어 밤 11시 정도가 되니, 밖에 버스 종점이 있어 계속 버스가 드나들다가 종점에 버스를 주차시키는 과정에서 매연과 엔진 소리 등이 너무 크게 들려(밤이라 조용하여) 이사 오신 분에게 물어보니, 아침에도 매연과 엔진 소리 때문에 고통스럽다고 한다. 그러면서 산 인근에 아파트가 있으니, 시골 산 밑에 공기 좋은 것과 같다고 생각하며, 매입하게 됐는데 그렇지가 않아 후회한다는 말을 들었다. 인근에 빌라들도 마찬가지였다. 산 밑이라고 다 좋은 것은 아니다.

〈실전 사례 98번〉

안양3동에 약 30년 된 빌라(방 3개, 화장실, 거실)를 1억 8천만 원에 매매하고, 돈을 더 합해서 신축한 지 얼마 안 된 빌라나 아파트를 사고자 하는 분에게, 몇 군데를 보여 주었으나 자기와 잘 아는 사람을 만나서 오피스텔(방 3개, 화장실 2개, 거실)을 3억 5천만 원에 매입하였다. 보통 오피스텔은 취득세가 약 4% 정도이나, 빌라나 아파트는 취득세가 약 1%이며, 오피스텔은 E/V가 있으니 관리비도 많이 나오고(빌라와 비교하면) 다른 비용도 대부분 더 많을 수가 있다. 얼마 후, 길에서 그 아주머니와 만났는데, 내가 추천했던 신축 빌라나 아파트를 살 것을 잘못 판단하여, 교통도 불편한 시장 동네의 오피스텔을 샀다고 후회를 하였다. 그러나 내가 해 줄 말은 없었다.

〈실전 사례 99번〉

내가 임대차 계약해 준 안양 번화가 2층에 약 35평의 의자 6개의 A미용실이(개업 초기에는 8명의 직원이 있었으나 현재는 직원 1명과 원장 이렇게 2명이 영업을 하고 있음) 세월이 가면서 미용실이 급격히 늘고 또한 경제까지 안 좋아지니 손님이 많이 줄었다. 2년 전에 권리금 8천만 원에 팔아 달라고 내놓았으나, 2년이 지난 지금은 권리금 1천만 원이라도 받겠다고 한다. 현재 시설이(중간중간 고쳐서) 아주 좋다고 하며, 권리금을 더 조정해도 좋다고 하는데 손님이 없다. 5일 전, 원장님(60세)을 만나니 봄까지는 꼭 팔아 달라고 하며, 이제는 고향에 가서 살겠다고 한다.

〈실전 사례 100번〉

군포에 있는 산본 신도시에 초기부터 개업한 A치과의원이 있었음에도 얼마 전, 바로 옆 점포가 비어 B치과의원 원장님이 얻어 달라고 부탁하여 임대차 계약을 해 주었는데 처음에는 별로 친하게 지내지는 않았으나 시간이 좀 지나다 보니 서로 왕래가 되어 잘 지내게 되었다. 시간이 지나면서 젊은 B의원 원장님이 임플란트를 잘한다고 소문이 나면서 손님들이 많이 늘게 되었다. 그러다 보니, 더 소문이 나게 되어 아주 더 번창하게 되었다. 그 와중에 A의원도 손님이 많았으나(단골손님이 많았음) 임플란트 5대를 한 환자가 치료받은 지 얼마 후, 아프다고 하여 치료를 다시 해 주었는데도 계속 쑤시고, 불편하다고 해서 임플란트를 다시 해 주었다. 그런 후, 몇 개월 후에 또 밤새도록 쑤신다고 하여 치료를 해 주었으나, 60일이 지나서 또 아프다고 하여 시간이 몇 달 지나다 보니 동네에서 소문이 나면서 B치과의원으로 환자들이 몰려들었고, A치과 의원은 그 환자를 완전무결하게 치료해 주었으나, 줄어든 손님은 옛날같이 늘어나지는 않았다.

〈실전 사례 101번〉

　안양동 시장 입구 인근에 오래된 외과병원이 있었는데 원장님이 젊은 시절부터 12층까지 쌓아 올린 병원이다. 아들도 의사(S대 의대 교수)라 병원을 이어받으라고 했으나 큰 병원을 이어받지 않고 싫다고 하여, 상업 지역 대지 600평 지하 2층, 지상 12층의 병원을 청장년 시절에는 입원실도 운영하였으나 원장님(85세)이 고령이라 간호사 몇 명과 의원을 (입원실은 사용하지 않고) 혼자 경영하고 있다가 매입자와 흥정하여, 적당한 가격에 매매계약을 해 드렸다. 매수한 분은 생각 끝에 요양병원과 요양원을 하는 것으로 알고 있었으나, 몇 년이 지난 후 리모델링하여 호텔로 꾸며 놓아서 주차장도 넓고, 보기도 좋아 손님이 제법 많은 편이다.

〈실전 사례 102번〉

　안양동 15층 건물 1층 안쪽에 12평 점포를 매입하여 매매를 하고자 했으나 되지 않아서 결국은 음식점으로(보 1천만 원/월 50만 원에 배달 음식점으로) 임대차 계약을 해 주었다. 약 5년 동안 영업을 하고 있는데, 경기가 좋지 않아서 월세도 못 올리고 매매가를 변경하였으나 매매도 못 하고 있었다. 처음부터 매입한 가격으로라도 내놓았으면(조금이라도 더 받으려고 하다가 못 팔아서) 좋았을 텐데 하는 후회를 하고 있었다. 지금 같은 불경기에 구분 상가 매매가격은 원래 매입한 가격에서 약간 내려서라도 내놓아야 팔릴 것 같다.

⟨실전 사례 103번⟩

　안산시에 있는 다세대 주택 4층 중 3층을 안산에 있는 중개사와 공동 중개 하여 매수인에게 매매계약을 해 주었다. 매매가격은 1억 1천(전세 1억 원을 안고), 원래 상가주택이었던 것을 처음부터 1층 상가는 그대로 놔두고 2층부터 4층까지 다세대 주택으로 변경하여 분양을 했었다. 전세를 안고 매매를 하였기 때문에 전 세입자는 당연히 새로운 주인에게 전화로 수도계량기가 1개밖에 없어서 6개 다세대 주택마다 수도세를 6분의 1로 나누어 그 다세대 주택에 살고 있는 분 중 1명을 뽑아서 2개월에 한 번씩 수도료를 내는데, 자기는 거의 집에 있지 않고 밖에서 생활을 하기 때문에 수도요금이 많다고 생각하여 억울하다고 항의하고 수도요금 관리하는 분과 임대인이 통화한 끝에 수습한 적이 있다. 그래서 그 다음부터는 다세대 주택을 매매할 때나 전월세로 임대차 계약을 할 때는 각 세대마다 계량기가 따로 있는지 확인하는 습관이 생겼다.

⟨실전 사례 104번⟩

　중개사무소를 개업한 지 얼마 되지 않아 바로 옆 건물에 다른 중개사무소가 들어와 경영을 하는데, 이 사람이 매수인 다루는 법은 다른 사람과 달랐다. 단독주택을 매입하려는 손님이 와서 안양 A동 쪽에 있는 주택(도로변과 바로 뒤쪽 주택이 한꺼번에 매물로 나왔음) 2개를 매도인이 매가 6억 원에 내놓았으나 매수인은 계약금이 5백만 원밖에는 없었다. 그러니까 이 중개사가 자기 자금 1천만 원까지 합하여 계약금을 1천5백만 원으로 하고 중도금을 4차까지 하여 6개월 후에 잔금을 하는 것으로 매도인을 설득하여 매매계약을 하였다(강대길은 매도인 측 중개사였기 때문에 공동중개를 하였음). 매수인은 나에게 소장님, "중개는 저렇게도 하는 것입니다."라고 조언을 하였다.

〈실전 사례 105번〉

　IMF 위기 이후 은행에서 명예퇴직한 은행 지점장이(식구는 부부와 일곱 살의 아기가 한 명 있음) 사업을 하다가 많은 손해를 보았는지 식당을 (50평) 보증금 2천만 원 월세 100만 원에 임대차 계약을 해 주었는데, 3식구가 그 식당에서 먹고 자고 살림도 하였다. 밑에 장판을 따뜻하게 해 놓아 손님들이 신발을 벗고 앉아서 식사를 하는 환경이었다. 중개사 모임이나 다른 모임도 많이 하였다. 약 5년 후 그 부부는 돈을 많이 저축했는지 고향인 대구에 내려가게 되었다고 초대하여 많은 사람에게 음식을 대접하였다. 소문에는 그동안 저축한 자금으로 고향에 집도 사고, 식당도 크게 하려고 다 준비해 놓았다고 한다. 나에게 식당을 넘겨 달라고 부탁하여 다른 사람에게 권리금 양수도 계약과 임대차 계약을 해 주었는데 새로 들어온 분은, 무엇이 부족한지 잘 몰랐으나 1년 만에 강대길에게 식당을 넘겨 달라고 하여 권리금도 몇 푼 못 받고 임대차 계약과 권리금 양수도 계약을 하고 떠났다. 그 후에도 1년에 한 번씩 수도 없이 바뀌었다. 물론 다른 이유도 있겠지만, 온 정성을 다하여 장사하는 사람과 아닌 사람의 차이점을 그 식당을 경영하는 사람들을 보고 깨닫게 되었다.

〈실전 사례 106번〉

　안양동의 10층 백화점을 올 리모델링하여(현재는 개인에게 전부 분양하여 병의원, 식당, 약국, 볼링장 등이 번창하고 있음) 그중 경영이 아주 잘되는 것으로 보이는 피부, 비뇨기과 의원이 전문의 5명으로 운영하고 있는데, Pay Doctor 한 분이 서울에서 안양으로 출퇴근하는 것이 아주 고통스럽다고 3식구가 거주할 신축 5년이 안 되는 빌라를 매입해 달라고 하여 적당한 가격에 매입해 주었다(전용 25평, E/V 주차장이 있음, 매매가 3억 5천만 원). 피부과에 갈 일이 있어서 찾아가 "잘 지내십니까?" 하고 물어보면 아주 만족한다고 하여 나도 기분이 아주 좋았다. 그러다가 2년 후 그분(피부과 전문의, 의학 박사)이 출신 대학교의 종합병원 피부과 과장으로 가게 되어 빌라를 매도해 달라고 의뢰가 왔는데, 부동산 경기가 급랭하여 같은 모임에 있는 D중개사에게 공동중개 하자고, 그 빌라 물건을 주며 가격부터 세세한 것까지 다 설명하였다. 어느 날, 그 의사분이 전화로 매매계약이 1달 전에 되어 내일이면 잔금을 받고 떠나게 되었다며, 고맙다고 전화가 왔다. "어느 부동산에서 매매계약을 하셨습니까?" 하고 물어보니, D중개사가 매매해 주었다고 하여 가서 따지니 친한 부동산과 매매계약을 했다고 하여 내 물건을 공동중개 하자고 주었는데 나도 모르게 계약했느냐고 했더니 "뭘, 그런 것을 가지고 따지느냐."라고 화를 내기에 어이가 없어서 수소문을 해 보니 D부동산 중개사가 나에게 부동산 매매 건으로 전부터 감정이 있었다는 것을 알게 되었다. 부동산 중개사들끼리 맺은 인연은 오래가지 않는다는 말이 중개사들 사이에 회자되고 있는데 이참에 잘됐다 싶어 내용증명을 띄우고, 난리를 피워 수수료를 받은 적이 있다.

〈실전 사례 107번〉

안양 R동에 있는 S아파트 구조가(36평) 복도식인데, 맨 끝에 있는

810호 아파트는 마지막 벽이 가리고 있었고 809호를 지나서 가기 때문에, 810호 입구 복도에 문을 해 달고 나면 그 복도는 810호만 쓰게 되었다(물론 건축법상이나, 아파트 관리법상으로는 못 하게 되어 있다). 복도 부분 4평 정도를 자기 아파트(810호) 부속 창고나, 이중문이라고 생각하여 생활을 하고 있는데, 아파트 주민들이 양해한 것인지 102동, 103동 맨 끝에 있는 아파트 주민들은 4평 정도를 공짜로 잘 사용하고 있다. 그러다 보니 다른 아파트에 비해서는 매매 가격이 차이가 나 임대차 금액도 조금 많게 거래가 되고 있다.

⟨실전 사례 108번⟩

　안양 A동(초중학교 가는 길목)에 있는 I아파트라고 산 밑에 있는데, 오래된 아파트이지만 E/V, 주차장도 있어서 살기는 편한데 내가 23평 아파트를 잘못 소개해 주어 욕을 많이 들은 적이 있다. 아파트 밖에서 안을 들여다보면 잘 모르겠지만 아파트 안에 들어가서 거실 뒷면을 보면 대낮인데도 산과 아파트 사이가 1m 정도밖에는 안 떨어져 있어서 1층부터 4층까지는 전깃불을 켜 놔야 하는 경우가 많다. 매도인이나 매수인이나 자세히 보고 생각하지 않으면 지나칠 경우가 있는데, 5층과 6층은 그래도 밝은 편이고, 나머지는 산에 가려서 어둡다고 생각하시면 될 것이다. 자세히 안 보시는 매수인이 오시면 그런 것을 간과하여 나중에 다툼이 발생할 경우가 있다.

　※ 참고로 그 아파트 TOP층은 6층이다.

〈실전 사례 109번〉

　안양 A동 초등학교 가는 길에 아파트와 빌라가 섞여 있는데, 빌라는 신축한 지 얼마 안 되어 아주 깨끗하고, 안양 B동 입구에 있는 37평 아파트를 매도해 주고 그 신축 빌라를 매입해 주었는데, 아파트와 빌라의 차이점은 비교적 출입구가 좁고, 주차장도 넓지 않다는 것을 가르쳐 주었는데도 빌라를 매입한 손님이 잘못 사 주었다고 수수료를 안 주겠다고 하여 한참 다툼 끝에 설득하여, 수수료를 받은 적이 있는데, 막무가내로 수수료를 안 주려고 버티는 사람들이 가끔 있어서 골치 아플 때도 있다.

〈실전 사례 110번〉

　안양 A동에 있는 빌라(방 2개, 욕실, 주방)를 신혼부부에게 전세 9천만 원에 임대차 계약을 해 주었는데, 아무런 말이 없다가 추운 겨울에 보일러가 고장 났으니 빌라 주인에게 보일러를 고쳐 달라고 부탁하여 가 보니, 왜 새는지 이해할 수 없었다(5년 경과된 유명제품임). 주인도 오라고 하고 임차인 부모도 같은 동네에 살아서 오시라고 하여 대화를 해 보니 추운 겨울에 신혼부부가 잘 몰라서 외출 시 보일러를 외출로 하고 나가야 하는데 보일러를 가동하지 못하도록 꺼 놓고 나가니, 날씨가 너무 추워서 보일러가 터져 작동을 안 한 것이었다(이 사실은 신혼부부 중 신랑을 불러서 알게 된 것임). 그래서 임차인 어머니에게 사실대로 설명하여 임차인이 새 보일러로 교체한 적이 있다.

〈실전 사례 111번〉

　안산에 20년 된 빌라의 매수인이 있어서, 안산의 C중개사와 공동중개로(전용 약 20평 방 3개, 화장실 2개, 양쪽 베란다 있음) 매매계약을 하여 302호에 한 달 후 잔금을 하고 입주하여 살고 있는데, 202호로 한 달만에 4번씩이나 자리를 옮겨 가며 누수가 되어(매번 80만 원 정도씩 4번에 320만 원 정도를 파이프 수선공에게 지불) 매수인을 구했으나, 손님이 없어서 매도가 안 되었다. 임대인을 만나서 얘기를 들어보니, 임대인이나 수리업자나 302호 세입자나, 202호에 거주하는 분이나 노이로제가 걸릴 정도가 되었다고 한다.

〈실전 사례 112번〉

　요즈음엔 부동산 경기가 최악이라 매물을 의뢰받아도 거래가 안 되다 보니 가격은 자연적으로 낮아지고, 전세도 보증금이 낮아지고, 공동주택 공시가격이나 다가구 주택 공시가격도 떨어지고 전세금 반환, 보증보험 회사(HUG)에서 보험을 들어줄 때, 전에는 공시가격에 1.5(가중치) 정도를 해서 산출되는 금액으로 했으나, 2023년 10월 1일부터는 공시가격×1.26(가중치) 정도를 해 주다 보니 전세를 준 임대인은 예를 들어 1억 원 전세이면(공시가격×1.5에 전세 들었던 분이, 지금은 공시가격×1.26으로 되다 보니) 종전에는 공시가격이 6천7백만 원 정도이면 1억 원 보험 가입을 해 주었는데, 지금은 같은 공시가격이라고 해도 보증보험 가입 가능 금액이 8천 4백만 원밖에 안 되어 임대인들이 전세 만기가 되면 1천6백만 원을 더 붙여 1억 원을 만들어서 내주게 되었다. 결국 임대인이 전세 임대차로 받은 1억 원을 계속 예금을 해서 2년 동안 쓰지도 못하고 갖고 있어야 2년 후 임차인이 이사 갈 경우, 1억 원을 돌려줄 수가 있는데, 그렇게 하는 분들이 별로 없기 때문에 애를 먹는 임대인들이 늘어나 사회에서는 임대인을 사기꾼과 같은 눈으로 보게 되는 경우가 있다. 결국은 종전에 입주 시 들어 놓았던 보험금을 받아서 나가거나, 임차권 등기를 해 놓고 비워 주고 다른 곳으로 이사 나가서, 보험금을 청구하거나, 경매에 붙여서 임차인이 싸게 사들여서 손해를 줄이거나 하는 경우가 많게 되어, 주택 공시가격을 정해진 규칙에 따라 내리고, 하는 것도 좋지만 경기의 등락을 봐 가면서 주택 공시가격이 하락하지 않도록 하는 것도, 생각해 봐야 될 것 같다. 참 안타까운 일이다.

〈실전 사례 113번〉

안양 C동 D아파트 25평(방 3개, 화장실 1개, 거실, 재건축 진행 중이었음) 101호를 매매하여 매수인이 이사 와서 주거하고 있던 중, 한여름 장마철에 승용차를 산 밑에 있는 주차장에 주차해 놓았는데, 폭우가 쏟아지니 부부가 차에 밤 11시쯤 들어가, 혹 문을 제대로 못 닫았거나 유리 창문을 완전히 올리지 않아서 비가 새지는 않는지 들어가 체크하던 중 높지 않은 얕은 흙벽이 무너져 내려, 주차장에 주차해 놓은 차들이 흙 속에 묻혀 버렸다. 이 부부는 필사적으로 기어 나와, 상처는 조금 있었지만 살아서 아파트로 돌아왔다. 말하기 좋아하는 사람들은 왜 밤에 부부가 차 안에 들어가서 흙 세례를 받고 위험한 지경에 빠졌는지, 궁금해하는 분들이 많았다. 우여곡절 끝에 5년 후 재건축에 들어가 지금은 20층 아파트가 들어서서 환경이 아주 좋아졌다.

〈실전 사례 114번〉

　안양 D동 쪽에 약 40년 된 E아파트가 있었는데 날림으로 지어져서(사람들이 밖에서 판단하는 것임) 기둥의 콘크리트가 떨어져 철근이 다 드러난 곳도 흔하여 보기에 아주 상태가 안 좋았다. 같은 시기에 같은 건설회사가 시공하여 20층 아파트를 멋있게 지어 놓아 D아파트와 E아파트 사이에 경계를 안 짓고 건축을 하여 처음에는 D아파트와 E아파트에 입주한 사람들이 편하여 좋아했으나, D아파트와 E아파트 사이에 어떤 일이 있었는지는 모르겠으나, 아파트 사이에 출입 공간을 막아 놓아 사람들은 왕래가 되었으나 자동차들은 못 다니게 되었다. 사람들이 불평을 하였으나 고쳐지지는 않았다.

〈실전 사례 115번〉

　상기 재건축된 아파트(D아파트와 E아파트)가 들어서자 주변의 중개사들이 상호를 알리기 위해 온 정성을 다하였는데, 강대길도 명함을 가지고 두 달간을 계속 PR하여, 몇 군데 아파트 매매도 하고 임대차 계약도 하여 재미를 보았다. 그런데 아파트 상가들은 별로 재미를 못 봤다. 왜냐면 입주자들이 부담금도 만만치 않고, 아파트 입주 및 인테리어에 많은 돈을 쓰다 보니 별로 여유가 없었기 때문이다. 2~3년이 지나니까 주민들이 소비를 하기 시작하여 학원, 슈퍼, 내과, 소아과 의원들이 잘되었다. 상점 주인이나 건물 주인들은 월세가 올라가니 아주 좋아했으나 경기가 나빠진 요즈음에는 빈 점포나 사무실이 많아졌다.

〈실전 사례 116번〉

  E아파트를 철거하고 20층 아파트를 신축하는데, 40년 전의 건축업자가 본인 이름으로 등기해 놓은 땅이 신축되는 아파트 입구에 있다 보니, 몇십 년 동안 놔두었으나, 아파트를 신축하기 전 대지를 전부 측량하면서 소유자를 대조해 보니까 아파트 입구 땅의 소유주가 아파트 주인이 아닌 몇십 년 전의 건축회사 사장 명의로 되어 있었기 때문에 조합원, 시공사, 40년 전의 건축업자가 다투게 되어 조합장과 조합의 몇몇 원로들이 건축업자와 합의하여 어느 정도의 돈을 주어서 출입문 쪽 도로를 확보는 했으나 그 자금은 전부 조합원들의 부담이 되었다.

〈실전 사례 117번〉

  상기 D아파트를 재건축하여 다시 몇 년 후 신축 아파트에 입주하려면 이사 나갈 때, 받았던 전세자금 등을 다시 돌려주어야 하는데, 전세 기간이 다 지나지 않았거나, 월세 보증금 등이 제대로 빠지지 않아서 기다렸다가 들어오거나, 신축 아파트를 전세나 월세를 놓는 분들도 많았고, 그동안 돌아가시거나 병상에 계신 분들도 있어서 거의 아는 분들인데 너무 불쌍해 보였다. '세월 앞에는 장사가 없다'는 말을 되새기게 되었다.

〈실전 사례 118번〉

  안양 C동에 있는 아파트 상가에서 중개 사무소를 운영하고 있었는데, 아파트 입주민이 적으니 관리사무소 인원도 단출하였다. 경비만 3교대를 하면 되었는데, 내가 이사 오는 남자(50세)의 성격을 잘 파악하지 못

하고 매수계약을 해 주어 잔금을 하고 들어오게 되었다. 직업이 없는지, 거의 매일 술에 취하여 당시 70대의 이○○ 씨인 경비원을 만나기만 하면 술에 취해서인지 쫓아다니며 괴롭혔다. 나는 아파트 상가에서 사무소를 하다 보니 이러지도, 저러지도 못했는데 어느 날, 출근을 하고 보니, 옆 점포의 슈퍼마켓 사장이 나에게 그 70대 경비원이 어젯밤에 심장마비로 돌아가셨다고 하여 얘기를 들어보니, 관리사무소 소장이 마음씨도 좋고, 솜씨도 좋아 약간 손볼 것이 있으면 거의 다 고쳐 주었는데, 그날은 오후 8시경이 되어(복도식 아파트였음) 복도의 등이 꺼져서 그 경비원에게 밑에서 사다리를 붙잡고 계시라 하고 복도 천장에 있는 복도 등을 바꾸어 주었는데, 관리소장이 내려오자마자 그 경비원이 심장마비로 손쓸 겨를도 없이 돌아가셨다고 한다. 나는 그 얘기를 듣고, 그 남자(내가 아파트를 매매계약을 해 주어 들어와서 살고 있는 자) 때문에 참고 참고 견디다가 결국은 심장마비로 돌아가셨구나 하는 생각하면서 망연히 앉아 있었다.

〈실전 사례 119번〉

산본 신도시에 거주하던 때인데, 많은 분들이 공기가 좋고 편안한 곳에서 살자고 이사들을 와서 거주하였다. 아파트마다 경비원들이 교대로 근무하고 있었는데, 그때만 해도 아파트 경비라고 하면 친분이 있는 사람들에게는 비밀로 하던 때인데, 70 정도 되는 영감님이 경비원으로 있었다. 하루는 저녁에 보니, 그 경비원은 울고 있고 40대 후반의 아들은 아버지를 달래고 있었다. 분위기가 아마 경비 일을 하기 전에는 은행이나 중급 공무원으로 있다가 퇴직하여 퇴직금을 다 날리고 경비 일을 하는 것 같았다. 나는 1993년 말경에 어려서 신도시 46평에 입주하였는데, 총금액은 약 9천만 원 정도였다. 몇십 년 지난 지금은 약 15억 원은 될 것이라고 추정해 본다.

〈실전 사례 120번〉

산본 신도시가 들어선 지 꽤 시간이 지났는데, 신도시 지하상가에 국내산 전문 정육점을(20평) 임차하고자 하여 보증금 2천만 원/월 100만 원에 공동중개로 계약을 해 주었는데, 한참 영업이 잘되던 날이라 부인도 오토바이로 배달도 하며 도와주었다. 아기 두 명과 부부가 같이 살았는데, 애들도 너무 예쁘고 부부 금슬도 좋아 행복하게 잘 살았다. 그날 오후에 가까운 아파트로 배달하기 위해 오토바이로 가던 중 급하게 지나던 택시가 오토바이를 추돌하면서 헬멧을 쓴 머리에 중상을 입어 응급실로 갔으나 천국으로 가고 말았다. 한 20일 후, 점포를 정리하고 집도 이사 가겠다고 하여 점포는 다른 곳에서 정육점을 하고 있던 분에게 임대차 계약을 해 주고 집도 신축 빌라(방 3개, 화장실 2개, 거실, 주차장 있음)를 초등학교 인근에 매입 계약을 해 주어 이사 가도록 하였다. 지금은 시간이 너무 지나서 근황을 모르고 있으나, 남편의 서글서글하며 항상 웃는 모습이 가끔 보고 싶다.

〈실전 사례 121번〉

산본 신도시에서 M치킨집(당시 유명 브랜드)을 하겠다는 분에게 X단지에 점포 임대차 계약을(보 2천/월 70만 원) 공동중개로 해 주었다. 몇 년 동안을 열심히 하여 점포 시설 권리금을 받아 달라고 하여, 장사가 잘

되는 것을 알고 그 점포를 꼭 사겠다고 하는 어느 정도 장사 경험이 있는 분에게, 권리금을 약간 조정하여 그 점포를 인수하게 해 주었다. 그리고 점포를 넘긴 그 사장은 경기도 북부 쪽으로 진출하여 치킨 도매상을 크게 하여 직원도 늘리고 돈도 많이 벌고 하였으나, 사장 성질이 부인에게 너무 폭력적이라, 약 15년 정도 같이 살던 부인도 항상 지겨워했다. 부인은 회사 내부 현장을 지휘하며 현장에서 살다시피 일을 하다 보니, 그 중에 부인을 사모하던 생산부장 김율동(부인과 사별)이 부인에게 사랑을 고백하여, 가끔 같이 외박도 하다가 결국은 남편에게 같이 찾아가 무릎을 꿇고 몇 시간을 빈 끝에 남편의 허락을 받아 이혼을 하고 현재는 아이 셋은 남편이 키우게 하고, 부인은 그 생산부장과 다른 도시로 가서 잘살고 있다고 한다. 결국 폭력적인 남편은 다른 여자들과 연애는 했으나, 아직까지도 결혼을 못 하고 있다는 소문이 돌고 있다.

〈실전 사례 122번〉

안양동 산업도로 인근에 5층 아파트 약 300세대가 있는데, 약 10년 동안 재건축 조합을 결성하여 재건축을 추진했었는데, 주민들(조합원들) 사이의 이해타산이 서로 안 맞아 시간이 5년 이상 더 흐르는 동안 조합이 해체되다시피 하고, 조합간판만 있는 상태였다. 되돌아 이사를 들어오려면 미리 받고 나간 이사비용 등을 반납해야 하는데, 현시점에서는 곤란하여 이사 나간 아파트의 일부를 보기 싫은 상태로 문마다 X 자로 출입금지라고 써 붙여 놓아 일부 아파트만 주민들이 거주하고 있고(이사를 안 하거나, 다시 돌아온 주민들 등이 섞여 있음) 앞으로 재건축하려면 주민들이 다시 합의하여 해체되다시피 한 조합을 다시 정리하려고 노력하고 있는 상태가 3년이 더 지나 버렸다. 하루 빨리 조합이 정상화되었으면 좋겠다. 날이 가면 갈수록 조합원의 부담만 늘어갈 뿐이다.

〈실전 사례 123번〉

안양3동에 경력 30년 된 미용사가 보 2천/월 80만 원에 점포(10평) 임대차 계약을 하여 영업했는데, 아주 잘되어 항상 손님이 많았다(예약제인데도 소문이 나니까 예약 안 하고 오는 경우도 많았다). 그래서 30평 정도 점포로 옮기여 미용사를 3명 정도 두고 운영하려고 입점한 지 3년 후에 권리금도 적당히 하여 내놓았으나, 미용실을 운영하는 건물에(점포가 5개임) 식당 업종이 임대차 계약을 하고 들어와 장사를 하다 보니 너무 좁아 건물 뒤 공간은 5평 정도 넓혀(불법으로) 큰 건물 자체가 불법 건물로 건축물대장에 기재되어 불법 건축물을 없앨 때까지, 벌금을 물게 되었다. 미용실에 마침 작자가 있어서 적당한 가격에 조정하여 계약하려다가 구청에 이러한 내용을 자세히 말하고, 인허가가 되느냐 문의하니, 불법 건축물을 치우고 건축 대장에 표시가 없어지기 전에는 인허가가 안 나온다고 하여, 계약을 못 하고 아직도 계류 중에 있는데, 식당은 식당대로 난감하게 생각하고 있어 중개사 입장에서도 난처하기만 하다.

〈실전 사례 124번〉

안양에 큰딸과 남자 동생을 데리고 사는 여자분(당시 45세 정도)이 식당 주방에서 일하며 살고 싶다고, 방 3개를 얻어 달라고 하여 월세로 보 1천/월 60만 원에 임대차 계약을 해 주었다. 그녀는 약 15년 전에 남편을 병으로 잃고, 혼자 살았는데 주방일로 먹고살자고 하니 뛰어난 음식 솜씨와 예쁜 얼굴로 봉급도 많이 받았다. 마침 Y동에서 큰 건물을 가지고 월세를 놓고 사는 홀아비가 계셨는데, 음식 맛과 예쁜 얼굴을 가진 이 여자분에게 반하여 50대 중반에(자녀들은 월세 살던 곳에서 그대로 살고) 홀아비와 과부만 같이 그 상가주택에서 살기로 하여 5년 정도를 남부럽지 않게 살았는데, 술 좋아하는 남편이 갑자기 뇌출혈로 쓰러져 인근 큰 병원에 입원하여 치료를 받았다. 몇 년 동안 맺은 정 때문인지, 대소변도 받아내면서 정성을 다하여 돌봤는데, 홀아비의 시집간 딸 3명이 가끔 와서 온갖 심술을 부리며, 혹시 아버지 재산을 뒤로 빼돌리는 것이 아닌가 하여 의심하다 보니 부인과 전실 딸들 사이에 싸움이 나고 나서 그 부인은 집을 나와 이혼 신고를 해 버렸다. 그러고 나서 아버님을 보살필 사람이 없다 보니, 그 부인에게 다시 사정을 하였으나 이미 마음과 몸이 떠난 그 부인은 완전히 인연을 끊어 버리고 다른 곳으로 이사해 버리고 말았다. 딸들이 부인과 싸우지 않고 사이좋게 잘 살았다면, 그런대로 남편 간호하면서 부인도 대충 만족스럽게 살았을 것을 딸들이 망쳐 놓아서 아버지만 어렵게 해 놓은 것이다.

⟨실전 사례 125번⟩

안양동에 딸 둘과 사는 어머니가 계셨는데, 세 식구가 함께 살(방 3개, 화장실 2개, 거실) 빌라를 2억 6천만 원에 매매를 해주어 딸 둘은 직장을 다니고, 어머니는 식당(주방)에서 일을(음식 솜씨가 좋음) 잘하여 월급도 많이 받았고, 제법 미인 축에 들어갔다. 나이가 5세 정도 적은 노총각이 반하여 결국 결혼해서 살았는데, 집은 같은 빌라에서 살기로 하였다. 5세 연하의 남편도 돈을 잘 벌어서, 큰딸도, 작은딸도 적령기 남편 자격으로 시집도 보내 주었으나 부인과 연하의 남편 사이에는 아이가 없었다. 두 부부만 살다 보니, 가끔 부딪치기도 하며 살았지만, 남편은 누님처럼, 부인은 동생처럼 여기면서 살다 보니, 싸움도 안 되고 정만 더욱 쌓여 잘 살았는데, 불의의 사고로 남편이 한쪽 다리와 한쪽 손목을 잃어 병원에서 1년 정도 입원해 있었고(입원하는 동안 부인은 지극정성으로 돌보았다) 퇴원 후 남편은 날이 갈수록 성격이 거칠어져 가끔 부인과 남편 사이에 싸움이 있었는데, 그러고는 잊어버렸다. 하루는 길에서 그 부인을 우연히 만났는데, 부인은 남편을 끔찍이도 아껴 주었지만 손과 발 한 쪽씩의 절단으로 인한 트라우마를 이기지 못하고 부인 앞으로 짤막한 말만 남기고 저세상으로 갔다고 한다. 메모 내용은 "너무 사랑한 당신, 더 이상 고생시키고 싶지 않아요, 다음 생애 건강한 몸과 마음으로 다시 만나요. 사랑하는 경철로부터." 상기와 같아, 그 소식을 접한 사람들의 마음을 슬프게 하였다.

〈실전 사례 126번〉

신혼부부가 안양동에 본인이 중개하여 빌라를 매입해서 잘 살고 있었는데, 정기 인사이동 때가 되어 남편은 부산으로 발령이 나서 주말부부가 되었다. 금슬이 좋아서 매주 오르내리다 보니, 피곤하기도 하고 길에다 돈을 뿌리는 것 같아, 부산으로 이사 가려고 집을 내놔서 내가 매매계약을 해 주어 딱 맞는 기간에 부산으로 내려가서 같이 살게 되었다. 그런데, 남편이 워낙 잘생기고 신체가 좋다 보니, 부산 사무소에 있는 15명 정도의 아가씨들에게는 선망의 대상이 되었다. 그러나 신랑은 여러 번 "나는 결혼한 몸이니, 더 이상 나를 나쁜 사람으로 만들지 마세요." 하고 부탁을 하였으나, 그중에 딱 1명만이 포기하지 않고 쫓아다니다가, 사무소 전체 회식날 기회를 잡아서 술에 만취한 남편을 그 여직원이 강간하고 말았다. 그리고 나서 3개월 정도 있다가 임신했다고 하며, 결혼하자고 하여 병원에서 검사를 해 보니, 그 남편의 애가 맞아 이럴 수도 저럴 수도 없게 되었다. 결국 두 여자와 남편의 가족들이 다 모여 이혼하기로 합의를 보고, 남편은 사랑하는 아내에게 2억 원의 위자료를 주고 헤어졌다. 그리고 나서 아기를 가진 여직원(집이 부자였음)의 부모는 이왕 이렇게 된 것, 혼인 신고를 하도록 하여 A국으로 유학을 보내 더 어른이 되어, 박사학위도 받고, 서로 사랑하며 잘 살게 해 주었다. 그리고 그 남편은 약 10년 후 A국에서 경제학 박사, 로스쿨을 졸업한 A국 변호사로서 A국 대학교수로 있으며, 부모님을 뵈러 귀국하여 우연히 길에서 나와 만나서 그간의 사정을 들을 수 있었다. 헤어졌던 아내도 독한 마음으로 국내에서 법학 전문대학원에 들어가 현재는 이혼 전문 변호사로 활동하며, 검사와 재혼하여 아들 둘과 함께 잘 살고 있다고 한다.

〈실전 사례 127번〉

산본 신도시에 수입고기 전문점을 하기 위해 점포를 임차해 달라고 하여 전용 15평을 지하에 보 3천만 원/월세 70만 원에 임대차 계약을 해 주어 장사가 아주 잘되었는데, 남편은 총각 때 결혼한 부인과 이혼하였고, 현재의 부인과 재혼하여 아들, 딸을 낳아 네 식구가 단란하게 잘 살았다. 평소에 술을 좋아하고 고혈압 등이 있던 남편은 7일에 3번 정도는 술을 마시는 것 같았다. 어느 날, 상가 인근에 있는 살림집(아파트 32평)에 혼자서 출근하기 위해 용변을 보고 있다가 혈압이 터져서 혼자 있던 탓으로 아무 손도 못 쓰고 시체가 된 뒤에야 식구들에 의해 발견되어 장례를 치렀다. 부인도 젊어서는 미인이었는데, 생활전선에서 세파에 묻혀 살다 보니 그저 중년의 여인으로 되어 있었다. 나중에 아들이 그 점포를 인수받아 장사는 잘하였으나, 아기가 없어서 많은 고통을 겪는 것 같았다. 결국은 시험관으로 아기를 어렵게 얻어 잘 살고 있다고 한다.

〈실전 사례 128번〉

산본 신도시에 3.5평의 건강식품과 담배를 파는 OPEN형 가게를 보 1천만 원/월 60만 원에 임대차 계약서를 써 주어 개업하는 날부터 많은 손님들이 물건을 사 주어서 앞날을 밝게 해주었다. OPEN형 점포의 단점은 절도의 표적이 될 수 있으며, 특히 담배 같은 것은 특별한 표적이 되었고, 항상 조심했으나 도둑이 노리면 틈이 보이는 것 같았다. 경비가 밖에 앉아서 보고 있는데도 순간적으로 현금과 담배를 슬쩍해서 큰 창문을 통해서 감쪽같이 도망쳐 버렸다. 그 일로 경비원 아저씨는 그만두고 다른 분이 경비원으로 들어와 점포주들의 불안을 해소시켜 주었다.

〈실전 사례 129번〉

산본 신도시에 상가 1층 15평을 분양받아 약국을 건물주가 경영하였으나, 병원이 들어오지 않고 학원이나 다른 업종이 들어오자 약국 자리를 다른 업종이라도 좋으니 빨리 세를 놓고 나가고자 하여 마침 중개사 자리를 얻고자 하는 분이 있어, 부동산 중개사무소가 현재 전면에 1개, 후면에 1개가 또 있어서 1개 업소가 더 들어가면 내 양심상 안 될 것 같아 망설이고 있는데, 상기 중개사가 적극적으로 월세 계약을 해 달라고 하여 보 4천만 원/월 200만 원으로 계약을 해 주었다. 그 당시 권리금이 약 5천만 원에서 1억 원 정도 하던 때라, 그 중개사는 그것을 감안하여 나중에 권리금이라도 받고 나갈 요량으로 계약을 한 것 같았다. 새로 들어간 중개사는 사업이 아주 잘되었고, 같은 건물에 기존에 있던 중개사도 영업이 잘되었다. 그러나 약 2년 정도 부동산 경기가 좋더니 2년 후에는 부동산 경기에 찬바람이 불어, 내가 계약해 준 중개사는 권리금 5천만 원으로 팔아 달라고 하여, 권리금을 적당한 선으로 조정하여 매매해 주었다. 다른 기존의 중개사 두 명은 움직이지 않는데, 나중에 들어온 중개사는 다시 매매해 달라고 하여, 처음 들어올 때 지불한 권리금을 받고 나가도록 다른 중개사로 대체해 주었다. 요번에 새로 옮겨 온 중개사는 부동산 경기의 사이클링을 안고 들어온 것인지 바로 3개월 정도 후, 약 5년 동안 호경기가 와서 많은 재미를 보고 있다는 소문을 듣고 있다.

〈실전 사례 130번〉

쌀을 포함한 잡곡도 판매하는 점포를 얻고자 하는 상인에게 지상 1층 15평을 보 1천만 원/월 1백만 원에 임대차 계약을 해 주었다. 남편과 부인은 36세로 동갑인데 아들이 하나 있었다.

남자 사장이나 부인도 미남 미녀 축에 들었다. 점포에 부인도 나와 장사를 돕고는 했는데, 어쩌다가 사장은 사장대로 단골 여성을 사귀게 되었고, 약 6개월 정도 지나니, 부인도 남자를 사귀게 되어, 집안이 파탄이 나게 되어 이혼하고 아들과 부인은 다른 남자와 다른 곳으로 가서 재혼하여 살고, 남자 사장은 새로 만난 여자와 결혼해서 점포를 지키며 같이 살게 되었는데, 현재 남자 사장은 아기 2명을 낳고 잘 살고 있고, 전 부인은 사랑이 식어서 이혼하고 다른 분과 재혼해서 세 식구가 잘 살고 있다고 한다.

〈실전 사례 131번〉

산본 신도시에서 떡집을 하고자 하는 분이 있었는데, 마침 지하상가에 빈 점포가 있어서 보 1천만 원/월 1백만 원에 20평을 권리금 없는 것으로 임대차 계약을 해 주었다. 마침 추석 2개월 전에 개업하여 많은 주문이 있었고, 몇 개월 후 신정, 구정이 있다 보니 아주 잘되었다. 평촌에도 떡집 사장 친척이 임대차를 해 달라고 원하여 평촌의 중개사와 연결하여 공동중개를 해 주어, 평촌 친척도 장사가 잘되어 아주 기분이 좋았다. 나는 전부터 소문에 듣기로, 떡집은 거의 다 잘된다고 하는데, 아마 국민들이 옛날 옛적부터 사랑하던 음식에 대한 향수는 시간이 지나고 입맛이 변해도 김치와 같이 영원히 한국인의 입맛에서 떠나지 않는 것 같다.

〈실전 사례 132번〉

안양동에 2년 정도 비어 있는 점포를 보 2천만 원/월 120만 원에 임대차 계약을 해 주었는데, 이 점포는 전 사람이 음식점을 30년 정도 하다가 망하여 2년째 비어 있던 곳이었는데, 15평 정도의 순댓국집을 열었다. 되는 듯, 안되는 듯 하였으나 최근에는 사람들도 거리에 많이 다니고, 원룸들이 많이 오픈하여 순댓국집의 손님이 많아지게 되니 덩달아 인근에 있는 회사의 손님들도 많이 모이게 되어 장사가 잘되었다. 그러다 보니, 다른 점포도 손님들이 늘게 되어 건물 주인들은 불황에도 자기네들이 세준 곳이 장사가 잘되니, 건물값도 오를 것으로 생각이 드는지 모두 좋아하게 되었다.

〈실전 사례 133번〉

산본 신도시 상가 1층 15평 점포를 분양받아 제과점을 경영하던 분이 아버님께서 암으로 고생하시어 부득이 아버님 간호차 점포를 임대차해 달라고 부탁하여 수소문 끝에 보 5천만 원/월세 2백만 원에 제과점을 운영하겠다는 분에게 권리금 없이(주인이 하다가 넘기니 권리금을 안 받겠다고 함) 임대차 계약을 해 주어 35세 정도의 부부가(딸이 5세였음) 경영을 잘하여 돈을 상당히 많이 벌어 유명해지게 되었다. 남편이 제빵학원을 약 1년 정도 다니며 기술을 갖추어 빵 맛도 좋고, 부인은 아주 명랑하고 친절하여 싫어하는 사람이 없다 보니 약 5년 동안에 많은 돈을 벌어 이전 경험과 번 돈을 가지고 고향(대전)에 가서 조그만 건물을 사서 윗층에서는 살림을 하고 1층에서는 제과점을 하겠다는 생각을 가지고 있었는데, 이것을 보고 제과점을 얻겠다는 사람이 권리금도 어느 정도 쳐 줄 테니 넘기라고 하여, 많은 권리금도 받고 대전으로 조그마한 건물을 사서 이사하였다. 새로 들어온 제과점 주인은 여자인데, 남편은 직장을 다니고 있었고 기술자는 월급을 주고 고용하여 1년 정도는 경영을 잘하였으나, 여자 주인이 성깔이 있어서 조금만 손님이 언짢은 얘기를 하든가 하면 싸움이 나기 시작하더니, 2년째 되는 해부터는 옆 단지에 큰 제과점이 들어오는 바람에 오비이락식으로 점포 운영이 하루가 다르게 잘 안되었다. 그래서 자기가 주었던 권리금 중 반만 받을 테니 점포를 빼 달라고 하여 손님을 10명 정도는 보여 주었으나, 권리금 없이 인수하겠다고 하여 결국은 주인으로부터 보증금만 받고 제과점을 떠났다. 그 후, 내가 데리고 왔던 손님이 권리금 없이 계약을 하여 현재까지 점포 운영을 잘하고 있다.

〈실전 사례 134번〉

　산본 신도시 중심가 지하 약 40평의 노래방이 매물로 나와(보 4천만 원/월 150만 원, 권리금 1억 원) 권리금을 몇 번 조정하여 한 달 후에 새 주인인 김○○ 씨가 종업원 6명과 함께 개업하여, 약 2년이 지난 후까지도 장사가 잘되었다. 그러다가 어느 날, 나에게 전화가 와서 노래방을 빼주면 고맙겠다고 하여, 왜 그러냐고 물어보니, 아이를 가져서(임신) 아무래도 집에서 쉬어야 할 것 같다고 해서 점포를 내놓았는데, 경기가 좋지 않은 상태라 계약이 잘되지 않았다(그 동네에서는 장사가 잘되는 것으로 소문이 나 있었으나, 경기가 워낙 좋지 않으니 거래가 잘되지 않았다). 그러는 사이에 몇 달이 지나다 보니, 해산달이 몇 달 안 남아 할 수 없이 권리금을 거의 포기하다시피 해서 다른 사람에게 점포를 넘길 수 있게 해 주었다. 내가 다루었던 점포이기에 내용도 잘 아는데, 경기가 안 좋으니 많은 손해를 보고, 훗날을 기약하며 다른 분과 임대차 계약을 해 주었다.

〈실전 사례 135번〉

　안양동에 있는 상가주택 3층에 있는 원룸 301호가 전세 6천만 원에 매물로 나왔으나 3개월이 지나도록 임대차 계약이 이루어지지 않았다. 3년 전까지는 기존 장사를 하거나 전세 임대차를 하여 살고 있는 분들의 보증금 합계가 다소 많아도 문제없이 나갈 것들이, 보증금을 떼일까 봐 HUG(전세보증금 반환보증보험)에 너 나 할 것 없이 가입하다 보니, 계약하려다가 HUG 가입을 못 하니, 해약을 하게 된다는 것이다. 할 수 없이 임대인을 설득하여 월세를(보 5백/월 35만 원) 놓을 수밖에는 없었다. 공동주택의 경우에는 HUG에 가입 여부가 간단하게 판단되나, 다가

구주택이나, 가구 수가 많은 상가주택 등은 일일이 따져서 LH나 은행 등에 전세자금 대출 가능성 여부나 HUG 등 보험기관에 보험이 가능한 여부를 꼭 알아보고 임대차 계약을 하지 않으면 낭패를 볼 가능성도 있으니 조심해야 한다.

〈실전 사례 136번〉

 잘 아는 분이 중개사 자격을 따고 나에게 와서 몇 개월 실무를 익히고 집이 수원이니까, 수원 Y동에 있는 20m 대로변 5층 중 1층 점포 10평을 임대차 계약을 하고 관련 기관에 중개사 개업 신고를 하고자 하니, 건축물대장에 위법건축물이라는 마크가 오른쪽 상단에 찍혀 있어서, 안 된다고 반납을 하였다. 구청과 상의하여 불법 건축물을 철거한 후, 관계 기관에 등록을 하여 현재 몇 년 동안 경영을 잘하고 있는데, 사무소를 몇 년 하다 보니 위법건축물에 대한 건물주들의 개념이 거의 없다는 것을 알게 되었다. 물론 항공 촬영을 통해서 알게 되는 경우도 있지만, 인근에 사는 분들이 불편하여 혹은 불편하지 않더라도 서로 감정이 안 좋거나 하면 신고하는 경우가 있는데, 이런 경우 점포마다 화재보험에 들고 싶어도 들지 못하는 경우가 있으니 계약하여 관의 허가, 인가, 등록 등을 안 하는 경우라도 건축물 대장상에 위법건물이 표시되어 있는지 꼭 확인해 보아야 한다.

※ 위법 건물인 경우 점포도 화재보험에 들 수가 없다.

〈실전 사례 137번〉

　1985년 9월 22일 공인중개사 시험(1회)을 시행한 이후 2023년 10월 마지막 주 토요일 34회까지 시험 합격자 수는 536,578명(한국 산업인력공단, 전문자격 운영부 자료에 의함)이고, 2024년 2월 5일(한국공인중개사협회 자료) 현재 개업자 수는 약 115,000명(중개사 사무소 개설 등록자 기준)이라고 하여, 자격증 소지자 대비 중개사 사무소를 개설하여 운영 중인 사람은 약 21% 정도에 지나지 않고, 나머지는 사용하지 않고 보관만 하고 있다. 이러한 형편인데, 최근에 보면, 컨설팅 업자 등의 간판을 걸고, 중개업을 하거나, 중개업법에 위반하면서 중개업자를 고용하여 중개하는 분들도 있어서 시장을 교란시키는 분들이 많다고 한다. 이러한 위반은 철저히 단속하여 개업 중개업자들을 보호하여야 한다고 생각한다.

〈실전 사례 138번〉

　경기도 시흥시 산업단지 인근에 약 20년 정도 된 빌라(전용 18평, 지분 10평) 1층에, 영감님이 약 10년 정도 사시다가(철물점을 하는 분이었는데 부인은 사별하고, 외동딸은 출가하여 홀로 살고 있었으며 나이가 80이 다 되어 모두 정리하여 고향에 내려가 조용히 살겠다고 하였음) 우연히 나와 연결이 되어 가족이 많으신 분에게 매매가 1억 3천만 원으로 비교적 싸게 매매를 해 드렸다. 집을 점포와 같이 정리하려고 내놓았는데, 집이 먼저 팔려서 할 수 없이 철물점 안에 혼자 지낼 수 있는 조금만 방을 꾸며 살았는데, 연탄난로를 놓고 사시다가 가스중독으로 외로운 삶을 마감하셨다. 그 딸은 외동딸이었지만 어머니가 돌아가신 후로는 아버지와 별로 소통이 없었던 것으로 보여 사고가 난 후, 119에 의해 병원 영안실에서 일주일 지난 후 따님이 알게 되어 아버지를 장사 지내고 유품을 정리하여, 지방으로 내려갔는데, 내 생각엔 살아서 별로 소통이 없었던 탓으로 자식이 있음에도 불구하고 외롭게 가신 것이 마음에 걸렸다.

〈실전 사례 139번〉

　산본 신도시 뒷산과 가까운 곳에 일반 택지에 관직에 계시는 분이 다가구 주택을 지어 1층을 전세 1억 원(방 2개, 거실, 욕실)에 임대차 계약을 해 주었는데, 얼마 지나지 않아 장마철이 되니 1층임에도 불구하고 하수도 물이 역류하여 집안 살림을 엉망으로 해 놓게 되어, 나에게 전화가 와 사정 얘기를 해, 동사무소에 연락하여 펌프로 물을 빼 주어 무마한 적이 있는데, 그 후로는 1층이라도 높이가 몇 계단 올라가 있는 1층 아니면 임대차 계약하기도 매우 어렵게 되었다. 그 후에 다른 분이 임대차 할 경우 산 밑이나 1층임에도 비가 한꺼번에 쏟아지면 하수도가 역류할 수도 있다는 단서를 붙여서 계약서를 써 주고 있다.

〈실전 사례 140번〉

　안양동에 있는 단지 상가 3층에 내과의원이 있어서 단골로 다니게 되었다. 나는 병원을 쇼핑하듯이 다니는 것을 매우 싫어해서 쭉 몇 년을 다니게 되었는데 어느 날, 아파트를 팔아 달라고 하시어 "알겠습니다." 하고, "이사를 어디로 가십니까?" 하고 물어보니 본인 부인이 암 4기라 온 몸에 퍼져서 수술도 못 할 정도가 된다고 하여, 내 마음이 아주 안 좋았다. 몇 달 후, 아파트 매매계약을 해 주고, 병원도 임대차 계약을 해 주어 모든 것을 다 정리하고 원장님과 헤어졌다. 몇 달 지난 후, 같은 자리에 오신 내과 의사 정○○ 원장님으로부터 뜻밖의 소식을 듣고 놀라서 어쩔 줄 몰랐다. 전에 떠나신 원장님 자신이 암 4기로 온몸에 암이 퍼져서, 많이 남지 않은 시간을 정리하러 떠났다는 것이며, 부인이나 자녀 2명은 아주 건강했다고 한다. 약 3개월 후, 하늘나라로 떠났다고 해서 내 마음이 너무 아팠다.

〈실전 사례 141번〉

산본 신도시 중심 상가 4층 약 80평을 만화방으로 월세 임대차 계약을 해 줘 성황리에 3년 정도 장사를 잘하고 있는데, 경기가 아주 안 좋았기 때문에 손님이 줄어 수입이 적어진 것인지, 잘되고 있는 점포를 권리금 1억 원(보 1억 원/월세 550만 원)에 팔아 달라고 연락이 와서, 적당한 사람을 찾아서 흥정을 해 보았으나, 경기가 워낙 좋지 않아 손님이 줄어들거나, 앞으로 줄어들 것이라는 것은 거의 알고 있는 것이라, 흥정이 잘되지 않다 보니, 날이 갈수록 권리금은 많이 떨어져 결국에는 권리금 3천만 원에 넘기게 되었다. 매도(현 임차인)인은 불만은 많았으나, 본인 생각에는 경기가 안 좋은 것이 점점 다가오니 어쩔 수 없다고 생각했었던 것 같다. 인수받은 사장은 열심히 하고 있으나, 크게 손님이 늘어나는 것 같지 않아서 걱정을 하는 형편이다.

〈실전 사례 142번〉

안산시 X동에 있는 빌라 3층을 전세로 임대차 계약을 해 주었는데(전용 약 20평, 방 3개, 욕실 2개, 큰 거실) 2년 지나서 다시 2년을 연장 계약하고, 바로 다음 날, 보일러에서 더운물이 안 나온다고 전화가 와서 일단 임대인에게 통보하고 보일러 옆에 붙어 있는 서비스 회사에 전화해서 서비스맨이 설명하는 것을 임대인에게 통보하고 의논하라고 조언을 했다. 나중에 전화가 와서 보일러가 너무 오래되어 교체해야 한다고 해서 임대인이 교체해 주었다고 한다. 대개의 경우, 집이 오래되면 파이프가 터지거나 보일러 고장이 나서, 임차인들이 당황하는 경우가 많고, 임대인들도 당황하는 경우가 많다. 보일러 고장은 보험에서 수리해 주지 않는데, 방이나 거실의 파이프가 터져 물이 새는 경우 등은 화재보험에 들면 아주 요긴하게 쓰일 경우가 많다.

〈실전 사례 143번〉

안양 Y동에 아파트 25평을 매입하고자 하는 분이 있어, 마침 지방으로 발령이 나서 급히 매매하는 아파트 25평을 적당한 가격에 매입해 주었다. 매입하신 분은 48세 정도로, 이혼 후 딸 하나와 함께 사는 분이었는데, 아파트 동마다 경비원이 근무하고 있었다. 나중에 소문으로 들으니 키도 작지 않고, 처녀 시절에는 예쁜 축에 들어갔었다고 한다. 905호였는데, 전등이 나가니까 우선 경비실에 전화하여 전등 교체를 부탁했는데, 마침 경비원이 고쳐 주겠다고 하여, 올라가서 전등을 교체해 주었다. 이것으로 인연이 되었는지 시간이 흐르다 보니 그 경비원이 근무하는 날이 되면 905호에 오라고 하여 서로 즐겼다고 하는데, 나중에 주민들이 하나둘씩 알게 되어 결국 그 경비원은 그곳을 그만두고 다른 아파트로 가서 경비 일을 하게 되었다. 그 후로는 아예 그 경비원이 쉬는 날은 그 집에서 살다시피 했는데 나중에는 그 경비원이 경비 일을 그만두고, 설비, 공사 점포를 내서 같이 잘 살고 있다는 얘기를 들었다.

〈실전 사례 144번〉

　안양 A동에 있는 빌딩 지하상가 50평의 슈퍼마켓이 임대로 나왔다. 기존하고 있는 분이 다른 곳으로 슈퍼마켓을 확장 이전하여 가는 이유였다. 그곳을 임차하겠다는 분이 마침 있어서 권리금을 약간 조정하여 임대차 계약을 맺어 주어 장사를 열심히 하였으며, 물건을 싸게 팔다 보니 장사가 아주 잘되었다. 직원 2명을 두고, 부부가 함께 장사를 했는데, 직원(배달)이 점포 주인의 부인에게 반해서 지내던 중 어느 날, 구애를 하게 되었는데 그때는 남편이 1년에 한두 번 정도밖에는 부부 생활을 안 해 주었다는 소문이 들렸던 터라, 두 사람(부인과 배달 직원) 사이에 불이 붙어서 집에 있던 돈을 대부분 가지고 도주하는 사건이 발생하였다. 경찰에 신고를 하여 몇 달 후, 두 사람을 잡았는데 두 사람은 남편에게 쓰고 남은 돈을 다 내놓고 싹싹 빌어서 남편이 용서를 해 주었으나, 두 사람은 헤어지는 것은 절대로 못 하겠다고 하여 다른 지방에 내려가서 아기 낳고 잘 살고 있으며, 남편은 슈퍼마켓을 다른 분에게 넘기고 약 5년 동안을 혼자 살고 있다고 한다.

〈실전 사례 145번〉

　안양 X동에 44세 정도 된 여성 중개사가 점포 임대차 계약을 해 달라고 하여 자리 좋은 곳에, 마침 권리금도 없는 빈 점포가 있어(보 1천/월 40만) 임대 계약을 해 주었다. 딸 하나를 데리고 살았는데 손님 중에 40대 초반의 총각이 이 중개사에게 반하여 지금 살고 있는 빌라를 팔아 달라고 의뢰하고, 다른 곳에는 전혀 내놓지를 않았다. 그래서 그것을 핑곗거리로 하여 하루가 멀다 하고 그 사무소를 드나들었는데, 빌라가 팔리지 않는다는 핑계로 저녁 약속을 하여 빨리 팔아 달라고 부탁하며, 사랑 고백까지 하였다. 약 2살 정도 어리고, 키도 크고, 직장도 공무원이다 보니 모자랄 것 없는 남자였다. 그래서 승낙을 하고 팔려고 내놓은 빌라(방 3개, 화장실 2개, 거실, E/V 있고, 주차장도 있음)에서 동거를 하게 되었다. 그러나 부인은 수입이 들쑥날쑥하여 살림해 나가기가 힘들어서 남편이 월급에서 어느 정도를 주기로 하고 잘 살았다. 1년 정도 살다 보니 아기가 생겨 서로 아주 좋아하였다. 그런데 직장에 다니던 딸(20세, 상고 졸)이 교통사고로 하늘나라로 떠나게 되었다. 엄마로서는 너무 슬퍼서 중개사 사무소를 거의 두 달 동안 열지 못하고, 그 충격에 신경 정신과를 다니면서 우울증을 치료받았다. 해산달이 되어 딸 쌍둥이를 낳아서 모든 것을 거의 잊어버리고 같이 잘 살았는데, 남편이 갑자기 지방으로 발령받아 주말부부가 되어 애틋하게 사랑하며 잘 살았다. 주말이 되어 남편이 금요일 밤차를 타고 올라와 택시 합승을 하고 집으로 오던 중 사고로 인하여(오토바이가 택시를 추돌하고, 택시가 충격으로 트럭(8M/T)을 추돌하여, 택시가 트럭 밑으로 들어가 완전히 폐차 수준까지 가게 되어) 남편은 사랑하는 부인을 남겨 두고 하늘나라로 가 버렸다. 그 부인은 몇 개월 동안 사무소 문을 닫고 쉬다가 지금은 다시 문을 열어 열심히 잘 살고 있다고 한다.

〈실전 사례 146번〉

안양 X동에 10평 정도의 미용실을 구하는 미용사가 있었는데, 나와 인연이 되어 아주 좋은 자리로 권리금이 없는 곳에 임대차 계약을 해 주었다(보 2천/월 80만 원). 솜씨가 좋고 단골손님도 많아서 영업이 잘되었다. 그런데 1년 후 남편과 이혼하면서 그 후유증으로 몇 달 동안 점포를 비운 사이에 손님도 떨어져 나가고, 문을 다시 열고 장사를 계속했으나 그동안에 맞은편에 더 큰 미용실이 생겨서 젊은 사람들이 유행에 맞는 머리 스타일에 친절하기까지 하니 이 미용실은 파리만 날리게 되어 보증금을 다 날리고, 주인은 나가라고는 하나 마땅히 갈 곳이 없다 보니 우물쭈물하는 사이에 주인이 집행관을 시켜서 강제로 철거해 버렸다.

〈실전 사례 147번〉

　어느 날, LEH 대학병원 원장인 안경미 박사가 전화로 대학병원 하나를 더 늘리려고, 15층에서 20층 정도의 건물을 매입하여 병원 건물로 만들려고 하는데, 대지 3천 평 정도 E/V가 10개 정도 있고, 주차장을 지하 7층까지 갖추고, 병원 건물 옆의 빈 대지 위에 주차도 200대 정도 할 수 있는 건물을 찾고 있다며, 강 대표님 부인의 선배인데 시간은 6개월이 걸리든, 1년이 걸리든 개의치 않을 테니, 구해 달라고 하여 "예, 빠른 시간 내에 찾아서 방문하겠습니다." 하고 전화를 끊었다. 3명의 직원들과 회의를 하여 각자의 맡은 지역에서 강대길까지 포함하여 빠른 시간 내로 내부, 외부, 인근 시설 등 주변도 사진을 찍고 내역서를 만들어 오도록 하였다. 그렇게 1개월이 지나자 아파트촌 인근 초중고 부근에 있는 건물 40개를 서울의 남쪽과 경기도와 서울 접경에 있는 곳에서 찾아 서류를 만들어 안경미 박사의 사무실을 방문하여 40Set의 건물 및 내역서 등을 보여 드리며 설명을 해 드리자, 약 15일 내에 검토하여 전화드리겠다고 하며, 차 한잔 마시고 헤어지는데 강대길의 얼굴을 보며 헤어지는 것이 아쉬운 눈빛과 행동을 하여 강대길은 속으로 무슨 뜻이지? 하며 매우 궁금해하였다. 그 후 15일이 지나가 안경미 박사가 전화로 5개의 건물을 보자고 하여 다 보여 드리자 5개의 건물이 모두 장단점이 있는데 장점만 있는 건물은 내가 건축을 해도 안 나올 테니 5개의 건물을 각각 20%씩 DC하여 각 건물의 대표님들에게 제시해 달라고 하며 만약 계약이 된다면 계약금 10%, 중도금 10차례, 잔금은 24개월 후에 하는 것으로 계약을 하겠다면서, 미리 다 얘기해 달라고 하며 헤어졌다. 그러나 아무리 국내 건설경기가 바닥이고, 외국에서도 건설경기침체로 A국 같은 경우에는 중심도시의 빌딩 공실률이 70%라고 하기는 하나 빌딩 대표들도 매도가를 터무니없이 제시하지는 않았을 것으로 보였으나, 매수인이 '갑'인 입장이라 그대로 각 대표님들에게 말씀드리자 검토해 보고 연락을 주겠다고 하여 기다리기로 했는데, 6개월이 지나도록 아무런 소식이 없어서 안경미 박사의 사무실에 방문했다. 그동안 5개의 빌딩 주인에게서 아무도 연락이 없었다고 하자, A국에서 금리를 0.5% 내리니까 우리나라도 금리를 내리게 되면 경기가 좋아질 것이기에 가격을 네고할 생각이 없는 것 같다고 하였다.

내가 보는 바로는 2년 내에는 건설경기와 국내 전체의 경기가 살아나지는 못할 것이라고 하며, "강 대표님이 너무 수고하시는데 저는 꼭 건물을 매입해야 하나 1년이든, 2년이든 기다릴 수 있습니다." 하며 "강 대표님이 다른 일도 보시며, 연락이 올 때까지 기다려 주십시오. 나는 언제라도 계약할 각오가 되어 있습니다."라고 하며 또, 지긋이 쳐다보는 안경미 박사의 눈빛이 절실한 사랑의 눈빛으로 보여 강대길의 마음을 설레게 하며 아쉬움 속에 헤어져 우리 공인중개사 사무소로 돌아와 바쁜 일들을 처리해 나갔다. 1년이 다 지나가던 어느 날, E건물 대표가 전화로 "1년 전에 주신 네고 금액으로 계약이 가능할까요?" 하며 물으시기에 "연락을 해 보고 전화를 드리겠습니다." 하고 바로 안경미 박사에게 전화로 여쭈어 보니, "그러면 5%를 더 DC하여 총 25% DC하는 것으로 하여, 전에 말씀드린 조건대로 하면 내일이라도 계약을 하겠다고 전해 주세요." 하여 다음 날, E빌딩 대표에게 그대로 전화를 드리자, "검토한 후 내일 말씀을 드리겠습니다."라고 하여 기다리기로 하였다. 다음 날, 오후에 전화로 계약을 하겠다고 하여 안경미 박사에게 전화를 드리자, 그러면 내일 아침 10시에 우리 중개 사무소에서 만나자고 하여 바로 빌딩 매도인과 약속을 하여 다음 날 안경미 박사, 빌딩 매도인, 대학교 재단 이사장인 부친과 만나서 종전, 구두로 약속한 대로 계약을 하고 헤어지게 되었다. 그 후 중도금 10차례, 계약 후 24개월 만에 잔금까지 완성한 후 명의 이전도 하고 2년 동안의 계약을 완전 마무리하였다.

〈실전 사례 148번〉

어느 날, 부인(김성숙 박사)의 선배라고 하며 자신을 소개하는데 나이는 46세이고, 이름은 연수인, 약학 박사로 약국을 주식회사로 운영하고 있는데 잘되지만 나이가 들자 "1층에서 약국을 하며, 지하 1층에서는 화실을 만들어 그림을 그리며, 전시장으로도 쓰고 싶습니다. 지상 10층 정도에 지하 주차장이 지하 2층부터 지하 4층이나 5층까지 있는 것으로 (대지 500평 정도 되는 것으로) 구해 주세요!" 하기에 20개의 건물을 내외부 사진을 찍고, 내역서를 첨부하여 20Set를 들고 연수인 박사의 약국을 방문하여 설명을 드렸더니, "며칠 검토해 보고 전화드리겠습니다."

하고 10일이 지나자 그중에서 3가지 건물을 골라서 "빌딩 대표가 제시한 가격에 15%를 DC해 달라고 하세요." 하기에 "예, 알겠습니다." 하고 그대로 건물주 3분에게 다 말씀을 드렸는데, 8개월이 다 되도록 아무도 연락이 없어서 연수인 약사의 약국을 방문하여 "8개월이 지나도록 매도인 3명 모두 아무런 답이 없습니다." 하며 한숨을 쉬자, "강 대표님 너무 신경 쓰지 마세요. 그분들이 실제로 경기 체감을 못 하고 버티는 것 같은데, 시간이 지나면 우리의 제안을 받아 줄 것 같으니, 그냥 기다리세요! 그런 시간에 다른 일을 보십시오. 전 1년이든, 2년이든 매수인(갑)의 입장에서 기다릴 테니 지치지 말고 기다려 보세요!" 하기에 계속 기다리기로 하였다. 12개월이 다 되어 가니까 B건물의 대표가 전화로 "지난번 제안하셨던 가격에 계약을 하시겠습니까?" 하고 제의가 들어오자, 강대길이 연수인 약학 박사에게 전화로 그 내용을 그대로 얘기해 주자, "그러면, 5% 더 DC하여 20% DC하는 것으로 하고, 중도금 5번, 잔금은 12개월로 하여 계약을 하자고, 역제안을 하세요!" 하기에 바로 B빌딩 매도인에게 전화로 통보하자, 조금 생각해 보겠다고 하며 다음 날이 되니까, 20% DC로 계약을 하자고 하여, 당사자들이 모인 가운데 계약을 하고, 계약금 10%, 중도금 5회로 하고 잔금은 12개월로 하며, 1층에서 점포 2칸을 임차하여 장사하고 있던 카페를 잔금 1개월 전에 매도인이 내보내는 조건으로 계약을 하였으며, 1년이 지나자 잔금을 다하고 등기이전 하여 2층부터 8층까지의 임차인들을 전부 임차료 10%씩 DC해 주며 새로운 임대차 계약을 해 주며 1층에서 약국을 하고 있는데, 그 건물에 있는 의원들의 처방전이 많이 나와서 약국을 잘 운영하고 있다.

〈실전 사례 149번〉

  어느 날, 한가하여 신문을 보고 있는데 우리 또래의 손님이 들어와 안양 X동에 빌라 35평을 사 달라고 하여 몇 군데를 보여 주고, 그중 마음에 드는 것을 이튿날 올 테니 가격 협상을 해 놓으라 하여 적당한 가격에 빌라(방 4개, 화장실 2개, 큰 거실, 주차장, E/V 있음)를 매매계약을 해 주어 1개월 후 입주하기로 하였다. 어디서 많이 본 얼굴인데 기억이 나지 않았다. 대학교 동창인 것 같았는데, 그때나 지금이나 미남형에 키도 180cm는 되는 것 같았다. 나중에 동창인 것을 알게 되었는데, 그 친구는 1학년 마치고 2학년 올라가기 전에 군 입대를 지원하여 약 2년 동안 군에 있다가 내가 졸업한 후에 복학하여 대학교를 졸업하였기 때문에 1학년 1~2학기 합쳐서 약 6~7개월 정도만 보았던 것 같다. 왜 군대를 그렇게 일찍 지원해서 갔느냐고 물어보니, 2학년 1학기 등록금을 카바레 다니며 알고 지내던 여성에게 돈을 다 쓰고 할 수 없이 군에 지원 입대했다고 했다. 원래 운동신경이 좋고, 키도 크고 미남이었다. 군을 제대하여 정신 차리고, 학교를 잘 다녔으나 집안의 형편이 안 좋아져서 결국은 카바레에서 아르바이트를 하여 학자금과 생활비를 내며 졸업 때까지 견디었다고 한다. 대학교를 졸업하고 은행에 입사하여 타고난 인물과 또한 언변도 좋고, 춤도 아주 베테랑이 되어 많은 예금을 끌어들여서 특진을 거듭하여, 은행의 꽃이라 할 수 있는 명동지점장까지 지냈다고 한다. 그때까지도 공사(公私)가 바쁘다 보니 장가갈 생각도 안 하고 40이 되었다고 한다. IMF 때 명퇴를 하여 특유의 솜씨로 사업에 성공하여, 그때 당시 유명한 카바레에서 30대 초반의 여성을 만나 결혼까지 했는데, 그녀는 그 나이에 재혼이었는데, 외국에서 몇 년 사는 동안 은행에 근무하면서 백만장자와 결혼하여 약 5년을 살다가 합의 이혼하면서 위자료로 거금을 받아서 한남동 고급주택에서 혼자 살고 있다가 친구들과 유명 카바레에 들렀다가, 내 동창(김경한)의 나비 날 듯하는 노련한 춤을 보는 순간 반하여 열렬한 구애 끝에 결혼하게 됐다고 하며, 안양에 빌라를 산 것은 안양에 빌딩 몇 개가(자기 명의와 아내 명의로) 있어서 임시로 빌라를 사서 거주하며, 가끔 와이프와 골프도 같이 치기도 하면서 아기를 뒤 늦게 낳아(5살 쌍둥이) 키우고 있는데, 가정부와 유치원 교사 자격증 있는 분이 아기를 키워 주고 있어서 부부 동반으로 자주 놀러 다닌다고 한다. 아주 부러운 친구였다.

〈실전 사례 150번〉

모 방송국에 부동산에 관한 대담프로에 초청을 받아 출연하였는데, 약 10분 정도 TV에 얼굴을 비추었는데도, 소식을 알지 못하고 지내던 대학이나 대학원 동기들이 전화가 많이 와서 바빴다(다시는 TV 출연을 안 하겠다고 마음속으로 다짐을 하였다). 그런데 그중에 대학원 동기(여성으로 현재는 대학교 교수를 하고 있었다)가 안양 쪽에 올 상가로 약 100억 원 정도에 맞추어 사 달라는 전화가 왔다. 그래서 약 2달 정도 걸려서 적당한 건물을 매매계약해 주었는데, 안양에서 건물을 사려는 이유는 자기가 안양에 있는 대학에서 교수로 있기 때문에 다른 지역보다는 잘 알지 않겠나 하는 생각에 구입하게 되었다고 했다.

남편은 고위 공무원으로 자녀는 남매인데, 아주 잘 살고 있는 것 같았다. 고졸(여상)로 회사 경리부에 들어가 경제학 박사까지 받은 집념의 여성이었다. 남편도 행정고시 출신으로 완벽한 공무원이었다. 그 후에 내가 사 준 건물이 마음에 들었는지 몇몇 교수님들에게 상가주택이나 건물을 몇 개 더 사 주었고, 지금도 가끔 연락을 하고 지내고 있다.

〈실전 사례 151번〉

 안양시 X동에 있는 건물을 사겠다는 손님의 의뢰를 받아 같은 동네의 B중개 사무소와 내가 만나서 목적 건물로 가는데, 얼굴이 많이 익어 자세히 보니 고등학교 동창이었다. 그도 그제야 나를 알아보았는지 서로 악수하고 적당한 건물을 10개 정도는 보여 주었는데, 그중의 하나가 마음에 들었는지(대지 80평, 건평 200명의 영수학원이 들어 있는 건물인데, 1층은 편의점이 들어가 있었다) 적당한 가격에 협의를 하여 매매계약을 해 주었다. 얘기를 들어 보니 현재 고등학교 선생님을 하고 있으며, 30년 후 퇴직을 걱정하여 부모님이 생전에 아들에게 건물을 사준다는 것이다. 건물은 세도 잘 나오고 튼튼하게 지어서 별 탈 없이 관리하며 잘 지냈다. 그 친구가 학교 동창이나 자주 만나는 친구들에게 나를 좋게 말했는지 그 후 몇 선생님이나 사업가들이 안양에 비슷한 규모의 빌딩을 사서 잘 운영하고 있다.

〈실전 사례 152번〉

 안양에 있는 25m 도로변에 40평 정도의 점포가 약 20년 동안 1년마다 한 번씩 점포주가 바뀌었다. 그러다 보니 1년 영업하고 문을 약 6개월씩 닫게 되어 업종도 많이 변했다. 어떤 손님이 비어 있는 그 점포를 임대차 계약을 하겠다고 하여(속으로 이 사람은 얼마나 갈까?) 걱정하며 계약을 해 주었다. 이분은 전문 음식점이 아닌 여러 가지 안주를 셰프가 만들며 술과 Tea를 파는 카페였는데, 시작한 지 1개월 정도 지나니 문전성시였다. 만든 안주를 사진 찍어서 자신의 유튜브에 계속적으로 올려 아주 효과적인 PR을 하였기 때문에 젊은 청춘남녀들이 오기 시작하면서 계속 잘되었다. 지금은 3년이 지났는데 비슷한 카페가 계속 문을 열고 있어 사람이 별로 안 다니던 거리가 젊은이들의 거리가 되어 가고 있다.

〈실전 사례 153번〉

안양 X동에 지하 1층 지상 2층의 상가가 있는데, 1층은 약국으로(건물 주인이 경영하며, 약 40평) 2층은 계속 병원이 이어가면서 들어와 있었는데, 1년 전에 정신건강의학과 의원이 약 4년을 운영하다 떠나고, 현재는 1년 동안 비어 있다. 그래서 약국 사장님에게 물어보니 보증금과 월세는 내과나 이비인후과 등 처방전이 많이 나오는 병원에게는 안 받아도 된다는 것이다. 몇 사람 아는 의사를 통하여 의견을 물어보았는데 신통한 답이 없었다. 아무리 월세나 보증금이 싸더라도 병원에서 나오는 수익이 의사가 희망하는 목표에 못 미치면, 다른 곳에 PAY DODTOR로 들어가는 것이 낫다고 생각하여 의원들이 안 들어오다가 마침 55세의 소화기 내과 전문의(의학 박사)가 무보증, 무월세로 임차하여 약 6개월이 지나자 용하다는 소문이 나더니 2년이 지난 지금은 손님이 많아서 잘되고 있다.

〈실전 사례 154번〉

지인의 아들이 중학교부터 기초지식이(부부가 별거 중임) 부족하여, 고등학교에 진학해서도 성적이 좋아지지가 않았다. 결국은 수능에서도 낮은 점수를 받아 전문대에 겨우 추가 합격으로 입학하였다. 원룸을 얻어 달라고 하여 학교 인근에(보 500만/월 35만 원) 원룸(풀 옵션)을 임대차 계약을 해 주었다. 전문대에 들어온 학생들의 기초성적이 거의 비슷하여 출석을 열심히 하고, 공부도 열심히만 하면 우수 장학생제도가 많아서 별 부담 없이 다닐 수 있었다. 2년 후 아주 우수한 성적으로 졸업한 후 군에 지원 입대하여 전역 후 4년제 대학교에 편입하여 출석과 공부를 아주 열심히 하여 4년제 대학교도 우수한 성적으로 졸업하여 방송국에도 우수한 성적으로 입사하였고, 현재 미술부에서 열심히 일하고 있다. 지인도 별거를 끝내고 부인과 합쳐서 사이좋게 살고 있는데, 이○○ 군(나이 26세, 키 186cm, 건장한 체격임, 미남형)에게 같은 방송국에 근무하는 모 여자 아나운서가 반하여 1년 후 결혼식을 올리고 새 신부는 A TV방송국 아나운서로, 아들은 미술부 직원으로 맞벌이를 하며 잘 지내고 있다. 둘이 돈을 합해서 나에게 매입을 의뢰하여 방송국 인근에 공동중개로 빌라 30평을 매입해 주어 현재는 빌라에 잘 살고 있는데, 이○○ 군은 미술에 재주가 많아 대학원 서양화과에 입학하여 틈을 내어 그림을 그리며, 각종 대회에 출품하고 있는데, 한 5년 정도 지나면 화가로서 이름을 날릴 것으로 기대하고 있다고 하며, 부인(아나운서)도 잘 적응하여 예능프로 아나운서로도 맹활약을 하고 있다고 한다.

〈실전 사례 155번〉

산본 신도시에 거주하며 신도시에 있는 중학교를 졸업하고 당연히 신도시에 있는 고등학교에 입학할 줄 알고 있었으나, 뜻밖에도 이 학생(이경정)만 안양 모 고등학교에 입학을 하게 되었다. 부모님께서 신도시로 학교를 옮기고자 노력했으나 안 되어 2학년 올라가서는 관련 부서에도 진정하여 산본 신도시에 있는 고등학교로 전학이 되어 다녔으나, 안양에서 고1을 다닐 때 많은 심적 고통을 당하고, 외톨이로 지내다 보니 정신과 치료도 받게 되었다. 이 부모는 격노하여 관련 학교장과 관련 부서장에게 형사 및 민사소송을 하여 몇 년을 끌다가 결국은 정신과적 문제가 있다고 하여 보상을 받았으나, 이미 이 학생은 고등학교 졸업 후, 다년간 정신과 치료를 받다가 대학교도 못 다니고, 군도 면제되었다. 약 5년 후에는 정상으로 돌아와 늦은 나이에 대학교도 졸업하고, 직장도 구하여 잘 다니고 있다. 고등학교를 낯선 곳으로 배정받아 중학교 동창생들과 떨어져 학교를 다니다 보니 정신적인 충격을 받아 남보다 대학교도 5년 이상 늦게 들어갔고, 사회 진출도 그만큼 늦어졌다. 지금은 직장도 잘 다니고, 결혼도 하여 잘 살고 있다고 한다.

〈실전 사례 156번〉

안양 K동에서 수학을 잘 가르치는 학원 강사가 학원 자리를 임대차 의뢰하여 계약서를 써 주어, 학원도 잘되어서 아주 기쁘게 생각하고 지냈는데 어느 날, 찾아와 학원을 그만하겠다고 빼 달라고 부탁하여 적당한 가격에 하겠다는 분이 있어 임대차 계약을 해 주었다. 그 전 원장에게 왜 학원을 그만두었냐고 물어보니, 노래를 잘하는데 젊어서 한번 시도해 보려고 학원을 그만두었다고 하며, 녹음한 노래를 들려주는데, 내 마음에는 와 닿지 않았으나 노래는 곧잘 하여 칭찬을 해 주고 젊었으니 한번 그 길을 개척해 보라고 격려해 주었다. 그래서 한 1년 정도를 노래에만(발라드) 전념하였으나 신통치가 않았고, 남보다 큰 차이가 나질 않으니 잘

되질 않았다. 다시 나에게 와서 학원 임대차 계약을 부탁하여 계약해 주어, 몇 년 전까지만 해도 잘 운영을 하고 있었다. 얼마 전 길에서 한번 만났는데, 가수는 접고 취미로 기타를 치면서 노래도 하고 작곡도 하고 있다고 하며 자기 본직은 수학 강사이니 돈을 모으면 결혼도 하여 본업에만 충실하겠다고 하며 헤어졌다.

〈실전 사례 157번〉

산본 신도시 W단지 상가 1층에 직장 퇴직 부부가 화장품 가게를 임차하겠다고 하여 오픈된 점포를 보 500/월 50만 원에 월세 임대차 계약을 해 주어 장사가 잘되었다. 그 집 큰아들이 S대 법대를 다니며 공부도 잘하여, 부모님들의 기대가 대단히 컸는데 산본 도서관에(학교 안 가는 날이면) 하루 종일 살다시피 하였다. 공부를 굉장히 잘하여, 대학교 3학년 때 사법고시에 합격하여 4학년 학교를 졸업과 동시에 사법연수원에 들어가 연수를 받고 공군 법무관으로(장교) 임관하여 4년 후 대위로 전역하여, 검사 발령을 받고, B지청을 시작으로 검사 공직을 잘 수행하고, 같은 사법연수원 동기인 판사와 결혼하여 아기 2명을 낳아서 잘 살았다. 뜻한 바 있어 외국 Law School에 국비로 유학 갈 기회가 생겨 5년 만에 A국 변호사 자격증과 석사, 박사학위를 받아 귀국하여 몇 년 동안 검사로 근무하다가 국내 최대 로펌에 들어가 몇 년 만에 파트너 변호사로 승진하였다. 물론 유명한 법조 가문인 처갓집이 많은 배경이 되어 준 것 같았다. 부모님은 화장품 가게를(권리금을 어느 정도 받아) 접고 두 분이 산에도 같이 다니며, 행복하게 살고 있다.

〈실전 사례 158번〉

　안양 C동에 오래된 4층 건물이 있었는데, 4층(약 500평)을 전부터 콜라텍이라고 하여 1인당 2,000원 정도의 입장료만 지불하면 몇 시간이고 사교춤을 즐기다 나오는 장소가 있었는데, 그 안에는 식당도 있고, 커피 마시는 곳도 있고 하여 그곳에 딸린 인원만 10명 정도가 넘는 것 같았다. 코로나 19가 유행하기 1년 반 전에 소개를 해 달라고 하여 권리금을 어느 정도 지불하고, 임대차 계약을 해 주어 장사가 아주 잘되었다. 주로 연세 드신 분들이 출입을 많이 하셨는데, 값도 싸고 친절하다고 소문이 나면서 더욱 잘되었다. 그러나 코로나 19가 대유행을 하면서 손님이 아예 발을 끊게 되어 결국은 보증금도 다 까먹고, 권리금도 받지 못하고 문을 닫고 말았다. 때를 잘못 택한 탓이라고 할 수밖에 없는 일이었다.

〈실전 사례 159번〉

　안양 M동에 신축 빌라(5년 경과)가 매물로 나와 M동에 있는 중개사와 공동중개를 하여 매매계약을 하고 잔금까지 치르고 2달 후, 새 주인이 입주하게 되었다. 그녀는 문 앞에 조그맣게 '점 보는 집'이라고 걸어 놓고, 향을 피우지는 않고 자기 나름대로 책을 보면서 점을 보아 주었는데, 제법 손님이 많았다. 처음에는 키도 크고 미인인 처녀가(추측) 왜 점을 보는지 의아하게 생각했으나, 잘 맞춘다고 소문이 나니 예약을 하지 않으면 안 되었다. 일을 도와주는 아가씨가 2명 있었는데, 그 아가씨들도 한결같이 미인들이었다. 나중에 소문을 들으니, 인터넷으로 선전이 되어 많은 손님들이 온다는 것이었다. 우연히 길에서 만나 "좋은 곳에 있는 빌라를 사 주시어 사업이 잘되고 있다."라며, 식사를 대접하겠다고 하여 점심때이고, 출출하기도 하여 유명한 음식점에 가서 고기에 소주까지 마시며, 인생 얘기를 하는데, 자기는 대학원 철학과까지 나온 동양철학 석사이며, 세상의 진리를 책을 통하여 알고 있기 때문에 얼굴과 손금을 보면 잘 안다고 하며, 강 대표님은 나중에 크게 되실 인물이고 수명은 100세 이상 사실 분이라고 하며, 성공하실 때까지 항상 학문과 운동에 열심히 하시라고 하였다.

〈실전 사례 160번〉

어떤 여성이 전화로 Y대학교 인근에 있는 빌라(방 4개, 욕실 2개, 거실, E/V, 주차장 있음)를 매입하겠다고 하여 몇 군데를 찾아 보니 적당한 것이 있어서 보여 주자 좋다고 하여, 서로 가격을 절충하여 잔금을 2개월 후로 하기로 하고 매매계약을 하였다. 2개월 후 잔금을 하고 이사를 하여 한 달이 지난 후, 휴지 1통을 사 들고 이사를 축하한다고 인사를 하러 가니, 전용 30평인(방 4개, 욕실 2개, 거실) 그 집에 혼자 사는 것 같았다. 이왕 오신 김에 차 한잔 하시라고 하여 차를 마시면서 그녀가 자기 소개를 하는데, 나이는 36세이며, 인근 대학에 경제학 교수로 나가고 있으며, 지방에 부모님과 형제들이 있는데 자기는 막내이며 고등학교 졸업 후, A국에 유학하여 법과대학과 로스쿨을 다녀서 A국 변호사 자격이 있으며, 경제학 박사까지(경제를 알고 싶어서) 따고 10여 년 만에 Y대학교 경제학 교수로 초빙을 받아 귀국했다고 하며, 귀국한 지는 6개월 정도 되었다고 하며 유학 중 방학 때는 귀국하곤 하여 한국 돌아가는 실정을 잘 안다고 하였다. 학문에 미쳐서 바쁘게 살다 보니, 나이도 가끔 잊어버린다며 농담을 하다가 나에 대해 물어보기에 결혼을 했으며, 경제학 박사라고 하니 결혼했다는 말에 실망하여 한숨까지 쉬길래 "이만 일어나고 다음에 기회가 있으면 또 뵙겠습니다." 하고 일어나려 하니, 식사를 하고 가시라고 앉혀서 할 수 없이 같이 식사를 하며, 양주 1병을 내놓기에, 나는 술이 세지를 못하여 생수에 타서 몇 잔 마시겠다고 하니, "본인은 DNA가 그래서 그런지 술은 세다."라고 하며 "양주 1병은 거뜬히 마신다."라고 하여 놀랐다. "다음 날엔 괜찮으십니까?" 하고 물어보니, 마음이 통하고, 안주도 좋고, 좋은 사람 만나면 얼마든지 마신다고 하여 나도 모르게 웃으니 자기도 덩달아 웃어 버렸다. 식사를 하며 양주를 다 마시고 "고맙습니다, 나중에 전화드리겠습니다." 하고 집으로 퇴근하였다.

〈실전 사례 161번〉

산본 신도시에 있는 46평 아파트(방 4개, 화장실 2개, 거실) 1002호를 매매계약해 주었는데, 매수인은 2개월 후 잔금을 하고 입주하였다. 입주민은 어머니와 아기였다. 남편은 A국에서 다음 달에 귀국하기로 되어 있었다. 어머니는 36세로 SS대 의대 교수이며, 아기(딸)는 5살이었다. 남편은 SS대 정치학과 교수이며 A국에서 6개월 연구교수로 있다가 복귀하는 것이었다. 1개월 후 잘 사시라고 휴지 1통을 선물로 드리려고 미리 약속하고 2시경 방문을 하였다. 고맙다고 하며 차 한잔하라고 하여 차를 마시면서 자신의 얘기를 상기와 같이하였다. 결혼하셨냐고 물어보길래, 결혼했다고 하며, 이런저런 얘기를 하다가 보니 너무 오래 있었던 것 같아 "먼저 가 보겠습니다." 하고 나오려는데 "간단하게 식사를 하고 가세요." 하여 "그럼 간단하게 주십시오." 하고 식사를 하는데 "양주 한 잔 하세요." 하며 주기에 온더락으로 마시고 생수도 한잔 달라고 하여 도

수를 약하게 줄이려고 같이 마시고 나니, 날이 어두워져서, 이제는 가야 겠다고 생각하고 일어나서 인사를 하고 자택으로 돌아왔다.

〈실전 사례 162번〉

산본 신도시에(안양에서 살고 계신 분이) 앞으로 재건축을 겨냥하여 51평을 사겠다고 하여 매매를 해 드렸는데, 사정이 생겨서 이사를 못 오고 전세든지, 월세든지 임대차 계약을 해 달라고 하여 전세로 계약을 해 주었는데, 전세 들어오는 분은 중년 부부로 남편이 암 진단을 받고, 직장에 휴직계를 내고, 암이 낫도록 기도만 하며 병원에서 치료를 받고 있으나, 이미 온몸에 퍼져서 하나님께 기도밖에 할 수 없다고 하였다. 얘기를 듣고 보니 너무 슬퍼 보여서 아무 말도 못 하고 식탁을 보며 차만 마시고 있었는데, 과일도 내놓고, 드시라고 하여 계속 더 말을 듣게 되었다. 남편은 전이된 암 검사를 하러 오늘 입원하여 약 2일 후에는 검사 결과가 나오는데 더 지켜봐야 한다고 하였다. 그 사모님의 눈을 보니 눈물이 맺혀져 있었다. 참 안타까운 사연이었다. 그동안 임신이 안 되어 남편의 권유로 시험관 아기를 몇 번 시도했으나 잘 안되어 포기하고 있다고 하며, 남편 가는 길에 아기라도 보여 주었으면 좋겠는데, 안 되니 체념하고 있다며 하염없이 눈물을 흘리다가 제 풀에 그동안의 슬픔이 몰려오는지 30분 정도를 소리 내어 울고 있어 다독거리며 "사모님! 그만 우시고 힘내세요. 하늘이 무너져도 솟아날 구멍은 있다고 하는데, 더 연구해 보세요." 하며 달래어 주고 나와서 집으로 돌아오게 되었다.

〈실전 사례 163번〉

　신도시에 있는 대학병원에 다니고자 하여 아파트 월세를 구하는 분이 나에게 부탁하여 32평을 월세로 임대차 계약을 해 주었다. 지방에서 오신 모녀인데, 어머님이 많이 편찮으셔서 병원 인근에 머물며 어머니 병간호를 해 드리기 위해 월세를 얻어서 살기로 했다고 한다. 어머니는 입퇴원을 몇 달마다 번갈아 가며 하니 병원 옆에 사는 것이 좋겠다고 하여 결정한 것이었다. 날짜를 정하여 휴지 1통을 들고 찾아뵈니까, 선뜻 문을 열어 주며 들어오셔서 차 한잔하라고 하여, 차를 마시며 얘기를 들어 보니 어머니는 현재 80세이신데, 약 3년 전만 해도 아주 건강하셨는데 잘못 걷다가 넘어지셔서 허리(척추) 수술을 받고 나서는 힘도 못 쓰고, 날이 갈수록 일어나기도 힘들고, 잘못하면 평생 변을 받아내야 할 것 같아서 병원에 입퇴원을 반복하고 있는데, 젊으시면 회복이 빠를 텐데 연세가 높다 보니 병세가 호전되기는 힘들 것 같다고 한다. 본인은 무남독녀로 어머니가 많은 고생을 하시면서 자신을 A국에 유학도 보내며, 억척같이 살았던 분이며 아주 건강한 분이었는데, 몇 년 전 넘어져 디스크 수술을 하고 나서는 병상에서 일어나지를 못하고 있다고 하며, 자신은 나이가 37세로 A국에서 정치학 박사학위도 받고, 로스쿨에서 변호사 자격증도 받아서 S대 교수로 있는데, 현재는 어머님을 돌봐 드리느라고 학교에 2년간 휴직계를 내고 어머님을 모시고 살고 있다고 한다. 본인은 많은 남성들의 유혹이 있었지만, 어머니를 평생 모시고 산다는 부담 때문에 아직 미혼이며 앞으로도 어머님이 살아 계시는 동안은 독신주의자로 살아갈 예정이라고 하며, 나를 쳐다보길래 고개를 끄덕이며, 세상은 참 불공평하구나 하고 생각하고 있었다(왜냐하면, 미모에 키도 180cm

는 될 것 같고, 상냥하기도 한 이런 분은 나라를 위해서도 결혼하여 우수한 자녀를 키우면서 살아야 하는 것 아닌가 하는 생각이 들었기 때문이다). 너무 오래 앉아 있는 것이 미안하여, "그럼 어머님의 쾌유를 빌겠습니다." 하고 나오려고 하니 "바쁘시지 않으면 저녁을 들고 가세요." 하고 팔을 붙잡길래 어정쩡하게 앉아서 식사를 기다리고 있었다. 그러다 보니 잠깐 졸음이 와서 졸았는데 20분 정도는 지난 것 같았다. 깨우길래 보니 식탁에 여러 가지 반찬과 찌개까지 차려 놓았다. 그래서 식탁에 앉아 식사를 하고 헤어져 자택으로 돌아오게 되었다.

〈실전 사례 164번〉

대학교 동문이 안양 D동에 다가구 주택을 사서 말년에는 월세를 받으면서 살고 싶다고 하여 적당한 가격에 매매계약을 해 주고 3개월 후 잔금을 하기로 했는데, 전부 세를 주고 본인과 식구들은 현재 살고 있는 아파트에 살겠다고 하여 4층 주택인데, 4층에는 방 4개, 화장실 2개, 큰 거실, 양 베란다가 있어서 많은 가족들이 살도록 구조가 되어 있었고, E/V는 없었다. 4층 사는 분이 전세 2억 5천만 원에 계속 살겠다고 했는데, 매매가 된 후 이사를 가겠다고 하여, 매도인과 매수인 모두에게 알리고 바로 전세 2억 5천만 원에 내놓았으나 너무 높고, E/V도 없었기 때문에 젊은 사람들도 걷기가 싫다고 하여 임대차 계약이 안 되어 애가 탔다. 그래서 매수인(동문)에게 사정 얘기를 하여 2억 전세로 가격을 인하하여 내놓기로 하고 손님들을 계속 보여 주었다. 그 집에 사는 분은 전세 들어올 때는 안양 인근에 직장이 있었으나, 작년에 지방으로 발령이 나서 주말부부가 되었고, 부인은 대학교 조교수로 일주일에 3번씩 인근 대학교

(산업미술학과)에 강의를 나가고 있었다. 하루는 전화가 와서 할 얘기가 있으니 뵙자고 하여 약속 시간에 만나 하시는 말씀이 "지금 전세 2억에 내놓았다고 했지요?" 해서 고개를 끄덕이니, 그러면 2년을 더 연장해서 살면서 5천만 원을 돌려주고, 2억 원에 전세계약서를 다시 쓰면 안 되겠느냐라고 하여 "그러면 주인에게 물어보고 바로 답을 드리겠습니다." 하고 주인(동문)에게 전화로 사정 얘기를 하니, 현재 시세가 그러면 그렇게 하자고 하여 다음 날, 우리 중개 사무소에서 저녁에 만나 계약서를 다시 쓰게 되었다. 그렇게 약속까지 하다 보니 7시가 되어 일어나려고 하는데, 임차인이 "집에 같이 가서 식사하고 가시지요?" 하기에 같이 식사를 하는데 "소주 한 잔하세요." 하며 소주 1병을 가지고 주거니 받거니 하면서 있다 보니 밤이 깊어져 "죄송합니다. 이제는 가 보겠습니다." 하고 집으로 돌아왔다.

〈실전 사례 165번〉

안양동에 재건축 조합으로 조직하여 재건축 추진을 하여 전부 이사 내보내고, 조합원들은 하루 빨리 공사가 진행되기를 손꼽아 기다리고 있는데, 3년이 지난 지금까지도 진행이 잘 안되고 조합직원들의 비용만 계속 나가다 보니, 조합원들의 추가 부담액은 계속 늘어나고 있었다. 그중에 참다못한 분이 전용 11평 빌라(방 3개, 화장실 1개)를 급매로 3억 5천만 원에 매매하고, 나에게 와서 신축 빌라(방 3개, 화자실 2개, E/V, 주차장 있는 것)를 매수까지 해 달라고 하여 여러 군데 중 5군데를 보여 주고 그 중 한 집을 좋다고 하여 매수를 해 주었다. 잔금은 2개월 후로 했는데, 매매계약을 하고 얼마 있다가 지방으로 발령이 나서 전세를 놓아 달라고 부탁하여, 매매 잔금을 미리 하고 난 후, 다시 임대차 계약을 2억 5천만 원에 하게 되어 매수인과 임차인이 만나서 계약을 하고, 약 2개월 후에 만나서 잔금을 하고, 임차인이 입주하여, 약 3일 후 휴지 1통을 사 들고 인사차 찾아뵈었는데, 오후 2시경에 만나서 차 한잔 드시라고 하여 차를 마시고 나니, 인근에 있는 대학교 경제학과 교수로 발령이나서 다니게 되었다고 하며, 남편은 주말부부로 지방에 있으며, 모 회사의 상무로 근무하고 있다고 한다. 남편은 55세이며, 자기와는 20년 차이가 난다고 하면서, 중매로 결혼을 하게 되었다고 하며 이런저런 얘기를 하다가 자택으로 돌아오게 되었다.

〈실전 사례 166번〉

산본 신도시에 있는 빌딩 3층으로(약 100평) 임대차 계약을 하여 발레학원을 운영하겠다는 분이 있어 한참을 찾아, 임차인이 원하는 금액으로 임대차 계약을 해 주고, 2개월 후 잔금을 하고 입점을 하기로 하였는데, 학원 잔금 전에 인테리어 기간 1달은 임차료를 봐 달라고 하여, 특약사항에(잔금 전 1개월의 인테리어 기간 동안은 임차료를 면제하되 전기요금과 수도요금, 관리비는 임차인이 부담한다) 적어 놓았다. 약 2개월 후 발레학원을 개업하여 학원으로 인사를 낮에 가는 것이니까 별다른 문제는 없겠지 하고 인사를 갔더니, 기다리고 있다가 "고맙다."라며 차를 한 잔 주어 맛있게 마시면서 자기소개를 하는데, A국에 부모님이 이민을 가서 A국에서 중, 고, 대, 대학원 박사과정까지 공부를 하여 발레학 박사를 받고, 안양에 있는 C대학에서 초빙하여 대학교 조교수로 부임하여 후학들을 가르쳤는데, 다른 학과 교수님 중에 한 분이 유부남인 것을 속이고 사랑한다고 쫓아다니어, 할 수 없이 학교에 얘기를 하고 휴직계를 내고 학원을 차렸다고 하며, A국에서 처음 귀국하여 그런 일을 겪다 보니, 누구든 자기에게 호감을 가지는 분들은 우선 의심하며 본다고 하였다. 나를 어떻게 보았든 상관없이 "나는 유부남이고, 현재 잘 살고 있다."라고 하며 상대방이 하는 얘기를 다 듣고 나서 일어나 "감사합니다." 하고 나중에 전화드리겠다고 하면서 집으로 돌아왔다.

〈실전 사례 167번〉

안산시 E동에 있는 대학교에 부임하여 오신 교수님이 대학교에서 가까운 곳에 빌라를 월세로 얻어 달라고 하여, 방 3개, 화장실 2개, 거실, 주차장, E/V가 있는 빌라를 월세 임대차 계약을 하여 얻어 주었다. 아직 미혼인 교수님이셨는데, A국에 장기간 유학하고 돌아오신 분이라 짐이 비교적 많아서 큰집을 얻게 되었다고 한다. 경제학 교수였는데, 어려서 A국에 이민을 가서 한국에는 별로 아는 분이 없다고 하였다. 며칠 후, 휴지를 하나 들고 찾아뵈었는데, 아주 정리를 잘해 놓았다. "행복하세요." 하며 인사를 하고 차 한잔하면서 이런저런 얘기를 하다가, 일어나서 "잘 풀리시기 바랍니다." 하고 인사를 하고 나오는데, "이왕 늦으셨으니 식사도 하고 가세요." 하면서 잡아 못 이기는 척하고 앉아서 기다리다가 깜빡 졸게 되었다. 한참 후, "식사하세요." 하고 깨우기에 일어나 보니 식탁에 아주 정갈하게 반찬을 내놓고 밥을 바로 했는지 아주 맛있는 냄새가 났다. 그래서 식사를 맛있게 하고 나니, "약주 한잔하시겠습니까?" 하여 술을 잘못하는데, "온더락으로 한잔하겠습니다."라고 하니 양주에 얼음을 채워서 주는데, 맛이 아주 좋았다. "이게 맛이 굉장히 좋네요." 하니 웃으면서, 자기가 제일 좋아하는 술이라고 하며 몇 잔을 마시다 보니 양주 반 병을 순식간에 다 마셔 버렸다. 교수님이 얼굴이 발그레해져서 하시는 말씀이, 자기는 미혼이고 36세이며 독신주의자라고 하길래 "왜 그러세요? 결혼을 하고 후회하나, 안 하고 후회하나 마찬가진데, 기왕이면 결혼하고 후회하는 것이 낫지 않을까요?" 하니 "그럴까요?" 하며 빤히 쳐다보면서 "결혼하셨어요?" 하고 묻길래 "예." 하고 말하니 "아, 그러시면 사모님이 댁에서 기다리고 계시겠네요?" 하길래 "아마, 그렇겠지요." 하고 답을 하니, "기다리고 계실 사모님을 생각하시여 일찍 들어가십시오." 하기에 헤어져 집으로 돌아왔다.

〈실전 사례 168번〉

안양시 G동에 오피스텔을 월세로 구하는 분이 있어서 적당한 곳을(방 2개, 화장실 1개, 거실) 임대차 계약을 해 주었는데 입주한 후, 며칠 있다가 약속을 하고 휴지를 가지고 인사를 갔는데, 아주 깨끗하게 해 놓고 사는 것 같았다. 내가 휴지를 드리며 "만사가 술술 잘 풀리시고 건강하게 사십시오." 하고 인사를 하니, 고맙다고 하며 "차 한잔하세요." 하기에 천천히 음미하며 마시는데 차의 맛이 기가 막히게 좋았다. "아주 좋은 차를 주시어 기분이 상쾌해졌습니다." 하고 일어나려 하니 "이왕 오신 김에 식사하고 가세요." 하길래 못 이기는 척하고 기다리다가 졸았다. 깨우길래 일어나니 잠깐 자고 났지만 아주 기분이 좋았다. 반찬이 아주 정갈하여 맛있게 먹고 있으니, "청주 한잔 드세요." 하며 주기에 달짝지근하니 아주 맛이 좋았다. 그렇게 음미하며 마시다 보니 몇 병을 마셨다. 그래서 아주 잘 마시고 "가겠습니다." 하고 자택으로 돌아갔다.

〈실전 사례 169번〉

　안양 D동에 지하 노래방이(약 50평, 권리금 4천만 원, 보 2천만 원/월 100만 원) 매물로 나와 마침 손님이 있어서 권리금을 조정하여 임대차 계약을 해 주었다. 며칠 후 휴지를 사 들고 가서 "잘 풀리고 돈 많이 버세요." 하고 사장님께 인사를 하고 나오는데, 이왕 오신 김에 노래 한번 부르시고, 매상을 올려 달라고 하여 6시간 정도를 아는 노래, 모르는 노래 섞어 가며 부르다가 동네 부동산 중개사도 1명 오라고 해서 잘 놀다 나와서 인사를 하고 가려고 하니, "왜 벌써 가세요?" 하길래 원래 술도 못하는 데다 아는 노래도 별로 없어 다 부르고 간다고 하니 "알았다."라고 하며 메모지를 한 장 주길래 주머니에 넣고, 계산하고 기분 좋게 나왔다. 나와서 메모지를 펴 보니 자기가 Y동 A아파트에 사는데, 내일 낮에 자기네 집에 와서 식사나 같이 하자고 한다. 그래서 다음 날 낮에 찾아가니(맥주 1BUNDLE을 사 들고) 반갑게 맞아 주었다. 식사를 맛있게 하고 나서, 내가 가지고 간 맥주를 한 잔씩 하자고 하여 마시다 보니 4병을 다 마셨다. 그러고 나니, 양주를 가지고 와서 그녀는 스트레이트로 약간씩, 나는 온더락으로 조금씩 마시게 되어 자신의 얘기를 하면서, 자기는 37세인데 대학원에서 경제학 박사학위도 받고 하여 경제학과 시간 강사를 얼마 동안 했는데, 전임을 하려면 하늘에 별 따기이고, 할 수 없이 돈이나 벌자고 노래방을 시작했는데, 경제적으로는 도움이 되나 어디에서 노래방 한다고 내세우기도 그렇고 하며 노래방을 내놓고 A국에 유학을 가서 공부를 더하여 미국에서 대학교수를 하든, 한국에서 초청하면 한국에서 교수를 하든 노래방보다는 낫지 않을까 생각 중이라고 하여 "그렇게 하시는 것도 좋을 겁니다." 라고 하며 "더 생각해 보십시오." 하고 헤어져 집으로 돌아왔다.

〈실전 사례 170번〉

　안양 X동에 카페 자리를 얻어 달라고 하여 보 2천만 원/월세 100만 원(1층 7평, 지하 20평)을 손님에게 임대차 계약을 해 주었다. 1층 안에도 지하로 가는 계단이 있고, 따로 밖으로 출입하는 문도 있어서 아이디어만 좋으면 카페가 잘될 것 같았다. 약 15일 정도 걸려서 인테리어를 하고 개업을 했는데, 안주가 좋아서 그런지 손님이 아주 많았다. 카페 주인은 국내에서는 잘 알려진 요리사였는데(인터넷상으로 잘 알려짐) 음식 솜씨가 좋아서 단골손님이 많이 있었다. 어느 날, 손님이 와서 차나 한잔하면서 대화를 하려고 갔더니 알아보고 인사를 하며, 와 주셔서 고맙다고 하였다. 차를 마시면서 술도 시켜서 마시고 한 30분 정도 있다가 나오는데 내일 12시쯤 만나 뵀으면 좋겠다고 하며 메모지를 주어, 받아서 주머니에 넣고 나와서 친구와 헤어지고 사무실에 와서 펴 보니 집 주소와 시간을 적어 놓았다. 이튿날 그 시간에 맥주 1번들을 사서 들고 갔다. 문을 열며 "어서 오세요."라고 인사를 하여 집 안으로 들어가 소파에 같이 앉아서 차를 마시며 얘기를 하는데, 자기는 현재 35세이며, 부모님은 자기가 어려서 같이 이민 가서서 A국에 살고 계시고, 자기는 A국에서 로스쿨을 나와 변호사 자격증이 있으며, 법학 박사학위가 있다고 한다. 어려서부터 요리하는 것을 좋아해서 요리를 잘하며, A국 요리사 자격증도 있고, 어려서부터 태권도 학원에서 태권도를 하여 현재 7단이라고 한다. 한국 H대학교의 초빙으로 법학과 조교수로 와서 2년 동안 조교수로 있었으나, 3년간 휴직하고 경제적인 어려움 때문에 요리를 유튜브에 올렸더니, 갑자기 선풍적인 인기를 얻어 카페를 시작했다고 하며 경제적으로는 학교 있을 때보다는 수입이 많으나, 대외적으로 카페 한다고 하면 학교 교수보다는 내세우기가 곤란하다고 생각하여 고민 중이라고 한다. 그래서 "더 넓히지 마시고, 요리 유튜브도 같이 하면서 요리 연구가로서도 이름을 내시면 요리사라는 이름으로 널리 알려지면 괜찮을 겁니다." 하고 충고해 드렸더니 고맙다고 하면서 "오신 김에 식사도 하고 가세요." 하여 식사를 같이하면서 양주도 몇 잔 마시고 맥주도 몇 잔씩 하고 헤어져 집으로 퇴근하였다.

〈실전 사례 171번〉

산본 신도시 중심상가에 피아노학원 자리 약 40평을 임대차하려는 손님이 있어서 적당한 장소 3층에 입시학원으로 임대차 계약을 해 주었다. 권리금은 마침 없었고, 피아노학원 하던 자리라 딱 좋은 학원이었다. 개업하고 며칠 후, 휴지를 1통을 들고 방문하였는데, 아주 잘 차려 놓아서 보기에도 참 좋았다. 조수(강사)가 1명 있어서 대화하기도 좋았다. 자기는 FR국에 어려서부터 유학하여 FR국 최고의 대학인 S대학교, 대학원을 졸업하여 박사 학위까지 받고, 국내 W대학교 초빙이 있어서 조교수로 부임해 왔다고 하였다. 너무 열심히 하다 보니, 강사분 중 한 분이 자기 학원에 와서 수고 좀 해 달라고 하여 1년 정도 해 보니, 수입도 괜찮았다고 한다. 그래서 실제로는 그 강사님이 실제적인 주인이고 자기는 초빙 강사로 일하고 있다고 한다. 학생들이 많아서 보기 좋았다. 다음 해에는 정교수가 되기 때문에 잘못하면 문제가 생길 수도 있다고 생각하여, 올해까지만 강사를 하기로 했다고 하며 차도 함께 마시고 헤어져 사무소로 돌아왔다.

〈실전 사례 172번〉

　산본 신도시 W단지에 연세 많은 분이 공기도 좋고, 앞으로 본인이 죽은 후에라도 재건축이 되면 가격의 인상으로 많은 이익을 후손들이 혜택을 받을 것 같아서 46평을 구매해 달라고 하여 적당한 가격에 매매계약을 해 주었다(3개월 후 잔금을 하기로 함). 잔금 일에 계약서대로 끝내고 입주하였는데, 남매 중 아들은(의사) 결혼하여 잘 살고 있고, 따님도 의대 교수인데 나이는 37세로 아직 짝을 못 찾았다고 하였다. 키도 175cm 정도이고, 미모에 몇 개 국어를 하며, 미국 의사 자격증(내과 전문의)도 가지고 있다고 하였다. 이사 며칠 후에 방문하여 휴지를 1통 드리며, "매사가 술술 잘 풀리시고, 행복하십시오." 하고 차를 마시고 있는데 마침 따님이 쉬는 날인지 차 심부름을 하며 부모님 옆에 앉아서 도와드리고 있었다. 그 따님이 앉은 곳에서 후광이 비치는 것같이 아주 대단한 미인이었다. 국내에서 박사 학위까지 받았는데, 대학교 다닐 때는 May Qeen이었다고 어머니가 자랑하면서 나를 쳐다보길래 "저는 결혼했습니다." 그러고 나니 어머니의 얼굴이 어두워졌다. 그러나 금방 웃으면서 화기애애하게 차를 마시고 헤어져 나왔다.

〈실전 사례 173번〉

　안산시 Y동에 있는 종합병원에 발령을 받은 여교수님이 적당한 신축 빌라를 매매해 달라고 부탁을 하여 빌라(방 3개, 화장실 2개, E/V, 주차장 있음)를 매입해 주었다. 2개월 후 잔금을 하고 입주하였는데 36세의 젊은 교수님이었다. 책과 운동기구가 많아서 큰 집이 필요하다고 했다는 것이다. 휴지 1통을 가지고 약속하여 방문했는데 모든 것이 잘 정리되어 있었다. 차 한잔 하자고 하여 같이 앉아서 차를 마시면서 자기 얘기를 하는데, 어려서부터 태권도(7단)와 검도(6단)를 배워서 운동을 하루라도 안 하면 허전하다고 한다. 그리고 S대 의대에서 공부하고, 전문의에 박사학위 공부하느라 아직 연애를 한 번도 안 했는데 자신의 목표를 달성하기 위해 애써 외면하다 보니, 현재까지 독신이라 하였다. 계속 독신으로 지내다 보니, 결혼할 생각은 없다고 하였다. 이런저런 얘기를 하다 보니 저녁 식사 시간이 되어 "식사하고 가세요."라고 하여 약 30분 정도 기다리다가 약간 졸았다. 깨우는 바람에 눈을 뜨고 일어나 보니, 요리 솜씨도 아주 좋았다. 맛있게 식사를 끝내고 헤어져 자택으로 돌아왔다.

〈실전 사례 174번〉

안산시 M동에 여자 고등학교가 있었는데, 여자 체육 선생님이 새로 부임해 오셨다. 전세를 구해 달라고 하여(방 3개, 화장실 2개, E/V, 주차장 있는) 빌라를 임대차 계약을 해 주었다. 1개월 후, 입주가 끝나고 일주일 있다가 휴지 1통을 가지고 가서 입주를 축하해 주었다. 차 한잔 하면서 자신의 얘기를 하는데, 어려서부터 태권도를 해서 체육고등학교를 졸업하고 체대 태권도 학과를 졸업하는 동안 올림픽에 나가 금메달도 따고 대학원(체대)에서 박사 학위를 받고, 체대에서 전임 강사를 하다가 태권도팀이 있는 학교에 부임해서 열심히 선수들을 훈련시키고 있다고 하였다. 얘기를 하다 보니 식사시간이 되어 "식사하고 가세요." 하고 붙잡길래 앉아서 기다리다가 30분 정도 졸았는데, 깨워서 같이 식사를 하고 잘 먹었다고 인사를 하고 자택으로 돌아왔다.

〈실전 사례 175번〉

　산본 신도시 중심가에 당구장용으로 80평 정도를 임대차해 달라고 하여 (E/V가 있으면 층수는 관계없다고 하였음) 마침 당구장을 하다가 권리금 2,500만 원에 테이블 12개 있는 것을 내 놓았는데, 점포 주인은 더 크게 늘려 나간다고 하는데 내가 보기에는 운영이 잘되지 않아 나가는 것 같았다. 임차 예정자는 권리금 없이 계약을 하자고 하였으나, 현 임차인은 꼭 권리금을 받아야 한다고 버티어 임차 예정자에게도 1개월 안에 해결하여 드릴 테니 그냥 조용히 기다리라고 하여, 그냥 놔두고 약 10일 정도 지나니까 나에게 전화로 권리금 없이 그냥 임대차 계약을 하자고 하여 약속을 하고 건물주와 만나서 임대차 계약을 해 주었다. 1개월 후 잔금을 하고 개업하여 휴지 1통을 사 들고 인사차 가니 아주 새롭게 인테리어를 하여 꼭 당구를 치고 나갈 마음이 생기도록 해 놓았다. 차 한잔 하고 가라고 하여 차를 마시고 있는데 메모지를 주면서 "나중에 펴 보세요." 하기에 인사를 하고 사무실로 돌아왔다. 사무소에 도착하여 펴 보니 '저녁 7시에 우리 집에 식사하러 오세요!' 하고 주소와 전화번호까지 적어 놓아서 시간을 맞추어 맥주 1BUNDLE를 사 가지고 방문하였다. 같이 식사를 하며 술도 마시면서 자신의 얘기를 하는데, 현재 자기의 나이는 39세이며, 김경란이고 어려서부터 태권도를 하여, 대학교도 태권도 학과를 졸업했으며 올림픽에서 금메달 1개, 은메달 1개를 따고 박사 학위까지 받아서 체대 전임 강사로 있었으나, 대학교 시절부터 취미로 하던 당구로 전국 챔피언도 했으며 세계 2위까지 랭크되기도 하여, 당구장을 개업하게 되었다고 하며 선수를 많이 키우고 싶다고 얘기를 하고 있는데, 와이프가 "빨리 들어오세요." 하며 전화가 와서 "나중에 제가 한번 모시겠습니다. 죄송합니다." 하고 헤어져 나왔다.

〈실전 사례 176번〉

　안양시 N동에 아파트 전세를 구해 달라고 하여 32평 아파트를 4억 5천만 원에 구해 주었다. 2개월 후 잔금을 하고 입주하였는데, 이 여성분은 인근에 있는 대학교 연극 영화과 교수로 부임하게 되어 전세로 들어왔는데 A국에서 대학교, 대학원까지 공부하여 영화학 박사학위를 받았으며, 한국에서는 초등학교부터 예술고등학교까지 다니며, 모델로도 활동했었다고 한다. 지금은 운동과 공부로 연애 한 번 못 해 보고 39세가 되어 자기도 모르게 모태 솔로가 되었으며, 태권도 7단이라고 한다. 그렇게 얘기를 듣고 있는데, 와이프로부터 전화가 와서 "죄송합니다. 나중에 전화드리겠습니다." 하고 집으로 퇴근하였다.

〈실전 사례 177번〉

　안산시 K동에 신축빌라를 매입하겠다는 여성분이 있어서 적당한 것을 보여 주고 매매계약을 해 주었다. 잔금을 3개월로 잡고, 잔금 후 입주하였는데, 약 10일 후 휴지 1통을 들고 방문을 하여 "매사가 술술 잘 풀리시길 바랍니다." 하고 인사를 하니 웃으며 "내가 올해에는 학장이 되겠네요." 하여 "예, 아마 잘만 하면 그렇게 되실 겁니다." 하고 차를 마시면서 본인은 태권도를 주제로 하여 체육학 박사학위를 받았으며, 올림픽 금메달 1개, 아시안 게임에서 금메달 2개를 땄다고 하며, 현재는 태권도 7단으로 Y대학교 체육학과 교수라고 하며 국가 대표도 지도하고 있다고 한다. 현재 나이는 38세이며, 연애 한 번 못 해 보았다고 하여(속으로는 그 미모에, '큰 키에 거짓말도 잘하는군.' 하며 생각하고) "아! 그러세요?" 하며 계속 이야기를 이어 가고 있는데, 와이프에게서 전화가 와서 "죄송합니다. 집에 일이 생겨서 지금 가 봐야겠습니다. 나중에 전화드리겠습니다." 하고 집으로 돌아왔다.

〈실전 사례 178번〉

산본 신도시 중심 상가 지하 1층 약 70평에 탁구장을 임대차 계약해 주었는데, 잔금을 하고 약 10일 후 오픈을 하였다. 오픈하는 날, 휴지 1통을 주면서 "매사가 술술 잘 풀리세요." 하고 인사를 했다. 이제화, 40세, 올림픽 은메달, 아시안 게임 금메달 2개를 땄으며, 국가 대표팀 코치도 하고, 대학교 체육학과 교수를 하다가 3년간 휴직을 하고 척추수술을 하여 3개월 정도 입원해 있다가 탁구장을 오픈하게 되었다고 하며 체육학 박사라고 하였다. 그러다 보니 손님들이 계속 오셔서 "나중에 전화드리겠습니다." 하고 헤어져 사무실로 돌아왔다.

〈실전 사례 179번〉

안양시 W동에 신축빌라를 구입하겠다는 여성 손님이 있어서 몇 개를 보여 주고 그중 1개를 좋다고 하여(방 2개, 큰 거실, 욕실, E/V, 주차장 있음) 매매계약을 해 주었다. 2개월 후, 잔금을 하고 입주해 약 10일 후 휴지 1통을 들고 방문했더니 아주 고마워하였다. 차를 마시면서 얘기를 하다 보니 식사 시간이 되어 식사하고 가시라고 하여 식사를 하면서 반주로 소주를 하자고 해서 술을 마시며 얘기를 하고 있는데, 와이프가 전화를 하여 "지금 들어오세요!" 하기에 "죄송합니다, 나중에 전화드리겠습니다." 하고 대리기사를 불러 집으로 퇴근하였다.

〈실전 사례 180번〉

　서울시 구로구 E동 종합병원에 발령이 난 여의사(내과전문의 39세)가 구로구 종합병원 인근에 아파트 25평을 구매해 달라고 의뢰가 와서 구로구 종합병원 인근의 중개사와 공동중개로 매매계약을 해 주고, 잔금 및 이사 날짜는 2개월 후로 하였다. 입주하고 10일 후, 방문하여 "매사가 술술 풀리세요." 하면서 휴지 1통을 드리니, 박장대소하며 "그럼 올해에 병원장이 될까요?" 해서 "잘하시면 되시겠지요." 하니 또 함박웃음을 웃으며 "감사합니다." 하면서 차를 내왔다. 한 잔 하시라고 하여 마시면서 자기소개를 하는데, 나이는 39세이며 남편이 정자가 적어서 아기가 없다고 한다. 자기 남편은 변호사였는데, 그것이 밝혀진 뒤로는 허구한 날 술에 취하여 들어와 행패를 부려서, 도저히 참을 수가 없어 2년 후 합의 이혼을 하고 위자료로 현금 10억 원을 받아 아파트를 사서 현재의 병원 인근으로 옮기게 되었다고 한다. 식사 시간이 되어 "식사하고 가세요." 하여 식사를 함께 하고 헤어져 집으로 돌아왔다.

〈실전 사례 181번〉

　산본 신도시 D동에 있는 종합 한방병원에 부임해 오신 여성 한의사가 병원 인근에 아파트 25평(방 3개, 화장실 1개, 거실)을 매입해 달라고 하여 마음에 드는 곳이 있어서 매매계약을 해 주고 잔금을 2개월 후로 하고 입주하기로 하였다. 입주하고 10일 후, 방문하여 "매사가 술술 잘 풀리세요." 하며 휴지 1통을 드리니, 박장대소하며 감사하다고 인사를 하면서 "차 한잔 드세요." 하셔서 차를 마시면서 자기소개를 하는데, 현재 44세이며 작년에 남편이 산에 갔다 실족하여 떨어져 하늘나라로 가시고, 아기도 없이 혼자 살고 있으며, 한의학 박사이며, 의대 교수라고 소개를 하다 보니 식사 시간이 되어 식사를 하고 있는데, 와이프가 전화로 "집에 일찍 들어오세요."라고 하여 식사가 끝난 후, 그 교수님에게 "죄송합니다. 집에 무슨 일이 생긴 것 같아서 나중에 전화드리겠습니다." 하고 집으로 돌아왔다.

〈실전 사례 182번〉

안산시 W동에 빌라를 신축으로(방 3개, 화장실 2개, 큰 거실, E/V, 주차장 있음) 매수해 달라고 의뢰하여 마음에 드는 것을 찾아 적당한 가격으로 매매계약을 해 주고 3개월 후, 잔금을 하고 이사를 하였다. 약 15일 후, 약속을 하고 방문하여 "술술 매사가 잘 풀리십시오." 하고 인사를 하며 휴지 1통을 드렸는데 박장대소를 하며, 들어오라고 하여 차를 마시면서 자기소개를 하는데 현재 45세로 남편은 2년 전 사고로 돌아가시고 본인은 인근의 고등학교 수학교사라고 하며 차를 마시고 나니 식사 시간이 되어 "식사하고 가세요." 하여 식사를 함께 하고 헤어져 자택으로 돌아왔다.

〈실전 사례 183번〉

서울시 영등포구 A동에 있는 대학병원에 부임하게 된 이비인후과 전문의(김영옥 49세)가 전화로 병원 인근 A동에 있는 아파트 25평을 매입해 달라고 부탁하여, 몇 군데를 보여 주었으며, 마음에 드는 곳을 매매계약을 해 주고(잔금은 2개월 후로 하기로 하고) 잔금 뒤 이사한 후, 15일 정도 후 약속을 하고 방문하여 휴지 1통을 드리며 "매사가 술술 잘 풀리세요." 하며 인사하고 차 한잔 하시라고 하여 차를 마시며 자기소개를 하는데, 자기는 어려서부터 고등학교 졸업 때까지 태권도를 하여 태권도가 3단이었는데 의대 다니면서도 계속 운동하여 지금은 태권도 6단까지 되었다고 하며 남편이 3년 전에 돌아가셨는데, 내과 전문의였고, 병원이 너무 잘되다 보니 10층 빌딩을 구매하여 외과, 이비인후과, 정신건강의학과, 피부과 등에게 임대차하고 본인은 내과를 하면서 Pay Doctor를 두고 종합검진까지 하여 직원이 30명 정도였으며, 아주 많이 번창하였는데 너무 신경을 쓰다가 뇌출혈로 돌아가셨다고 하고, 현재는 그 빌딩은 자기 명의로 되어 있으며, 남편이 하던 내과의원은 동료 의사가 임대차 계약을 하여 지금도 아주 잘되고 있다고 한다. 남편이 유산도 많이 남겨 주어서 먹고사는 데는 아무 문제가 없으나 외로운 것은 어쩔 수 없다며 외로움을 잊기 위해서 병원 일과 태권도에 정신을 다 쏟고 있다면서 얘기를 하다 헤어져 자택으로 돌아오게 되었다.

〈실전 사례 184번〉

영등포구 A동 대학병원에 부임하게 된 의사가 전화로 병원 부근에 아파트 31평을 매입해 달라고 부탁하여 영등포에 있는 중개사와 공동중개 하기로 하고 마음에 드는 곳을 잔금 날짜를 2개월 후로 하여 계약하고, 잔금을 한 후 이사하고 난 다음, 15일 후 방문하여 축하해 주었다. 마침 저녁 식사시간이 되어 같이 식사를 하면서 반주로 청하를 한 잔씩 하게 되었는데, 자신은 변호사인 남편과 10년 정도 살았으나 남편의 정자가 적고 활동량이 적어 임신이 안 된다고 판정이 난 후, 합의 이혼 하면서 20억 원을 받아, 대학병원에서 교수로 재직하고 있으며, 45세인 지금도 혼자 살고 있다고 하며 얘기하다가 헤어져 자택으로 돌아왔다.

⟨실전 사례 185번⟩

영등포구 W동에 태권도장으로 사용할(E/V가 있으면 층수는 관계없고, E/V가 없으면 3층까지만 된다고 함) 70평 정도를 구하는 분이 있어서 약 10일 동안 수소문하여 보여 주고 임대차 계약을 하고(1개월 동안 잔금 하기 전에 월세는 안 내고 관리비, 수도료, 전기세는 임차인이 부담하기로 함) 2개월 후 잔금을 하고 개업하였다. 개업하는 날, 휴지 1통을 들고 가 "만사 술술 풀리세요." 하며 인사를 하니 차 한잔 하며 얘기를 하다가 저녁 7시에 관장 집으로 오라고 하여 맥주 1BUNDLE을 가지고 방문했더니 식사를 아주 정갈하게 준비하여 소주와 맛있게 먹으면서 현재 나이가 42세인데, 운동과 학업, 대표 선수 생활 때문에(올림픽 금메달 1개, 아시안게임 금메달 3개를 받았음) 연애도 못 해 보고 모태 솔로로 지나간 것이 많이 후회가 된다고 하며 식사도 술도 적당히 마시고 헤어져 자택으로 돌아왔다.

⟨실전 사례 186번⟩

산본 신도시 중심상가에 30대 초반의 김안나(영문학 박사)가 영어학원을 하겠다고 하였다. A국에 어려서 부모님과 이민을 가서 중학교부터 대학원 박사 과정까지 이수하여, 영문학 박사학위를 받아 A국의 모교에서 영문학 교수로 있다가 국내의 C대학교에서 초빙하여 영문학 교수를 하고 있는데, 법대에 계신 남자 교수님께서 아주 친절하게 해 주어 시간이 나면 자주 만났는데 어느 날, 그 교수님의 부인께서 전화로 굉장히 화가 나서 별 얘기를 다 하였다. 김안나는 어안이 벙벙하여 아니라고 말씀드렸는데도 오해가 풀리지 않아 해명을 했으나, 단호하게 학교 측에 얘기를 하여 시간이 갈수록 이상한 방향으로 진행되어서 학교 측에 진실을 말하고 3년 동안 휴직계를 내어 영어학원을 개업하게 되었다고 한다. 현재 나이는 42세이며, 그런 일을 겪은 후 결혼에 대한 환상이 깨져 평생 독신으로 살 결심을 하게 되었다고 하였다. 저녁 식사를 같이 하면서 얘기를 하다가 식사가 끝난 후 자택으로 돌아왔다.

〈실전 사례 187번〉

영등포 N동에 있는 아파트(31평)를 매입하겠다고 의뢰가 들어와, 몇 군데를 보고 그중에 한 곳을 결정하여, 며칠 동안 가격 협상을 하여 매매 계약을 해 주고(잔금은 3개월 후에 하는 것으로 함) 3개월 후 잔금을 하고 입주하셨다. 그분은 너무 극한까지 깎고 또 깎고 하니까 너무 어려운 매수인이라 다시 보고 싶은 마음도 없었다. 그래서 10일 후, 직원을 보내서 휴지 1통을 전달하고 잊어버리기로 하였다. 사람이 키도 크고 미인이라 하여도 성격이 너무 까탈스러우면 보기조차 싫은 것이다. 그렇게 6개월이 지나갔는데, 길에서 마주치게 되었지만 다른 곳을 보며, 다른 생각을 하는 것 같이 스쳐 지나가는데, "소장님." 하고 부르는 소리에 뒤돌아보게 되었다. "차 한잔 하실래요?" 하며 미소를 짓길래, 떨떠름하게 따라갔는데 앉아서 하는 얘기가 그동안 보고 싶었다고 하기에, 놀라서 "왜요?" 하고 물으니 가끔 생각이 나서 "왜 그럴까?" 하며 지냈다고 한다. 그런데 바쁘다 보니 전화를 못 했었다고 하며 자기는 대학병원에 근무하고 있는 호흡기 내과 교수라고 하면서 현재는 남편과 이혼하여 혼자 살고 있다고 하며, 아기도 낳아 본 적이 없다고 한다. 그러나 나는 다른 생각을 하며 지껄이든지 말든지 하며, 다른 곳을 보고 있었다. 그러니까 눈치를 챘는지 "지금 바쁘신 것 같은데, 나중에 전화드릴게요." 하고 바쁜 것같이 헤어져 집으로 돌아오고 말았다. 그리고 1년 뒤에 그 교수님에게서 전화가 와 다른 병원으로 가게 되었다며, 아파트를 팔아 달라고 하여 이유를 물어보니, 만나자고 하여 교수님 집으로 방문하였다. 식사시간도 되었으니 저녁을 같이 하자고 하여 식사를 하며 술도 함께 곁들여 마시게 되었다. 그러면서 자기 얘기를 하는데, 자기는 의도치 않게 이미지가 날카롭고 이기적인 사람으로 남에게 인식되었는지 안 좋게 소문이 나는 것 같다고 얘기를 하길래, 어차피 헤어지면 만나기 힘들 것 같아서 진심으로 말을 하겠다고 생각하고, "왜 그렇게 아파트 금액을 깎았는지 이해를 못 해서, 키도 크고 미인이시지만 다시는 안 만났으면 좋겠다고 생각을 하고 있었다."라고 말을 해 주었다. 그러고 나니 조금 생각을 하더니 "죄송해요, 그때는 이혼한 지 6개월밖에 안 되어서, 세상 사람 모두가 조금만 내가 신경을 안 쓰면 나에게 손해를 끼칠 사람들이라고 생각을 하여 나 자신을 꽉 가두어 놓고 살던 때라 그렇게 한 것 같은데, 지금은 나의 본래의 성격으로 많이 돌아왔어요. 내 성격은 원래 털털하고, 활달하며 깐깐하지 않은데, 소장님에게 정반대의 모습을 보여 주어 미안하게 됐습니다다."라고 사과를 하였다. 남편하고는 10년 정도 살았는데 남편이 술만 먹으면 주정이 심해 결국은 합의 이혼을 하게 되었는데, 남편은 정자가 부족하고 힘이 없어 임신을 못 한다는 것을 결혼 후, 7년 만에 함께 병원에 가서야 알게 되었다면서, 그 사실을 알고부터는 이틀에 한 번이나 3일에 한 번씩 술에 취해 들어와 주정이 심하여 이혼하게 됐는데, 남편은 사업을 하고 있었다고 한다. 이혼 시 미안하다며 5층 빌딩 하나와 현금 20억 원을 주어서 허허벌판에 내동댕이쳐진 기분이었다고 한다. 그래서 빌딩과 돈을 빼앗기지 말아야지 생각을 하고 입술을 꼭 깨물고 살았다고 하며, 그때는 정말 미안했다고 하면서 사과를 하기에 고개를 끄덕이며 헤어져 집으로 돌아왔다.

〈실전 사례 188번〉

안양 1번가 대로변에 중개사무소 자리를 찾는 분이 있어서 권리금도 없고 월세도 적은 곳에 임대차 계약을 해 주었다. 그녀는 서울에서 중개사 사무소를 하다가 남편과 헤어지고 서울을 떠나고 싶은 마음에 인터넷에 올라 있는 전화로 나와 연결되어 몇 군데 보여 주고 1번가 대로변에 자리를 잡았다. 개업식 날, 휴지 1통을 들고 가서 축하를 해 주고 그녀의 친구들 몇 명도 축하해 주었다. 소맥으로 마시다 보니 시간이 저녁 8시가 되었다. 나는 취하지 않는 선에서 가자고 결심하고, 술도 깰 겸 천천히 걸어가는데, 개업한 중개사의 친구가 "소장님." 하고 팔짱을 끼우길래 많이 취하긴 했으나 정신을 잃을 정도는 아닌 것 같았다. "소장님, 카페에 가서 차 한잔 하고 헤어져요." 하기에 고개를 끄덕이며 한적한 카페에 가서 술도 깰 겸 얘기를 하게 되었는데, 자기 이름은 이미나이고, 현재 서울에서 이혼 전문변호사로 일하고 있으며 나이는 42세인데, 아직 독신이고 어려서부터 태권도를 하고 대학원에서도 체육학 박사 학위까지 받았고, 그 후 법학전문 대학원에 입학하여 변호사가 된 의지의 한국인이었다. 그렇게 얘기하며 차를 다 마시고 헤어져 집으로 돌아왔다.

〈실전 사례 189번〉

산본 신도시에 치과 의원을 하겠다고 병원 할 곳, 약 40평을 찾아서

E/V 있는 건물 10층에 약 50평을 임대차 계약을 해 주었다. 여의사 2명이 운영하는 치과 의원이었는데, 2명 다 치주학 박사 출신이었고, 2명 다 A국에서 임플란트 연수를 2년 동안이나 한 재원이었다. 같은 미혼이며, 나이도 43세로 같으며 학교도 SS대 치과대학 출신이고, 초등학교부터 지금까지도 태권도를 수련하여 각각 7단인 건강한 재원이었다. 두 사람 다 키가 178cm에 미모까지 갖추고 있어서 모두 결혼했거나, 애인이 있을 것으로 생각하여 사람들이 접근조차도 하지 않았다고 하였다. 개원 일주일 후, 직원을 시켜 휴지 1통을 갖다주고 번창하기를 기원하였다. 그렇게 시간이 흘러 6개월 후에 나에게 태권도 도장 할 70평 정도의 공간을 임대차해 달라는 의뢰가 들어와, 몇 군데 보여 주다가 그 치과의원이 있는 건물 TOP층(15층)이 좋다고 하여 임대차 계약을 해 주고, 2개월 후 잔금을 하고 인테리어 공사를 한 후에 개업하게 되어 휴지 1통을 들고 가서 축하해 주었다. 다 끝나고 나서 E/V를 타고 내려오다가 10층에서 치과 원장을 만나게 되어 인사를 하니 반색을 하며 차 한잔 하자고 하여 차를 마시며 자신의 얘기를 하는데 어쩌다가 독신주의자가 되었다며, 이야기를 하다가 헤어져 집으로 돌아왔다.

〈실전 사례 190번〉

영등포구 F동에 피아노 학원을 열겠다고 하며 초중학교와 유치원 근처에 2층이나 3층으로 70평을 임대차해 달라고 의뢰가 들어와서 10일 동안 15곳 정도를 보여 주고 마지막 건물 6층(TOP 층이며 E/V가 있음)을 임대차 계약해 주었다. 2개월 후 잔금을 마치고 인테리어까지 해서 개업을 하여 개업식에 직원을 보내어 축하해 주었다. 개업 다음 날, 피아노 원장이 전화로 저녁을 같이 하자고 초대하여 식사와 술을 같이 하면서, 자기는 어려서부터 운동과 피아노만 하다가 A국으로 유학을 가 음악학 박사까지 되고, 합기도 6단까지는 되었으나, 그러다 보니 연애도 못 하고 독신으로 살고 있다고 하였다. B대학의 초빙으로 음악대학교 피아노 교수로 있다가 스토킹하는 분이 있어서 학교에 보고하니 휴직을 2년간 하고 있으라고 하여(봉급은 50%씩 매달 송금을 해 주겠다고 했음) 피아노 학원을 차리게 되었다고 하며, 얘기를 하다가 헤어져 집으로 돌아왔다.

〈실전 사례 191번〉

안양시 F동에 있는 대학교 인근에 빌라(방 3개, 욕실 2개, 거실, 주차장, E/V 있는 신축 빌라) 임대차 계약을 해 주었는데, 그 여성은 A국(외국인) 사람으로 A국에서 대학교 영문학교 교수로 있다가 3년간 휴직계를 내고 한국에 입국하여 한국어 학당을 1년 다녔고(현재 나이는 42세이며, 고등학교까지는 기계체조 선수였으나, 키가(185cm) 너무 크고, 또 부상이 있어서 포기하고 대학교, 대학원에서 영문학을 공부하여 박사학위를 받은 재원이었다. 안양시 Y대학교 영문학과 교수로 초빙되어서 빌라 전세를 얻은 한국을 사랑하는 학자이며, 모태 솔로로 연애 한 번 못 해 봤다고 한다. A국에는 부모님과 형제자매가 있으며, 부모가 의사이고 오빠는 변호사, 여동생은 체육학과 교수로 있다고 한다. 1개월 후 잔금을 하고 이사를 들어온 후 직원을 시켜 휴지 1통을 보내 주었다. 빌라에서 학교 가는 중간에 우리 중개 사무소가 있어 일주일에 한 번은 마주쳤다. 6개월 정도 지난 후, 방학 기간 동안 2개월 정도 A국에 다녀온다고 하며 자기 집에서 식사를 같이 하자고 하여 맥주 1Bundle을 들고 가서 보니, 정성을 다하여 음식 준비를 해 놓아 맛있게 식사를 하고 자택으로 돌아왔다.

〈실전 사례 192번〉

산본 신도시 E대학교 병원 인근에 빌라 전세를 구해 달라는 요청이 있어 5번을 보여 주고, 임대차 계약을 하고 1개월 뒤 입주하게 된 교수님이 있었는데, 키 180cm에 미모의 피부과 교수였다. 입주하신 후, 자택에 직원을 시켜 매사가 술술 잘 풀리시라고 휴지 1통을 보내드렸다. 그 후 잊어버리고 지냈는데, 등의 피부가 어찌나 가려운지 피부약을 약국에서 사다가 발랐으나 낫지 않아서 병원에 내원하여 진료를 받았는데, 전에 집을 임대차해 드렸던 바로 그 여성 교수님이 있었다. 창피하기도 했으나 별 걱정할 것 없다고 하며 내의를 면으로만 입으시고, 알레르기성 음식만 빼고 드시면 약 7일 정도 지나면 좋아질 것이고 한 달 정도면 완치가 될 것이라고 장담하며 주사를 맞으라고 하면서 약 7일분의 처방전을 내주었다. 7일 이후 조금 치료가 된 듯하여 이제는 등이 완치되어 가는데, 허리와 엉덩이 부분이 가렵다고 하니, 일주일 이후에는 다시 다리로 내려와서 다 없어진다는 진단이었다. 그리고 자세히 보자고 하여 팬티까지 벗고 보여 주었는데, 앞뒤로 다 보더니, 이곳은 습한 곳이 있어서 우선 약을 발라야 한다며 간호사를 오라고 하여 앞뒤로 발라 주고, 주사까지 놓고 습한 곳은 일주일 내내 바르라고 바르는 약과 내복약에 대한 처방전을 주었다. 일주일을 열심히 바르고 내복약도 먹고 많이 좋아졌다. 7일 후 또 진료를 받으러 가니 다리 부분에 번진 가려운 부분을 간호사에게 다 바르라고 하며, 주사까지 놓아 주고 내복약 처방전도 주어서 7일 후에는 완치된 것 같았다. 그런데 7일 후에 다시 오라고 하여 진료실에서 간호사와 같이 커튼을 치고 다 벗으라고 하여 세밀히 전신을 앞뒤로 보더니 이제는 완치되었다고 하며 샤워할 때는 7일간 비누를 사용하지 말고 물로만 씻으라고 하며 주사를 마지막으로 한 번 더 놔주고 끝났다.

〈실전 사례 193번〉

안양시 B동에 빌라를(방 3개, 화장실 2개, 거실, E/V, 주차장) 매입해 달라는 전화가 와서 물어보니, 인터넷에서 전화번호를 알고 의뢰한다고 했다. 2일 후에 만나서 5곳을 보여 주니, 한 곳의 빌라가 좋다고, 매매계약을 하여, 한 달 뒤 잔금을 하고 이사를 하였다. 그리고 일주일 뒤, 직원을 시켜 휴지 1통을 보내 주었다. 그러고 나서 약 1년이 지난 뒤, 우연히 길에서 마주치게 되었는데 차 한잔 하자고 하여 카페에서 차를 마시며 자신의 얘기를 하는데 본인은 43세로 산부인과 의사이며, 2년 전에 이혼했으며 이혼할 때 5층 건물과 아파트, 현금 10억 원을 받았다고 했다. 남편은 정자 부족으로 불임이었고, 술만 마시면 행패가 심해서 아예 변호사 친구에게 일임하여 이혼하게 되었다고 한다. 키는 178cm이며 어려서부터 검도(5단)와 합기도(5단)를 고등학교까지 학업과 병행하여 열심히 박사 과정까지 하다 보니 연애도 한 번 못 하고 있다가 33세 때 중매로 결혼하였으며, 결혼 생활은 순탄치가 못했다고 한다. 그렇게 사연을 듣고 있는데 와이프가 전화로 "일이 있으니 빨리 들어오세요."라고 하여 "죄송합니다, 나중에 전화드리겠습니다." 하고 집으로 퇴근하였다.

〈실전 사례 194번〉

　안산시 C동에 있는 아파트를 매수해 달라고 의뢰가 와서, 32평 아파트를 안산에 있는 중개사와 공동중개로 매매계약을 하였다. 그녀는 변호사였는데, 38세의 이혼녀(이수전)였다. 30세 때 중매로 결혼했으나 성격 등의 차이로 이혼하고 안산에 있는 5층 빌딩을 위자료로 받고 현금 10억도 받아 이혼했는데, 남편(사업가)의 전적인 이혼사유로(수많은 외도와 혼외 자식 3명) 이혼했다고 한다. 그래서 이혼 후, 3년이 지난 지금까지도 결혼 생활에 대한 트라우마가 생겨서 평생 독신으로 살겠다고 결심했다고 한다. 이것이 아파트 13군데를 보면서 대화를 나눈 내용이었다. 잔금 이후, 이사를 하고 15일이 지나서 직원을 시켜 휴지 1통을 전달 후에는 사람 자체가 차갑다 보니, 정나미가 떨어져서 속 시원하게 잊어버리고 1년 6개월이 지났는데, 어느 날, 와이프와 유명한 일식집에 갔다가 우연히 만났는데, 내일 자기 집으로 낮 12시에 오라고 하여 방문하게 되었다. 별로 만날 생각도 없고, 만나서 1년 6개월 전 같이 냉정한 인간의 모습만 떠올라 아무 말도 하지 않고 인사만 하고 앉아 있었다. 약 10분간 서로 아무 말도 안 하고,(내가 시간도 아깝고, 아무리 미인이라도 냉정하고 고고한 척하는 건 아주 싫어하여) "뭐 지금 별로 하실 말씀이 없으시면 나중에 전화로 말씀해 주십시오." 하고 일어나 사무실로 와 버렸다. 그리고 일에 빠져 그야말로 일중독으로 세월을 보내고 있었다.

〈실전 사례 195번〉

　서울시 영등포구 P동에 아파트를 구해 달라고 하여 32평 아파트를 공동중개 하기로 하고 30곳을 보여 주고 그중의 한 곳을 매입해 주었다.

30곳을 보여 주는데 약 40일이 걸렸다. 그래서 그 여성은 계약 끝나고 잔금만 끝나면 다시는 길에서라도 마주치면 안 될 것 같았다. 그만큼 사람 애를 먹이는 사람은 처음이었다. 잔금이 끝나면 안양도 아니고, 영등포라 보기도 싫고 하였으나 인사는 해야겠다고 생각하여 직원에게 가르쳐 주고, 전화 약속을 하고 휴지 1통을 보내 주었다. 그것으로 당연히 내 기억에서 없애 버렸다. 그런데 일 년 후, 아는 분의 자제 결혼식에 갔다가 뷔페에서 우연히 만나게 되었다. 나는 처음에는 못 알아보았으나, 그녀는 나를 기억하고 인사를 하였다. 인사를 하면서도 기억이 잘 안 나서 어색하게 인사만 하고 헤어져 뷔페 한 곳에서 식사를 하고 있는데, 내 자리를 어떻게 알았는지 접시를 가지고 와서 합석을 하였다. 나는 그때 당시의 기억이 떠올라 징글징글한 기분만 들 뿐 별로 반갑지도 않았는데, 그녀는(이혜정) 뭐가 그렇게 좋은지 계속 말을 시키는 것이었다. 그래서 계속 "예! 아! 예! 그러세요!" 등 단답형으로만 답을 하며 딴 곳을 바라보고 식사를 빨리 끝내고 가려 했는데, 그녀가 식혜 두 그릇을 가져와 드시라고 하여 거절하지도 못하고 마시다 빨리 일어나서 가려고 하는데, 또 호박죽을 가져와 드시라고 하여 먹다 보니 그녀가(이혜정) 자기소개를 하는데, 나이 36세 독신녀이고, 대학병원 교수이고 의학박사라고 자기소개를 하는데, 별 흥미가 없어서 단답형으로 응대를 하였다. 그러다 보니 그녀는 내가 딴생각을 하고 있다는 것을 느꼈는지 말을 안 하고 단팥죽을 또 가지고 와서 드시라고 하며, 다른 말을 안 하니까 은근히 묻고 싶은 것이 생겨서 "무슨 과에 계세요?" 하니 자기는 비뇨기과라고 하며, 남성 환자는 거의 안 보고 거의 여성 환자만 본다고 하였다. 그리고 공부와 운동에만 몰두하다 보니 모태 솔로라며 실제로 연애 한 번 못 해 봤다고 하며, 비번일 때는 집에서나 체육관에서 운동을 즐기고, 지치면 자고 하기 때문에 바빠서 일만 한다고 하였다. 그러면서 한숨을 쉬면서 나를 쳐다보기에 "아 예, 안 만날 결심을 하고 전에 아파트를 매입하실 때 왜 그렇게 아파트를 많이 보셨어요?" 하고 물어보니, "사고 싶은 마음과 사고 싶지 않은 마음이 속에서 싸워서 그랬는데 너무 열심히 찾아 주셔서 미안해서 샀습니다." 하며, 새삼 "미안합니다."라고 하였으나 내 마음은 끝내 풀어지지 않았으며 다 마치고 서로 인사하고 사무소로 돌아왔다.

〈실전 사례 196번〉

산본 신도시의 종합병원(한방병원)에 근무하게 된 한의사(여성 35세)가 아파트를(32평) 매수 의뢰하여 병원 인근에 있는 아파트들을 5군데 보여 주었는데, 그중 하나를 가격 네고도 없이 바로 매매계약서를 쓰고, 한 달 후 잔금을 하고 입주하여 직원에게 휴지 1통을 보내 주어 축하해 주었다. 그리고 2년 후에 산본 중심상가로 손님과 같이 미용실을 보여 주기 위해 산본에 있는 중개사와 공동중개 하기 위해 몇 군데를 보여 주고 걸어가는데, 스쳐서 지나가는 분이(나는 손님에게 열심히 얘기하고 가는 중인데) "강 소장님!" 하고 부르길래 바라보니 "안녕하세요?" 하고 인사를 하기에 얼떨결에 인사를 받았지만 아무리 생각해도(언젠가 보았던 얼굴인데) 생각이 안 나서 건성으로 대화를 하고 "나중에 전화 한번 주시겠습니까?" 하고 물으니 "예! 전화드릴게요." 하고 헤어져서 미용실 한 곳을 공동중개로 계약하여, 1개월 후, 잔금을 하기로 하고 사무소로 돌아왔다. 그 후, 잔금일에 공동중개 한 사무소에 가서 잔금까지 하고, 다시 안양 우리 중개사무소로 가기 위해 차를 타려고 하는데 뒤에서 "강 소장님." 하고 부르기에 바라보니 그 한의사였다(35세, 김보람). 반가워서 차를 주차장에 다시 세워 놓고 인근에 있는 Coffee Shop에서 이런저런 얘기를 하던 중, 자기는 어려서부터 합기도를(5단) 하면서 한의대와 한의대 대학원 박사 과정까지 하다 보니 운동과 공부에 빠져서 연애를 한 번도 못 했다고 하며, "오늘 저녁에 우리 집에서 식사를 같이하실래요?" 하며 초대를 하여 맥주 1Bundle을 들고 방문을 하였다. 식탁에 정갈하게 차려 놓은 반찬들을 보며, 이렇게 성격이나 몸가짐을 가진 분이구나 하고 생각하며 식사를 하면서 소맥을 반주로 하면서 화기애애하게 대화를 나누고 "아주 반가웠습니다." 하며 인사를 하고 헤어져 자택으로 돌아왔다.

〈실전 사례 197번〉

서울시 구로구에 있는 대학병원에 발령을 받아 3개월 후 오게 된 여의사(김성란)가 아파트 31평을 매입하겠다고 전화로 의뢰하여 3개의 아파트를 보여 주고, 한 곳을 선택하여 잔금을 2개월 후로 하고 매매계약을 하였다. 잔금을 하고 입주 후, 20일 정도 지나서 직원을 시켜 휴지 1통을 전달하여 이사 오신 것을 축하해 주었다. 그리고 1년 후, 구로구 대학병원에 교통사고로 입원해 있는 친구를 병문안하러 가서 위로해 준 다음, E/V를 타려고 기다리고 있는데, 마침 내려오는 E/V가 문이 열려서 E/V를 타고 앞만 보면서 이 생각, 저 생각 하고 있는데, 뒤에서 "강 소장님, 아니세요?" 하고 묻는 것과 동시에 지하 2층 주차장 문이 열려 쳐다보니, 키가 크고 미인인 여의사가 나를 보며 웃고 있길래 웃으면서 인사를 하며 "오래간만입니다." 하고 나니 "참 오래간만이네요, 딱 1년 만인 것 같습니다. 그때 아파트 좋은 것을 사게 해 주셔서 고맙게 생각하고 잘 지내고 있습니다." 하고 나서 그제야 기억을 하게 되었는데 이름은 잘 생각나진 않았다. "차 한잔 하시겠습니까?" 하여 1층에 있는 병원 카페에서 차를 마시면서 그 여의사(김성란, 37세)가 보고 싶었다고 하기에 "저도 보고 싶었습니다." 하며 "병원에는 무슨 일로 오셨어요?" 하기에 "내 친구가 이 병원 8층에 교통사고로 입원해 있어서 병문안 왔다가 가는 중입니다."라고 하니, 자기도 같은 과니까 잘됐다고 해서 "앞으로 잘 부탁드립니다." 하고 인사를 하고 헤어졌다.

〈실전 사례 198번〉

안양시 P동에서 무용학원을 하려고 하는데, 70평은 되어야 한다고 하여 인터넷으로 찾아서 D중개사와 공동중개로(10층 건물 중 10층, 70평) 임대차 계약을 해 주었다. 그분은 안양 H대학교 이영화 교수였으며, 무용학 박사였다. 학생들을 10년 이상 가르치다 보니 쉬고 싶다는 생각이 들어서 학교에 3년 동안의 휴직계를 내고 1년을 푹 쉬면서 여행도 다니고, 책도 보며 고등학교까지 했던 리듬체조를 혼자서 몇 달을 해 보면서 시간을 보냈으나 텅 비고, 외로운 마음이 계속 들어서 나름대로 분석해 보니 모태 솔로로 바쁘게만 살아 연애도 못 하고, 그녀에게 대시하는 사람도 없었다고 하였다. 그러다가 다시 무용에 온 힘을 쏟아부으려고 학원을 차리게 되었다고 한다(부모님이 부자이기 때문에 외동딸이 하고자 하는 것은 다 들어 주었다고 한다). 지금 나이는 39세인데, 학원을 개업하자 수강생들이 많이 몰려와 다른 생각을 할 겨를이 없었다고 한다. 그런데 수강생들이 너무 많아서 후배 2명을 보조 강사로 쓰게 되었는데, 이들도 모태 솔로로 전부 연애 경험이 없었다고 하였다. 원장님은 아예 학원 인근으로 이사하고자 하여 다시 나에게 아파트(31평)를 구매 의뢰하여 마음에 드는 것을 골라서 보여 주니 좋다고 하며 매입 계약을 하고 (잔금 3개월 후) 잔금 후, 이사하였다. 약 20일 후 직접 휴지 1통을 드리고, 입주를 축하해 주었다.

〈실전 사례 199번〉

어떤 여성이 산본 신도시에 46평 아파트를 매수해 달라고 의뢰가 와서 공동중개로 마음에 드는 아파트를 구하여 잔금은 3개월 후로 하여 매매계약을 해 주었다. 이사하고 10일 후, 휴지 1통을 가지고 찾아뵈었더니 부부가 함께 있다가 웃으며 맞이해 주어 차 한잔을 하면서 남편은 경제학 교수이고 오늘은 비번이라 쉬고 부인도 체육학과 교수인데 오늘이 비번이라 쉬고 있었다. 그래서 식사까지 대접받고 "행복하십시오."라며 인사하고 돌아왔다. 그리고 1년 6개월 후에 전화가 와서 남편이 교통사고로 돌아가셨다면서, 남편이 너무 생각이 나서 이사 가야겠다고 집을 팔아 달라고 하여 산본에 있는 중개사와 공동중개로 매매계약을 해 드리고, 안양시 W동에 있는 32평 아파트를 매입해 드려(잔금 날을 같은 날로 맞추었음) 잔금을 하고 입주시켜 드리고 나니, 오후 4시경이 되었다. 점심을 못 드신 사모님과(아파트에서 신문을 깔고 앉아서) 배달 온 자장면을 같이 먹고 지쳐서 사모님에게 잠깐 눈을 붙이시라고 하고, 헤어져 사무실로 돌아와서 책상 위에 다리를 올려놓고 졸다가 깨어 보니 6시였다. 직원들을 퇴근시키고 나도 퇴근하려고 하는데, 그 사모님(이경란 박사)이 전화로 "보일러가 고장 났어요." 하며 "어떻게 하지요." 하고 묻길래 "보일러 앞면이나 옆면에 보면 서비스 센터 전화번호가 있으니, 전화해서 빨리 오라고 하세요." 하고 가 보니 이사 가는 분이 가스를 끊고 나가서, 이사 들어오신 분이 가스를 다시 신청하여 가스회사에서 나와, 가스를 다시 연결시켜 줘야 되는데, 혼자 하다 보니 그것을 안 하여 보일러가 돌아가지도 않고, 가스레인지도 켜지지 않았던 것이다. 즉시 가스 회사에 전화를 하여 3시간 후에 와서 가스를 연결해 주고 보일러를 트니 잘 작동되어 좋다고 하며 "수고하셨어요, 제가 식사 준비를 할 테니 식사하시고 가세요." 하기에 소파에 앉아서 기다리다가 졸고 말았다. 약 2시간 정도 졸았을까? "식사하세요." 하고 부르길래 잠을 깨어 식사와 함께 소맥을 하면서 자기 얘기를 하는데, 남편과 10년을 연애하여 결혼하고 살았는데 아기 없는 것 빼고는 불편한 것은 없었다고 한다. 그러면서 자기는 어려서부터 운동을 좋아하여 태권도(7단), 검도(6단), 합기도(6단), 유도(6단)를 했으며 대학교에는 태권도로 체육학과에 들어가 대학원에서 박사 학위까지 받았으며(올림픽 금메달 1개, 아시안게임 금메달 2개) 현재 모교에서 체육학과 교수(이경란)로 재직하고 있다고 하였다.

〈실전 사례 200번〉

　서울시 영등포구에 있는 W대학병원에 교수로 오시게 된 분이(이영훈, 피부과 교수, 38세) 인터넷으로 우리 사무소를 찾아서 W대학병원 인근에 아파트 32평을 매입 의뢰하여 세 곳 중 한 곳을 매입해 주었다. 매입 계약 후, 2개월 만에 잔금을 하고 이사를 오게 되었고, 직원을 보내 휴지 1통을 이사 축하의 선물로 전달해 주었다. 그리고 1년이 지나갔다. W대학 병원에 입원해 있던 아주 친한 대학교 동문을 위로해 주고 나와서 안양에 있는 사무소로 가려고 병원 앞의 도로를 건너고 있는데(틀림없이 파란불이라는 것을 확인하였음) 택시가(브레이크 고장인지) 서지 않고 나를 받게 되었는데, 날아가 낙법으로 떨어졌으나 아스팔트 바닥에 떨어지면서 상처가 나서 피가 흘러나오고, 여름이라 양복도 찢어져서 보기에도 많이 다친 것 같았다. 그리고 순간적으로 정신을 잃은 사이, 그 대학병원 구급차로 응급실에 실려 가 옷이 얇다 보니 허리 밑에 앞과 뒤로, 또 손과 발도 낙법을 하느라고 때리는 바람에 온 몸에서 피가 난 것처럼 보였다. 와이프가 정신없이 택시를 타고 울면서 응급실로 들어와, 살아 있는지부터 확인하고 의사가 하는 말을 듣고 있으면서 손을 꼭 잡고 있었다. 일반 입원실로 옮겨 누워 있는데 피부가 찰과상으로 상처 난 것은 좀 오래 걸릴 것 같고, 뼈에는 아무 이상이 없었다. 이튿날, 오전에는 피부과 교수님(이영훈)이 입원실로 제자들을 데리고 환자들을 진찰했는데, 605호 2인실에 진찰하러 들어와, 얼굴을 보고 놀라는 것이었다. 간호사가 팬티를 벗기고 엉덩이에 스친 상처를 보고 교수가 하라는 대로 약을 발라 주고 다시 돌려놓고 스친 부분에 약을 발라 주는데 보통 사람의 3배 정도나 되어 보이는 것을 보고 제자인 전문의와 이영훈 교수도 너무 놀라서 반히 쳐다보고 있었는데, 약을 발라 주니까(환자는 자고 있는데) 너무 커져서 의사와 간호사를 더욱 놀라게 하였다. 처음부터 끝까지 보고 있던 의사들과 간호사들은 다 같이 그곳만 보다가 나갔다. 그곳은 스치면 오랫동안 치료를 받아야 하기 때문에 매일 상처에 약을 발라 주고 주사를 놓아 주었다. 그렇게 30일 정도 있다가 퇴원했는데 그동안 와이프가(미대 교수 겸 화가, 김성숙 여사) 밤에는 계속 지키고 있다가 낮에는 학교로 출근하곤 하였다. 주치의에게(이영훈 교수) 잘 부탁드린다고 인사를 하였고, 이영훈 교수는 최선을 다하였다. 퇴원하는 날 김 여사가 와서 같이 퇴원 수속을 하였고, 택시 기사는 파란불에 횡단보도를 건너가는 사람을 치었기 때문에 구속되어 택시회사에서 전적으로 치료비를 부담하고, 위로금도 같이 지불하였다. 그리고 와이프와 함께 이영훈 교수에게 감사 인사를 한 후, 집으로 퇴원하여 일주일 정도 쉬다가 사무소로 출근하였다. 그리고 열심히 일을 하였다. 결과적으로 한 달간 술을 안 마시게 되었다. 그 결과 건강은 더 좋아져서 체력도 더 좋아졌다.

〈실전 사례 201번〉

안산시 X동 중심상가 지하에 노래방을 차리겠다고 하는 손님이 있어서 50평을 월세로 임대차 계약을 해 주었다. 장사가 잘되어 노래방 2호점을 하겠다고 하여 산본 신도시 중심상가 지하에 50평을 또 임대차 계약을 해 주었다. 또 장사가 잘되었다. 그렇게 3년 정도 장사가 잘되어 돈도 많이 벌었다고 하였다. 그런데 어느 날, 손님이 잘못하여 금연구역인데도 담배를 피우다가 잘못하여 안산시에 있는 노래방에 불이 나서 다 타 버렸다. 다행히 다른 곳으로 불이 번지지 않고 사상자가 없어서 천만다행이었다. 그래서 산본에 있는 노래방만 화재를 조심하며, 장사를 하여 안산에서 불이 났던 손실을 어느 정도 복구하게 되었다. 노래방 주인은(이미서) 55세였는데, 사업 수완이 아주 좋았다. 딸은 미국의 친척 집에서 학교를 다니며, 미국 변호사 자격증과 경제학 박사 학위를 받아서 3개월 후, J대학교 초빙교수(경제학)로 귀국한다고 하였다. "좋으시겠어요."라고 인사를 하고 헤어졌는데, 약 2개월 지나서 그녀가 전화로 J대학교 인근에 빌라 32평 정도를 사고 싶은데, 자기가 현재 살고 있는 S동의 빌라를(10년 되었고, 방 2개, 화장실 1개, 거실) 팔아서 딸과 같이 살겠다고 하여, 그럼 방 2개 있는 빌라를 우선 먼저 팔고, J대학 인근에 방 3개, 화장실 2개, 거실 있는 빌라를 사 주겠다고 계획을 알려 주었더니 그렇게 해 달라고 하여 열심히 광고를 내고, 인터넷에도 올려 좋은 가격에 팔아서 계약금과 중도금을 은행에 예금하고 있는 상태에서 새 빌라를 J대학 인근에 매입계약을 해 주었다. 약 10년 된 빌라인데(방 4개, 화장실 2개, 큰 거실, 베란다, E/V, 주차장) 가격을 최대한 조정하여 매도한 빌라와 매수한 빌라의 잔금 날짜를 맞추어 매수계약을 해 주었다. 그 노래방 주인은 마음에 든다고 하며 잔금까지 완전하게 치른 후 이사하여 살고 있는데, 그녀의 따님이 10년 만에 어머니 품으로 돌아와 Y대 경제학 교수로 부임하였다. 나이는 32세로 어머니가 23세에 결혼해 낳았고, 이듬해에 남편이 사고로 죽고 나서 어머니가 혼자 키우다가 이민 가 있는 이모가 애도 없고 하니 A국에 보내라고 하여 정성껏 키워 박사까지 만들어 주었고, 미국 영주권자가 되어 있었다. 강대길이 어머니에게는 노래방을 임대차 계약을 해 주고(장사가 잘되니까) 권리금도 두둑이 받아 주었다. 어머니와 따님이 같이 즐겁게 살았고, 어머니는 딸 덕분에 집에서 살림만 하였다. 딸(김혜나)은 어머니와 함께 사니, 항상 기분이 좋았고, 동료 교수들도 아주 친절하여 한국에서 살아가는 데 문제가 없었다. 아주머니는 장사를 안 하니까, 딸을 위해 반찬을 준비할 겸 이것저것 사다 보니 따님이 퇴근할 시간이 다 되어 서둘러 길을 건너는데, 파란불이 켜져 있는데도 불구하고 SUV 차량이 신호를 어기고 아주머니를 치어 10일 만에 돌아가셨다. 사고무친인 어머니 장례를 치르게 되었는데 TV 뉴스에서 우연히 보게 되어 강대길이 조문을 가게 되었다. 조문을 하고 얘기를 들어 보니 사고로 돌아가셨는데, 국내에 친인척이 없고 교류가 없다 보니 따님이 혼자 3일 장을 하는 내내 강대길이 화장터와 납골당까지 같이 다녀오고 SUV 소유자 측과의 협상도 도맡아 해 주어 약 5억 원 정도를 받게 해 주었다(그리고 생명보험에 들어 놓은 것은 3억 원 정도를 받아 주었다). 고맙다고 따님이 집으로 초대하여, 방문해서 함께 식사를 맛있게 하고 헤어져 자택으로 돌아왔다.

〈실전 사례 202번〉

영등포구 H동에 있는 상가 건물 5층 100평을 손님의 부탁으로 임대차 계약을 해 주어 Health Club을 경영하게 되었는데, 시설이 좋다 보니 사업이 아주 잘되었다. 그래서 구로구 M동에 있는 건물 10층에도 150평을 임대차 계약을 하여 신형 기계들로만 채우니 마니아들이 단골로 다니게 되었다. 이것이 전국적으로 소문이 나니 날로 번창하게 되었다. 그러나 한겨울에 난방기구 과열로 옆에 있는 인화물질(옷, 박스, 신문 등)에 불이 옮겨붙어 1시간 만에 전소되고 말았다(화재로 인해 Health 기구 등도 타고, 뜨거운 온도에 그을려서 못 쓰게 되었다). 이렇게 되니 한꺼번에 많은 손해를 입어, 영등포구에 있는 Health Club도 다른 분에게 권리금을 받고 임대차 계약을 해 주고 물러 나왔다. 그리고 휴직 중인 대학교의 체육학과 교수로 복귀하여 어느 날, 퇴근길에 SUV 차량을 운전하고 가는데, 뒤에서 오던 10M/T 화물차로 인해 4중 추돌이 되어 교수님은 천국으로 떠나게 되었고, 그의 부인인(전은숙) 치과 의원 원장이 졸지에 혼자 살게 되었다. 그래서 영등포구에 있던 아파트 46평을 매매해 달라고 나에게 의뢰하였는데, 마침 임자가 있어서 적당한 가격에 매매계약을 해 주었고, 치과 의원이 있는 구로구에 아파트를 32평으로 줄여서 구입해 달라고 하여 운 좋게도 급하고 좋은 매물이 싼값에 나와서 동시에 계약하게 되고 잔금도 동시에 하게 되어, 모든 것을 정리하여 구로구 치과 의원 인근에 있는 아파트로 이사 오게 되었다.

〈실전 사례 203번〉

안산시 M동에 있는 종합병원에 발령을 받은 안주영 의사가 병원 인근에 아파트를 매입해 달라는 의뢰가 있어, M동에 있는 중개사와 공동중개로 매매계약을 하여 2개월 후, 잔금을 하고 입주를 시켜 드렸다. 그리고 15일 후에 직원을 시켜 휴지 1통을 보내 주어 입주를 축하해 주었고 그 후, 1년이 지나서 안산에 빌라를 공동중개 하기 위해 가는 길에 안주영 의사를 만났는데, 인사하기에 나도 얼떨결에 인사는 했으나 기억이 잘 나지 않았지만, 이 얘기, 저 얘기 하다 보니 기억이 나서 실례를 면했다. 내일 자기가 비번이니까 12시경 점심 식사 하러 오시라고 하여, 꽃을 한 다발 사 들고 찾아뵈었다. 지난번에 술술 풀리시라고 휴지를 주셨는데, 그 인사가 맞았는지 모든 일이 술술 잘 풀린다고 감사 인사를 하기에 나도 고맙다고 인사를 하고, 식사를 하면서 가볍게 소맥을 한 잔씩 하게 되었는데, 얼굴이 빨개져서 본인 얘기를 하는데, "저는 외동딸이며, 부모님이 아웃 아파트에 살고 계신다며, 어려서부터 운동과 공부만 하다 보니 현재 나이가 38세, 모태 솔로입니다."라고 하며, 맞선 자리도 잘 안 들어오고 결혼할 나이가 꽉 차다 보니 아주 괴롭다고 하며, 소맥을 마시다가 헤어져 자택으로 돌아왔다.

〈실전 사례 204번〉

　산본 신도시에 있는 종합병원 인근에 아파트 32평을 매입해 달라는 의뢰가 있어 수소문하여 공동중개로 매매계약을 하여 3개월 후 잔금을 하고 입주하였다. 5년 차 부부였는데, 남편은 내과 전문의로 교수였고, 부인은(김정윤) 인근 고등학교 영어 선생님이었다. 이사 후, 10일이 지나서 휴지 1통을 선물로 드리면서 잘 풀리시라고 인사를 하였다. 그렇게 해서 1년 6개월이 지났는데, 김정윤 선생님이 아파트를 팔고, 영등포에 같은 32평 아파트를 사 달라고 요청을 하여 공동중개로 양쪽 아파트 매매를 하고, 양쪽 잔금 날짜에 맞추어 처리해 주었다. 몇 번 만나는 동안 사연을 들어보니 얼마 전, 남편이 차를 몰고 시댁에 혼자 다녀오다가 뒤에서 트럭(운전사가 졸음 운전한 것으로 밝혀짐)이 추돌하여 그 자리에서 사망했다는 것이다. 그래서 신도시에 사는 것이 지겹고 해서 영등포 쪽에 있는 여고로 발령을 내달라고 교육청에 소원을 내어 발령을 받고, 학교 인근에 있는 아파트를 매입하여 옮기게 되었다고 한다. 그 후 보름이 지나서 점심 식사를 대접한다고 전화가 와서, 맥주 1Bundle을 들고 방문하였다. 그녀는 식사와 소맥을 하면서 자기 얘기를 하는데, 친가 부모님이 재산이 많아서 결혼할 때 의사하고 산다고 하여 7층 빌딩 하나와 아파트 한 채를 사서 시집을 보냈으며, 현금 5억(정기예금 4억, 보통예금 1억)을 주었다고 한다. "남편과는 중매로 만나 결혼했으며, 서로 많이 아껴 주고 7살 정도 나이 차이가 났지만 금슬이 좋았다."라고 하며, 아기는 남편의 사정으로 안 낳고 살기로 합의했었다고 한다. 이제는 남편같이 사랑하고 자상한 분은 못 만날 것 같다고 하며, 시댁도 남편이 외아들이라 '세상에서 제일 좋은 보물'로 여기며 공부도 잘하여 의대를 나와 의학

박사에 교수까지 된 자랑거리 아들이었는데, 아들이 죽었다고 해서 재혼하는 것은 시부모님 가슴에 다시 한번 못을 박는 것 같아서, 혼자 정자은행에 가서 시술을 받아 아기를 낳고 키우는 것이 제일 좋겠다고 생각을 하고 있다며 얘기를 하다가 헤어져 자택으로 돌아왔다.

〈실전 사례 205번〉

구로구에 병원 할 빌딩(15층, E/V 8대 정도, 지하 5층, 주차장)을 매입하고자 한다고 의뢰가 들어와 구로구에 있는 중개사와 몇 군데를 보여 준 끝에 준종합병원 급으로 운영할 수 있는 건물을 찾아서 매매계약을 하고, 18개월 만에 중도금 5번과 잔금을 완벽하게 하여 병원이 들어서게 되었다. 최신 시설에 SS대 나오신 교수님들이 재단을 만들어 출자하여 준종합병원으로 개업하였다. 용하다고 소문이 나면서 환자들이 모여들어 번창하였다. 어느 날, 내과 과장님이 병원 인근에 있는 아파트로 이사 오겠다며 구매 의뢰를 하여 46평을 매입하여 드렸다. 50이 넘으신 과장님(의학 박사)이었는데, 잘 본다고 소문이 나서 항상 바쁘셨다. 2개월 후, 잔금을 하고 이사 오셔서 젊은 부인과 잘 사셨는데, 아기는 없다고 하였다. 약 15일 후, 약속을 하고, 비번(내과 과장)인 날에 휴지 1통을 들고 방문하여 "술술 잘 풀리세요." 하고 인사를 다녀왔다. 과장님은 건강하신 분이고, 부인도 키가 아주 크고 미인이었다. 그렇게 2년이 지나갔다. 병원도 전국적으로 소문이 나서 병원용 빌딩을 더 사야 할 것 같다는 소문이 들렸다. 2년 반 정도가 지났을 무렵, 그 부인(이미영 35세)이 전화로 구로구에 살고 있는 아파트를 매도해 달라면서 안산시에 있는 K대학교 주변에 32평 아파트를 구매하여 입주와 자금에 차질이 없도록 해 달라고 부탁을 하였다. 그래서 공동중개로 어렵게 매도와 매입 계약을(매입, 매도, 잔금을 같은 날로 맞추는데 아주 애로사항이 많았음) 하는 중에 집을 보느라고 부인과 몇 번 동행을 했는데, 자기 나이는 35세이며, 자기 남편은 재혼이고 자기는 초혼이었다고 하였다. 아기를 가질 수 없는 남편의 사유로 첫째 부인과 헤어지고, 본인과 결혼해서 아주 잘 살고 있었으며, 서로 사랑했다고 한다. 병원 일에 너무 몰두하다 보니 의사인데도 불구하고, 뇌출혈로 7일 만에 돌아가셨다며 구로구에 있으면 남편 생각이 계속 날 것 같아서, 본인이 교수로 있는 안산시로 이사하려고 한다는 것이다. 이미영은(35세) 어려서 부모님을 따라서 A국으로 이민을 가서, A국 로스쿨을 나와 A국 변호사 자격증이 있으며, A국 법학 박사라고 하며 안산에 있는 K대학의 초빙으로 5년 전에 입국하여 중매로 과장님을 만나서 결혼하게 되었다고 한다. 한 가지 아쉬운 것은 아기가 없다는 것이었으나 그것은 아무 장애가 되지 않았다고 했다. 그런데 막상 남편이 천국으로 가시 나니, 혼자서 많은 세월을 살아가는 것이 부담이 될 것 같아서 아기를(인공수정을 하던, 모든 방법을 동원하여) 낳아서 키우며 살 결심을 했는데, 남편이 생존에 계실 때에도 3번 정도 시험관 아기를 가지려고 했으나, 잘 안되어서 남편과 둘이서 평생 서로 사랑하며 살기로 다짐을 했었다고 했다. 그러나 막상 이렇게 되고 보니, 막막하기만 하다고 하였다. 양쪽 잔금 후 무사히 이사하고 약 15일 후, 인사차 휴지 1통을 들고 가서 "모든 일이 술술 잘 풀리세요!" 하고 인사를 하고 나니, "점심 식사하고 가세요!" 하기에 식사를 하며 얘기를 하다가 헤어져 집으로 돌아왔다.

〈실전 사례 206번〉

　안양시 W동에 있는 Z대학교에 부임하시게 된 교수님 부부가 아파트 32평을 매입하겠다고 하여 적당한 것을 매매계약을 해 드리고 잔금 후 입주하였다. 직원을 시켜 휴지 1통을 갖다 드리며 "매사가 술술 풀려서 행복하게 사세요!" 하고 인사를 하고 잊어버렸는데 약 2년 후, 사모님이 전화로 "소장님, 아파트를 팔아주세요." 하시어 이유를 물어보니 남편이 사고로 2개월 전에 고인이 되셨다고 하며 남편이 없는 안양에서는 살기가 싫고, 자기 부모님이 살고 계시는 구로구로 아파트를 매입하여 이사 가겠다고 하여 구로구에 아는 중개사와 공동중개로 계약을 하고 잔금 날짜를 맞추어 안양에 있는 아파트도 처분해 드렸다. 부인도 대학교수였는데, 고등학교 졸업 후, A국으로 유학을 가서 대학교와 대학원 박사과정까지도 마친 법학 박사이며, 중간에 로스쿨도 진학하여 A국 변호사 자격증도 있으며 구로구 인근에 있는 대학교에서 초빙하여 법학과 교수로 후학들을 가르치고 있다고 하였다. 남편을 잃은 충격으로 6개월 정도 쉬다가, 다음 학기부터 강의를 나가게 되어 현재는 집에서 좋아하는 공부와 운동을(태권도 6단) 하며, 산에도 다니며 남편을 잊어버리고 새출발 하려고 애를 쓰고 있다고 하였다. 이사하고 20일 후 시간 약속을 하고 방문하여 휴지 1통을 드리며 "앞으로는 매사가 술술 잘 풀리세요." 하니 앉으라고 하여, 차 한 잔씩 하다가 "이왕 오신 김에 식사도 하고 가세요." 하여 부인(이영아 교수)과 식사를 하고 헤어져 사무소로 돌아오게 되었다.

〈실전 사례 207번〉

　구로구에 있는 종합병원에 새로 부임하시게 된 정신건강의학과 교수님이 아파트를 병원 인근에 매입해 달라고 하여 구로구 중개사와 공동 중개로 매입 계약을 해 드렸다(46평 아파트). 잔금은 2개월 후로 한 날짜에 잔금을 하고 이사를 하였다. 약 10일 후에 휴지 1통을 들고 인사를 하러 가니, 부부가 앉아 계시다가 "차 한잔 하세요."라고 하셔서 10분 정도 얘기를 하다가 헤어져 사무실로 돌아왔다. 그런데 2년 후, 전화로 그 교수님이 아파트를 팔아 달라고 하여 이유를 여쭤보니, 부인과 합의 이혼을 하게 되어 팔아 달라는 것이었다. 구로구에 잘 아는 중개사와 공동 중개로 매매해 드리고, 다른 분이 이사를 들어오게 되었는데, 두 분은 외과 교수였으나 출신학교도 다르고 병원도 다르니, 잘 모르는 것 같았다. 2개월 후, 정신과 교수님은 이사를 가시고, 외과 교수님이 새로 이사를 오셨다. 그런데 이분도 남편과 이혼하여 새로 부임한 여성 교수님이었다. 이사 후, 20일 정도 있다가 휴지 1통을 들고 방문하여 "매사가 술술 풀리십시오." 하고 인사를 드리니, 차 한잔 하시라고 하여 차를 마시면서 얘기를 하는데 남편에게 문제가 있어서 아이를 못 가진 점도 있고, 다른 문제도 있어서 5년 만에 헤어졌다고 하며, 자기는 37세이며, 박사 학위 소지자라고 소개하였다. 얘기하는 동안 고개를 끄덕이다가 "행복하게 사세요." 하고 일어나려는데, 오신 김에 "식사하고 가세요." 하며 기다리라고 하여 기다리다가 졸고 말았다. 약 1시간 후 "식사하세요." 하고 깨워서 맛있게 식사를 하고 사무소로 돌아왔다.

〈실전 사례 208번〉

안양시 W동에 고급일식집을 하겠다고 하여 점포를 2층으로 100평을 임대차 계약을 해 주어 2개월 후 개업을 했는데, 원래 전국적으로 유명한 주방장이었는지 개업 첫날부터 많은 손님이 오더니 사업이 계속 잘되었다. 그렇게 2년 정도 영업을 잘하여 안양에서 소문난 맛집이 되었다. 남편은 주방장이고, 부인은 카운터를 보았다. 종업원도 20명이나 되어 일종의 중소기업이었다. 그런데 갑자기 5일 정도 문을 열지 않아 사람들이 왔다가 헛걸음도 하고, 무슨 일이 있나 하고 걱정하는 사람도 몇 명 있었다. 나중에 소문을 들으니, 부인이 대학교 다닐 때 May Queen이었다고 하며 미모가 출중했는데, 단골손님과 바람이 나서 같이 도망가 버렸다고 한다. 이런 사실은 단골손님의 와이프가 일식집 사장을 만나서 얘기하는 바람에 알게 되었는데, 이로 인하여 심한 타격을 받은 사장이 권리금도 저렴하게 하여 나에게 점포를 빨리 빼 달라고 부탁하였다. 2층이라 1층보다는 임대료가 싸기도 한 데다 권리금도 단골손님이 많은 것에 비해서는 아주 저렴하다 보니, 1개월 후 다른 전문가에게 넘겨주고 일식집 사장도 다른 곳으로 직장을 구하여 떠났다. 그런데 전 사장 부인(김영숙)이 어느 날, 나에게 전화를 하여 아파트를 32평으로 매입하겠다고 의뢰하여 몇 군데 중, 한 곳을 매매계약해 주고 2개월 후 새로 매입한 아파트에 잔금을 하고 입주하였다. 약 20일 후 전화 약속을 하고 휴지 1통을 들고 가 인사를 드리니, "차 한잔 하고 가세요." 하고 차를 마시며 하는 말이 남편이 정자가 부족하여 6년을 사는 동안에 아기가 없었다고 하며, 손님과 도망간 것이 아니고 보기와는 다르게 남편이 의처증이 있어서 한동안 혼자 여행을 하고 왔는데, 일식집을 다 정리하고 다른 곳에 취직을 하여 주방장으로 일을 하고 있다고 하며, 자기는 누가 뭐라고 해도 바람필 사람이 아닌데, 남편의 의처증이 갈수록 심해져 여행 갔다 온 후 만나서 호적을 정리하고, 위자료 조로 아파트 구입할 만큼의 돈을 받아서 매입하게 된 것이라고 하며, 왜 그런 소문이 돌았는지 억울하다고 하며 눈물을 흘리면서 "술 한잔 대접해 드릴까요?" 하기에 고개를 끄덕이니 정종을 데워서 내놓길래 달짝지근하여 마시기도 좋고, 시원한 맥주도 마시고 나니, 기분이 좋아지는지 말씀이 많아졌다. 자기 부모님은 현재 A국에 살고 계시며 자기도 어릴 때 부모님을 따라 같이 이민을 가, 대학원에서 박사학위까지 받아서 약 5년 전에 A대학교에서 초빙하여 경제학과 교수로 활동하다가 국내에서 유명한 주방장을 지인의 소개로 만나 결혼하여, 처음 2년간은 정말로 깨가 쏟아지는 것처럼 달콤한 신혼 생활을 했으나 아기가 생기지 않아 같이 병원에 가서 검사한 결과 남편으로 인해 임신이 안 된다는 말을 듣고부터는 의처증이 생겨 3년 동안은 매일 싸우면서 살다가 지쳐서 지난번에 지방으로 여행을 다녀온 것이라고 하였다.

〈실전 사례 209번〉

어느 부부가 구로구 X동에 아파트 42평을 구해 달라고 의뢰하여 적당한 가격에 매매계약을 해 주었다(잔금은 3개월 후로 하였음). 3개월 후에 입주하고 입주 20일 후, 약속하고 휴지 1통을 들고 방문하여 축하 인사를 하였다. 부부가 차 한 잔 하자고 하여 차 한 잔씩 하면서 얘기를 하는데, 남편은 치과 의사이며, 부인(김연진)은 산부인과 의사로서 남편과 부인 모두 KK 의대 교수라고 하며, 이번에 부임해 왔다고 하면서 남편은 45세, 부인은(김연진) 38세라고 하는데, 아기는 없다고 한다. 두 분 모두 의학박사이며, KK대 출신이라고 하였다. 식사하고 가시라고 하여 30분 동안 남편과 얘기하는데, 자기 부모님은 자신이 어려서 A국으로 이민을 가게 되어 고등학교까지 A국에서 다녔으며, 대학은 KK대 치대를 나왔다고 한다. 부인(김연진)은 부모님이 영등포구에서 살고 계시며 아주 부자라고 하였다.

  두 분 모두 외동이며, 결혼 시 부인에게 부모님이 빌딩(7층 건물)과 현금 10억을 주어서 부부가 여유 있게 잘살고 있으며, 지금도 금실이 좋아서 아기 없는 것은 잊어버리고 산다고 하였다. 조금 후에 같이 앉아서 식사를 하며 술도 한 잔 하자고 하여 술도 같이 하였다. "고맙습니다, 계속 행복하게 사십시오."라고 인사를 하고 헤어져 집으로 돌아왔다. 그 후 약 2년쯤 지난 어느 날, 부인이 전화로 살고 있는 아파트를 팔아 달라고 하여 놀라서 "왜 그러시냐"고 물어보니 남편이 돌아가셔서, 구로구가 싫어 부모님이 계신 영등포구에 아파트를 매입해 달라고 하였다. 약 10일 후 손님을 맞추어 주고, 영등포구에 아파트도 적당한 것으로 구입해 주어 이사 가는 데 차질이 없도록 해 주었다. 이사한 지 보름 후, 약속을 하고 점심때 휴지 1통을 들고 가서 인사를 하니 차 한잔 하자고 하여 차를 마시며 얘기를 하는데, 5개월 전에 남편이 운전하던 차가 빗길에 미끄러지면서 5중 추돌로 현장에서 바로 돌아가셨다고 하면서 눈물을 글썽이며 만약 거기에서 계속 살았으면 미쳤을 것이라고 하며 결국에는 눈물을 흘리고 말았다. 눈물을 멈출 때까지 나도 슬퍼서 가만히 눈을 감고 있었다. 눈물을 멈추고, 다시 얘기하기까지 20분 정도가 지나자 식사를 하시자고 하여 맛있게 식사를 하고 자택으로 돌아오게 되었다.

〈실전 사례 210번〉

  안산시 R동에 아파트를 매입해 달라고 의뢰가 들어와서 안산시에 있는 잘 아는 중개사와 공동중개로 42평을 매입해 주었다. 계약 시 잔금을

3개월 후로 하여 잔금을 한 뒤 입주하였고, 15일 후, 휴지 1통을 들고 낮 시간에 방문하였다. 여자 두 분이 앉아 있었는데 언니, 동생이라고 한다. 언니는 39세(피부과 전문의, 의학박사, 강효리)이고, 여동생은 37세(안과 전문의, 의학박사 강유리)로 두 자매가 모두 천재로 SS대 의대를 나와 박사학위까지 받고 같은 종합병원에 있으며 교수였다. 차 한잔 하면서 얘기를 하다 보니 언니는 어려서부터 태권도(6단) 선수도 했으며 대학은 의대로 진학하였고, 동생은 어려서부터 합기도(6단)를 하여 대학은 언니와 같은 SS대 의대를 들어가 박사학위까지 받았다고 하면서, 이왕 오신 김에 식사도 하고 가시라고 하여 식사를 하면서 담소를 나누다가 자택으로 돌아왔다.

〈실전 사례 211번〉

K대학교 무용학과 교수님이 산본 신도시에서 무용학원을 하겠다고 하며 E/V와 주차장이 있는 건물 100평을 임대차 계약을 해 달라고 의뢰를 하여 산본 중심상가의 아는 중개사와 공동중개로 임대차 계약을 해 주었다. 잔금은 3개월 후로 하고, 인테리어 하는 동안은(1개월) 월세를 내지 않도록 하였다. 잔금을 하고 개업하는 날, 휴지 1통을 들고 가서 축하해 주었다. 원장님은 반갑게 맞이해 주어 차후 전화를 드리겠다고 하며 차 한잔을 하고 헤어져 사무소로 돌아왔다. 무용학원은 수강생들이 아주 많아 잘되었다. 고달순 원장은 어려서 부모님과 A국으로 이민을 가게 되어 초등학교부터 대학원 박사 과정까지 마치고 국내 E대학교의 초빙으로 무용학과 교수로 와서 5년 정도 후학을 가르치다가 스토킹하는 분이 있어서 할 수 없이 학교에 얘기를 하고 휴직계(3년)를 내고 학원을 차렸

다고 한다. 고달순 원장은 키가 180cm이고, 아주 미인이며 A국에서 부모님도 사업에 성공하여 성공한 한국인으로 알려져 있으며 외동딸이었다. 37세인데도 모태 솔로였다. 연애를 안 해 보았으니 스토킹하는 것도 무서워 학교를 휴직했던 것이다. 결혼 적령기가 되어도 부모님이 결혼에 강압적이지 않았기에 그렇게 세월이 가다 보니, 본인도 모르게 독신주의가 되어 있었다. 한국에 친척은 없고 오로지 학교와 집만 오가다 보니 여전히 혼자였다. 무용학원 개원하고 1개월 후, 전화로 "소장님, 학원 인근에 아파트를 매입하고자 하니 도와주세요." 하고 말하여 32평 아파트 몇 개를 골라서 사진 찍어 보내고, 그중에 한 곳을 직접 가서 보고 매매계약을 하였으며 2개월 후에 잔금을 하고 입주하였다. 약 25일 후, 휴지 1통을 들고 아파트를 방문하여 차를 한 잔씩 하면서 여러 가지 얘기를 하다가, "E대학교에서 2년 후에는 꼭 복귀하시라고 부탁이 왔다."라고 한다. 그래서 2년 후에는 학원을 접어야 할 것 같으니 메모해 두셨다가 소개를 잘해주시길 바란다고 부탁을 하여 "알겠습니다." 하고 말하고 일어나서 헤어져 사무소로 돌아왔다.

〈실전 사례 212번〉

손님이 안양시 W동 건물 1층에 카페 40평을 임대차로 의뢰하여 네 곳을 보여 주고 그중 한 곳을 임대차 계약을 해 주었고, 인테리어를 하는 동안에는 임대료를 안 받고, 전기, 수도료, 관리비 등은 임차인이 내도록 하는 특약사항을 넣었다. 개업 시에는 직원이 휴지 1통을 가지고 가서 축하해 주었다. 그 카페는 아주 잘되었다(그 카페 주방장이 전국적으로 유명하다고 함). 많은 분들이 너도나도 카페를 하고자 하여 20평에서

30평 정도까지 10개 업소가 개업을 하여 카페거리가 되었다. 이렇게 되니 거리를 지나는 사람도 늘어서 다른 업종도 덩달아 잘되었다. 그리고 2년 정도 지나 잘되고 있는 M카페를 권리금을 어느 정도 받고 나가겠다고 나에게 내놓았다. 그러자 그 카페를 하고자 하는 분이 기다리고 있었다는 듯 바로 임대차 계약과 좀 비싼 듯한 권리금도 양수까지 하게 되었다. 그 카페는 장사는 잘되었으나 부인과의 불화로 이혼하고 의욕이 상실되어 점포를 넘긴 것으로 소문이 났다. 얼마 후, 부인이 안양시에 있던 아파트를 매도해 달라고 의뢰를 하여 만나 보았는데 아주 미인이었다. "어디로 이사 가실 거예요?" 하고 물어보니 영등포구로 이사 간다고 하여 32평 아파트 구매까지 날짜를 맞추어 계약을 해 주었더니 아주 편하게 잔금을 하고 이사하게 되었다고 고마워했다. 이사하고 약 25일 정도 지나서 아파트로 초대하여 휴지 1통을 가지고 가, 잘 사시라고 인사를 했는데, 차 한잔 하시라고 하여 서로 앉아서 대화 중에, 자기 나이는 38세이며, 결혼 5년 차였는데 남편의 사유로 임신이 안 되어 결국은 헤어지게 되었다며, 아무리 부부가 금슬이 좋아도 아기가 없으면 결혼 생활을 하는 데 애로 사항이 많다고 얘기를 하며 남편은 50세이며, 이혼 후 다른 카페에 주방장으로 들어가 일을 하고 있다고 한다. 자기는 체육고등학교 교사인데 대학원 박사 과정까지 수료하고 박사 학위를 받았다고 하며, 올림픽에서 금메달 1개, 아시안게임에서 금메달 3개를 받았다고 하며 이혼 후, 우울증에 시달리고 있으며, 정신건강의학과에서 약을 먹고 있다고 하며 "오신 김에 식사하고 가세요." 하기에 고개를 끄덕이고 기다리다가 졸았는데, 1시간 이상 졸았던 것 같았다. "식사하세요." 하는 소리에 깨어서 맛있게 식사를 하고 헤어져 사무소로 돌아오게 되었다.

〈실전 사례 213번〉

 산본 신도시 중심상가에 부동산 중개업소를 개업하겠다고 하여(월세가 싸고, 입지도 좋고, 권리금이 거의 없는 곳) 찾아 보았으나 그런 곳은 없었다. 그래서 안양시에 아파트 단지를 앞에, 옆에 두고 있고, 보증금이나 월세가 산본보다 훨씬 싸고, 권리금도 얼마 안 되는 곳을 보여 주었더니, 좋다고 계약을 하였다. 이곳은 부동산 친목회에 가입이 안 된 곳으로 장소, 입지 등은 아주 좋았지만 내놓은 지 1년이 넘어가도 친목회 회원이 아니라는 이유로 임대차 계약이 안 되었던 곳이었다. 1개월 후, 잔금을 하고 입주하여 직원을 시켜 휴지 1통을 들고 가서 인사하였다. 그리고 1년이 지난 후, 전화로 안양 1번가에 부동산 중개업소 자리를 공동중개 하자고 하여 대로변에 비어 있는 사무소를 임대차를 계약하게 되었다. 10일 후, 개업식을 한다고 하여 직원에게 휴지 1통을 보내어 축하해 주었다. 이번에도 사업이 잘되었다. 1번가 쪽에 주거래 은행이 있어서 가는 길에 중개사인 김청자(37세)를 우연히 만나 인근에 있는 카페에서 차를 마시며 얘기를 하는데, "좋은 곳을 소개해 주시어 고맙습니다."라고 하며 얘기를 하다가 사무소로 돌아오게 되었다.

〈실전 사례 214번〉

 구로구에 있는 32평 아파트를 매입해 달라고 전화 의뢰가 들어와 몇 군데를 사진 찍어 보내니, 자기가 좋다는 것을 정하여 보여 주고, 구로구에 있는 잘 아는 중개사와 공동중개를 하였다. 3개월 후, 잔금을 다하고 입주하였으며 15일이 지난 후, 휴지 1통을 들고 방문하였더니 차 한 잔을 내와 같이 차를 마시고 나오는데, "제 친구도 이쪽에 아파트를 구매해 달라고 하는데 전화번호를 드릴 테니 지금 통화해 보세요!" 하기에 통화를 했더니 "꼭 그 아파트가 아니라도 42평을 구매하겠다고 하여 3일 안에 찾아서 전화드리겠습니다." 하고 "이분은 무슨 일을 하시는 분이세요?" 하고 물어보니 "의상디자이너인데, 대학을 FR국에서 다니고 대학원에서 의상디자인 박사 학위를 따고, W대학의 초빙으로 의상디자인 학과 교수로 온 지 1년이 다 되어가고 부모님 집에 같이 살다 보니, 시간도 많이 걸리고 하여 이사를 하게 되었다."라고 하며 "좋은 곳을 매입해 주세요." 하여 그 아파트 근처의 중개사와 공동중개를 하여 같은 단지 내의 42평 아파트를 매입해 주었다. 3개월 후, 잔금을 하고 이사한 후, 15일 정도 후에 방문하여 휴지 1통을 드리면서 이사를 축하하였다.

〈실전 사례 215번〉

영등포구 M동에 100평의 사무실을 얻고자 하여 고객이 제시한 보증금과 월세가 비슷하고 깨끗한 건물 3곳을 사진으로 보내 주었더니 한 곳이 좋다고 하여 보여 주었다. 마음에 든다고 하여 공동중개로 임대차 계약을 하면서 잔금 날짜는 2개월 후로 하였다. 용도는 연기학원이라고 명기해 놓았다. 잔금 후, 개업식을 하였는데, TV에 나오는 친구들이 와서 이정란 원장의 개업을 축하해 주었다. 나는 아는 사람도 없어 어색하여 "약속이 있어서 가 보겠습니다." 하면서 인사하고 나오려고 하는데 이정란 원장(39세)이 자기 주소를 주며 내일 12시경 점심 식사 하러 오시라고 초대를 해 주어 "예, 내일 뵙겠습니다." 하고 중개사무소로 왔다. 이튿날, 맥주 1Bundle을 가지고 방문하였더니, 식사와 소맥을 차려 놓고 기다리고 있다가 반갑게 맞이해 주어 식사와 소맥을 같이 하면서, "나는 A국에 유학하여 대학교와 대학원에서 영화학을 전공하여 영화학 박사 학위를 받고 그곳 대학교에서 학생들을 가르치다가 R대학교의 초빙으로 연극영화학과 교수로 부임해 5년 동안 후학들을 가르치다가 2년 동안을 휴직계를 내고 영화배우인 2명과 동업으로 차렸는데, 자금 출자에는 두 친구가 참여하였고 나는 2년 동안 가르친다."라고 하였다. 일종의 월급제라고 하였다. 어려서부터 무용을 시작하여 예술고등학교까지 무용을 전공하였으며, A국에 유학하여 대학교에서 영화를 전공하게 되었다며 무용과 영화만 열심히 하다 보니 영화학 박사가 되고 R대학교 교수(이정란 교수, 39세)가 되었는데, R대학교 교수 중에 스토킹을 하는 분이 있어서 학교 측에 말하고 휴직계를 낸 것이고, 2년 후가 되면 학교 측에서 다 수습하여 다시 초빙하겠다는 약속을 문서로 받아 놓았다고 한다. 휴직하고 있는 동안 월급을 절반씩 통장에 입금하기로 학교 측과 협의를 했다고 하였다.

〈실전 사례 216번〉

산본 신도시에 32평 아파트를 매입해 달라고 의뢰가 들어와 산본에 잘 알고 지내는 중개사와 공동중개 하기로 하고 40대 중반의 손님에게 3군데를 보여 주었더니 그중 한 곳이 좋다고 하며 안양에 있는 42평 아파트도 동시에 팔아 달라고 하였다. 그래서 산본에 매입하기로 한 아파트의 잔금을 6개월 후로 하고, 안양에 있는 42평 아파트도 동시에 매도 계약을 하였다. 잔금 날이 되어 잔금을 맞추어 다 해결하고 오후에 입주 청소를 하고 이사하였다. 그리고 보름 후에 아파트에 방문하여 휴지 1통을 드리며, 입주를 축하해 주었다. "차 한잔 드세요." 하여 같이 차를 마시면서 하는 말이 태권도장을 하는데 잘되지 않아서 이사를 하게 된 것이라고 하며 태권도장도 권리금을 어느 정도 받고 팔아 달라고 하여 1개월 걸려서 임대차 계약과 동시에 권리금 양수도 계약을 하게 되었다. 잔금은 2개월 후로 하여 속이 시원하게 정리해 드렸다. 이 과정에서 부인도 왔다 갔다 하면서 도와주었는데, 부인이 태권도 7단으로 관장이고, 남편은 태권도 4단에 유도 5단으로 주로 학생들을 차로 이동시키는 등 잡일을 하였고 부인은 애들 교육에만 전념하였다. 그런데 우리나라 출생률이 0.7선까지 떨어지고 초등학교, 중학교, 고등학교도 문 닫는 곳이 계속 나오다 보니 학생들 상대로 하는 학원들도 운영하기 힘들게 되었다. 원래 부인은 체육학(태권도) 박사로서 R대학교의 교수로 있다가 남편의 사업이 망하다 보니 교수직을 휴직하고 남편과 함께 태권도체육관을 하여 돈도 많이 벌었는데, 한 10년이 지나다 보니 학생 수가 점점 줄게 되어 태권도장을 다른 분에게 양도하게 되었다. 그 후 남편은 친구의 격투기(유도, 태권도, 합기도를 전부 가르치는 곳) 도장에서 유도와 태권도 사범으로 학생과 일반인을 지도하고, 친구는 합기도를 지도하게 되었다. 그리고 부인은 대학교에 체육학과 교수로 복직하여 생활을 꾸려 나갔다. 그렇게 부부가 10년 이상을 살았는데도 남편이 정자 수가 부족하여 아이는 없었지만 서로 사랑하며 행복하게 살았다. 남편은 다른 운전사와 교대로(친구의 격투기 도장에서) 차도 운전했는데 어느 날 제자들을 모두 데려다주고 빈 차로 돌아오던 중, 졸음운전을 하던 10M/T 트럭이 뒤에서 추돌하여 과다출혈로 갑자기 세상을 떠나게 되었다. 남편은 잘못이 없었으니 상대방으로부터 치료비, 위로금을 받아 남편의 장례식을 지내고 혼자서 살기 시작하였다. 그런데 너무나 사랑하던 남편이 갑자기 돌아가시니 그 충격에 정신건강의학과에서 치료를 받게 되었다. 그녀는(김경란, 올림픽 금메달 1개, 아시안게임 금메달 3개를 수상한 대단한 태권도 선수이기도 하였다) 약 3개월 정도 치료를 받고 다 회복되어 학교에서도 열심히 후학들을 가르쳤다. 그렇게 1년 정도가 지났는데 시부모님(각 75세)이 돼지를 키우며 생활을 하고 계셨는데, 한밤중에 누전으로 불이 나서 불을 끄다가 천장이 무너져 내리는 바람에 소방차가 왔을 때는 이미 두 분이 숨진 뒤였다고 한다. 시부모님은 외동인 아들이 죽었는데도 자기를 딸같이 여기며 사랑하고 살았는데 시부모님마저 돌아가셔서 장례를 끝내고 모든 것을 정리하고 집으로 돌아와, 이틀 동안 아파서 쉬었더니 몸이 조금씩 회복되어 약 10일 후에는 학교에 다시 나가서 학생들을 가르치게 되었다(김경란 교수도 외동딸이라 부모님이 오셔서 묵묵히 간호를 해 주시는 바람에 회복이 빨랐다). 그렇게 부모님과 딸만 세상에 남게 되니, 딸이 혼자서 잘못될까 봐 집으로 들어와서 같이 살자고 했으나 안 들어가고 혼자 견디며 살겠다고 하여 그 아파트에서 혼자 살았다. 그러던 어느 날, 남편이 자꾸 생각이 나서 잊을 겸 산본에 있는 32평 아파트를 팔고 영등포구에 부모님이 계신 아파트 부근으로 옮기겠다고 나에게 의뢰가 들어와서 때마침 매입하려는 사람이 대기하고 있어서 산본 아파트를 매도하면서 영등포구에 있는 아파트를 매입하는 매매계약을 잔금일까지 맞추어 3개월 후 잔금을 하고 영등포구 아파트로 이사를 가게 되었다(부모님 집에서 도보로 5분 거리임). 같은 32평이었으나 남편의 집을 정리하고 나니 집이 텅 빈 것 같아 우울증이 재발하여 전에 다니던 정신건강의학과 의원에 3개월 정도 다니면서, 약을 먹고 운동도 계속하여 정상으로 돌아왔다. 김경란 교수는 키 182cm의 미인인데 같은 학교에 근무하던 남자 교수님이(부인과 자식이 있음) 스토킹을 하여 학교 측에 신고하니, 월급은 매월 입금해 주고 1년간 휴직하면서 소문 안 나게 있다가 1년 안에 조치를 다 해 두면 그때 복귀하는 것으로 문서를 만들고 집에서 1년을 쉬게 되었다. 1년을 쉬는 동안 친구가 관장으로 있는 영등포구 태권도장에서 후학들을 열심히 가르친 덕분에 전국 체육대회에서 금메달 5개나 따게 되자 태권도장이 잘 가르친다고 전국적으로 알려져, 체고 지망 중학생이나, 고등학생들과 올림픽과 아시안게임에서 좋은 성적을 내려고 하는 학생들이 배로 늘어나게 되었다. 그러던 중 영등포구에서 아파트를 공동중개로 매매계약을 마치고 사무소로 돌아오던 길에 우연히 만나 카페에서 차 한잔 하며 상기와 같은 그동안의 얘기를 듣게 되었다. 그동안에도 미모를 유지하며 아주 더 날씬해졌다. 얘기를 2시간 정도 하고 나서 "인근에 있는 자기 집에서 저녁 식사를 하고 가."라고 하여, 그렇게 하기로 하고 아파트로 가서 식사 준비를 하는 동안 소파에 앉아서 1시간은 잔 것 같았다. 재미있게 보였는지 모르겠지만 깔깔대고 웃는 소리에 깨어서 보니 앞에 서서 웃고 있었다. 멋쩍어서 "교수님, 미안합니다. 요즘 운동을 못 해서인지 신체적으로 피곤함을 많이 느낍니다." 하며 내일부터는 옛날같이 다시 운동을 시작해서 기력을 찾아야겠다고 하니 "무슨 운동을 하셨는데요?" 하기에 "어려서부터 안 해 본 운동이 없지만, 태권도, 유도, 호신술과 칼 쓰는 법을 계속 수련하고 있습니다."라고 얘기하니, 고개를 끄덕이며 "운동을 열심히 하시네요. 그러려면 우선 식사부터 하세요."라고 하여 식사를 함께 맛있게 하고 헤어져 자택으로 돌아오게 되었다.

〈실전 사례 217번〉

　어느 날, 한 여성 손님이 전화로 인터넷에서 보았다며 안산시 W동에 있는 32평 아파트를 팔고 안양시 R아파트 32평을 구매하여 이사 오겠다고 하여 안산에 있는 중개사와 공동중개를 하여 안산에 있는 아파트 잔금을 6개월 후로 하여 매매계약을 하고 안양에 있는 R아파트도 잔금을 6개월 후로 날짜를 맞추어 매매계약을 하여 잔금을 무사히 하고 이사를 해 들어왔다. 남편은 고급 공무원이었고, 부인은 안양에 있는 SS대학의 법학과 교수였다. 변호사 자격증도 있고, SS대 법학 박사학위까지 받은 천재였다. 키도(178cm) 크고 미인이며, 어려서부터 태권도를 수련하여 고등학교 졸업 때까지 4단을 따게 되었고, 대학교는 SS대를 나왔다. 그녀의 남편이 안양시로 발령이 나니까 이사를 하게 된 것이다. 두 분은 중매로 결혼한 지 5년이 되었는데, 아기는 없었다. 이사 후, 20일 정도 있다가 쉬는 날 방문하여 휴지 1통을 드리며 "만사가 술술 잘 풀리십시오." 하고 인사를 하니, 파안대소를 하며 고맙다고 하였다. 그리고 차 한 잔씩 하자고 하여 차를 마시며 얘기를 듣는데 남편은 행정고시 출신으로 SS대 법학 전문대학원도 졸업하여 변호사 자격증도 갖고 계신 분이었다. 보기도 아주 좋았고, 금슬도 좋아 보여 나도 덩달아 기분이 좋아졌다. 차를 다 마시고 "행복하세요."라고 인사를 하고 헤어져 사무소로 돌아왔다.
　그 후, 1년이 지났는데 남편이 전화로 R아파트를 팔고 안양시청 인근으로 같은 32평을 매입하여 이사할 수 있도록 전과 같이 이사 날짜와 잔금 날짜를 잘 맞추어 달라고 하여 직원 3명 중 1명과 내가 전담하여 해결하기로 하고 열심히 알아본 결과 잔금과 이사 날짜들을 같게 하고 매도, 매수계약도 같은 날짜에 하게 되어 아주 좋아하였다. 남편(김을수)이 하는 말이 아내가 3개월 전에 사고로 죽었다고 하며 아내가 너무 보고 싶고, 생각도 나고, 잠까지 잘 수가 없어, 이사를 하게 되었다고 한다. 그 와중에 우울증까지 걸려 정신건강의학과에 3개월을 다녀서 완쾌되었다고 한다. 그래서 이사한 지 보름 후에 휴지 1통을 가지고 쉬시는 날 낮에 찾아뵈었는데, 그사이 결혼을 했는지 전 부인보다 더 예쁘고 키도(180cm) 더 큰 미인과 같이 있다가 맞이하여 나를 놀라게 했다. 남편은 나에게 해명 비슷하게 하는데 아내가 죽은 지 벌써 5개월이나 지났는데 마침 영등포구에 살고 계시던 부인과(남편이 돌아가셨음) 혼인 신고만 하고 같이 살게 된 지 1개월 정도 되는 신혼이라고 한다. 세상에, 남편은 복받으신 분이라고 속으로 감탄하였다. 3명이 차를 마시고 헤어져 사무소로 되돌아왔다. 그렇게 하여 세월이 흐르다 보니 1년이 훌쩍 지나갔다. 그런데 그 부인(김자인 38세)이 전화로 집을 팔아 달라고 하여 깜짝 놀라서 "왜 그러세요?" 하고 물으니 남편이 심근경색으로 손도 못 쓰고 돌아가신 지 두 달이 된다며 남편 생각이 자꾸 나서 도저히 못 살겠으니 집을 팔고 평촌에 있는 법원 인근으로 이사 가도록 전과 같이 맞추어 달라고 하여 전에 맡았던 직원과 함께 온 정성을 기울여 20일 후 임자를 만나서 안양시청 인근에 있는 R아파트를 팔고, 평촌 법원 인근에 있는 G아파트를 동시에 계약하고 잔금도 같은 날로 하여 이사를 완벽하게 하시도록 해 주었다. 이사하고 20일 후에 낮 12시경 휴지 1통을 들고 방문했는데, 자기도 SS대와 대학원을 나와 법학 박사 겸 변호사라고 하며, 법원 인근에 있는 로펌에서 근무하는 변호사로(김자인, 38세) 활동하고 있다며 방문해 주셔서 고맙다고 하면서 차를 내놓아 마시면서 얘기를 하며 조용히 웃곤 했는데, 살며시 웃기만 해도 양쪽 보조개가 들어가서(속으로 이런 미인은 처음 본다고 생각하며, 나도 모르게 보조개 있는 얼굴을 계속 보고 있었다) 내가 보기에는 천사 같았다. "혼자 살고는 있으나 경제적으로는 아무 걱정이 없다고 하며, 남편의 연금과 사망보험금, 남편이 외동아들이라 시부모님이 얼마 전에 남편 명의로 7층 빌딩을 사 주었는데 거기서도 많은 월세가 나온다고 하고, 어려서부터 지금까지 태권도(7단)를 하여 몸을 단련시키고 있으며, 그림에도 소질이 있어서 취미로 서양화를 그리는데 시간 가는 줄 모른다."라고 하며, 다만 "가끔 남편이 생각날 때는 아주 외로워 죽겠다."라며 나를 쳐다보며 눈물이 핑 돌더니 마구 울었다. 그래서 수건을 주며 닦으라고 했더니 "닦고 빨아서 드릴게요." 하기에 "그냥 가지세요." 하며 일어나는데 "식사하고 가세요."라고 하여 소파에 다시 앉아서 기다리고 있다가 졸다가 1시간 정도 지나자 "식사하세요!" 하며 깨워 맛있게 식사하고 사무소로 돌아왔다.

〈실전 사례 218번〉

산본 신도시 중심 상가에서 성형외과를 하시는 원장님 집이 안양에 있는 X아파트인데(36평) 출퇴근하기가 힘들다고 산본 신도시 병원 인근에 51평 아파트를 매입해 달라고 하여 "동시에 진행하셔야지요?" 하고 물으니 그렇게 해 달라고 하여 우리 직원 2명과 같이 매달려 10일 만에 동시 진행하는 손님들을 맞추어 입주 및 잔금 날짜를 3개월 후로 하였더니, 너무 좋다고 하셨다. 3개월이 되어 잔금과 이사를 완전하게 해 드렸고, 산본에 있는 병원에서 가까운 곳인 D아파트로 입주하시게 되었다. 입주하시고 원장님 쉬는 날에 휴지 1통을 들고 방문하였다. 원장님과 부인(38세)이 같이 앉아 있는데, 부인은 성형을 한 것인지 너무 예뻐서 천사같이 보였다. 차를 한잔하면서 얘기를 들어보니, 원장님은 49세로 SS대 의대(성형외과)를 나와 대학원에서 박사 학위도 받은 분이었고 부인 역시 SS대 의대 교수님(키 178cm, 미인, 태권도 5단, 고등학교 때 아시안게임에서 금메달 1개를 따고 지금도 계속 수련하여 현재는 6단이라고 함)이며 의학 박사라고 하였다. 현재 피부과 교수이며, 이름은 이정인이고, 연애 5년하고 결혼한 지도 5년 됐다고 하였다. 같이 앉아서 차 한 잔씩 마시고 헤어져 사무실로 돌아왔다. 그런데 1년 6개월 정도 지나서 이정인 박사님이 S대 의대 인근으로 이사를 가겠다고 하며 아파트를 매도해 달라고 하였다. S대 의대 인근의 42평 아파트도 매입해 달라고 의뢰하여 직원 2명과 내가 전적으로 그 일에 신경을 써서 잔금 날짜와 이사 날짜를 맞추어 계약을 하고 차질 없이 이사하시도록 해 드렸다. 중개하는 중에 왜 이사를 하시냐고 물어보니 남편이 고혈압 환자였는데, 돌아가시기 전날 술이 만취되어서 귀가하여, 이튿날 새벽에 자기가 잠에 빠진 사이 화장실에서 쓰러져 몇 시간이 지난 후, 손도 못 쓰고 그 자리에서 뇌출혈로 돌아가신 후 발견이 되셨다고 눈물을 흘리며 얘기를 하였다. 남편의 여 동생인 시누이도 SS대 의대 출신으로 자기보다 3년 선배이며, 개업의라고 한다. 시누이가 나서서 성형외과 의원을 좋은 조건으로 동료의사에게 넘기고 모든 재산을 정리하여 자기한테 주었다며 경제적인 면에서는 평생 놀면서 먹고 살아도 될 만큼 여유가 있다고 하였다. 이사하신 20일 후, 약속을 하고 집을 방문하여 휴지 1통을 드리고, 차 한 잔하면서 10분 정도 대화를 하고 나오려고 일어나는데 "점심때 오셨으니 식사하고 가세요." 하여 기다리다가 졸아 1시간 정도 후에 깨우는 소리에 놀라 일어나 같이 식사하게 되었다. 식사하면서 시누이가 39세인데 아직 독신이며, 시집을 안 가고 혼자 살겠다고 선언을 하여 부모님께서 정 그러면 우리 집 근처에서 평생 살면서 우리 속 썩이지 말라고 하여 인근에 있는 아파트에서 혼자 살고 있으며 시누이도 나같이 태권도 5단이고, 의학 박사로서 비뇨기과 의원을 운영하고 있다고 하며 병원도 시누이 집에서 가깝다고 한다. 사실은 시누이 친구가 나를 시누이에게 소개하고, 시누이가 중간 역할을 잘하여 결혼하게 되었다고 하며, 지금도 시누이와 잘 지내고 있다고 한다. 그래서 이번에도 자기 오빠의 유산을 전부 이정인에게(미망인, 38세) 주었다고 하며 고맙게 생각한다고 하였다. 강대길은 함께 식사를 하면서 얘기를 하다가 식사가 끝나고 헤어져 자택으로 돌아왔다.

〈실전 사례 219번〉

안양시 W동에 있는 대학교에 교환교수로 A국 사람인 두 자매가 오게 되니까 학교에서는 25평 아파트 2개를 전세로 얻어 달라고 의뢰가 와서 학교에서 멀지 않은 곳에 같은 아파트 단지에 있는 25평 2개를 전세로 임대차 계약을 해 주었다. 1개월 뒤에 같은 단지 내 201동 805호와 202동 9층으로 이사를 들어왔다. 언니(케리)는 35세로 컴퓨터 공학 박사였고, 동생(마리오)은 34세로 영문학 박사였다. 나는 휴지 1통을 갖다 주려고 케리(언니 35세)를 먼저 방문하여 인터폰을 누르니 A국어로 "누구세요?" 하기에 나도 A국어로 공인중개사인데, 이사 오신 것을 축하해 주려고 휴지 1통을(모든 일이 술술 잘 풀리시라고 기원하며) 선물로 가지고 온 강대길이라고 인사를 했더니 문을 열어 주면서 들어오라고 하여 "이사 오신 것을 축하합니다." 하니 웃으면서 차 한잔 하시라고 하여 차를 마시며, 자기 나이와 이름을 얘기하면서 이 학교에서 2년 동안 있기로 하고 들어왔다고 한다. "미스 케리(35세)! 한국어 공부는 하고 들어오셨습니까?" 하고 물어보니 한국어과에서 1년 동안 수업을 받아서 한국어는 어느 정도 알아듣는다고 하며, 자기는 키가 185cm이며, 어려서부터 수영을 하여 고등학교 시절에는 올림픽에 나가 금메달 2개를 땄다고 하며 A국에 있는 태권도장에서도 수련하여 3단이라고 하며, 대학과 대학원에서는 컴퓨터 공학을 전공하여 컴퓨터 공학 박사가 되었다고 하였다. 동생도 어려서부터 수영을 하여 고등학교 시절에 올림픽에서 금메달 2개를 따고 나를 따라서 태권도장을 열심히 다녀 동생은 태권도 4단이라고 하며 태권도가 아주 재미있다고 한다. 동생인 마리오도 한국어과에서 1년 동안 배워서 잘 알아듣는다고 하였다. 오늘은 수업이 없는 날이라 쉬고 있다고 하면서 "소장님 키가 얼마나 되세요?" 하고 묻길래 190cm라고 하니 아주 크다고 하면서 미남이라고 하여 웃어넘겼다. 케리와 마리오는 독신주의자이며, 아직 처녀라고 하며 웃고는 공부와 운동만 하느라고 연애는 한 번도 못 해 보았다고 하여 깜짝 놀랐다. 그래서 A국에서는 성생활이 자유롭다고 들었다며 Sex를 한 번도 안 해 보았느냐고 물어보니 그렇다고 하며, 동생도 그럴 것이라고 한다. 항상 어려서부터 나하고 같이 다녔으니까 안다고 한다. "부모님은 무슨 일을 하십니까?" 하니 아버지는 국무성 관리고, 어머니는 산부인과 의사라고 하며 동생과 본인 외에는 형제가 없다고 하였다. 그러면 "행복하게 보내시고 복 많이 받으세요." 하고 나오는데, "식사하고 가세요." 하며 손을 붙잡길래 그대로 앉아서 기다리다가 졸고 말았다. 한참 후에 "점심 드세요." 하여 식탁을 보니 토스트와 통조림에서 꺼낸 수산물, 소고기, 돼지고기가 있었다. 맛있게 먹으면서 얼굴을 자세히 보니 정말 미인이었다. 그래서 혹시 "Miss A국 대회에는 나가 보지 않았냐?"라고 물어보니 운동하고, 공부하느라 그런 것은 관심이 없었다고 한다. 그러면서 "내가 그렇게 예뻐요?" 하고 물어보길래, 아주 처음 보는 미인이라고 하니 얼굴이 빨개지면서 나를 똑바로 쳐다보길래, 나도 마주 보게 되었는데, 언니가 하는 말이 "당신이 미스터 코리아."라고 말하여 나도 웃고 말았다. 식사가 끝나고 커피를 한 잔씩 한 후 헤어져 자택으로 돌아왔다.

〈실전 사례 220번〉

영등포구 W동에 있는 사무실 100평을 임대차해 달라고 의뢰가 와서 3곳을 찾아서 사진을 찍어 보증금, 월세, 관리비 등을 같이 적어서 보내 주었더니 10층 중 10층을 임대차 계약을 하겠다고 하여 처리해 주었다. 50평은 태권도장, 나머지 50평은 무용학원을 하겠다고 하였다. 그래서 약 20일 동안 인테리어를 하고 개업하여 내가 개업식에 휴지 1통을 들고 가 축하해 주었다. 가서 보니 남편 김동결(39세 태권도 7단), 부인은 무용학 박사로서 대학교 교수직을 3년간 휴직하고 후배들을 가르쳤다. 부인 이름은 강정라이며 나이는 35세였고, 세계적으로 이름난 무용인이었다. 남편 김동결은 올림픽에서 금메달, 아시안게임에서 금메달 2개를 땄고, 대학원에서 박사학위를 딴 재원이었다. 이런 명성 덕분에 많은 학생과 일반인들도 와서 등록을 하고 배웠다. 두 학원은 아주 잘되어 국내에서 이름이 알려지니, TV에도 스포츠, 무용 해설에도 나와 이름이 더욱 유명하게 되었다. 그렇게 2년 동안 운영을 잘하여 수익도 많이 올렸다. 그리고 차량도 아주 고급으로 학생들의 출석 등을 도와주었다. 그렇게 잘나가던 어느 날, 부인이 차를 몰고 지방에 계신 부모님을 뵙고 고속도로로 상경하는데, 많은 비가 쏟아지며, 차가 미끄러워지면서 중앙 분리대를 받고 5중 추돌로 부인은 그 자리에서 즉사하고 다른 분들은 중경상을 입게 되었다. 남편은 3일 장으로 장례를 치르고 유명한 무용인을 초빙하여 원장직을 맡기고 전보다 더 열심히 학생과 일반인들을 가르치다 보니 더욱더 잘되었다. 신임 무용학원 원장은 이아영으로 35세이며, F국에 유학하여 무용학 박사까지 받은 재원이었다. 키가 178cm이고 얼굴도 A국의 미인 같은 얼굴로 아주 예뻤다. 그렇게 두 분이 운영하다가, 두 분이 결혼하여 많은 분들이 축하를 해 주었다. 신혼여행은 오래 다녀오지는 못하고 제주도에 2박 3일로 휴무일에 다녀오는 것으로 하여 학원 운영에는 전혀 문제가 없었다. 두 분이 결혼 후, 1년 6개월이 지나도록 아기가 생기지 않아 두 분이 병원에 가서 진찰한 결과 남편의 정자가 적고, 운동량이 적어서 임신이 안 된다는 판단이 나와서 실망은 했으나, 부부의 사랑이 너무 강하여 아기 없이 같이 살기로 약속하였다. 남편은 쉬는 날을 이용하여 부인과 함께 부모님을 뵈러 지방에 내려갔으나 장마철이라 오래는 머물지 못하고, 용돈을 많이 드리면서 인사만 잠깐 드리고 비가 쏟아지는 저녁에 다음 날의 수업을 위하여 차를 천천히 운전하며 고속도로를 이용하여 상경하던 중 운전기사가 졸던 트럭이 두 분이 탑승한 차를 뒤에서 추돌하는 바람에 차가 뒤집혀 차는 폐차 수준으로 망가졌으며 남편은 즉사하고, 다행히 부인은 조금 상처만 입어 학원을 3일 동안 휴무하고 남편의 장례를 치르고, 태권도장은 유명한 분(태권도 8단, 올림픽 금메달 2개, 은메달 1개, 아시안게임 금메달이 3개이며, 39세, 체육학 박사)을 관장으로 모셔서 운영하였다. 부인은 남편을 너무 사랑했기 때문에 우울증이 걸려서 정신건강의학과 치료를 받았으나, 바로 옆에 있는 태권도장만 보면 남편 생각이 나는 바람에 현재의 태권도 관장에게 인수하도록 요청하였으나 자금이 없다는 이유로 거절당하여 결국은 학원 전체를 권리금 약간만 받고 다른 분에게 넘기기로 하여 강대길에게 의뢰가 들어와 10일 동안 인수자를 찾은 끝에, 전국적으로 유명하고 수입도 많은 곳이면서 권리금은 아주 저렴하다 보니 바로 넘기고 부인은 E대학교에 무용학과 교수로 출근하게 되었는데, 남편이 자주 생각나고 꿈에도 나타나니 할 수 없이 이아영 교수(미망인 35세)는 아파트도 매도해 달라고 의뢰하면서 자기가 재직하고 있는 E대학교 인근의 아파트도 매입해 달라고 하여 20일 만에 남편과 살던 아파트와 E대학교 부근에 있는 아파트를 같은 날, 매매계약을 하고(차질 없이 이사하도록 잔금 날짜를 맞추어 계약을 하여) 완전무결하게 처리해 주어서 이아영 교수(미망인 35세)가 이사한 20일 후, 낮 2시에 방문하여 휴지 1통을 드리며 "만사가 술술 잘 풀리시고 행복하게 사세요."라고 인사를 드리니, 차를 가지고 와 같이 마시면서 이 교수는 지난 일은 다 잊고 후학을 가르치는 것에만 집중하겠다고 하며, 이제 결혼은 안 하고 살겠다고 하며 담소를 나누다 헤어져 사무소로 돌아오게 되었다.

〈실전 사례 221번〉

구로구 A동에 41평 아파트를 매입해 달라는 의뢰가 있어, 구로구의 친한 중개사와 공동중개를 하기로 하고 아파트 세 곳을 보여 주었더니 그중에 마침 마음에 드는 아파트가 있다고 하여 적당한 가격에 매매계약을 하면서 잔금은 3개월 뒤에 하기로 하였다. 남편은 46세의 학원계의 영어 1타 강사로 유명한 분이었고, 부인은 35세의 무용학원 원장이며 (키 178cm) A국에서 대학교, 대학원 박사과정까지 마친 무용학 박사로 자신의 모교에서 교수로 있다가 E대학의 초빙으로 무용학과 교수로 부임하여 약 3년간 재직하다가 사정상 3년을 휴직하고 A무용 학원을 차려 원장으로서 운영하고 있었다. 학원 운영이 아주 잘되어 여기서 수강한 학생 30명 모두 E, K, Y, C대학 등 명문대에 합격하여 TV에서 화제가 될 정도로 유명해져서 갈수록 수강생들이 더욱 많아졌다. 남편도 영어 1타 강사로 많은 수익을 올렸다. 부부의 금슬도 아주 좋고 서로 사랑하며 잘 살고 있었다. 학원을 개업하고 2년 동안 아주 번창하였으나 어느 날, 부인이 귀가하던 중 폭설로 인하여 5중 추돌사고로 사망한 후, 남편에게서 무용학원을 처분해 달라고 의뢰가 들어와 권리금이 있어도 1개월 만에 무용학원을 하고 싶어 하는 분과(이경숙, 38세) 임대차 계약을 하고 2개월 후, 잔금을 하고 개업을 하게 되었다. 개업하는 날, 휴지 1통을 가지고 가서 축하해 주었다. 아는 분이 없다 보니 어색해서 원장님에게 "약속이 있어서 먼저 가 보겠습니다." 하고 인사하고 나오는데 메모지를 주며 내일 2시에 만나자고 하여 헤어져 사무소로 돌아와, 다른 일에 몰두하였다. 메모지 받은 것도 내일 2시에 자기 집으로 오라는 약속도 다 잊어버리고 일에만 빠져 지냈다. 어느 날, 지갑을 열어 못 쓰는 명함이나, 쓸데없는 메모지 등은 정리하여 버리다가 무용학원 원장의 메모지가 나와 확인해 보니, 메모지 받은 지 2개월이 지나 전화를 드렸더니 "왜, 이제 전화를 하세요?" 하면서 "오늘 마침 쉬는 날이라 집에 있으니 오실래요?" 하기에 맥주 1Bundle을 가지고 방문하였다. 차를 마시면서 얘기를 하는데, 자기는 어려서부터 무용을 배워 대학원 박사 과정까지 마치고 무용학 박사로 모교의 교수로 근무하다가 학교에 휴직계(3년)를 내고, 무용학원을 운영하게 되었다고 하며 현재 38세로 이름은 이경숙이며, 외동딸이고 자신은 구로구에 있는 아파트에서 혼자 살고 있으며 부모님은 영등포구에 있는 아파트에서 살고 계신다고 장황하게 설명했다. 그런 얘기들을 하며 식사를 끝내고 사무소로 돌아왔다.

〈실전 사례 222번〉

안양시 E동에 아파트 46평(방 4개, 화자실 2개, 거실, 베란다)을 매입해 달라고 전화로 의뢰가 들어와서 5일간 열심히 찾아 다섯 곳을 사진 찍어서 가격과 함께 보내 주었는데, 그중 한 곳을 보자고 하여 15층 건물 10층을 보여 주니 전망도 좋고, 마음에 쏙 든다고 하여 매매계약을 해 주고, 3개월 후에 잔금을 하여 부부가 이사를 들어왔다. 약 20일 후, 약속을 하고 방문하여 휴지 1통을 드리니 차 한잔 하고 가시라고 하여 차를 마시게 되었다. 본인들의 소개를 하는데 두 분 모두 외과 전문의(두 분 모두 의학박사 학위가 있음)로서 큰 종합병원을 재단으로 해서 운영하고 있었다. 남편은 50세로 건강하게 보였으며, 부인은 남편의 제자인데 35세로 재단의 이사를 겸하고 있었다. 병원은 15층 빌딩 5개로 운영하고 있으며, 용하다는 소문이 나니까 항상 환자들이 많았다. 원장님은 10년 정도 이 종합병원을 운영하면서 큰 건물을 5개까지 늘리면서 운영하고 있었고, 결혼도 5년 전에 부인과 사별한 후 2년 전에 재혼한 경우였다. 아직 아기는 없었으며 부인도 항상 바빴다. 부인의 이름은 임정아, 35세로 키 180cm로 미인이었는데 남편이 사랑하는 직속 후배 겸 제자였다. 금슬이 좋아서 항상 집안의 분위기가 화기애애하였다. 병원장 겸 재단 이사장이니 운전기사도 있어서 바쁜 일이 있으면 전용차를 타고 다녔다. 전 진료 과목에 우수한 전문의를 배치하여 명성을 날려 날이 갈수록 번창하였다. 하루는 병원 용도의 좋은 빌딩이 있다고 하여 원장님 비번 날에 전용차를 타고 빌딩을 보고 돌아오는 길에, 마약을 하고도 만취한 사람이 운전하던 차가 역주행하며 정면으로 추돌하여 운전기사와 원장님이 그 자리에서 손도 못 쓰고 즉사하였다. 경찰이 중상을 입은 운전자(마약과 술을 마신)를 병원에 입원한 상태로 취조를 했지만, 대화가 되지 않아 다음 날 다시 취조를 하니 아무것도 몰랐다고 하여 경찰관들을 당황하게 하였다. 이번 사고로 사망 3명, 중상 5명, 경상 2명으로 10중 추돌로 TV에서는 하루 종일 이 사건을 다루며, 마약과 음주운전에 대한 벌칙을 강화해야 한다고 하였다. 하여간 병원장은 천국으로 가셨고, 부인이 병원장으로 취임하여 조기수습을 하고, 병원은 계속 번창하였다. 몇 개월 후, 병원장 부인이 전화로 자기가 거주하고 있는 E동의 46평 아파트를 매도하고 병원 인근에 있는 다른 아파트를 매입해 달라고 의뢰가 들어와 직원들과 전념하여 약 7일 후, E아파트 매도와 F아파트(46평) 매입 잔금을 같은 날로 하여 매도, 매입 계약을 하고 2개월 뒤, 잔금을 정상적으로 처리하여 이사를 하게 해 주었다. 입주 20일이 지난 후, 임정아 원장님이(키 180cm, 35세, 외과 전문의, 의학박사) 비번 날 오후 2시에 약속을 하고 방문하여 휴지 1통을 드린 후 "앞으로는 매사가 술술 잘 풀리십시오!" 하며 인사를 하고 차 한잔을 마시며 남편의 사고에 대하여 다시 한번 애도를 하였다. "E동 아파트에 계속 살면 너무나 사랑했던 남편 생각도 나고 꿈에도 나타나서 미칠 것 같아 이사를 했습니다."라고 한다. "오늘은 제가 비번이에요. 제가 요리 솜씨를 발휘하여 음식을 성의껏 준비했으니 많이 드세요." 하기에 맛있게 식사를 하고 사무소로 돌아왔다.

〈실전 사례 223번〉

 어느날 안산시 중심상가에 빌딩 100평을 임차한 뒤, 당구장 용도로 쓰겠다고 하여 안산에 친한 중개사와 공동중개 하기로 하고 네 곳을 사진 찍어서 보내 주니 한 곳을 보여 달라고 하여 10층 건물 7층에 있는 100평을 보여 주니 마음에 든다고 하여 당일 임대차 계약을 하고 잔금은 3개월 후에 하기로 하였다. 3개월 후, 무사히 잔금을 마치고 개업하여 개업식 날, 휴지 1통을 들고 축하 인사를 하러 갔는데, 당구인들이 많이 모여 있었다. 지금은 당구선수권 대회 등이 자주 열리는 바람에 남녀 노소를 불문하고 당구인들이 많아졌다. 맥주 한잔 하고, 대화하실 분도 마땅치 않아 사장님에게 "약속이 있어서 가 보겠습니다." 인사하고 헤어져 사무소로 돌아와 다른 일에 열중하였다. 1년 정도 지난 후, 당구장 사장이 전화로 다른 사람에게 권리금 약간 받고 넘기고 싶다고 하여 놀라서 "사업이 잘 안되십니까?" 하고 물어보니 당구장은 시설이 좋아 잘되고 있다고 하면서 자기 부인이 몇 달 전에 사고로 죽어서 모든 일에 의욕을 잃어버렸다고 하며 부탁을 하고 전화를 끊었다. 약 20일 동안 인터넷, 지역신문 등에 광고하여 25일 만에 인수하겠다는 분이 나타나 임대차 계약과 시설, 권리금 양수도 계약을 하고 2개월 후 인수인계를 하였다. 당구장 사장도 만족하여 잔금 하던 날, 안산시 S동에 있는 아파트도(41평) 팔아 달라고 하며 한숨을 쉬고 있기에, 그러면 "아파트를 매도하시면 어디로 가실 것입니까?"라고 물어보니, 자기는 원래 태권도 7단으로 체육학 박사 학위도 받고, 체육학과 교수로 있다가 같은 학교 교수였던 부인과 결혼을 하게 되니 말들이 많아서 일단 2년 동안 휴직계를 내고 당구장을 시작했는데, 부인도 없고 하니 다시 교수로 복귀하여 평생 혼자 살며, 후학들을 가르치며, 선수단 감독도 겸하여 아주 바쁘게 살아가고 싶다고 하였다(그분은 태권도로 올림픽에서 금메달 1개와 아시안게임에서 금메달 2개나 딴 대단한 선수 출신의 체육학 박사였다). 그래서 안산에 있는 F아파트(42평)를(수소문 끝에 매수인을 찾아) 매매계약을 해 주었는데, 계약 후(4개월 만에 잔금 하는 조건으로) 영등포구에 있는 B대학교에서 가까운 곳에 32평 아파트를 구매하여 달라고 하였다. 영등포 B대학교 인근의 중개사와 공동중개로 안산에 있는 아파트 매도 잔금과 영등포에 있는 매수 아파트 잔금 날짜를 같게 맞추어 매수계약을 하며, 잔금 날짜까지 맞춰 주어(영등포에 있는 아파트에 현재 거주하고 있는 유나라 교수도 자신의 직장 인근에 있는 아파트 매입도 잔금일을 맞추어 계약을 해 주었다) 완전하게 해결하고 이사 오게 되었다. 상기 유나라 교수도 잔금을 완결한 후, 직장 인근의 아파트에 입주하였다. 그 교수님이 이사하고 20일 후, "비번인 날에 점심을 같이 해요!"라고 하여 약속하고 휴지 1통을 들고 방문하니 아주 좋아하였다. 같이 식사를 하면서 자기 얘기를 하는데, 부모님은 구로구에서 빌딩(10층)을 세놓고, 관리하면서 살고 계시고, 본인은 외동딸이라고 하며 부모님은 인근에 살고 있으며, 2주일에 한 번은 찾아뵌다고 하였다. 유나라 교수는(37세, 내과 교수, 내과 전문의, 의학 박사) "어려서부터 기계체조를 했는데, 중학교까지는 키가 보통이라, 기계체조 하기에 지장이 없었지만, 고등학교 1학년 때부터 키가 커져서 고3 때에는 180cm가 되자 기계체조가 적합하지 않다고 생각되어 태권도로 바꾸어, 운동을 계속하여 태권도 3단을 따고, 키도 더 커져서 지금은 182cm이고, 의대에 입학하고, 대학원에서 의학 박사를 딴 후, 지금까지 운동을 계속하여 태권도 7단이며, 의대 교수 초기에 만난 남편도 키가 187cm 정도였으며, 연애 몇 년 후 결혼을 했었으며 남편이 자꾸 생각이 나서 X아파트를 매도했습니다."라고 하였다. 유나라 교수는 "내과에서 연구를 계속하여 세계적인 학자로 이름을 얻는 것이 꿈입니다."라고 하였다. 그래서 "아주 옳으신 말씀입니다. 열심히 노력하셔서 꿈을 이루도록 하십시오." 하며 응원을 해 드리고 사무소로 돌아왔다.

〈실전 사례 224번〉

안양시 A동에 있는 중개사무소를 찾은 75세 여성분이 시흥시 B아파트에서 아들 부부와 같이 살면서 손자도 키우고 있는데, 손자도 이제 다 커서 할머니가 집에서 할 일도 별로 없고, 친구도 없고(남편 없이 살다 보니) 나이가 75세가 되어 식구들과 같이 살아도 외로워서 친구들이 많이 살고 있는 안양시 A동 원룸에(옵션이 없음) 따로 나와서 살겠다고 하여 마침 3층에 있는 원룸을 보여 주었으나, 3층 올라가는데 너무 숨이 찬다고 하여 반지하는 어떠냐고 물어보니 보자고 하여, 보증금 5백만 원, 월세 35만 원(관리비 3만 원 포함)의 원룸이 좋다고 하여 임대차 계약을 하고 한 달 후, 입주하겠다고 했는데 만약 아드님과 가족들이 나가시는 것을 막으면 어떻게 하실 것인가 하고 여쭈어보니 내 뜻을 막지는 못할 것이라고 하며 본인의 속마음을 말하지 않고 이왕 온 김에 친구들을 만나고 간다며 걸어가셨다.

〈실전 사례 225번〉

　안산시 S동에 있는 A대학교에 교환교수로 CAND국에서 34세의 비뇨기과 전문의, 의학박사 캔들과, 카니(32세, 피부과 전문의, 의학박사)가 3개월 후에 입국한다고 하여 A학교 측에서 31평 아파트를 전세로 임대차해 달라고 하여 안산의 중개사와 공동중개로 31평 아파트를 A대학교 인근에 2개를 임대차 계약을 해 주었다. 3개월이 지나 2명의 교수가 입국하여 아파트에 입주하였는데, 두 여성의 키가 180cm에 금발의 전형적인 서양 미녀들이었다. 34세의 캔들은 고교 시절에는 올림픽 금메달 2개나 딴 수영 선수였고, 32세의 카니는 테니스로 고등학교 때 각종 대회에서 우승을 한 운동선수 출신이었다. 두 사람 다 의대를 진학하여 수영과 테니스는 취미로 하여 지금까지도 몸매관리를 잘하고 있는 모태 솔로였다. 캔들과 카니는 어려서부터 의대, 대학원까지 학교를 같이 다녔고, 같은 의대에서 교수로 근무하다가 같이 교환교수로 오게 된 인연이 깊은 오랜 친구였다. 강대길은 이사 온 지 한 달 후, 전화로 약속을 하고 캔들부터 휴지 1통을 가지고, 비번인 날 낮 12시경에 방문하여 휴지를 주며 모든 일이 술술 풀리라고 주는 것이라고 설명을 했더니 깔깔대고 웃으며 그윽하게 쳐다보며 침이 마르도록 칭찬을 하길래 "나는 황인종이고 캔들 교수님은 백인인데도 거슬리지 않습니까?" 하고 물어보니 "피부색에 관계없이 미남은 미남이고, 미녀는 미녀입니다."라고 하였다. 그래서 강대길은 "CAND국에서는 남자들의 키가 보통 얼마나 됩니까?" 하고 물어보니 "보통 175~185cm 정도."라고 하며 "미스터 강은 약간 큰 편에 들어갑니다."라고 말을 하였다. "결혼은 하셨습니까?" 하고 물어보니 독신주의자라고 하며, 앞으로 인공수정 하여 아이를 낳아 키울 것이라고 하였다. 그리고 함께 차 한 잔씩 하고 헤어져 사무소로 돌아왔다.

〈실전 사례 226번〉

　영등포구 D대학 병원 인근에 아파트(46평)를 매입해 달라고 하여 그 주변에 있는 중개사와 공동중개로 46평 아파트(방 4개, 화장실 2개, 큰 거실, E/V, 주차장)를 매매계약해 주고, 3개월 뒤 잔금을 하고 부부가 입주하였다. 남편은 49세로 정신건강의학과 과장으로 의대 교수였으며, 부인은(38세) 같은 대학의 법학과 교수(변호사 겸)였다. 약 20일 후, 전화로 약속을 하고, 낮 2시경, 휴지 1통을 가지고 가서 "휴지처럼 모든 일이 술술 잘 풀리세요." 하며 인사를 하니 "아! 그런 말도 있군요." 하며 환영해 주었다. 부부는 화목해 보였고, 남편보다 부인이 키가 더 큰 것 같았다. 부부가 미남미녀였고, 전형적인 중산층 교수 부부였다. 차를 다 마시고 일어나려고 하니 "식사하고 가세요!" 하기에 식사를 하면서 남편과 대화를 하는데 부인에 대한 칭찬이 대단하였다. 부인은 고등학교 졸업 때까지 전국 태권도 대회에서 우승을 놓쳐 본 적이 없는 태권도인이라고 하며 키가 182cm나 된다고 하며, 지금까지도 운동을 계속하고 있고 협회 임원이라고 하였다. 남편도 키가 178cm로 많이 작지는 않았다. 식사가 다 됐다고 하여 즐겁게 식사를 하고 아쉬움 속에 헤어져 집으로 돌아왔다. 그렇게 헤어진 지 1년 6개월 정도 지나서 부인(이화영)이 전화로 자기 집을 팔아 달라고 하여 "왜 그러냐?"라고 물어보니, "남편이 사고로 3개월 전에 돌아가셨으며, 이 집에 있으면 남편이 자꾸만 생각나고, 나도 따라서 죽을 것 같아 다른 곳으로 이사 가려고 한다."라며 팔아 달라고 하여, 즉시 각종 광고를 내고 10일 후에 매수인을 찾아 4개월 후, 잔금 하는 것으로 계약을 하였다. 이제 집을 팔았으니 구로구에 있는 부모님 아파트 인근의 32평 아파트를 사 달라고 하며, 자기가 매도한 아파트와 잔금일을 같게 매수계약을 해 달라고 하여 임자를 찾아서 그렇게 계약을 하여 4개월 후 이사를 하였다. 이사한 지 20일 정도 후, 낮 12시경으로 약속을 하고 방문하여 인사드리고 휴지 1통을 드리며 "매사가 술술 잘 풀리십시오." 하니 "차 한 잔 하세요." 해서 차를 마시면서 자기 얘기를 하는데, "저는 외동딸인데, 재혼은 남편 생각이 나서 못 하겠어요. 정자은행 같은 곳에 가서 아기를 낳아서 키우며 의지하고 살았으면 좋겠는데 그것도 힘들고 하여 요즘 생각이 많습니다." 하고 대화를 나누다 헤어져 사무소로 돌아오게 되었다.

〈실전 사례 227번〉

안양시 X동 1호선 역에서 가까운 동네에 매도 의뢰한 상가주택이 있는데, 지하는 없고, 1층부터 4층까지 있다(1층은 점포 3개, 2층부터 4층은 주택인데 4층은 주인이 살고 있음, 주차장은 뒷면에 5대를 주차할 수 있게 시설해 놓았음). 매매가 18억 5천만 원이고, 대지는 50평이었다. 마침 매수인이 6개월 뒤 나타나서 다 보신 후, 가격만 조정되면 계약을 하겠다고 하여 매도인을 몇 번 만나서 협의 끝에 매매가 17억 원으로 매매계약을 하게 되었다. 3개월 후, 잔금을 하고 4층에 주인이 입주하여 살게 되었는데, 아주 깨끗한 집을 싸게 매입한 경우였다.

〈실전 사례 228번〉

산본 신도시 중심 상가에서 노래방을 하고자 하는데, 50평 정도를 얻어 달라고 하여 중심상가에 있는 중개사와 공동중개 하여 권리금을 조정하여 계약을 하고, 잔금은 1개월 후에 하는 것으로 하였다. 1개월 후 잔금을 하고 새 주인이 들어와, 개업을 하여 휴지 1통을 들고 공동중개 한 소장과 같이 인사를 드리고, 노래방에 가서 음료수를 시켜 놓고 1시간 동안 노래를 마음껏 부르고 기분이 좋아 계산을 하고 나오려 하는데, 몸이 아주 좋은 20대 후반의 조폭 같은 4명이 노래방비 때문에 주인과 다투고 있었다. 나와 동료 중개사는 나가려다가 밖에 있는 의자에서 얘기를 듣고 있었는데 자기네들이 이 구역을 맡아서 관리하고 있으니까 오늘 노래방비를 안 내겠다고 하며 나가려고 하니 여주인이 나는 먹고살자고 노래방을 개업했는데, 무슨 보호비며 관리비냐고 하면서 돈을 내고 가라고 하니, 그중 1명이 한 손으로 "아주머니 괜히 당하지 말고 그냥 가게 놔 주세요." 하며 협박을 하고 나가려고 하니, 노래방 사장이 붙들고 놓지 않으니까, 그냥 밀어 버려 엉덩방아를 찧고 넘어졌다. 그러니까 여성 종업원 4명 중 1명이 또 달려들어 몸싸움을 하다가, 또 넘어지고 나니 나머지 종업원 3명도 함께 달려들어 난장판이 되고 말았다. 그렇게 주인과 종업원을 밀어 놓고 그냥 나가니까, 주인이 "이 놈들아! 지금이 어느 때라고 노래방비도 안 내고 나가냐? 이 놈들아!" 하면서 따지자, 한 놈이 2만 원을 던지듯 주고 나갔다. "술값과 안주, 아가씨 비용까지 30만 원인데, 이건 왜 안 내고 가냐?"라고 하니, "너희들 혼나 볼래? 파출소에 신고해 볼까? 노래방에선 술을 못 팔고, 아가씨도 안 되잖아!" 하면서 도리어 소리 지르면서 나가니, 주인은 울면서 쫓아 나갔다. 우리도 바로 쫓아가 보니 주인이 또 잡으니까 발로 걷어차서 주인이 넘어져 버렸다. 안 되겠다 싶어 "여러분, 젊은 분들이 너무하는 것 아닌가요? 먹고살려고 주인 아주머니가 술값과 아가씨 팁을 달라고 하는데, 이 지역을 관리한다면서 그 돈을 안 내고 가면 됩니까? 30만 원을 빨리 주고 가시요!" 하니까 돼지같이 살이 찐 한 놈이 "너는 뭐야?" 하면서 주먹을 날리기에 피하면서 낭심을 걷어차자 죽겠다고 소리 치르며 아파서 날뛰었다. 그러니까 3명이 떼로 달려들어 팔과 다리로 전부 제압하고, "야! 너희들 곱게 가려면 어서 30만 원 내라!" 하니까 한 놈이 다른 놈에게, "내가 10만 원 낼 테니, 너는 20만 원 내."라고 하면서 걷어 주었다. 나는 지나가다가 노래방에서 노래를 신나고 즐겁게 부르고 나오는데 "너희들! 머리에 피도 안 마른 놈들이 뭐가 잘났다고 돈을 안 내고 지랄이야!" 하면서 한 놈씩 주먹으로 더 때리면서 가라고 하니 엉금엉금 기듯이 사라져 버렸다. 그리고 길에 쓰러져 있던 주인에게 30만 원을 주면서 나를 처음 보는 손님으로 하라고 하면서, 혹시라도 누가 물어보면 "술값과 아가씨 팁 얘기는 절대로 하지 마십시오." 하고 헤어졌다. 잠시 후 동료 중개사와 헤어져 주차장으로 가는데, 어떤 여자분이 "저의 집에 가서 차 한잔 하실래요?" 하고 물어보길래 "집이 어디신데요?" 하고 물어보니 "산본 신도시 W동 A아파트 905호입니다."라고 하여 어차피 그쪽에서도 안양시에 갈 수 있으니 잘됐다 생각하고 따라가서 차 한잔을 같이 마시고 있는데, 자기는 조금 전 노래방 건물 3층에 있는 피부과 의원 원장이며, 현재 39세로 독신주의자라 하고 모태 솔로라며, "오늘 하시는 것을 3층에서 퇴근하려다가 상세히 보았는데, 의협심에 불타는 분 같아서 차 한잔하자고 제안한 겁니다."라고 하며, "저의 키는 178cm이고 어려서부터 태권도를 하여 고등학교 졸업 때까지 4단을 받았는데, 국내 각종 선수권 대회에서 우승도 하고, 금메달도 땄으며, 아시안게임에서도 금메달 2개를 받았습니다. 대학교는 의대로 가는 바람에 취미로 운동을 하고 있습니다."라고 했다. 그래서 고개를 끄덕이며 바라보고 있으니까 "제가 공부와 운동만 열심히 한 결과 의학박사도 됐습니다."라고 하였다. 그런 얘기들을 하다가 다음에도 만나기로 하고 헤어져 집으로 돌아왔다.

〈실전 사례 229번〉

　어느 날, 의대 교수님이 우리 중개사무소에 들러서 영등포구 H동에 건물을(7층 건물, 맨 위층만 건물주가 쓰고, 나머지 층은 전부 세를 주어 월세를 받는 조건으로 매입하려고 했음) 극한까지 계속 깎아서 사 드렸다. 사신 분은 의과대학 병원 비뇨기과 교수였는데, "깎아 주셔서 고맙습니다."라고 하며, 식사 대접을 하고 싶다고 자기네 집으로 초대하고 주소를 문자로 보내 주었다. 그래서 맥주 1BUNDLE을 가지고 약속 시간에 방문하였다. 우선 차를 한잔하며 얘기를 하는데 "자기(이요정 교수) 부모님이 자금을 대주고 자기가 모은 자금을 합하여 건물을 매입하게 됐다고 한다. "부모님에게 결혼은 안 하고 정자은행에서 시술을 받아서 좋은 DNA를 가진 아기를 낳아서 키우는 것에 대해 승낙을 받았다."라고 하며, "부모님이 노년에 잘 살라고 자금을 대주어서 건물을 매입하게 되었다."라고 하였다.

〈실전 사례 230번〉

　안양에 신축 빌라(방 4개, 화장실 2개, 큰 거실, E/V, 주차장)를 매입 의뢰하여 적당한 가격에 잔금은 3개월로 하여 매매계약을 하여 3개월 후에 잔금을 하고 이사까지 끝냈다. 구입하신 분은 60대 노부부였는데,

편하게 살려고 모든 재산을 정리하여 저금해 놓고 노년을 보내려고 아파트를 피하고 빌라(관리비가 비교적 저렴함)를 구입하여 살게 되었다. 약 20일 후, 휴지 1통을 들고 방문하여 술술 잘 풀리시라고 인사를 했다. 노부부께서 차 한 잔 하시라고 하여 앉아서 같이 차를 마시면서 아버님이 말씀하시는데 이제는 아무 걱정 없이 살게 되었다고 웃으면서 자기는 형제도 없으며, 자손도 외동딸(김효리)만 있는데 지금 39세, 노처녀라고 하며, 외동딸이 시집을 안 가고 부모님만 생각하며 살겠다고 하여 따님에게 노년에는 어떻게 할 것이며, 대를 이을 자손도 없으니 네가 노년에 외롭게 생활할 것 같아서 걱정이 된다고 하니, 요새는 정자은행 등 의술이 발전하여 걱정 없다고 한 지가 5년이 넘었다고 하며 이제 39세인데 신체적으로도 가임 기간이 다된 것 같은데 걱정이라고 하며 나를 쳐다보는데, 아주 쓸쓸하게 보였다. 그래서 "너무 걱정 하지 마세요." 하고 일어나려고 하는데 붙잡으며 "식사를 하시고 가세요."라고 하셔서 식사까지 하면서 이런저런 얘기 끝에 "결혼은 했어요?" 하고 묻길래 "예, 몇 년 됐습니다."라고 하니 한숨을 쉬며 "강 선생 같은 분이 있으면 얼마나 좋을까?" 하고 또 한숨을 쉬는데, 남의 일 같지 않아 안타까웠다. 식사를 끝내고 "건강 조심하시고 오래 사십시오." 하며 인사를 하고 나와서 집으로 돌아왔다.

〈실전 사례 231번〉

어느 날 인터넷에서 우리 사무소를 알았다며 학원원장이 전화로 서울시 구로구 S동에 있는 빌딩 200평의 공간을 얻고자 의뢰하여 10일 동안 찾아서, 바로 임대차 계약을 하고 1개월 후 잔금을 한 후 입주하여 1

타 강사(국어, 영어, 수학)들이 수업을 하기 시작했는데 1타 강사는 아니지만 다른 과목도 잘하시는 강사님을 모셔서 강의를 하고, 각종 광고를 하다 보니 학생들이 구름같이 모여 학원은 잘되었으며, 학원 인근으로 이사 오시는 학부모도 있었다. 그런 중에 어떤 부모님이 42평 아파트를 구매 의뢰하여 1개월 이내에 잔금을 하고 입주하는 조건으로 매매계약을 하였고, 한 달 이내에 잔금을 하고 입주하여 아주 만족하였다. 그분은 자매를 키우고 있으며, 큰딸은 변호사(법학 박사)였고 작은딸은 고3으로 학원에 다니고 있었다. 부모님은 대학교수로 남편은 60세이고 부인은 59세였는데, 같은 대학의 교수님이었다. 큰따님은 35세였으며, 작은 따님은 18세로 나이 차이가 많아서 그런지 어머니 같았다. 그렇게 집안이 화목하고 자매간의 우애가 좋았다. 이사하고 약 20일 후, 약속을 하고 낮에 아파트를 방문하여 술술 모든 일이 잘 풀리시라고 하며 휴지 1통을 드리고 차를 주시어 마시면서 남편분이 얘기하는데 SS대학 재학 시 자기네들은 CC(캠퍼스 커플)였다며, 부인을 그윽하게 쳐다보며 사랑을 표시했다. 큰딸은 독립하여 혼자서 아파트를 매입하여 살고 있는데, 아주 수입이 좋다고 하였다. "결혼했어요?" 하고 묻길래 "예." 하니, 아쉬운 듯 한숨을 내쉬며 큰딸이 시집을 안 가고 평생 혼자 산다고 우겨서 걱정이라고 얘기를 하며, 눈시울을 적시는 것이었다. "무슨 일이 있으십니까?" 하고 물어보니 "우리와 같이 CC여서 서로 많이 사랑하여 결혼 날짜만 기다리고 있었는데, 사위 될 사람이 교통사고로 급사하여 2개월 동안 우리 딸이 방에서 나오질 않고 있어서 애를 먹고 있습니다. 딸이 운동을 좋아하여 중학교까지는 100m 육상선수였는데, 고등학교 입학하니 마침 태권도부가 있어서 고등학교 내내 태권도부에 있으면서 3단까지 땄고, 대학교는 법학과에 들어가 대학원 박사 과정을 수료하고 법학박사가 되었고, 법학전문대학원을 졸업하여 지금은 변호사사무실을 개업하여 수입이 좋습니다."라고 하였다. 독신으로 살겠다고 하여 그것이 걱정이라고 하며, "키가 몇이세요?" 하기에 "190cm입니다."라고 하며, 어려서부터 호신술을 배워 지금까지도 연마하고 있다고 하며, 나중에 쓰려고 6개 국어를 계속 공부하고 있다고 말하는 중에 인터폰이 울려 아버님이 보시더니 "큰딸이에요, 더 앉아계세요! " 하기에 딸이 들어오는 것을 보며 눈인사를 하였다. 따님이 나를 눈으로 가르키며 누구세요? 하며 아버님께 물어보니 우리 집을 중개하신 중개사님이라고 하였다. "우리 딸도 왔으니까 조금 있다가 식사를 하고 가세요." 하기에 같이 앉아서 식사를 하고 나서 남편이 양주를 가지고 오셔서 한잔 하자고 하여, "저는 온더락으로 주십시오." 하여 다른 분들은 스트레이트로 마시고 나만 온더락으로 마시면서 여러 가지 얘기를 하였다. 그렇게 마시다 보니 양주 한 병을 다 마셨다. 따님이 "맥주 한잔 더 해요!" 하니 아빠가 냉장고 있던 맥주 몇 병을 가지고 와 시원한 맥주를 마시며 좋아하셨다. 그러다 보니 세 분이 다 취했다. 그래서 가려고 대리기사를 부르니, 따님이 "저도 아파트에 데려다주세요." 하면서 따라 나와 부모님에게 인사를 드리고 따님을 아파트에 데려다주고 헤어져 자택으로 돌아왔다.

〈실전 사례 232번〉

안양시 H동에 대입학원을 하려고 몇 층이든 합하여 300평을 얻고자 하는 분이 나에게 의뢰하여 15일 동안 찾은 끝에 보여주니 좋다고 하여 임대차 계약을 해 주었다. 원장님은 필수 과목을 전문으로 하는 일타강사들과 함께 개원을 하여 많은 학생들이 수강 등록을 하였다. 원장은 45세 국어 일타강사였고, 부인은 37세로 수학 일타강사였다. 부인은 A국에서 대학교와 대학원 박사 과정까지 수료한 수학 박사였으며 원장님도 국문학 박사까지 있는 국어 일타강사였다. 2년 동안 학원생들이 소위 일류대학이란 곳에 많이 합격하니 소문이 나서 수강생들이 더 늘게 되었다. 3년이 지난 어느 날, 그 부인이 전화로 학원을 팔아 달라고 의뢰가 들어와, 마침 몇 달 전부터 부탁을 하고 기다리던 분들에게 보여 주고 넉넉하게 권리금도 받아서 임대차 계약을 하여 1개월 후 인수인계를 하고, 학원을 넘겼다. 그런데 부인이 또 전화로 아파트도 팔아 달라고 하여, 이유를 물어보니, "원장인 남편이 갑자기 돌아가셔서 다른 아파트로 옮기겠다."라고 하여 "어디로 옮기십니까?" 하고 물어보니 "산본 신도시로(부모님 계신 아파트 인근) 옮긴다."라고 하여 잔금 날짜를 맞추어 매도와 매수를(3개월 후, 잔금 하는 것) 동시에 계약을 해 드렸다. 이사한 후 20일 있다가 방문하여 휴지 1통을 드리며 인사를 하니 반갑게 맞이하며 "아무 의욕도, 삶의 희망도 없다."라고 하며 차를 마시며 이런저런 얘기를 하다가 미망인이 "조금 더 있다가 식사도 하고 가세요." 하길래, 기다리다가 잠깐 졸았는데 "식사하세요!" 하고 깨워서 식사를 맛있게 끝내고 나니 "약주 한 잔 드릴까요?" 해서 "저는 술이 약하니 맥주나 한 잔 주세요." 하니 "약한 술 중에 청하가 있습니다." 하여 청하 몇 병을 둘이서 다 마셔 버렸는데 달착지근하여 아주 맛이 좋았다. 청하가 다 떨어지자 맥주를 내오며 마시자고 하여 아주 시원하게 마시다 보니 맥주 6병까지 다 마시게 되었다. 나는 "취해서 죄송합니다." 하고 헤어져 자택으로 돌아왔다.

〈실전 사례 233번〉

　안양시 R동에 김성란 변호사가 사무실을 구해 달라는 의뢰가 있어서 50평 사무실을 임대차 계약을 하고(잔금은 2개월 후로 하였음) 2개월 후 잔금을 하고 이사를 들어와, 개업식에 참석하여 휴지 1통을 드리고, 차 한잔 마시는데 아는 분이 없어 어색하여 나오려고 하는데, "별 약속이 없으시면 술 한잔 하고 가세요." 하며 붙잡길래 맥주 몇 잔 하고 "이제 가 보겠습니다." 하고 나오는데 메모지를 주며 "내일 시간이 되시면 2시에 오세요." 하기에 헤어져 사무소로 돌아왔다. 메모지에는 자기가 사는 아파트 주소가 적혀 있었다. 다음 날 2시에 아파트로 맥주 1BUNDLE사 들고 방문하였더니 반갑게 맞이하며 "앉으세요."라고 하더니 차 한 잔 하자고 하여 차를 마시는데, 김 변호사는 현재 39세로 모태 솔로이고 결혼할 이유도 없다고 하기에 "왜 그러십니까?" 하고 물어보니 "자기는 CC(캠퍼스 커플)로 연애를 10년 정도 했는데, 애인과 결혼 얘기가 오가던 중 사고로 죽었는데 지금도 애인 생각만 나니 다른 사람에게 시집가는 것도 도리가 아닌 것 같아, 결혼을 안 하고 독신으로 살아갈 결심을 했습니다."라고 하며 얘기를 하다가 헤어져 사무소로 돌아왔다.

〈실전 사례 234번〉

　서울시 영등포구에 사무실 용도로 200평을 임대차로 구해 달라는 의뢰가 있어서 영등포구에 있는 중개사와 공동중개로 법원 인근에 사무실(8층과 9층)을 임대차 계약을 해 주었다. E/V도 주차장도 여유가 많고, 신축한 지 5년밖에 되지 않아 깨끗하고 좋았다. 대표 변호사와 5명의 변호사가 모여 법인으로 출발하였는데 전직이 화려하신 분들이라 아주 잘

되는 줄 알았다. 대표 변호사님은 나이가 60세 정도였는데, 부인이 작고 하셔서 37세 여성(피부과 전문의 국내대학에서 전문의 자격증을 따고, A국으로 유학을 가서 A국 피부과 전문의 자격증도 받고, 박사학위까지 받은 재원이었다)과 재혼하였다. 사무소 개업식 때 휴지 1통을 들고 방문하여 인사를 드렸더니 많은 법조계 거물들이 오신 것 같았다. 그리고 대표변호사의 부인(이성아)도 같이 참석하였다. 나는 뒤편 구석에서 축사도 듣고, 맥주와 안주를 들면서 한 30분 있다가 대표와 부인에게 인사를 드리고 돌아왔다. 그런데 대표 변호사가 20일 정도 후에 전화로 사무실 인근에 50평 정도의 아파트를 구입해 달라는 의뢰를 하여 영등포에 있는 중개사와 공동중개로 아파트를 구해 주었다. 이사를 하고 20일 정도 후에 약속을 하고 찾아뵈었는데, 물론 휴지 1통도 가지고 가서 "만사가 술술 잘 풀리세요." 하고 인사를 하였다. 부부가 같이 있었는데 전에 변호사사무소 개업식 때도 보았지만 부인(이성아)은 키도 크고 미스코리아 뺨칠 정도의 미모였다. 차 한잔 하자고 하여 차 한잔 하면서 남편이 얘기를 하는데 "부인은 모교에서 교수로 있다."라고 하며 사랑스러운 눈으로 손을 잡고 있는 모습이 아주 행복해 보여 좋았다. 그리고 조금 있다가 인사를 하고 사무실로 되돌아왔다. 그러고 나서 2년 정도 지났는데 부인(이성아 박사)이 전화로 아파트를 팔아 달라고 의뢰가 와서 이유를 물어보니 "남편이 과로로 인하여 뇌출혈로 3개월 전에 돌아가셔서 너무 괴롭고, 남편 생각만 나서 대학교 종합병원 인근으로 이사하고 싶다."라고 하여 41평 아파트를 H대학병원 인근의 중개사와 공동중개로 매도하는 아파트와 매수하는 아파트의 잔금을 똑같이 3개월로(같은 날짜로) 맞추어 매매계약서를 써서 부인(이성아 박사)이 하나도 신경을 안 쓰게 해 주었다. 그리고 이사한 지 한 달 후, A아파트를 방문하여 이사를 축하한다고 하며 휴지 1통을 드리고 "만사가 술술 잘 풀리세요." 하고 인사를 하였다. 이왕 오신 김에 식사도 하고 가시라고 하여 고개를 끄덕이며 소파에 앉아서 기다리다가 졸고 말았다. 부인이 "식사하세요." 하고 깨워, "예." 하고 식탁으로 가서 반찬을 보니 내가 좋아하는 것들이라 군침을 돌게 하여 함께 식사를 맛있게 하고 "다음에는 제가 모시겠습니다."라고 하며, 헤어져 집으로 돌아왔다.

〈실전 사례 235번〉

안양시 W동에 15층 건물을 사겠다고 의뢰가 들어와 잘 아는 부동산과 같이 공동중개로 매매계약을 해 주고 잔금까지 하여 끝을 냈는데, 매도인과 매수인이 한결같이 수수료를 반씩만 받으라고 하여, '200억이란 금액(빌딩매매가)에 비해서는 정말 아무것도 아닌데.'라고 생각하며 공동중개 한 중개사와 논의 끝에 반씩만 받고 나머지는 법적으로 처리하기로 하였다. 수수료 받고 다음 날, 나는 매수인에게, 친한 중개사는 매도인에게 '총수수료 - 수수료 받은 금액 = 못 받은 금액'으로 하여 상세히 적어서 내용증명을 각각 보냈더니 며칠 후, 전화로 매수인이 주는 대로 받아놓고 내용증명을 왜 보냈느냐고 하면서 (욕까지 하면서) 난리를 피웠다. 그래서, "언제 반만 달라고 했느냐."라면서 따지니, "그러면 그때 받아 가질 말던가." 하며 입에 담지 못할 욕을 하기에 어이가 없어서 "매매대금에 비해선 얼마 안 되는 돈인데, 왜 그런 돈에 목숨을 걸듯이 그러십니까?" 하고 따지니 아무리 법으로 하더라도 못 주겠다고 하며, 욕을 하고 전화를 끊어 버렸다. 그래서 공동중개 한 소장과 만나서 의논한 끝에 변호사에게 의뢰하면 배보다 배꼽이 더 클 것 같으니 시청 무료법률 서비스를 하는 분에게 가 보자고 하여 만나서 얘기를 하니, "그러면 내가 변호사비는 1/5만 받고 처리해 줄 테니 하겠느냐."라고 하여 의논 끝에 변호사에게 의뢰하였다.

며칠 후에 매도인과 매수인이 전화로 만나자고 하여 서울시 W구에 있는 매수인사무실로 가니, 매도인도 같이 앉아 있었는데, 매수인 의자 뒤에는 레슬러 같은 사람이 서서 인상을 쓰며 쳐다보고 있었다. 어이가 없어서 "저 사람은 누구요?" 하고 물어보니 자기 비서라고 하였다. 하여튼 무시하고 말을 들어 보니 다치거나 죽지 않고 나가려면 각서에 사인하라고 내밀기에 읽어 보니 남은 수수료는 매도인, 매수인 중개사 2명과 합의하여 안 받기로 하였다고 쓰여 있었는데, 중개사란에 사인을 하고 가라며 협박하기에 웃고 있었다. 옆에 있는 중개사는 얼굴이 하얗게 되어 웃고 있는 내 모습과 매도인, 매수인, 비서까지 보아 가며, 아무 소리 안 하고 있었다. 내가 "이 인간들아, 누구를 깡패로 보냐, 법적으로 하자는데 무슨 비서까지 데리고 와서 말도 안 되는 각서를 내밀며 사인하라고 하냐? 이 인간들아!" 그러면서 일어나니 옆의 중개사도 일어나서 나를 쳐다보고 있었다. 매수인이 "야! 김 비서 어떻게 해결 좀 해 봐!" 하니까 나에게 와서 업어치기를 하려고 달려들기에 낭심을 걷어차 버리니 죽는다고 소리치며 별짓을 다 하다가 기절해 버렸다. 그러고 나니 매수인이 얼굴색이 변하며, "야, 너 깡패냐? 왜 사람은 패고 그래! 너 맛 좀 볼래?" 하기에 "그래! 맛 좀 보자."라고 하면서 윗옷을 벗고 나니, 내 큰 키와 운동으로 다져진 근육에 놀랐는지, 씩씩거리며 노려보기만 하였다. "야! 수수료 내놔." 하면서 멱살을 잡으니까 "야! 주면 되잖아." 하면서 놓으라고 하여 놓아 주니, 금고에서 미리 계산해 놓은 금액을 그대로 주었다. 그래서 매도인에게 "너도 좋은 말로 할 때 내놔라." 하면서 한번 노려보았더니, 자기 사무실에 전화를 걸어 공동중개사 계좌와 남은 금액을 적어 달라고 하더니 직원에게 송금하라고 지시하였다. 그래서 "나이는 먹어 가지고 게걸스럽게 이게 무슨 짓이냐? 이 인간들아. 나한테 한 번 더 이런 일로 걸리면 후배들 시켜서 저세상으로 보낼거야! 이 인간들아, 어디서 깡패 같은 비서를 데리고 와서 협박을 해! 되먹지 못한 인간들아!" 다시는 이런 일을 안 한다는 각서를 쓰게 해서, 사진을 찍고 돌려주면서 "너희들이 한 얘기는 모두 녹음되어 있으니까 어떤 놈에게 부탁하든 해 봐! 이 돼지 같은 인간들아! 조금만 이상하면 후배들 시켜서 산채로 산에 묻어 버릴 테니까 앞으로 조심해, 이 인간들아!" 하면서 아직도 기절해 누워 있는 비서의 뺨을 몇 대 때리니 일어나길래, "이 돼지 같은 놈아! 할 짓이 없어서 되먹지 못한 놈의 비서에, 보디가드까지 하냐? 당장 내 눈 앞에서 꺼져!" 하니까 절뚝거리며 그냥 나가길래 "야! 인마, 형님에게 인사는 하고 가!" 하니까 "형님, 몰라봬서 죄송합니다." 하며 절뚝거리며 나가 버렸다. "너희 두 놈도 명심해, 나중에 병신 되어 후회하지 말고." 하며 문을 쾅 닫고 나와서 사무소로 와 버렸다. 약 30일을 기다렸으나 아무 일 없어 변호사에게 자초지종 얘기하고 끝내 버렸다.

〈실전 사례 236번〉

어느 날, 안양시 우리 사무실로 신혼부부가 찾아와 방 3개, 거실, 주차장 있는 빌라를 보증금 3천만 원, 월세 100만 원에 얻고자 하여 천신만고 끝에 구두로 임대차 계약을 하기로 예약하고, 이사 날짜는 한 달 후로 하기로 하였다. 그런데 집을 몇 군데 다니며 얘기를 들어 보니 보증금 6천만 원, 월 100만 원 하는 8년 된 빌라가 아주 깨끗하고 좋아서 그것이 맘에 든다고 하면서 "보증금 3천만 원, 월 120만 원으로 하면 안 되겠냐."라고 하기에 집주인 하고 협의를 했으나 안 된다고 하여 포기했는데, 나중에 얘기를 들어보니 돈은 여유 있게 있으나 2년이나 4년 뒤 이사를 나갈 때 보증금을 못 받을까 봐, 3천만 원 이상은 못 내겠다고 하여 할 수 없이 보증금 3천만 원, 월 100만 원 되는 것을 계약하게 되었다. 빌라 전세 사기가 이렇게까지도 영향을 주는가 하여 나도 한숨을 쉬고 말았다.

〈실전 사례 237번〉

안산에 있는 W대학 병원 인근에 있는 아파트 60평을 구매해 달라는 의뢰가 있어, 그 동네에 있는 중개사와 공동으로 중개하여 매매계약을 하고 잔금은 3개월 뒤로 하였다. 3개월 뒤 잔금을 하고 이사하여 30일 후, 약속을 하고 방문하였다. 60세 정도의 두 부부가 앉아서 반갑게 맞이하여 휴지 1통을 드리며 "매사가 휴지같이 술술 잘 풀리세요." 하며 인사를 드리니, "그런 말이 다 있느냐."라고 웃으며, 차를 한잔하자고 하여 얘기를 하던 중, "결혼을 했느냐."라고 물어서 "예." 하고 나니 약간 아쉬워하며 자기 딸이 셋 있는데, "큰애는 자기가 교수로 있는 병원에 같은 교수로 있으며, 나이는 37세이며, 동생은 35세 같은 학교 교수라고 하며, 막내는 33세로 A국에서 박사학위를 받고 같은 학교 체육학과 교수로 초빙되어 다음 달부터 수업하기로 되어 있다고 하며, 요즘은 딸들이 더 낫다는 소문이 있다."라고 하며 함께 웃었다. 막내는 태권도 전문 교수인데 현재 8단이라고 하며 계속 대학교까지 선수로 활동하여 올림픽 금메달 2개, 은메달 2개, 동메달 1개를 땄다고 하였다. 자녀들 얘기에 한참 시간이 지나다 보니 더 있는 것도 실례인 것 같아서 "좋은 말씀 잘 듣고 가 보겠습니다."라고 하니 "시간이 다 되었으니 식사하고 가세요." 하여 할 수 없이 앉아서 얘기를 하고 있는데, 인터폰이 울려서 보더니 "큰딸"이라고 하며 나가서 문을 열어 주었다. 따님이 내가 앉아 있는 것을 보고는 약간 머리 숙여 인사하고 같이 소파에 앉으면서 "아빠! 누구세요?" 하고 물어보니까 "우리 집을 소개해 준 중개사."라고 하며, "우리 큰딸이며 이름은 이은정."이라고 소개하였다. "아버님은 무슨 과에 계십니까?" 하고 물어보니 "외과 교수."라고 하며 "어머니는 산부인과 교수이고, 큰딸은 비뇨기과 교수."라고 하였다. 남편과 부인은 C.C(캠퍼스 커플)라고 하면서 "학교 다닐 때, 큰애를 낳아서 엄마가 많은 고생을 했다."라며 옛날을 회상하는 이야기를 하여 모두 웃었다. 아주 화목한 가정이었다. 부인의 키가 175cm이고, 남편도 키가 178cm로 크다 보니 애들은 딸들이지만 농구선수처럼 똑같이 180cm라고 하며, 얼굴이 예뻐서 어떤 미용실에서는 미스코리아에 나가라고 해서 피해 다녔다고 자랑을 하였다. 세 자매 모두 박사인데, 큰딸은 비뇨기과 의학박사이고, 둘째 딸은 피부과 의학 박사이고, 막내는 아까 말한 것처럼 체육학 박사라고 소개하며, 자긍심 있는 얼굴로 자랑하였다. 그러는 동안에 둘째 딸도 들어와서 다 같이 식사를 하게 되었다. 다들 키가 크다 보니 식탁이 10인용 정도 되는 큰 식탁이었다. 웃음소리가 끊기지 않고 아빠, 엄마 하며 말괄량이들이 떠들며 식사하는데 나까지 기분이 더욱 좋아졌다. 막내도 돌아오면 같이 살 것이라고 자랑을 하였다. 정말 부러웠다. 엄마가 공부하며 애들 키우느라고 고생을 많이 한 것 같았다. 식사가 끝나고 "잘 먹었습니다. 행복하게 사십시오." 하고 인사를 하고 나오는데, 큰따님이 주차장까지 같이 가자고 하여 같이 나오는데, 자기가 공부도 하고 연구도 하는 공간으로 쓰려고 인근 아파트(투룸)를 사 놓고 가끔 쓰고 있다고 하며 거기서 "차 한잔하고 가시지 않을래요?" 하며 쳐다보길래 천진난만한 초등학생같이 친근하게 느껴져 고개를 끄덕이며 도착해 보니 10분 거리에 있는 아파트였다. 23평이었는데 큰방 1개와 작은방 1개, 거실 겸 미닫이 방이 1개 있었다. 30대 처녀의 방같이 아주 깨끗하게 정리되어 있었다. "부모님도 아십니까?"라고 물어보니, 고개를 끄덕이며 매입하여 쓰고 있는 지 5년은 된다고 하였다. 구김살 없는 처녀였다. 큰딸 이름은 이은정이라고 하며 키가 180cm로 동생들도 키가 똑같다고 하며 웃었다. 들어가자마자 커피포트를 꽂아서 차를 한 잔씩 하면서 "결혼하셨어요?" 하기에 "예." 하니 "부인은 어떤 분이세요?" 하기에 "미대 교수 겸 화가."라고 하니, 부러운 눈으로 나를 쳐다보며 "누가 먼저 결혼하자고 했어요?" 하기에 사실대로 "내 처가 나에게 반해서 결혼하게 되었다."라고 했더니 새삼 나를 쳐다보며 "그럴 만하시네요." 하면서 얼굴이 빨개졌다. "강 소장님, 학력은 어떻게 되세요?" 하고 묻길래 "C대학을 나와 Y대 경제전문대학원에서 경제학 석사를 땄으며, 2년 후에는 경제학박사를 받았습니다."라고 했더니, "아주 훌륭한 경제학자가 되시겠어요." 하며 다시 한번 뚫어지게 보길래 고개를 아예 숙이고 말았다. 그러고 있으니까 "맥주 한잔하시겠어요?" 하고 물어보길래 고개를 끄덕였더니, 소맥을 하자고 하여 소주 한 병과 맥주 2병을 내놓고 소맥으로 시작하여 거의 다 비우고 나니, 또 소주 2병과 맥주 2병을 내놓고 주거니, 받거니 하게 되었다. 그녀는 "부모님도 아시는 사실인데요. 저도 컴퍼스 커플이었어요. 그런데 4학년 말

방학 때, 미국에 이민 가신 부모님께 인사 겸 갔는데, 그곳에서 교통사고를 당하여 죽었어요." 하며 눈물을 흘렸다. 그래서 부모님이 결혼 얘기만 하시면 평생 독신으로 살겠다고 했더니 요즘 와서는 더욱 결혼하라는 말씀을 자주 하셔서, 부모님 댁엔 일주일에 1번 정도만 들어가고 있다며 눈물을 흘렸다. 그렇게 얘기를 하다가 헤어져 집으로 돌아오게 되었다.

〈실전 사례 238번〉

구로구에 있는 대학병원 인근에 아파트 32평을 사 달라는 의뢰가 있어 구로구 중개사와 공동중개로 아파트 매매계약을 해 주고 잔금은 3개월 후에 하는 것으로 하고, 3개월 뒤 잔금을 하고 이사해 들어왔다. 입주 후, 30일 있다가 낮에 약속하고 방문하였다. 젊은 부부가 맞아 주었는데 젊은 의사 교수 부부였다. 휴지 1통을 드리며 "매사가 술술 잘 풀리세요." 하며 인사를 하고 차 한잔하시라고 하여 소파에 앉아서 차를 마시는데, 남편은 39세로 내과 전문의였고, 부인은 36세로 피부과 전문의였다. 결혼 2년 차라고 하며 "결혼하셨어요?" 하고 묻길래 "예." 하며 말하고 차도 다 마셨기 때문에 일어나서 "행복하게 사십시오." 하고 헤어져서 사무실로 돌아왔다. 그렇게 2년이 지났는데 어느 날, 부인(김지나, 피부과 전문의)이 "소장님, 아파트를 팔아주세요."하며 전화가 와서 "왜, 다른 곳으로 이사 가시게요?" 하니까 "영등포구에 있는 대학병원 인근으로 이사 가겠다."라고 하여 "이 아파트와 영등포에 매입할 아파트를 잔금 날짜를 같이 하여 편리하게 해 드릴까요?" 물으니 좋다고 하여 같은 32평으로 잔금 날짜를 3개월로 매도, 매수 잔금일을 똑같이 하여 매도계약과 매수계약을 동시에 하였다. 김지나 박사가 이사 가는 날 "왜 이사 가십니까." 하고 물으니 남편이 사고로 갑자기 돌아가셨다고 하며 눈물을 흘려, "아, 죄송합니다. 아프신 곳을 찔러서." 하며 사과를 하였다. 그리고 헤어져 돌아왔다가 이사하고 30일 후에 방문하여 휴지 1통을 드리며 "만사가 술술 잘 풀리세요." 하고 인사를 하니, "대학교 동창이 3명이나 와서 위로도 해 주고 차를 마시고 있으니 같이 인사도 하시고, 차도 한잔 드세요." 하기에 "예." 하고 같이 대화를 나누며 차를 다 마시고 "그러면 친구분들과 대화하세요." 하고 일어나려고 하니 그중 한 친구가 "식사도 하시고 술도 한 잔하세요." 하며 붙잡길래 집주인 얼굴을 보니 "그렇게 하세요. 친구들도 좋다고 하고, 나도 외롭고 하니 같이 어울려 주세요." 하며 같이 붙잡길래 다시 앉아서 식사도 하고 소맥을 마시게 되었다. 갑자기 아까 잡았던 친구가 "결혼하셨어요?" 하고 묻기에 "예." 하고 답을 하니, "연애 결혼하셨나요?" 하기에 "예." 하고 답을 하였다. "누가 먼저 청혼하셨어요?" 하기에 "와이프가 결혼하자고 해서 했습니다."라고 솔직히 말을 하니 모두 "와." 하면서 파안대소하였다. "애가 있으세요?" 하기에 "아들 쌍둥이가 있습니다."라고 하며 "장인, 장모님이 키우고 있습니다."라고 하니 "왜? 사모님이 안 키우시고요?" 하기에 "맞벌이를 하고 있어서요." 하고 답을 하니 아까 처음 질문했던 친구(전우리 박사)가 "직업은 뭔가요?" 하기에 "미대 교수 겸 화가이고, 제법 알려진 김성숙 화가입니다." 하니, "아! 키 크고 미스코리아같이 예쁘고 유명하신 김성숙 화가님이 사모님이세요?" 하며 모두 놀라서 환성을 지르며 난리가 났다. "강 소장님 키는 얼마나 되세요?" 하기에 "190cm"라고 하니까 또 "와." 하고 환성이 나왔다. 계면쩍어서 "이제 일어나도 될까요?" 하고 물으니 전우리 박사가 "가지 마시고 저희와 더 노세요!" 하기에 내가 웃으며 "집사람이 이혼하자고 하면 책임지시겠습니까?" 하고 물으니 동시에 모두 합창으로 "책임질게요." 하기에, 웃으면서 "여러분 너무 유쾌하신 분들 같아서 부럽습니다."라고 하며 얘기하는데 와이프가 전화로 "지금 들어오세요!" 하기에, 친구분들과 헤어져 집으로 돌아왔다.

〈실전 사례 239번〉

안양시 B동에 10층 정도의 건물을 매입 의뢰 받아 안양 B동의 중개사와 공동중개로 매매계약을 하게 되었고 몇 차례의 미팅 끝에 가격 조정과 잔금 시기를 16개월 뒤로 하고 등기이전을 하였다.

그리고 나서 10층에는 무용학원을 차리고 개업식을 하였다. 그래서 휴지 1통을 드리고 축하해 주러 갔는데 아는 사람이 거의 없어서 10분 정도 있다가 원장님(김소라)에게 인사하고 가려는데 원장님이 메모지를 주며 "잘 가세요. 고맙습니다." 하여 헤어져 사무소로 돌아왔다. 그러고는 잊어버렸다. 그리고 6개월 정도 지났는데 그 원장님이 전화로 자기가 살고 있는 산본 신도시에 있는 아파트(51평)를 팔고 학원 인근의 51평 아파트를 사겠다고 의뢰하여 산본에 있는 부동산 중개사와 공동중개하여 10일 만에 이사 날짜를 4개월 후로 하여 계약을 맺었다. 계약이 끝나고 잠깐 얘기를 하자고 하여 카페에서 얘기를 하는데 "개업식날 메모를 드렸는데 보셨어요?" 하기에 아차 하며 생각이 나서 "제가 읽어 보지를 못하고 지갑에 고이 갖고 있습니다." 하며 지갑을 열어 보니 메모지가 나와 "아이구. 원장님 건망기가 있어서 보지 못하여 죄송합니다."라고 하며 메모를 보니 "내일 우리 집에서 점심이나 같이 하시지요." 하고 메모가 되어 있었다. 다시 한번 죄송하다는 인사를 드리며 "용서하십시오." 하고 고개를 숙이니 조용히 미소를 지으며 "괜찮아요, 지나간 일이니까요." 하면서 "내일 저희 집으로 점심 하시러 오시면 안 되실까요?" 하고 묻길래 "예, 꼭 가겠습니다." 하고 다음 날 갔더니 바로 문을 열고 "들어오세요." 하기에 들어가니, "우선 차 한잔하세요." 하며 차를 가지고 와서 같이 차를 마시고 있는데 하는 얘기가 "전우리 박사 아시지요?" 그래서 한참을 생각하다가 "종합병원에 계신 전우리 박사님이요?" 하고 물으니 고개를 끄덕이고 나서 "전 박사와는 초, 중, 고, 대 동창이에요. 요새도 일주일에 한 번 만납니다. 대학교도 같은 대학을 나와서 박사학위를 받고 안산에 있는 ○대학교에서 초빙하여 3년 정도 교수로 있었는데 스토킹하는 사람이 있어서 학교 측에 얘기하고 잠잠해질 때까지 3년 동안 휴직계를 내고 학원을 경영하고 있습니다."라고 하며 "저는 모태솔로이며 전우리 박사와 어려서부터 중학교 졸업 때까지 태권도를 하여 2단을 따서 고등학교와 대학에서는 무용하느라고 태권도는 못하고 박사학위를 따고 귀국한 후 다시 태권도를 연마하여 지금은 태권도 5단이며, 무용이 전공이라 일주일에 2번만 도장에 나가서 수련을 하고 있습니다. 제가 요번에 이사를 하게 된 것은 스토킹을 하는 분에게 시달려서 이사를 오게 된 것입니다. 혹시 시간이 되시면 소장님께서 스토킹하는 분을 만나서 해결해 주실 수 있을까요?" 하기에 고개를 끄덕이니까, 교수의 인적 사항을 이야기하는데 이름은 김정도, 키 185cm, 태권도 7단, 올림픽 금메달 2개, 아시안게임 금메달 2개, 체육학박사 체육학과 교수라고 얘기하며, 도와 달라고 얘기하였다. 바로 전화로 시간 약속을 하고 한가한 한강 변에서 만나기로 하였다. 2일 후 약속 시간에 만나서 "내가 김소라 박사의 약혼자인데 이젠 스토킹을 그만하시지요!" 하니, 김정도(체육학과 교수, 태권도

7단)는 "내가 너무 짝사랑을 하고 있습니다. 약혼했다면, 파혼하고, 나한테 기회를 주신다면 고맙겠습니다." 하며 쳐다보기에, 머리를 흔들며 안 된다고 하니, "그러면 유치한 것이 될 수도 있지만 나하고 대련을 해서 지는 사람이 포기하거나 파혼을 하는 걸로 합시다."라고 하여, "참 유치합니다만, 그렇게 하도록 합시다."라고 하여 운동화로 두 사람 다 갈아신고 대련을 시작했는데 1분 만에 교수가 앞차기 하는 것을 피하면서 낭심을 걷어차 싱겁게 끝났다. 그 이후로는 전혀 스토킹을 하지 않게 되었다. 또한 그들이 대결하는 것을 김소라 박사가 차 안에서 보고 있다가 완전히 질려서 더 이상 아무 소리도 안 하였다.

〈실전 사례 240번〉

하루는 한가하여 사무소 앞에 나와서 지나가는 사람들을 한 20분 정도를 바라보고 있는데, 전에 포장회사 다닐 때 경쟁회사의 상무였던 김서철이 나를 보더니 반갑게 인사를 하고 인근 카페에서 얘기를 하던 중 이 근처에 이사에 오게 될 것 같은데 41평 아파트를 매입하고 싶다고 하여 그러면 현재 어디에 살고 있느냐고 물어보니 영등포구에서 41평에 살고 있는데 그것도 팔아서 잔금을 같은 날로 해 달라고 하여 영등포구에 있는 중개사와 공동중개로 잔금 날을 같게 하여 계약 후 3개월 만에 잔금을 하고 이사하였다. 이사한 후 보름 있다가 방문하여 휴지 1통을 주면서 "만사가 술술 잘 풀려 행복하게 사세요." 하고 소파에 앉고 나니, 부인(강리나)과 함께 있던 김서철 상무가 자기는 현재 인터넷으로 장사를 하고 있다고 하며 자기 부인은 약사(약학박사)이고 영등포구에 10층 빌딩을 가지고 있는데 전부 병원이 들어 있고 1층에는 일부 40평 점포에서 부인이 약국을 경영하며, 나머지 공간은 중개사무소, 음식점 등이 들어와 있다고 한다. 부인은 대학교 때부터 C.C(캠퍼스 커플)라고 하며 결혼은 3년 전에 했다고 하였다. 부인은 키도 크고 아주 보기 드문 미인이었다. 한참 옛날얘기를 하다, 김 소장에게 100억 부도를 내고 A국으로 온 가족이 도피한 사장이 죽었다고 소식을 전해 주어 나도 모르게 "그분 참 안됐네. 미망인과 식구들은 어떻게 살지?" 하며 동정도 했는데 그 친구 왈, "이 사람아. 강 상무가 책임지고(강 상무 부하들인 그 회사 담당, 부장, 과장, 직원들) 그만두었는데 안타깝기는 뭐가 안타까워?"라고 하며 말을 끊었다. 그리고 "김(서철) 상무 사업은 잘돼?" 하니까, 인터넷 장사가 제법 잘되는데 우리 집사람이 나보다 20배는 더 버니까 집사람 백으로 살고 있다고 하니까 그 부인이 손으로 입을 가리면서 "당신은 별소리를 다 하세요." 하며 미소를 짓고, "저 저녁 준비할게요." 하면서 주방으로 갔다. 그래서 김 상무와 옛날에 경쟁하던 얘기들을 즐겁게 대화를 하고 있는데 인터폰이 울려서 김 상무가 보더니 처제가 왔네 하면서 문을 열어 주며, 한 1년 만에 보는 것 같아, 반가워하면서 소파에 앉히고 나에게 인사를 시키며, 처제는 변호사인데(법학박사, 33세, 강지나), 지금 변호사 4명과 함께 로펌을 하고 있으며, 대표변호사라고 하며, 검사를 3년 정도 하다가 로펌을 열어서 경영하고 있다고 하며, 부인의 건물 10층에 세 들어 있다고 하였다. "강 대표 월세는 밀리지 않고 잘 내고 있지?" 하고 물으니, "형부! 손님 앞에서 못하는 말이 없으세요! 저는요, 매월 선불로 지급하고 있답니다. 그리고 검사 끝내고 바로 개업하여 전관예우는 없다고 하지만 현직들과 잘 지내고 있고 친구, 동기들도 많이 있어서 잘 되고 있어요! 내년에는 셋방살이 그만하고 건물 하나 사서 나갈 테니 보증금 빼 줄 준비나 잘해요!" 하며 웃으면서 "아! 손님 계신데 내 얘기만 했네요." 하며 "내년에 건물 산다는 건 거짓말이니 오해하지 마세요." 하며 웃는데, 보조개 1개가 들어가며, 천사 같아 보였다.

음식이 다 됐다고 하여 자리를 옮겨서 식사하면서 "처제도 오랜만에 만났으니 술이나 한잔할까?" 하며 "소맥 어때?" 하며 물어보기에 고개를 끄덕였더니, 소맥으로 시작하였다. 그러다 보니 저녁이 다 되어 가고 있었다. 그래서 "오랜만에 다 모이신 것 같은데 같이 재미있게 노세요." 하며 일어나려는데, "아니에요! 소장님 일어나시면 저도 집에다 데려다주세요." 하며 약간 취하면서도 기분 좋게 헤어져 나와 대리기사를 불러서 강지나 집에 도착하니, "차 한잔하고 가세요." 하기에 들어가 차를 마시며 얘기를 하다가 자택으로 돌아오게 되었다.

〈실전 사례 241번〉

바쁘게 지내던 어느 날 1년 전에 만났던 김서철 상무의 부인 강리나 약학박사가 전화로 "제가 살고 있는 아파트를 팔고, 영등포에 있는 아파트도 동시에 매입해 주세요." 하기에 "강 박사님 왜 그러세요?" 하니 "갑자기 울면서 "두 달 전에 사고로 남편이 돌아가셨어요." 하며 "집에 있으니까 남편이 너무 그리워서 도저히 못 살겠어요. 그래서 정신건강 의학과에 한 달 정도 다니며 완치된 것 같은데 자꾸 남편이 꿈에도 나타나고 하여, 잊어야겠다고 독하게 마음을 먹고 이사하려고 해요."라며 잘 부탁한다고 하였다. 직원 2명을 불러서 영등포구 A빌딩 인근에 아파트 41평을 매입해 달라는 손님이 있으니 빨리 찾아보자고 지시를 내리고, 며칠 지나지 않아 잔금 날짜를 3개월로 맞추어 지적한 아파트를 매입하는 계약과 매도하는 계약을 동시에 하여 3개월 뒤 무사히 잔금을 하고 이사 가게 되었다. 약 20일 지나서 낮 12시경에 약속을 하고 방문했는데 나를 보자마자 눈물을 흘리며, "나 어떻게 하면 좋아요?" 하며 내 가슴에 대고 30분 정도 울고 나더니 차를 내놓고 "항상 강 소장님께 신세 지네요." 하면서 또 눈물을 흘리기에 가만히 보고만 있었다. 한참을 울다가 미안한지 "제가 식사를 차려 드릴 테니 조금만 기다리세요." 하며 주방으로 가기에 앉아서 기다리다 졸고 말았다. "식사하세요." 하는 소리에 눈을 떠 보니, 미소를 띠며 바로 내 얼굴 가까이에서 "식사하세요."라 한 것이었다. 그 모습이 아주 예뻐 보였다. 같이 식사를 맛있게 하고 차 한잔을 더 하자고 하여 차를 마시고 헤어져 사무실로 돌아왔다.

〈실전 사례 242번〉

종합병원에 있는 전우리 박사와 같이 근무하고 있는 안과 전문의 정하나 박사라고 하면서 전화로 자기가 지금은 안산시에 살고 있는데, 현재 근무하고 있는 구로구 대학병원 인근의 아파트를 매수하여 이사하면 좋겠다고 하여 직원들과 같이 이 일에 매달려 7일 후에 매도, 매입 계약을 하고 (2개월 후 잔금을 동시에 하는 것으로 계약함) 잔금을 하여 이사한 후 1개월 뒤에 통화하여 약속하고, 비번인 날 오후 1시에 방문을 하여 휴지 한 통을 드리며 "술술 잘 풀리세요." 하고 인사를 하니까, 고맙다고 하면서 차 한잔하시라고 하여 같이 차를 마시며 자기소개를 하는데 "어려서부터 유도에 심취하여 고등학교 졸업 때까지 선수 생활을 하며, 올림픽에서 동메달 1개를 땄고, 아시안게임에서는 금메달 2개를 땄고 현재는 유도 5단으로 후배들과 시간 날 때마다 같이 운동을 하고 있다."라고 자신을 소개하며 나에게 "결혼하셨어요?" 하고 묻기에 "예."라고 답을 하니 아쉬워하며 자기는 (정하늬) 35세인데 모태솔로라고 미소를 지으며 얘기가 끊어졌다. "제 부모님은 자꾸 시집 안 가느냐고 물어보시는데 웬만한 사람은 눈에 차지 않아서 결혼은 포기하고 있습니다."라고 하며 여러가지 얘기를 하다가 헤어져 사무소로 돌아왔다.

〈실전 사례 243번〉

구로구에 100억 원 정도 하는 빌딩을 매입해 달라고 의뢰가 있어서 구로구에 있는 친한 중개사와 공동중개로 매매계약을 하고 (8개월 후 잔금하는 것으로 하였음) 공증인 사무소에 가서 공증도 다 받아서 문제가 없도록 해 놓았다. 8개월 후 무사히 잔금을 하고 등기이전도 해 주어 완결하였다. 8층 건물 맨 위층과 7층에는 대입학원을 개원하여 국어, 영어, 수학 일타강사들이 와서 가르쳤다. TV에 나오시는 일타강사들이 가르치니 아주 잘되었다. 건물 주인은(김대만) 학원 원장이며, 국어 일타강사였고 부인(김영란)은 영어 일타강사였다. 원장님(김대만)은 45세로 국문학 박사이고, 부인은(김영란, 35세) A국에 유학하여 대학교와 대학원을 수료하고, 영문학 박사학위를 받고 국내 E대학의 초빙으로 교수를 하다가 남편을 돕고자 교수직을 3년간 휴직하고 학원에서 일타강사로 강의를 하였다. 원장인 남편은 SS대 사범대 국문과를 나와 고3 학생들을 가르치며 박사학위까지 있는 아주 유능한 강사였다. 약 2년간 많은 학생들이 수능에서 고학점을 받으니 소문이 퍼져, 계속 번창하여 아예 8층부터 5층까지 다 쓰게 되었다. 그런데 2년 6개월이 지난 어느 날 부인(김영란)이 전화로 구로구 학원 인근에 아파트 60평을 매입 의뢰하여 지금 거주하고 있는 영등포구의 60평 아파트도 동시에 잔금을 하도록 계약을 해 달라고 하여 잔금을 4개월 뒤에 완료하여 등기이전까지 해 주고 이사도 완료하였다. 입주한 후 한 달 있다가 약속하고 방문해서 휴지 한 통을 드리면서 "매사가 술술 잘 풀리세요." 하며 인사를 했더니 차 한잔하시라고 하여 4층에서 100평을 50평은 유도장, 50평은 격투기 도장을 경영하며 총관장이 1년간 경영이 잘 안된다며 월세를 안 내고 있다고 하여, "월세 낼 형편이 못 되시면 나가 주세요." 하니까, 총관장이 앞으로 1년간도 못 내겠으니 마음대로 하라고, 배 째라는 식으로 버틴다는 것이다. "그러면 법적으로 처리하시지요." 하니까 내용증명도 보냈는데 받아 주질 않고 반송하여 법원의 집행관을 시켜 보내려고 했으나 계속 버티고 있어서 아주 난감하다고 하는 것이다. "그러면 어떻게 해결하실 겁니까?" 하고 물으니 자기네들 주먹만 믿고 저러는 것 같은데 주먹에는 주먹으로 부딪쳐야 하는데 마땅한 조직이나 사람이 없다고 하여, 빌딩 경영이 이렇게 어려운 줄 알았다면 아예 매입하지 않았을 것이라고 하며 나에게 호소를 하여 "제가 조금 생각을 해 보겠습니다." 하고는 체육관을 밖에서 보았는데 수강생들이 제법 많아서 운영이 잘되는 것 같았다. 그래서 원장님에게 전화로 강대길을 보낼 테니 만나 보라며 관장에게 오늘 얘기하라 하고 약속을 저녁 5시로 정했다. 그리고 혹시 모르니 어디 가지 마시고 원장님 방에서 기다리시라고 하면서 만약 문제가 발생하면 112에 신고하라고 하고 5층에 있는 유도장으로 가서 관장과 만나서 얘기를 해 보니 아예 월세 안 내고 버티겠다는 배짱이었다. 그래서 수련생을 다 내보내고 내가 지면 당신 맘대로 하라고 얘기하니 자기가 유도 9단인데 되겠느냐고 물어보길래 총관장이 지면 유도장과 격투기장을 빼고 나갈 수 있느냐고 물어보니 그렇게 하겠다고 한다. 그러면 각서를 씁시다고 하니 그러자고 하여 만약 김만길 관장이 강대길에게 지면 보증금에서 월세를 다 빼고, 모자라면 돈을 구해서 내고 나간다는 각서를 써 놓고 둘이 대련을 시작했다. 그런데 유도장 수련생들은 다 내보냈으나 격투기관은 수련생들이 계속 훈련하고 있었다. 그래서 나는 유도복을 하나 빌려서 대련을 시작하는데 참관은 건물주인 원장과 부인(김영란), 유도관 사범과 총무가 하기로 하였다. 그래서 무조건 기절하는 사람이 지는 것으로 하여 대련을 시작하였다. 몇 번을 관장이 달려들었으나, 피하니 번번이 총관장이 실패하며 흥분하여 얼굴이 빨개져서 달려들었으나, 내가 피하기만 하니 태권도 격투기 기술을 동원하여 아예 싸움을 시작하게 되었다. 그래서 나도 각종 무술을 겸하여 운동했던 터라 총관장이 따라다니다가 지쳐서 잠깐 쉬는 것 같은 자세로 있는 동안을 이용하여 이단 앞차기로 턱을 노리고 차 버렸는데 살짝 피하며 업어치기를 하려고 붙잡는 순간 낭심을 힘차게 질렀는데 내가 너무 세게 차니까 자기가 막던 손으로 자기 낭심을 치는 결과가 되어 아파서 주저앉아 별짓을 다 하며 괴로운 소리를 내지르기에 그 틈을 이용해 앞차기로 턱을, 정권으로 또 어깨에도 찔러 넣고 다시 정권으로 명치(급소)를 찔러 넣었다. 그러다 보니 정신없이 당하여 정신을 못 차리는 사이에 돌려차기로 얼굴을 가격하니 피를 흘리며 쓰러졌다가 검도 연습할 때 쓰는 목검을 휘두르기 시작했다. 참관자 모두가 놀라서 "목검을 거두세요." 하고 소리쳤으나, 막무가내로 휘둘러 대었다. 그런데 조그만 공간이 생겨서 재빨리 등 뒤로 가서 이단 옆차기로 날려 버렸더니, 정신을 잃고 나가떨어졌는데 나도 화가 나서 다시 한번 쓰려져 누워 있는 놈의 아랫배를 정권으로 찍어 버렸다. 그렇게 되니 완전히 뻗어 버렸는데 화가 나서 따귀를 몇 대 때리니까 눈을 뜨길래, "이 새끼야, 항복하고 정산해서 나갈래? 마지막으로 맞고 죽을래?" 하면서 인상을 쓰면서 소리 지르니 일어나서 무릎을 꿇고는 "잘못했습니다. 내일 짐을 싸 가지고 나가며 밀린 월세와 모든 것은 지금 정산하겠습니다." 하고 항복을 받아 내어 각서를 내밀며 사인하고 날짜까지 적으라고 하여 모든 것을 정리해 주었다. 원장님과 부인, 또 관장과 총무들도 처음부터 다 보았으니까 시키는 대로 다 정산하고 다음 날 이사를 가 버렸다. 두 분이 비번인 날 집으로 초대하여 꽃을 한 아름 안고 인사를 드리니 고맙다고 하며 식사와 맥주를 내놓아 저녁 늦게까지 있다가 집으로 퇴근하였다. 그리고 2년이 지난 어느 날 부인(김영란)이 전화로 울면서 자기 아파트를 팔아 달라고 해서 "무슨 일이 있으십니까?" 하고 물어보니 원장(남편)이 "두 달 전 고향에서 부모님을 뵙고 오는 도중 졸음운전 하던 8톤 트럭이 뒤에서 들이받으며, 20중 추돌이 나서 그 자리에서 즉사하고 다른 분들도 5명이 그 자리에서 돌아가시고, 중상 20명 경상 25명이 발생하는 대형 사고로 각종 매스컴에서 3일간 큰 기삿거리가 되었어요." 하며 계속 울고 있었다. 그래서 "어디로 이사 가시게요?" 하니 "인근의 다른 아파트면 된다."라고 하여 바로 직원과 함께 인터넷, 지역신문 등에 광고도 내고 발품을 팔아서 7일 만에 매입과 매도를 잔금 날짜도 3개월로 같이 맞춰서 깨끗하게 처리해 드렸다. 그리고 20일 후 방문하여 휴지를 드리며 "만사가 술술 풀리세요." 하고 인사를 드리니, 눈물을 흘리며 계속 신세만 진다고 하며 "차 한잔하세요!" 하고 차를 마시면서 본인(김영란) 얘기를 하는데 자신의 부모님은 산본 신도시에 살고 계신데, 부친도 독자시고 어머니 쪽도 별로 혈육이 없다며, 남편이 돌아가시고 나니 하늘이 무너지는 것 같았다고 하며, 일단 대입 학원을 다른 분에게 넘기고, 건물도 다시 매도해서 단출하게 은행 같은 데 예금이나 해 놓고 대학교에 복귀하겠다고 하였다.

〈실전 사례 244번〉

정신없이 바쁘게 지내던 어느 날 구로구 종합병원의 이영자(비뇨기과 전문의, 의학박사)가 전화로 "제가 영등포구 A아파트(46평)에 살고 있는데요. 이것을 매도하고 구로구 종합병원 근처의 46평 아파트를 매입하려고 하는데, 매도, 매입 잔금을 똑같이 맞춰서 편하게 해 주시면 안 될까요?" 하고 부탁하기에, 바로 광고도 내고 발품을 팔아 약 7일 후 매도, 매입 계약을 하며 잔금도 같이 3개월로 하여 3개월 후 시원하게 잔금을 하고 이사도 하여 완결시켜 주었다. 이영자 박사는 36세로 비뇨기과 전문의이며, 의학박사였고 A국에도 유학하여 A국 비뇨기과 전문의 자격도 받고, A국 의학박사 학위도 받은 재원이었으며, 아주 유명하여 TV에도 가끔 나와 미모와 큰 키도 자랑하며, 명강의도 해서 세상에 많이 알려져 있었다. 그녀는 의과 대학 시절 C.C(캠퍼스 커플)였고, 그 사람도 박사학위까지 받아 약혼도 했었는데 교통사고로 사망하여 이영자는 그 사랑하던 사람이 저세상으로 가는 바람에 아예 비혼주의자가 되어 혼자 살기로 결심한 사람이었다. 키도 178cm로 크고 아주 미인이었다. 외동딸로서 부모님이 아직도 젊은 탓에 아무런 걱정 없이 살고 있었다. 이사한 후 한 20일 후 약속하고 낮 2시에 방문하였다. 휴지 한 통을 들고 갔는데, 나인순(내과 전문의, 의학박사)과 김애리(산부인과 전문의, 의학박사)가 먼저 와서 차를 마시고 있었다. 이영자 박사가 "식사 다 됐어요. 어서 식사하세요." 하여 함께 식사를 한 후 헤어져 사무소로 돌아왔다.

〈실전 사례 245번〉

안산시 중심상가에 사무실 300평을 대입학원 용도로 구하는 분이 있어서 안산의 중개사와 공동중개로 임대차 계약을 해 주었으며, (잔금은 2개월 뒤로 하였다) 2개월 뒤 잔금을 하고 개업하였다. 그들도 일타강사라고 하여 대한민국에서 '일타강사가 몇 명이 계실까?' 의문이 생기기도 하였다. 좌우간 소문난 강사들이라 개강하자마자 많은 학생들이 수강 신청을 하여 학원 운영이 아주 잘되었다. 1년 뒤에는 아예 원장님 자택까지 학원 인근 아파트로 옮기기 위해 매입 의뢰하여 "지금은 어디에 거주하고 계십니까?" 하고 물어보니 안양시에 산다고 하여 그 아파트(50평)도 팔아 주기로 하여 10일 만에 우리 직원들과 힘을 합하여 양타로 매도, 매입 계약을 하고 잔금은 3개월 뒤로 하여 완벽하게 다 해결해 주어 이사한 후 20일 후에 쉬는 날 낮 2시에 자택을 방문하였다. 부부가 계셨는데 부인(김여주 박사)도 수학 일타강사라고 하였다. 두 분 다 미남, 미녀였다. 차 한잔 마시며 얘기를 하는데 부인은 35세로 A국에서 대학교, 대학원을 졸업한 수학박사라고 하였다. 외동딸이며, B대학의 초빙으로 수학과 교수를 하다가 3년 동안 휴직하고 원장을 위하여 강사 활동을 하고 있다며 남편에 대한 애정을 피력하였다. 참 보기 좋은 부부였다.

그렇게 하여 3년 동안 많은 학생이 수강을 하여, '빌딩을 하나 사서 전층을 학원으로 사용할까' 하고 계획도 세워 놓았다고 한다. 4년째 접어든 어느 날 부인이 전화하여 "학원과 아파트를 팔아 달라."라고 하여 "왜 그러십니까?" 하고 이유를 물어보니 남편이 사고로 돌아가셨다고 하며, 돈도 싫고, 남편만 생각나며 이 아파트나, 학원 곳곳에 남편의 흔적이 있어서 빨리 벗어나고 싶다고 하였다. 그래서 긴급히 학원과 아파트 사실 분을 구하게 되었는데, 이튿날 다시 전화해서 어디로 가시냐고 물어보니, 영등포구에 있는 대학교 인근으로 이사 가고 싶다고 하여 그럼 매도 잔금과 매수 잔금을 같이 하기로 하고 찾아서 잔금일자를 3개월 뒤로 하고 매도, 매입 계약을 해 주었다. 그리고 학원도 20일 만에 권리금을 받고 매도해 주었다. 그러는 사이에 부인은 몇 번 만났는데 남편을 잃고 얼이 빠진 분 같아서 매우 안타까웠다. 3개월 후, 무사히 매도, 매수 잔금을 하고, 부인 혼자 이사를 하였고, 대학에 복직하여 건강을 많이 회복한 것 같았다. 이사 후 20일 정도 후에 약속하여 낮 2시경에 방문하였더니, 반색을 하며 중개사님 때문에 과거를 거의 다 잊어버리게 되었다며 고마워했다. 차 한 잔 마시고 얘기를 하고 여러 가지 얘기를 하다가 다 끝났다고 판단하여 일어나 헤어져 사무소로 돌아왔다.

〈실전 사례 246번〉

안양시 X동에 있는 빌딩을 매입하겠다고 의뢰가 들어와 직원 2명과 함께 적당한 빌딩을 구하여 보여 드렸더니 좋다고 하여 잔금은 16개월로 하고 (중도금을 3차례로 나누어) 잔금일에 등기이전도 다 완전하게 하여 처리해 주었다. 건물주는 이성만(원장 겸 수학 일타강사, 45세), 부인은 장효리, 38세의 일타강사로, 영문학 박사이고, A국에 유학하여 6년간 공부하여 대학원에서 박사까지 공부한 분이었다. 5년 전 결혼하여 너무나 서로 사랑하여 교수직을 3년간 휴직하고, 사랑하는 남편과 학원에서 열심히 일을 하였다. 학원은 이름이 나기 시작하여 수강생들이 몰리며 너무 잘되었다. 3년이 지난 후에 부인(장효리 박사)이 전화로 건물을 팔아 달라고 의뢰하였다. 이유를 물어보니, 남편이 2개월 전에 돌아가셨다며, 가능하면 빨리 진행해 달라고 하며 울먹였다. 약 20일 후 학원도, 건물도 좋은 값에 매매계약을 해 주었다(학원은 1개월 후에 권리금도 적당하게 받고 넘겼고, 빌딩은 6개월 후에 잔금을 하기로 하고, 중도금 4번으로 하여 매매계약을 하여 넘겨주었다). 부인은 교수직으로 복귀하기 3개월 전에 나한테 고맙다고 식사 대접을 한다고 초대해 낮 12시에 방문하여 소맥을 곁들여 식사하고 헤어져 나는 사무소로 돌아왔다.

〈실전 사례 247번〉

구로구 R동의 종합병원 인근으로 아파트 51평을 매입해 달라는 의뢰가 들어와 구로구 A중개사와 공동중개로 매매계약을 해 주었다(잔금은 4개월 뒤로 하고). 그러고 나니 영등포구 Y동에 있는 B아파트도 매도해 달라고 하며 잔금일을 매수한 아파트와 같이 해 달라고 부탁하여 바로 영등포구 Y종합병원 인근의 중개사와 공동중개로 계약하면서 잔금일도 똑같게 해 주었다. 4개월 뒤, 매도, 매입 잔금을 완료하고 입주하였다. 입주한 후 30일 뒤, 오후 2시로 약속하고 방문하였다. 부부가 반갑게 맞이해 주어 휴지 1통을 드리며 "매사가 술술 잘 풀리세요!" 하며 인사를 하고 같이 앉아서 차를 마시며 휴지를 들고 온 사유를 말씀드리니 박장대소하였다. 남편은 외과 전문의이며, 의학박사였고, 부인은 37세로 X대학교 수의학과 교수이며, 수의학 박사였다. 차 한잔하며 얘기를 다 나눈 후 간다고 하며 일어나니, 식사도 하고 가시라고 하며 나에게 "결혼하셨어요?" 하고 묻기에 "예." 하며, 저도 교수님과 같이 행복한 가정을 가지고 있다고 하며, 얘기를 하고 있는데 인터폰이 울려, 부인이 보시더니 자기 동생 2명이 왔다고 하며 문을 열어 주어 들어오는데, 전부 키가 크고 둘째는 35세이며 한의사이고, F대학(모교)에서 의학박사까지 받은 재원이며, F대학교 종합병원에서 교수로 있다고 하며, 막냇동생은 D대학교 음악과(피아노) 교수이며, A국에 유학하여 음악학 박사학위를 받았다고 하였다. 아주 머리 좋은 집안의 표본인 것 같았다. 3자매까지 모였으니 음식을 차리고, 소맥까지 하며 이런저런 얘기를 하여 식사가 끝난 후까지 소맥이 계속되었다. 나는 이제 가야겠다고 생각하고 "식사 잘했습니다." 하고 일어나니 둘째 딸이 "저 아파트에 데려다주시면 안 될까요?" 하고 물어보기에 고개를 끄덕여 동생을 부축하여 차를 태우고 대리기사를 불러 집까지 바래다주었다. 그리고 헤어져 나오려고 하니 차 한잔을 가지고 와 같이 마시면서 하는 말이 자기는 현재 태권도 6단이며, C.C(캠퍼스 커플)였는데 남자친구가 거친 바다에서 서핑하다 심장마비로 죽었는데 하루도 잊어 본 적이 없다고 하여 적당한 말로 위로해 드리고 사무소로 돌아왔다.

〈실전 사례 248번〉

영등포구 P동에 있는 C아파트를 매입해 달라는 의뢰가 있어 51평 아파트를 골라서 매수계약을 해주었다. 잔금과 이사를 하고 30일 후에 방문하여 휴지 1통을 드리며 축하해 드렸는데 차 한잔 하시라고 하여 부부와 같이 앉아서 자기 얘기들을 하는데 남편은 45세로 치과의원 원장이며 부인은 대학교 미술학과 교수이며 대통령상까지 받았다고 한다. 미술학 박사이며, 유명 화가이기도 했다. 인터폰이 울려 부인이 보더니 여동생 2명이 왔다고 웃으며 들어오게 하였다. 두 동생 다 키도 크고 미인이었다. 들어오더니 "언니 잘 있었어요?" 하면서 반갑게 껴안더니 소파에 앉아서 나를 보며 "언니한테 손님이 오셨네요?" 하면서 나를 쳐다보더니 남편이 소개해 주는데, 첫째 처제는 35세이고 체육학 박사이며 대학에서 체육학과 교수를 하고 있고, 막내는 영문학 박사로 대학교에서 영문학 교수로 있다고 하였다. 그러자 부인이 "식사하세요." 하여 같이 식사를 하며 소맥도 같이 마시게 되었다. 식사가 끝난 후에도 남편이 기분이 좋아 소맥을 계속하며 즐거운 시간을 가졌다. 나는 술이 약간 취했으나 60% 정도였다. 그러나 부인의 여동생들은 만취한 것 같았다. 그러더니 작은방에 들어가 "술 좀 깨고 일어날게요." 하더니 문을 닫았다. 그래서 나도 더 취하면 실수할까 봐 일어나 인사를 드리고 헤어져 자택으로 돌아왔다.

〈실전 사례 249번〉

안산 중심상가에 있는 빌딩을 구매하고자 의뢰하여 매물로 내놓은 빌딩 5개 중에서 1개가 마음에 든다고 하여 중도금 4번 하고, 잔금을 18개월 후로 하여 대지 1천 평 지하 5층 지상 15층으로 된 건물을 매매계약을 해 주었다. 18개월 동안 중도금과 잔금까지 완결하고 등기이전을 해 주어 완결하였다. 15층에는 무용학원, 14층에는 태권도장을 하게 되었고, 무용학원 원장은 부인이(김자랑 36세, 키 178cm, 무용학박사) 태권도장은 남편이 경영하며, 건물은 부인(김자랑) 명의로 하였다. 이유는 김자랑의 부친이 그 건물을 구매할 때 김자랑(큰딸, 무용학원 원장) 명의로 계약하며 자금을 어느 정도 보태 주었던 것 같다. 그리고 학원은 13층, 12층, 11층에 일타강사들이 강의하는 체재로 하여 원장은 김자경

(동생, 수학 일타강사, 수학박사), 영어 일타강사 김수자(35세 영문학박사), 국어 일타강사 성은경(35세 국문학박사) 등 세 명이 공동 운영하였다. 입시학원과 태권도장, 무용학원은 아주 번창하였다. 전부 실력이 아주 좋았기 때문이다. 건물 인수 후 3년이 다 되어 가는데, 김자랑(무용학원 원장)이 전화로 태권도장을 적당한 권리금에 전세든, 월세든 내놔 달라고 의뢰하여 직원 2명과 같이 보름을 PR한 끝에 딱 맞는 손님이 오셔서 적당한 시설, 권리금 양수도 계약과 임대차 계약을 하였다. 아주 어려운 일이었지만, 잘 해결하여 주었다. 무용학원장이 아파트에 초청하여 맥주 1BUNDLE을 들고 방문하였더니, 남편은 3개월 전에 사고로 돌아가셨고, 부인의 여동생들과 같이 차를 같이 마시게 되었다. 그러고 나니, 시간이 되어 식사를 하자고 하여 식사와 소맥으로 술도 마셨는데 시간이 지나면서 술들이 취하기 시작하여 원장과 나와, 동생인 김자경 수학박사 셋이 마시게 되었는데 원장인 언니는 술이 약한지 음료수만 마시고 있었고 동생 김자경은 아직도 덜 마신 것 같은 얼굴이었다. 그래서 강대길은 "이제는 가 보겠습니다." 하고 인사를 하고 가려고 하니, 언니(김자랑 원장)가 바람을 쐬고 싶은데, "저 강변에 내려 주시겠어요?" 하고 바라보길래 동생(김자경)을 쳐다보니 고개를 끄덕여서 같이 나와 강변에 내려주었다. 그러나 밤인데, 그냥 놔두고 가기가 어려워서 그녀 옆에 앉아서 바람을 쐬고 있었다. 그런데 지나가던 청년(약 28세 정도) 3명이 휘파람을 불며 다가와 시비를 걸기 시작하다 보니, 싸울 수도 없고, 그냥 있을 수가 없어서 가만히 쳐다보고 있었더니, "사모님과 애인 되시는 두 분이 불륜인가? 왜? 강변에 나와 있지?" 하며 나에게 손가락을 흔들며 "형씨! 불륜이지? 사진 찍어서 부인에게 보내기 전에 실토하면 그냥 보내 줄게."

하며 시비를 거는데 그저 바라보기만 하고 있었다. 내가 가만히 있으니, 부인에게 "왜? 불륜을 저지르실까?" 하고 시비를 하며 김자랑(원장)의 손을 잡으니까 손을 뿌리치며 "왜 이래?" 하며 소리를 지르니까 "야! 이 여자가 남자를 믿고 까부는데 선생님부터 손을 봐 드려야겠네." 하며, 나에게 접근하여 "야! 이리 와." 하며 손을 뻗어 오기에 손가락을 꺾어 버렸다. 그러니, "아유!" 하며, 팔짝팔짝 뛰면서 별소리를 다지르니까 두 번째 놈이 이단 앞차기로 높이 솟아오르기에 피하면서 낭심을 걷어차 버리고 나머지 한 놈도 이단 옆차기로 공격을 해 와 그놈도 귀찮아서 낭심을 걷어차 버리니까 이놈들이 아파서 어쩔 줄을 모르고 아프다고 비명을 지르는데 손을 꺾인 놈은 아직 살아 돌려차기로 달려들기에 이놈도 낭심을 걷어차니 아파서 별 지랄을 다 하길래 "야! 이 새끼들아. 어떻게 해 줄까?" 하고 호통을 치니, 아무 소리 안 하고 무릎을 꿇고 앉아 "형님, 죄송합니다! 용서해 주십시오!" 하여 "너네들은 뭐하는 놈들이야?" 하고 물어보니 술집 바텐더라고 하며 "용서해 주시면 다시는 그런 짓을 안 하겠습니다."라며 무릎을 꿇고 빌기에 "너희들 그대로 보내 주면 다른 놈을 시켜서 다시 올 거 아니야? 이 개만도 못한 새끼들아!" 하니 "우리는 조폭이 아니고 하루하루 팁을 받고 일하는 바텐더니까 너무 무섭게 하지 마십시오. 우리 술집에서 알면 바로 해고니까 용서만 해 주시면 가만히 있겠습니다. 형님." 하며 빌기에 전부 주민증 꺼내 하니까 세 놈이 모두 주민증을 주어 "너희들 내일 행정지원센터에 가서 주민증 분실했다며 신고하고 새로 발급받아, 그리고 핸드폰 번호 다 적어 줘. 너희들 한 번 더 지랄하면, 아예 물건을 잘라 버릴 테니까! 가 봐! 이 새끼들아." 하니 뛰듯이 가 버렸다. 대리기사를 불러 김사랑 박사를 데리고 오며 "오싹하고,

시원한 바람도 쐬셨으니, 술도 깨시고 잠도 잘 오실 겁니다." 하며 집으로 데려다주고 나는 자택으로 돌아왔다.

〈실전 사례 250번〉

안양시 W동에 빌딩(20층 정도)을 매입해 달라는 의뢰가 들어와 우리 직원 2명을 동원하여 15일 만에 찾아서 금액 조정을 하여 잔금을 18개월로 하고(중도금은 4번에 나누어 지불하는 것으로 함) 계약을 하였다. 18개월 뒤 잔금을 다하고 등기이전(이진아, 38세) 하여 11층부터 20층까지는 오피스텔로, 8층부터 10층까지는 대입학원으로 각 층마다 국어, 영어, 수학의 일타강사가 가르치며 원장은 이영주(영문학 박사)로, 각 과목마다 일타강사인데 전국적으로 유명하여 수강생들이 엄청 많아서 바로 다 수강 신청을 하여, 다음 기회를 기다려야 했다. 6층 300평 중 150평을 태권도장, 나머지 150평을 무용학원으로 몇 년 동안(등기이전 하기 5년 전부터 운영하고 있었음) 운영해 왔는데, 태권도장은 5년 동안 잘 운영하다가 관장(이성남, 45세 무용학원 원장 이진아의 남편)이 교통사고로, 건물 주인이 바뀐 뒤 1개월 후에 사망하였다. 그래서 무용학원 원장이 강대길에게 권리금 약간 받고 넘겨 달라고 하여 10일 걸려서 적당한 임차인에게 임대차 계약을 하고, 권리금 양수도 계약을 하여, 2개월 후에 잔금과 명의이전을 해 주었다. 이진아 무용학 박사가 비번인 날 "소개를 잘해 주어 신세를 졌다."라고 하며 자신의 아파트에 낮 12시경 초대하여 방문하니 식사를 마련해 놓아 함께 식사하고, 인사한 후 헤어져 사무소로 돌아오게 되었다.

〈실전 사례 251번〉

　강대길은 와이프(김성숙 화가)의 소개로 이송옥(38세, 영문학박사, 신장 180cm, 10층 일타 영문학 강사이며, 건물주)이 건물을 인수한 지 2개월 후, 전화로 "옥상에서 물이 새는데 혹시 방수 잘하시는 전문가를 소개해 주시면 감사하겠습니다." 하고 부탁하기에 "예, 알겠습니다." 하고 하루 종일 업자 3명을 골라서 빌딩 옥상에 같이 가서 보고 견적을 내 달라고 하여, 견적서 3장과 명함 3장까지 가지고, 자기 집에서 만나자고 하여 그날 마침 비번이라고 해서 휴지 한 통을 들고 방문하여 "만사가 술술 잘 풀리세요." 하고 인사를 하니 박장대소하며 고맙다고 하였다. 함께 앉아서 차를 마시며 견적서 3장과 명함 3장을 주며, "적당한 업자를 골라 보세요." 하니 그 중 한 군데를 택하겠다고 하여 "내일 그 업자에게 완전무결하게 해 달라고 얘기하겠습니다." 하고, "이제 가 봐도 될까요?" 하고 물어보니 "식사 아직 안 하셨지요? 식사하고 가세요!" 하여 다시 소파에 앉아서 기다리다가 졸았는데, 깨우길래 눈을 떠 보니 "식사하세요." 하며 미소를 띠며 보고 있어서 같이 식사하며 대화하다가 강대길은 자택으로 돌아왔다.

〈실전 사례 252번〉

　바쁘게 지나던 어느 날 이송옥 박사의 소개로 김숙자 영어 강사(영문학박사)가 전화로 안산에 있는 학원 인근에 아파트 46평을 매입해 달라고 의뢰가 들어와 "그럼 지금은 어디에 살고 계십니까?" 하고 물어보니, 구로동 F아파트 809호 46평인데 이것도 매도해 달라고 하여 잔금을 3개월 뒤로 하고 다 맞추어 매도, 매입 계약을 해주고 3개월 뒤 잔금을 맞추어 완전히 해결하고 안산 학원 근처에 있는 X아파트에 입주하도록 하였다. 이사하고 20일 후 약속을 하여 낮 2시경 방문하여 휴지 한 통을 주며 "매사가 술술 잘 풀리세요!" 하니 파안대소하며 "잘 쓰겠습니다."라고 하며, "차 한잔하세요." 하기에 소파에 앉아서 여러 가지 얘기를 하는 중에 자기는 38세이며 모태솔로이고, 지금까지 공부와 운동에 빠져서 연애도 못 해 보았다고 하며, 여러가지 대화하다가, 강대길은 자택으로 돌아오게 되었다.

〈실전 사례 253번〉

와이프(김성숙 박사)의 소개로 성은경 박사(안산에 있는 학원 일타강사, 37세 국문한 박사)가 "안산의 학원 인근으로 아파트 46평을 매입해 달라고 하여 "바로 조처해 드리겠습니다."라고 하며, "지금 살고 계시는 아파트는 처리하셨습니까?" 하고 물어보니 "아직 안 팔았다고 하며, 그것도 매도해 달라고 부탁하여 매도, 매입 계약을 하며(잔금을 같은 날로 하여), 잔금을 3개월 뒤로 하여 3개월 후에 잔금과 이사를 완전무결하게 해 주고 이사 후 30일 지나 약속을 하고 방문하여 휴지 1통을 주며 "매사가 술술 잘 풀리세요." 하니, 파안대소하여 맞아 주었다. 차를 같이 하면서 자기는 모태솔로이며, C.C(캠퍼스 커플)이었으나 남친이 등산하던 중에 갑자기 심장마비로 죽어서 결혼을 안 하고 살기로 맹세했다고 하며 대화하다가 강대길은 자택으로 돌아오게 되었다.

〈실전 사례 254번〉

안양시 W동에 있는 입시 학원의 일타강사(임정빈 수학강사, 38세, 키 182cm)가 학원 인근에 아파트(46평)를 구입해 달라고 의뢰가 들어와,

빠른 시일 내에 매입해 주겠다고 하며, "지금 살고 계신 아파트도 매도해 드릴까요?" 하고 물어보니, 그렇게 해 주시면 아주 좋겠다고 하여 영등포에 있는 D아파트를 매도 계약해 주면서 잔금을 4개월로 잡고 안산 W동의 학원 인근에 아파트 매입 계약을(4개월 뒤로 똑같이 잔금 날짜를 잡았다) 하고 4개월 뒤 잔금을 이상 없이 마치고 이사한 뒤 20일 후에 임정빈 강사와 약속을 하여 비번인 날 오후 3시에 방문하여 휴지 한 통을 드리며 "매사가 술술 잘 풀리세요." 하고 인사를 하니 고맙다고 하며 반겨 주었다. 차를 같이 마시면서 자기 얘기를 하는데 모태 솔로이며 C.C였던 남친이 집안의 소개로 재벌 집으로 장가를 가게 되어 모든 것을 포기하고 죽으려고 했으나 구사일생으로 살아나 그때부터는 혼자 살겠다고 결심하였다고 하며, 얘기를 하다가 자택으로 돌아오게 되었다.

〈실전 사례 255번〉

안양시 W동의 입시 학원 일타강사로 있는 김청순 수학강사가(38세 수학박사, 키 180cm) 학원 인근에 아파트를 구입하고, 자기가 살고 있는 아파트도 매도해 달라고 하여 영등포에 있는 X아파트를 매도계약을 해 주며 매입하는 M아파트와 잔금을 같은 날로 하여 매입, 매도계약(잔금을 3개월 뒤로 똑같이 잡았다)을 하여 3개월 뒤 잔금을 무사히 완료하고 이사한 지 20일 후 김청순 강사와 약속하여 비번인 날 오후 2시에 방문하여 휴지 한 통을 드리며, "만사가 술술 잘 풀리세요." 하고 인사하니 파안대소하며 고맙다고 하며 맞아 주었다. 김청순 수학박사는(수학 일타 강사이며 키 180cm) C.C였는데 결혼 얘기가 나오자 예비 시부모가 재벌 기업 딸과 중매로 엮어 주어 남친이 배신하고 재벌 따님과 결혼하여 그때부터 남자라면 전부 소름이 돋아 독신으로 살겠다고 결심하였다고 하며 울분을 터트리는 것을 위로해 주고 자택으로 돌아오게 되었다.

⟨실전 사례 256번⟩

　구로구 R동의 대학교 종합병원 인근의 W아파트에 살고 있는 이애리 경제학과 교수(경제학 박사)가 전화로 자기 집 51평 아파트를 매도해 달라고 하여 "예, 해 드리겠습니다." 하고 "어디로 이사 가실 겁니까?" 하고 물으니, 한숨을 쉬면서 영등포구 E동의 대학교 인근으로 이사 가겠다고 하여 제가 그것도 사 드리면 안 될까요? 하고 물어보니 그렇게 해 달라고 하여 직원 2명과 내가 이 일에만 매달려 10일 후 매도 매입계약을 해 주고(3개월 후에 잔금하는 것으로 하고) 3개월이 지난날 완벽하게 해결해 주었다. 이 교수가 이사한 후 30일 정도 후 비번인 날 오후 3시에 약속을 하고 방문하여 휴지 한 통을 드리며, "매사가 술술 잘 풀리세요." 하며 인사를 하고 차 한 잔씩 하는데, 남편이 암으로 6개월 동안 투병하다가 5개월 전에 돌아가셨다며 지금 재혼하는 것도 아닌 것 같아서 계속 혼자 살기로 했다고 하며 여러가지 얘기를 하다가 집으로 돌아오게 되었다.

⟨실전 사례 257번⟩

　안양시 G동에 있는 10층 건물 7층에 임대차 계약을 하고 2년 9개월이 지나자 이연수 무용학원 원장이 대학교(3년 휴직 후 복귀하는 날짜가 3개월 남았음)에 복귀하기 위하여 넘기겠다고 나에게 의뢰하여 모든 수단을 동원하여 15일 후 임자를 만나서 무용학원을 2개월 후 넘기는 것으로 임대차 계약을 해 주었다(권리금 포함). 그리고 이어서 자기가 살고 있는 아파트도 매도해 달라고 하여 학원 인근에 있던 아파트 41평을 매도계약을 해주며 잔금은 3개월 후로 해 주었다. 이연수(무용학 박사) 교수는 매도아파트와 매수아파트의 잔금을 동시에 해 달라고 하여 대학교 인근에 있는 중개사와 공동중개 하여 매입하는 아파트 잔금일과 매도아파트 잔금일을 맞추어 주었더니, 대단히 기뻐하였다. 잔금 20일 후 이연수 박사 아파트에 낮 3시에 만나기로 약속하고 방문하였다. 휴지 한 통을 전달하며 "만사가 술술 잘 풀리십시오." 하고 인사를 하니 고맙다고 하며 이 박사는(38세) 5년간 교제하여 약혼하려던 남친이 사고로 갑자기 천국으로 떠나서 혼자 살기로 작정했다고 하며 여러가지 대화를 하다가 집으로 돌아오게 되었다.

〈실전 사례 258번〉

얼마 후 산본 신도시에 클리닉 빌딩 (15층 정도로) 매입 의뢰가 들어와 직원들과 발품을 팔아 양타로 W동에 있는 건물을 매입해 주었다. 15층의 반인 75평을 남편이 성형외과 의원으로 쓰고 나머지 75평은 부인이 치과 의원을 개원하였다. 남편은 김사달이며, 45세로 성형외과 전문의이고 부인은 35세로 치의학 박사였다. 13, 14층은 내과 12층은 비뇨기과 11층은 이비인후과 10층은 피부과 7층, 8층, 9층은 입시 학원으로 쓰고 있었다. 건물 인수 후 2년이 지난 후 건물주 부인 김성란 박사가 전화로 자기 남편이 사용하고 있는 15층에 있는 성형외과의원을 권리금을 받고 넘겨 달라고 의뢰가 들어와 마침 손님이 있어서 권리금도 좋은 조건으로 받도록 해 주고 임대차 계약을 해 주었다. 그리고 현재 거주하고 있는 E아파트 60평도 매도해 달라고 하여 빌딩 인근에 있는 E아파트가 아닌 다른 APT 60평을 매입해 달라고 하며 잔금일을 맞춰 달라고 하였다. 직원들과 발품을 팔아 10일 후에 잔금 날짜를 같게 하여 매도, 매입 계약을 한꺼번에 해 주어, 잔금일(3개월 후)에 완전무결하게 해 주어 입주한 뒤 한 달 후 낮 3시에 방문하여 휴지 한 통을 드리니 고맙다고 하여 같이 차 한잔을 하면서 자기 얘기를 하는데 남편이 작년에 아무도 없는 아파트 화장실에서 뇌출혈로 돌아가신 것을 저녁에 퇴근하고서야 발견했다고 하면서 김성란 박사가 눈물을 흘리기에 얘기를 다 들으면서 차 한잔하고 나중에 전화를 드리겠다고 하면서 헤어져 사무소로 돌아오게 되었다.

〈실전 사례 259번〉

약 6개월이 지났는데 상기빌딩에서 내과의원을 하고 계시는 분이 전화로 산본 중심가에 있는 병원 인근으로 아파트 50평을 매입하겠다고 하여 지금 살고 계시는 아파트도 매도해 드릴까요? 하고 물어보니 잔금을 같은 날짜로 하여 차질 없이 이사할 수 있도록 해 주세요! 하고 부탁하기에 우리 직원들과 함께 이 일에만 매달려 10일 만에 매입, 매도 계약을 (양타로) 하여 잔금은 3개월 뒤에 같은 날로 하기로 하였다. 3개월 후에 양쪽 잔금을 끝내고 이사한 뒤 30일 만에 약속하고, 방문하여 휴지 한 통을 드리며, 인사를 하니 "차 한잔하시지요!" 하기에 둘이서 차를 마시며 자기는 내과 전문의 자격증과 의학 박사 학위를 받았으며 교수로 있다가 개원한 지는 3년 되었는데 이름은 김지화이고, 38세라고 하며, 내과의원 임대차 보증금은 부모님이 전부 지원해 주셨다며 부친은 X대학교 내과 교수님이시고, 어머니도 피부과 교수님이라고 한다, 자기는 외동딸이며 3년 전까지도 부모님 집에 있다가 독립했다고 한다. 공부와 운동, 병원 운영 때문에 아직도 연애 한 번 못 해 봤다고 하고, 자기 친구들도 모태솔로가 많다고 하며 얘기를 하고 있는데 인터폰이 울려 보더니 자기 친구들이 집들이 인사 겸 왔다고 하며, 문을 열어 주니 의사 등 친구들이 5명이나 선물을 들고 집에 들어왔는데 전부 키가 175cm 이상 되는 것 같은 미인들이었다. 그렇게 되니 바로 소맥으로 술판이 벌어졌다. 나는 어정쩡하게 앉아 있다가 집주인인 김지화 원장이 나를 친구들에게 중개사무소 소장님이라고 소개하며 결혼하신 분이라고 소개하였다. 그런데 그 중 안과 과장인 전미화 박사가 "누가 먼저 결혼하자고 했습니까?" 하여 "와이프가 청혼을 했습니다."라고 대답을 하니 "우! 우!" 하며 손뼉을 치며 웃었다. "사모님도 일하십니까?" 하여 지금 R대학교 미술학과 교수이며 유명 화가라고 하니, 한 교수가 "그 유명한 김성숙 화가님이세요?" 하며 놀랐다. 소맥으로 계속 잔이 돌아가며 시끄러웠다. 나는 가야겠다고 김지화 원장에게 "친구분들과 잘 노십시오. 남자는 저뿐이라 일찍 일어나겠습니다."라고 하니 전부 소프라노로 "가시면 안 돼요!" 하며 붙들어 다시 앉아서 대작을 하게 되었다. 계속 마시다 보니 전부 취하여 각각 짝을 지어 방으로 들어가 자게 되니, 집주인(김지화 박사)과 나만 남게 되었다. 그러자 나는 "잘 마셨습니다." 하고 인사한 후 자택으로 돌아왔다.

〈실전 사례 260번〉

저녁 7시에 우리 중개사 사무소 인근에 있는 빌딩의 고시텔에 거주하는 여성(30세)이 월세가 자기 월급에 비해 너무 비싸서 싼 원룸(풀옵션)을 임대차해 달라고 하여 몇 군데를 보여 주고 다니면서 하는 얘기가 자기는 고등학교를 나와 취직을 하러 다녀 보니 학력 인플레이션 때문인지 아예 서류심사에서 떨어져 버려, 26세의 나이에 전문대 컴퓨터학과(3년제) 졸업과 동시에 학점 은행제도를 이용하여 학사모를 쓰게 됐다고 하며 컴퓨터 관련 자격증이 10개라고 하여 놀라서 그 자리에 서서 그 여성을 바라보다가, 야! 대단하다고 생각하면서 원룸들을 계속 보여 주다가 결국에는 보증금 500만 원, 월세 47만 원(관리비 포함)으로 임대차 계약을 해 주었다. 헤어지면서 "앞으로도 그렇게 부지런히 사세요." 하고 격려해 주었다.

〈실전 사례 261번〉

안양 지하상가 6평을 소개하여 보증금 1천만 원, 월 120만 원으로 계약을 하고 1개월 뒤 잔금을 하고 개업하여 휴지 한 통을 드리면서 축하해 주었다. 안양 지하상가는 자주 다니는 곳이라 오며 가며 보니까 신발 디자인이 좋아서 그런지 장사가 잘되는 것 같았다. 나도 신어 보니 편하고 가격이 아주 쌌다. 그런데 2년 정도 장사를 하더니 남편이 교통사고로 돌아가시어 혼자서는 못 하겠다고 하며 내놓고 나간다는 것이다. 하도 딱해서 "다른 사람에게 권리금을 다만 얼마라도 받고 넘기시지요?" 하니까 부부가 같이하다가 남편이 돌아가시니 남편 생각이 자꾸 나서 자기의 평생 기술인 미용사로 돌아가겠다고 하여 마침 미용실을 내놓은 것이 있어서 좋다고 하여 보증금 1천만 원, 월 50만 원(관리비 25,000원 별도)으로 임대차 계약을 해 주었는데 아주 잘되었다(기술이 좋아서 손님이 많았던 것 같다). 하여튼 내 손님이 잘되는 것을 보고 나도 단골로 다니며 항상 흐뭇하였다.

〈실전 사례 262번〉

 약 3년 전에 매매계약을 해 주었던 영등포구 P동 A, B빌딩 옥상에서 물이 샌다며 이영아 체육관장 겸 빌딩 주인이 전화로 "혹시 아시는 페인트 업자가 없느냐?"라고 하며 "방수작업을 해야 하는데 빨리 알아봐 주시면 안 될까요?" 하기에 지난번에 썼던 업자 3명을 불러서 현장을 보여 주고 자세하게 견적을 받아서, 2일 후 관장실에서 설명하며 견적서를 주고 선택하게 하였다. 그중에 한 분이 제일 적게 견적을 내어 불러서 이영아 박사(건물주)에게 설명하게 하였더니 듣고 좋다고 하여 바로 다음 날 작업에 들어가 3일 만에 완전무결하게 방수 처리를 해 주었다.

〈실전 사례 263번〉

 고사연 TV프로그램 MC가 전화로 이사라 무용학원 원장의 친구라고 하여 "아, 지난번에 만났던 분이시네요!" 하고 반갑게 통화를 하는데, 본인이 산본 신도시 A아파트(60평)에 거주하고 있는데, 이것을 팔고 방송국 인근 아파트로 이사를 오겠다고 하여 "매도와 매수를 한꺼번에 해 드릴까요?" 하고 물어보니, 좋다고 하여 매도와 매수 잔금을 같은 날로 잡아 매도, 매수 계약을 완료하고 3개월 후에 잔금을 하여 이사하도록 해 주었다. 20일 후 고사연 MC가 비번인 날에 방문하여 휴지 한 통을 주며 이사를 축하하였다. 이미 와 계신 친구들이 있어서 모든 친구분들에게 인사를 하고 앉아서 차를 마시고 있는데, 고사연 박사가 친구들을 다음과 같이 소개를 하였다.

① TV 탤런트 김소망(39세)

② TV MC 김사랑(40세)

③ TV PD 전예빈(38세)

④ TV 토론 MC 강여울(39세)

⑤ TV 탤런트 강성애(39세)

⑥ TV 탤런트 겸 영화배우 임소영(39세)

주인 고사연이 소맥을 하자고 하니 다들 좋아하며 강대길을 쳐다보기에 술이 약하니 조금씩만 마시겠다고 양해를 구했다. 두 시간이 지나니 모든 술이 다 비었고, 소맥을 1박스씩 더 주문하여 배달이 되니 웃고, 떠들며 신나게 마셨다. 다들 취하여 친구들은 각각 3명씩 들어가 자고 주인과 강대길만 남게 되자, 강대길도 "잘 마셨습니다."라고 하며 헤어져 집으로 돌아왔다.

〈실전 사례 264번〉

6개월 정도 지난 후 "지난번 고사연 MC 집에서 만나 뵈었던 탤런트 김소망입니다." 하며 "저를 아시겠어요?" 하기에 30초 후에 "예! 알고 있습니다." 하며 재빨리 말을 이어 갔다. "저는 구로구 M아파트에(60평) 살고 있는데요. 강남의 R아파트(70평)를 매입하여 이사 가려고 하는데 팔고, 사고가 가능하실까요?" 하고 묻기에 "예. 가능합니다. 그럼 15일 안에 매도, 매수 계약을 하여 잔금을 4개월 뒤로 맞추는 것으로 계약하도록 해 드리겠습니다." 하고 약속을 하였다. 우선 현재 거주하고 있는 APT를 매도하며 잔금일을 4개월로 하되 특약사항에 잔금일은 매도인과 매수인이 합의하면 잔금일을 앞당길 수 있다고 적고 매매계약을 하였다. 또한 R아파트도 매수계약을 하며 잔금 날짜를 매도 잔금 날짜와 맞추었으며, 4개월 뒤 잔금 후 이사를 하였다. 이사 후 30일 만에 약속하고 방문하였는데, 휴지 한 통을 주며 인사를 하니, 소파에서 "차 한잔하세요." 하기에 같이 마시며 "소장님 저는 대학교 다닐 때 C.C(캠퍼스 커플)였는데 예비 시부모의 강력한 권고로 법관 집안의 따님과 남친이 결혼해 버려 배신감에 몸부림치다가 혼자 살기로 결심했습니다."라고 하기에, "너무 괴로워하지 마십시오." 하며 대화를 나누고 헤어져, 자택으로 돌아왔다.

〈실전 사례 265번〉

　영등포구 4층 건물 중 1층 전부(약 100평)를 삼겹살집을 하겠다고 하여 임대차 계약을 해 주었는데 그 집의 삼겹살은 어떻게 양념을 했는지 너무나 맛이 있고 질기지도 않았다. 그리고 서비스로 냉면 한 그릇씩을 무료로 주다 보니 장사가 참 잘되었다. 몇 년이 지난 후 그 삼겹살집 사장이 좋은 곳을 임차해 주셔서 고맙다며 그 건물을 매입하고 싶다며 부탁하기에 연세 많으신 건물 주인을 찾아가 협상 끝에 매매계약을 해 주었다. 그러고 나서도 몇 년 후 지나가는 길에 보니 지금도 영업을 하고 있으며 아주 잘되고 있어서 중개해 준 나도 흐뭇하였다.

〈실전 사례 266번〉

　영등포구에 추어탕집을 하겠다는 손님이 있어서 W동에 주차장이 있는 점포를 골라서 임대차 계약을 해 주었다. 그런데 그 집의 추어탕이 국산만 쓴다고 소문이 나며 맛도 있다고 하니 개업하고 약 3년 후 엄청 많은 돈을 벌어 주차장과 그 추어탕집 건물을 아예 사겠다고 하며 나에게 중개를 부탁하여 며칠 동안의 협상 끝에 매매계약을 해 주었는데 주차장이 좁으니까 주변에 있던 단독주택 10채를 사들여 주자장을 배로 늘리고 추어탕 집 지하에서도 영업을 하게 되었다. 사장님이 뚝심이 있어서 절대로 국산만 고집하여 2배로 손님이 늘어 돈을 벌다 보니 큰아들이 작은 상가 주택을 하나 사 달라고 하여 S동에 매입을 해 주었는데 거기에다 (상가주택 1층 점포) 추어탕 집을 개업하며 국산만 쓰다 보니 소문이 나서 큰아들도 아주 번창하였다.

〈실전 사례 267번〉

안양시 우리중개사무소 인근에 유명한 사진관이 약 30년 정도 운영을 하고 있었는데 올 상가건물이었다. 어느 날 건물 주인이 매도해 달라고 했는데 증명사진을 찍으려고 사진관에서 일을 다 보고 나오려다가 "건물주가 이 건물을 팔아 달라고 내놓았는데 관심 있으시면 제가 가격을 조절해 볼 테니 사시겠습니까?" 하고 무심코 말을 건넸더니, 바로 매입하겠다고 하여 가격을 조정하여 매매계약서를 쓰고 4개월 후 잔금을 하고 등기이전을 하여 완전무결하게 인수하였다. 사진관 사장님의 운영 방식은 독특하였다. 요새는 휴대폰이 많이 보급되어 사진관에 오는 손님들이 많이 줄다 보니 두세 군데 길에서 계속 할인권을 1년 열두 달 몇 년간 돌리다 보니 유명하게 되고, 시민들이 사진하면 명함을 받은 그 사진관을 생각하게 되어 계속 바쁘게 지내며 돈도 많이 번 것 같았다. 지하 1층 지상 5층의 빌딩인데 E/V도 있다 보니 다른 입주업체도 아주 잘되는 것 같았다.

우리 사무소 인근에 있는 다른 건물도 매도 의뢰가 있었는데, 마침 매수 손님도 나와서 자연적으로 매매를 해 주게 되었는데 그 빌딩 1층에는 잘 보이지도 않는 조그만 간판을 달고 카페 영업을 하였다. 나는 처음에 회사 사무실로 착각하였으나, 자주 보다 보니 카페라는 것을 알게 되었는데 항상 손님이 붐볐다. 그래서 잘 아는 분에게 들어 보니, 그 카페 사장이 요리사인데 전국적으로 유명하다고 하며 아주 맛있게 요리한다고 하였다. 그 요리사가 주인이고 부인이 카운터를 보고 있었는데, 점포가 아주 잘되었다. 얼마 후 점포를 내놓아 다른 분에게 임대차 계약과 권리금 양수도 계약을 해 주었는데, 왜 나가시냐고 물어보니 현재 점포가 30평이지만, 손님이 많아지니 너무 좁은 것 같아 60평 정도 되는 점포로 이전하겠다고 하여 "그러면 제가 임대차 점포를 알아봐 드릴까요?" 하니 좋다고 하여 안양 X동 쪽에 큰 점포(70평)가 있었는데 장사가 잘 안되어 비어 있다고 해서, 그 점포 사장에게 "권리금이 없는 빈 점포가 있는데 사장님은 워낙 솜씨가 좋으니 속는 셈 치고 한번 보세요." 하고 보여 주니 사람들이 별로 다니지는 않지만 괜찮다고 하여 임대차 계약을 해 주었는데 그쪽으로 옮기고 나서도 손님들이 더 많아져 운영이 아주 잘되었다. 그래서, '음식점은 음식 솜씨가 좋은 주방장만 있으면, 경기와 관계없이 장사가 잘되는가 보다.'라고 생각을 하게 되었다.

〈실전 사례 268번〉

어느 날, 50대 부인이 오셔서 옥탑방 1개 있는 것을 보증금 5백만 원, 월 30만 원으로 얻어 달라고 하여, 3층 위에 있는 옥탑방을 보여 주니 좋다고 하여, "남편은 같이 안 사십니까?" 하고 물어보니 나가서 돈을 벌고 있으며 10일에 한 번 정도 집에 온다고 하며 20살인 딸은 여러 가지 아르바이트를 하며 가끔 집에 들른다고 하였다. 좋다고 하여 계약서를 쓰고 잔금은 30일 후 하기로 하였다. 30일 되는 날 잔금을 하고 이사하는데 장롱은 없고, 옷걸이와 전 세입자가 이사 갈 때 두고 간 냉장고, 세탁기 등을 쓰기로 하고 이사했다. 그것을 보고 가슴이 아파 오는데, '요즘 같은 세상에 별사람도 다 있구나.' 하고 생각했다. 마음이 아픈 하루였다.

〈실전 사례 269번〉

신혼부부가 주거용 오피스텔에서 5년 전부터 지금까지 살다가 오피스텔을 팔아 달라고 내놓았다. 자기들에게 "3억 4천만 원만 손에 쥐여 주고 나머지는 중개사님이 다 가지세요." 하길래 나는 그런 것을 싫어하며, 한 번도 그런 식으로 해 본 적이 없다고 하니, 그러면 매매가를 3억 5천만 원에 내놓으라고 하여 "그럼 그렇게 하세요." 해서 인터넷 광고와 지역신문에 내놓았다. 약 10일 후에 손님이 보자고 하여 찾아갔는데 손님(신혼부부)이 보더니 좋다고 하여 매매계약을 하였다. 2개월 뒤 잔금을 하고 신혼부부가 들어왔는데 아주 좋아하였다. 매도인이 수수료 1천만 원을 주는데, "그러지 말고 내가 정식으로 청구하는 금액만 주세요." 그리고 나머지는 "이사하는 비용으로 쓰세요." 하니 눈물을 흘리며 지난 얘기를 하는데 약 5년 전에 2억 9천만 원에 전세를 들어왔는데 기간이 되어도 주인이 전세보증금을 못 빼 주어(빌라, 오피스텔 등의 전세사기 등으로 2년 정도의 기간에 전세계약을 하려는 임대인이나 임차인은 싹 없어지고 월세만 찾았으며, 공동주택 공시가격도 내려가다 보니) 경매신청을 하여 겨우 자기 명의로 이전하여 신혼부부 앞으로 명의가 이전되었는데 경비가 약 4천만 원 정도 들어갔다고 하며 너무 고생했는데 중개사님이 잘 팔아 주셔서 감사하다면서 총총히 가 버렸다.

〈실전 사례 270번〉

안양 X동에 있는 20년 지난 아파트 32평의 전세가격이 4억 4천만 원이었는데, 전세기간 만료가 다 되어 가자(집주인이 병이 나서 장기간 입원해 있음) 아들이 온 동네 부동산 중개업소에 전세를 내놓았다. 2년 전에 모두 수리하여 집안이 아주 깨끗하고 좋았으나, 경기가 안 좋아지다 보니 잘 올라가던 아파트 매매 가격도 떨어지고, 전세가격마저 떨어져 결국은 3억 9천만 원으로 인하해서 전세를 내놓게 되었으나 전국적으로 전세가격이 더 내려갈 것 같다는 매스컴의 소식에 전세가 나가지 않아 기간은 한 달 남았는데 어찌할 수 없어서 3억 5천만 원으로 가격을 낮추니 전세 임대차 계약을 새로 하게 되어(9천만 원을 집주인이 보태서 현재 거주하고 있는 전 세입자에게 4억 4천만 원을 맞추어 내보내게 되어, 결국은 우애 좋은 친척들로부터 차용하여) 9천만 원을 만들어서 현 세입자에게 주어서 내보내게 됐다.

※ 아파트를 매매라도 할까 하는 생각은 했으나 아파트 매매 가격도 계속 내려가자 매수심리가 바닥이 나, 매매 가격이 계속 내려갈 것 같으니까 계약이 안 되었다.

〈실전 사례 271번〉

안양시 C동 산 중턱에 건설해 놓은 30년 지난 아파트가 있는데 전용

18.51평을 세입자가 기간 내에 나가게 되니까 보 5천만 원, 월 80만 원에 내놓았으나 아파트 들어가는 입구가 큰 도로에서 약 200m 정도 되는데, 양방 2차로가 되어, 아주 좁고 도로 밑에는 낭떠러지라 임대차 계약이 안 되었다. 경기가 좋을 때는 갈 데가 마땅치 않으니까 아파트라고 쓰여 있는 곳에 급히 임대차 계약을 했으나 경기가 나빠지면 직장들도 부도가 나고 마땅히 갈 데가 없으니까 계약기간 내에 집주인에게 월세를 인하해 달라고 했으나 인하를 못 해 주겠다고 하며, 임대차 기간이 지나니 보증금을 빼 달라고 했으나 집주인이 새로운 세입자가 들어와야 하는데 안 들어오니까 돈이 없자 집주인이 임차인에게 사정을 해서 보증금은 그대로 놔두고 월세만 80만 원에서 50만 원으로 낮추어 다시 연장계약을 2년으로 하여 월세로 살고 있다. 안타까운 일이다.

〈실전 사례 272번〉

안양시 F동에 아파트형 공장들이 많이 있는 지역에 보증금 1천만 원, 월 85만 원(부가세 별도)에 1층으로 약 15평 정도의 점포에 약 2천만 원을 들여 주방시설 및 인테리어를 하여, 낮에는 음식을 팔고, 저녁에는 호프집을 하여 임대차 계약을 하고 들어왔으나 경기가 나빠지며 폐업하는 중소기업들이 점점 늘어나자 점포를 팔아 달라고 내놓았으나 1년이 지나도 보겠다는 사람이 없어서 고민하던 중 이렇게 지내다가는 월세도 못 내어 보증금도 다 까먹고 쫓겨나게 될 것 같아, 권리금을 2천만 원에서 1천만 원으로 인하하여 내놓았으나 보러 오는 사람도 거의 없고, 갈수록 장사도 잘 안되다 보니, 한 달 전에는 아예 권리금을 안 받고 나가겠다고 하니깐 몇 사람이 와서 보고 갔는데 한결같이 월세가 너무 비싸다고 하여 밀린 월세를 빼고 남은 보증금 5백만 원만 받고 나가 버렸다. 건물주는 아예 시설 권리금 없이 시설은 잘되어 있으니 보증금 1천만 원/월 60만 원(부가세 포함)으로 인하하여 내놓았으나 아직도 임대차 계약이 안 되고 있다. 경기가 안 좋으니 공장들도 폐업하는 데가 많이 생기고 서민들이 돈이 떨어지니까 호프집도 손님이 없으니, 장사가 안되어 서민들은 더욱 수입이 적어져 살아 나가기가 어려운 것 같다.

〈실전 사례 273번〉

안양 E동에 있는 상가 주택인데 지하는 약 23평으로 공장(보증금 1천만 원, 월세 50만 원, 부가세 별도) 지상 1층 중 일부는 약 12평(보증금 1천만 원, 월세 70만 원, 부가세 별도)으로 공실인데, 임대인이 내놓은 지는 1년이 넘었다. 1층은 너무 작아서 싫고 지하는 물건을 올리고, 내리기가 쉽지 않아서 싫고 해서 아직까지도 임대차 계약이 안 되고 있다. 그래서 건물주에게 월세를 내려 보라고 했으나 배짱 좋게 인하를 안 하고 버티고 있다. 은행 금리(한국은행 기준금리+α)도 약 9개월 동안 인하도 안 되니 소상공인들은 이러지도 저러지도 못하고 적자 나는 장사를 계속하고 있다는 소문이 들리는데 건물주들이 대개 월세를 내려 주질 않으니 죽을 지경이라고 한다. 어떤 사람들은 "그러면 장사를 그만두지!" 하고 쉽게 말을 하나 10년 이상 하고 있던 것을 그만두기란 그렇게 쉽지가 않아서 계속 한숨을 쉬면서 점포들을 운영해 나가고 있는 것 같다.

〈실전 사례 274번〉

안양시 F동 뒷골목 1층 코너 점포에(9평) 보증금 5백만 원, 월세 50만 원에 임대차 계약을 하여 갖가지 떡볶이를 만들어 주는 배달 장사를 했는데 운영이 잘 안되니까 8개월 전에 점포를 권리금 1천만 원에 내놓았으나 안 나가니 점포주가 문을 닫고 나가서 다른 곳에 취직하여 월급 생활을 하고 있다고 한다. 그런데 점포는 영업을 계속하며 내놓는 것과 문을 잠그고 내놓는 것은 천지 차이가 있다. 8개월이 지난 지금까지도 안 나가니 권리금을 3백만 원으로 낮추었어도 임대차 계약이 안 되고 있다. 그래서 내 생각엔 아예 권리금을 포기하고 점포를 내놔야 나갈지 안 나갈지 판단이 될 것 같은데, 장사가 안 되어 나가는 점포주에게 말하기도 곤란하고 안타까울 뿐이었는데 마침 권리금을 1백만 원으로 깎아 주면 임대차 계약을 하겠다는 손님이 있어서 임대차 계약을 해 주게 되었다.

〈실전 사례 275번〉

안양시 X동 뒷골목에 있는 1층 파스타 전문 점포(9평)를 빼 달라고 하며, 보증금 1천만 원, 월세 65만 원에 권리금 1천만 원을 받아 달라고 하였다. 3개월이 지나서 임자가 나와서 권리금을 약간 조정하여 임대차 계약에 성공하였다. 그런데 새로운 점포 주인이 열심히 장사를 해도 경기가 계속 나빠지다 보니 별 효과가 없었다. 그러나 살기 위해 여러 가지 PR도 하며 제품을 계속 연구하여 품목도 다양하게 하고, 맛도 다양하게 하다 보니 소문이 나기 시작하여 지금도 경기는 계속 나빠지고는 있지만 잘 운영되고 있다.

〈실전 사례 276-1번〉

안양시 F동에 태국음식점 15평을 권리금 1천만 원, 보증금 1천만 원,

월세 90만 원에 팔아 달라고 하여 5개월 만에 겨우 권리금을 조정하여 임대차 계약을 해 주었다. 인수받은 점포주는 기술이 좋다고 소문이 나고 PR도 적극적으로 하여 현재는 자기가 목표로 하는 만큼의 점포 매출과 이익이 계속 증가하고 있다.

〈실전 사례 276-2번〉

　안양시 B동에 있는 공인중개사 사무소를 빼 달라고 의뢰가 들어와 보증금 1천만 원, 월세 50만 원, 권리금 1천만 원에 임대차 계약을 해 주기 위해 8개월 동안 PR도 열심히 하여 권리금을 약간 조정하여 중개사 자격증 있는 분에게 임대차 계약을 해 주게 되었다. 점포 인근에 살고 계신 분이고 아침 일찍 출근하여 저녁 늦게 퇴근하면서 2년이 지난 지금은 자리를 잡아서 영업을 잘하고 있다.

　※ 옛날과 달리 요즈음에는 공무원도 아닌 중개사님들이 오전 10시 출근하여 저녁 6시에 칼퇴근하고, 토, 일, 국경일에도 계속 문 닫고 쉬는 분들이 많아서 임대차나 매매를 원하여 (월급받고 일하는 분들이 쉬는 날) 집을 보든가 점포를 보고 임대차나 매매계약을 해야 하는데 쉬는 날 같이 쉬다 보니 애로가 많다는 얘기들을 주위에서 많이 한다.

〈실전 사례 277번〉

　안양시 F동 20m 도로변 상업지역에 신축한 지 8년 되는 오피스텔 20층 건물의 1층 미용실 15평(보증금 2천만 원, 월세 170만 원, 부가세 별도) 구분 상가 소유주가 임차인에게는 비밀로 하고 매매를 해 달라고 전화로 의뢰가 와서(매도 희망가 5억 3천만 원) 8개월 이상을 지역신문과 인터넷에 PR을 한 결과, 경제 상황이 어려운데도 불구하고 매수인이 나타나서 가격협상만 된다면 매입하겠다고 하여 1개월을 매도인과 협상한 결과 4억 7천만 원으로 합의되어 매매계약을 하게 되었다. 매매계약과 동시에 미용실 원장에게도 통보하고 미용실 원장이 바뀌지 않고 계속 운영을 한다면 그대로 임대차 계약을 하겠다고 하여 매매잔금 후 등기이전을 하고, 미용실 원장과 임대차 계약을(보증금 2천만 원, 월세 170만 원, 부가세 별도) 매수인과 다시 했다. 단서에는 현재의 미용실 원장이 바뀌지 않고 계속 영업을 한다면 월세 인상을 안 하겠다는 것을 써 놓았다. 그 후 2년이 경과했는데도 영업이 잘되고 있어서 임대인이나 임차인은 만족하고 있다.

〈실전 사례 278번〉

안양시 A동 종합병원 인근에 있는 코너 6층 건물 지하에 있던 의료 체험관이 철수하게 되어 지하 100평을 보증금 3천만 원, 월 200만 원에 내놓아, 1년간 인터넷과 지역신문 등에 광고를 한 결과 임차하겠다는 분이 나타나서 당구장을 하겠다고 하여 잔금을 2개월 후로 하여 잔금 후에 R당구클럽이라고 간판을 달고 개장하여 2년이 지난 후에도 여전히 영업이 잘되고 있다.

〈실전 사례 279번〉

안양시 B동에 있는 8층 빌딩 중 2층(전용 80평)을 임대차 매물로 강대길에게 의뢰했으나 1년이 지나도록 나가지 않아 고민하던 중 어렵게 내과의원이 임대차 계약을 하고 개원을 하니 1층 약 20평에 약국도 임대차 계약을 하였다(병원을 끼고 있는 약국은 월세가 다른 점포에 비해 임대료가 높다).

〈실전 사례 280번〉

안양시 C동에 있는 중개사무소를 빼 달라고 하여(보증금 2천만 원, 월세 80만 원, 권리금 1천만 원) 각종 PR을 하였으나 1년이 지난 후에도 부동산 친목회 회원이 아닌 탓인지 임대차 계약이 안 되어 권리금을 5백만 원으로 인하하였어도 나가지 않아서 고민하던 중 2년이 다 되어 임자가 나타나 권리금을 300만 원으로 조정하여 임대차 계약을 해 주었다. 친목회 회원이 아니면 임대차하려는 중개사들이 거의 임대차 계약을 안 하는 습관이 있어서 2년 만에 계약이 성사된 것 같다.

〈실전 사례 281번〉

안양시 D동에 비어 있는 지하(전에 노래방 하던 자리임) 35평이 임대차 매물로 나와 1년간 각종 PR을 했으나 임대차 계약하지 못하였다. 그러다가 1년 6개월이 되어 목사님이 개척교회를 하시겠다고 하여 임대차 계약을 하게 되었다. 2년 동안 열심히 전도를 하고 기도도 했지만 하나님의 응답을 못 받았는지 신도가 2명밖에 안 되지만 교회를 계속 운영하고 있다. 앞으로 부흥하시길 기원한다.

〈실전 사례 282번〉

 안양시 W동 20m 도로변에 있는 4층 건물(1층 상가 2개, 2층, 3층, 4층 방(원룸) 10개, 주차장 5개, 대지 36평)을 매도해 달라는 의뢰가 있어서 열심히 PR한 지 2년이 지났는데도 대지가 너무 작다는 것 때문에 계약이 안 되고 있다. 계약되는 그날까지 계속 PR을 할 것이다. 단지 대지 (36평)가 작다는 이유로 매매가 안 되는 것은 이해가 되지 않는다. 신축한 지 7년 정도 지난 새 건물이고, 수익률도 괜찮은데, 대지가 작다는 이유로 매매계약이 안 되고 있다.

〈실전 사례 283번〉

 안양시 X동의 시장 초입에 6평의 자장면 전문점(보증금 600만 원, 월세 40만 원, 권리금 500만 원)이 매물로 나왔으나, 1년 동안 임대차 계약이 안 되어 계속 PR을 하고 있는데도 (1년 6개월이 지나감) 안 나가, 고민하던 중 마침 임자가 나타나 임대차 계약이 되어 (권리금을 300만 원으로 조정) 2년이 지난 지금도 아주 장사가 잘되고 있다.

 ※ 자장면 한 종목으로 싼 가격에 판매하고 있으며 주방장 겸 종업원으로 사장님 혼자서 경영하고 있다.

〈실전 사례 284번〉

 안양시 D동에 전용 10평의 음식점(보증금 1,400만 원, 월 70만 원, 관리비 5만 원, 권리금 1,500만 원)이 매물로 나와 20여 명의 손님에게 보여 주었으나 계약이 안 되던 중 2년 만에 임자가 나타나 임대차 계약을 하였다(권리금을 500만 원으로 조정하였음). 6개월이 지난 지금은 점포주가 주방장을 하고, 부인이 카운터를 보며, 두 분이 종업원 없이 장사를 아주 잘하고 있다.

〈실전 사례 285번〉

안양시 F동에 있는 상가주택(대지 53평, 지하 1층, 지상 3층, 보증금 합계 1억 2천만 원, 월세 412만 원, 매매가 15억 원)이 매물로 나왔으나 계약이 안 되었고, 2년이 지나니까 매매가를 12억 원으로 조정하여 매매계약을 하였다. 지금은 완전 리모델링을 하여, 월세와 보증금이 올라서 수입이 더 좋아졌다고 한다.

〈실전 사례 286번〉

안양시 B동에 있는 1층 카페(보증금 2,400만 원, 월세 130만 원, 권리금 3,200만 원)를 매물로 내놔 인터넷과 지역신문 등에서 PR하여 1개월이 지나자 임대차 계약을 하게 되었는데 권리금을 2천만 원으로 조정하였다. 인수하여 새롭게 단장하고, 음식 솜씨 좋은 요리사가 열심히 하다 보니 카페에 젊은 손님들이 자꾸 늘어나 1년이 지난 현재 영업이 더 잘되고 있고 인근에도 카페가 새로 생기어 카페 거리가 될 것으로 생각하게 되었다.

〈실전 사례 287번〉

안양시 D동 사거리 코너에 약국과 가정의학과 의원이 있는 건물주가 매매가 40억 원(보증금 1억 2천만 원, 월세 6백만 원이 나오고, 지하 1층 지상 5층의 상가 주택임)에 매물로 내놔 6개월 후 임자를 만나 가격을 약간 조정하여 계약에 성공하였다. 병원이 별로 없는 동네에 유명한 의사가 환자 관리를 잘하다 보니 소문이 나서 새로운 건물 주인은 아주 만족하고 있다.

〈실전 사례 288번〉

안양시 W동의 사거리에 있는 30년 된 빌딩(대지 86.3평, 건평 305평, 지하 1층, 지상 5층 상가주택)을 40억 원에 매도해 달라고 의뢰가 들어와 3년을 기다려도 매매 가격 조정이 안 된다고 하여 매도가 안 되던 중 건물 주인이 35억 원으로 매가를 낮추어, PR을 하니 겨우 손님 몇 명이 왔으나, 건축물대장에 2층부터 4층까지 근린생활시설로 되어 있는 것을 원룸, 투룸으로 건축하여 불법 건축물로 기재는 안 되어 있으나, 언제 관련 기관에 의해 체크되어 위법 건축물로 지정이 될지 몰라 매도가 안 되었다. 그래서 2층부터 4층까지 사무실로 월세를 놓아서 겨우 지난달에 매매를 하게 되었는데 32억 원에 합의가 되어 정식으로 계약서를 쓰는데 지하와 1층부터 4층까지는 근린생활시설로(건축물대장에 있는 대로 작성하였음) 5층은 주택으로 하여 계약을 완성하게 되었다. 그 후 리모델링도 하고 E/V도 설치하여 아주 좋은 건물로 재탄생하게 되어 공실이 전혀 없는 상가주택이 되었다.

〈실전 사례 289번〉

안양시 G동 상가주택 1층에 있는 점포를(14.5평) 임대차 매물로 내놔

(보증금 2천만 원, 월세 80만 원, 권리금 없음) 20명 정도는 보았으나, 계약이 안 되어서 임대인에게 월세를 낮추자고 하였으나 거절하여, 1년 6개월이 지나서 천신만고 끝에 겨우 월세를 10만 원 인하하여 보증금 2천만 원, 월세 70만 원으로 수정하여 임대차 계약을 하게 되었다. 현재는 미용실을 개업하여 장사가 잘되고 있다.

〈실전 사례 290번〉

안양시 G동 사거리 코너에 있는 10층 건물 중 4층(전용 60평, 공실)을 보증금 5천만 원, 월세 150만 원, 관리비 29만 원으로 임대차 매물로 내놓아 건물에 임대라고 써 붙여 놓았어도 잘 안 나가다 보니 온 동네에 매물로 내놓아서 1년이 지나서야 겨우 임대차 계약을 하게 되었는데 학교 인근이라 수학전문학원이 들어오게 되었다. 아주 족집게같이 잘 가르쳐 학생들이 나날이 늘게 되었다. 그런데 2년이 지난 어느 날 원장을 길에서 만나, 얘기를 하는데 자기는 트로트 가수가 되는 것이 꿈이라고 하며 몇 년 후에는 강사 일을 그만두고 가수가 되겠다고 하여 나를 놀라게 하였다.

〈실전 사례 291번〉

안양시 S동에 A부동산 중개사사무소가 있었는데 장사도 잘 안되고 월세도 비싸서 (8평, 보증금 2천만 원, 월 120만 원, 부가세 별도) B동의 아주 좋은 자리(아파트가 몰려 있고, 시장 출입구 인근에 사람들의 통행이 많음)가 임대차 매물(보증금 1천만 원, 월세 80만 원, 부가세 별도)로 나오고 S동의 A부동산 사무실의 임대기간이 끝나자 보증금을 받아 B동의 좋은 자리에 중개사무소를 옮겨 영업이 아주 잘되고 있다. 한편 S동의

A중개사가 있던 자리는 2년이 지났으나 아직도 공실로 남아 있다. 그 점포의 월세가 너무 비싸서 임대차가 안 되고 있다고 말들이 많다.

〈실전 사례 292번〉

　안양시 N동에 있는 4층 건물 중 2층 50평에 한의원이 있었는데 (보증금 5천만 원, 월세 165만 원) 건물은 40년 이상 된 건물이었다. 그러나 건물이 낡고 보증금과 월세도 비싼 것 같아 한의원이 딴 곳으로 이전하여 공실이 된 지 2년 만에 겨우 임대차 계약을 하게 되었는데 내과 의원이 입주하여 원장님이 명의로 소문난 분이고 1층 점포 20평도 약국이 임대차하여 그 건물이 살아나서 그 건물을 매입하겠다고 하는 사람들이 많다. 그러나 건물 주인은 이 건물을 팔면 살만한 건물이 없다며 안 팔고 있는데, 그 건물 주인이 연세가 많아서 시세보다 많은 금액을 주면 매도할 가능성도 많다고 생각한다.

〈실전 사례 293번〉

　안양시 C동에 있는 1층 54평(보증금 8천만 원, 월세 440만 원)에 임대차 계약을 해 주고 추어탕집이 개업하여 맛이 좋다고 소문나니까 손님이 계속 많아졌다. 원래 사거리 코너에 있다 보니 PR이 저절로 되어서 손님들이 2년 뒤에는 개업 1년간의 손님들보다 3배로 증가하여 그 건물 지하도 임대차해 달라고 하여 주인과 협상하여 보증금 2천만 원, 월세 120만 원에 임대차 계약을 해 주었다. 그러다 보니 점점 더 손님이 많아져서 번창하고 있다.

〈실전 사례 294번〉

  안양시 M동의 빌딩(6층 중 6층 2호, 전용 50평 보증금 5천만 원, 월세 270만 원) 일부가 임대차로 나와 치과 의원 원장님이 임대차 계약하고 개업하여 번창하고 있다(6층 건물이라 건물 내의 환자도 많고, 대학교수 출신이어서 그런지 잘한다고 소문이 나서). 그리고 개원 이후 2년이 지나니 계약 갱신 할 기간이 다 됐는데 6층의 건물주가 매도하여, 건물주가 바뀌니 계약 갱신 시 월세를 370만 원으로 올려 달라고 하여, 5%밖에는 안 된다고 하니 건물주가 계속 우겨 법적으로 다투는 것도 싫어서 아예 인근의 신축 빌딩 3층 전용 40평을 싼값에 분양받아 개원하여 같은 동네에 있으니 단골손님이 계속 다니면서 나날이 더욱더 번창하고 있다.

〈실전 사례 295번〉

  안양시 N동 지하 전용 45평이 임대차매물로 나와 보증금 2천만 원, 월세 60만 원에 노래방을 하기로 하고 임대차 계약을 하여 (1개월은 인테리어를 해야 하기 때문에 임대료를 안 내기로 함) 2개월 후에 잔금을 하고 입점하였다. 노래방 사장의 딸(건축디자인학과 출신)이 인부들을 지휘하여 아주 저렴하고 예쁘게 단장하였고, 인근에 노래방이 없다 보니 1차로 술 한 잔씩 하고, 2차로 노래방에 들러서 장사가 아주 잘되었다. 개업 후 며칠 지나서 동네 잘 아는 중개사와 같이 노래도 하고, 개업 축하도 할 겸 해서 휴지 한 통을 들고 가서 주인에게 "술술 잘 풀리세요." 하고 "이왕 온 김에 노래도 하고 가겠습니다." 하고 음료수를 시켜서 마시며 노래를 즐기고 1시간 있다가 계산을 하고 나오니, 여사장님이 카운터에서 남자 손님 세 명과 팁과 술값 때문에 말다툼을 하고 있었다. 그래서 뒤의 의자에 앉아서 들으니 팁과 술값이 너무 비싸니 좀 깎아 달라는 다툼이 있었는데 손님은 12만 원만 받으라고 하는데 노래방 사장은 17만 원은 받아야 한다고 해서 다툼이 생겼다. 결국에는 12만 원만 던져 주고 그대로 나가니 노래방 여사장이 뛰어 올라가 5만 원을 더 달라고 하다가, 남자 1명이 떠미는 바람에 뒤로 넘어졌다. 그런데 여사장이 나갈 때, 여직원 3명 중 1명이 따라서 뛰어와 여사장을 거들어 주고 있었는데 사장이 넘어지니까 그 종업원도 5만 원을 더 달라고 사정하다가 또 밀어서 넘어졌다. 나와 동료 중개사도 같이 나가서 듣고 상황을 보고 있다가 "손님들! 미안하지만 5만 원 더 주고 가시면 안 되겠습니까?" 하고 공손히 얘기하니까 손님들 중 1명이 화가 나서 "당신들은 누구야?" 하면서 따지길래 "노래하러 왔다가 싸우는 것을 보고, 자세히 들어 보니 5만 원을 더 주고 가시는 것이 맞는 것 같아서 말씀을 드린 겁니다." 하니까 "당신들은 빠져!"라고 했다. 동료 중개사가 "빠지라니? 우리보다 연하 같은데 우리는 잘해 보려고 옆에 있었는데 왜 우리한테 하대하고 그래?" 하다가 우리 둘과 그 세 사람과 싸움이 생기고 말았다. 그래서 나는 2만 원을 보태 주겠다고 생각하고 "그러면 3만 원만 더 주시고 내가 2만 원을 보태서 주인에게 드릴 테니까 그렇게 하세요!" 하니 손님들이 서로 쳐다보더니 그렇게 하자고 하여 손님들이 준 3만 원과 내가 2만 원을 보태서 5만 원을 주인에게 주고 헤어져 나왔다.

〈실전 사례 296번〉

안양시 N동 시장 입구에 있는 점포(전용 40평)가 임대차 매물로 나와서 (보증금 1억 원, 월세 4백만 원) 1년을 PR했으나 안 나가다가 1년이 지난 어느 날 "한의원을 해도 될까요?" 하고 한 여성에게 전화가 와서 주인에게 물어보니 좋다고 하여 일부러 월세를 350만 원으로 깎아 주면 안 되겠느냐고 물어보니 언제 또 손님이 올지도 모른다는 생각인지 인하해 주겠다고 하여, 그 여성에게 "한의원도 되고 월세도 400만 원에서 350만 원으로 내려놓았으니, 지금 오세요!" 해서 임대차 계약을 1시간 후에 쓰고 2개월 후에는 입주하되, 인테리어 기간(1개월)은 임대료를 안 받는 것으로 하여 2년 임대차 계약을 해 주었다. 임대인도 나에게 고맙다고 하고 임차인인 한의사도 나에게 고맙다고 하여 아주 보람 있는 하루였다.

〈실전 사례 297번〉

안양시 W동 코너빌딩 1층(40m 대로변 상가로 사람들의 왕래가 많음) 50평 상가를 권리금 없이 보증금 1억 원, 월세 500만 원(부가세 별도)으로 내놓아서 인터넷과 지역신문 등에 PR하여 많은 손님들이 보고 갔으나 계약이 안 되었다. 약 1년이 지나서 보증금과 월세를 조정해 달라고 하니 주인은 일언지하에 거절하였다. 그리고 한 달이 또 지나서 추어탕 집을 하겠다는 손님이 와서 "월세만 조정해 주시면 하겠다는데요." 하고 얘기하니까 월세를 400만 원으로 내려 양자가 오늘 계약하자고 하여 임대차 계약을 하였다. 임차인 입장에서는 좋은 것이 좋은 자리(40m 도로변 코너빌딩 1층)에 권리금 없이 월세도 저렴하게 들어오니 아주 기분이 좋았다. 30일 이후에 잔금을 하고 인테리어를 보름 한 후 개업을 하였는데 왕래하는 분들도 많아서, 손님도 많고 회사 사무실도 많다 보니 아주 영업이 잘되었다. 2년이 지난 후에는 손님들이 줄 서서 기다릴 정도였다.

〈실전 사례 298번〉

　안양시 B동의 코너(3층 건물 중) 1층 20평이 보증금 3천만 원, 월세 160만 원, 부가세 별도, 권리금 2천만 원에 임대차 매물로 나와 마침 잘 알고 지내는 중개사가 사업이 잘되는 점포를 원하여 보여 주며, 설명하였더니 나가는 음식점 주인에게 음식점은 안 하고 중개사무소로 사용할 테니 필요한 것은 다 가지고 나가시고 권리금을 깎자고 흥정했다. 일주일 후 700만 원으로 조정하여 임대차 및 권리금 양수도 계약까지 하여 한 달 후 중개사무소가 입점하여 2년 동안 아주 장사가 잘되었다.

〈실전 사례 299번〉

　안양시 C동의 3층 건물 중 1층 10평을 보증금 1천만 원, 월세 55만 원에 임대차 계약을 하고 (권리금 없음) 김밥과 분식을 하는 분이 입점하여 장사가 잘되었다. 그러나 약 10m 떨어진 곳에 다른 분이 또 김밥과 분식집을 차리니, 조금은 안되었다. 그러나 시간이 지나며 10m 떨어진 분식집 주인이 30대의 미인형 얼굴에 처녀라고 소문이 나고 항상 웃는 얼굴에 친절하기까지 하여 학생들이나 남녀노소를 막론하고 손님이 많아지니 10m 거리에 있는 내가 중개한 분식점은 상대적으로 손님이 줄어들었다. 그렇게 한 1년 정도 지나다 보니 내가 중개한 분식점은 한가하게 되었는데, 그 점포주가 출근길에 교통사고를 당하여 다리에 깁스를 하고 2개월 정도 병원에 입원하여 21살의 아가씨(대학교 2학년)가 어머니 대신 장사를 하게 되었다. 이 아가씨는 내가 보기에도 아주 예쁘고 항상 웃는 얼굴이라 한가하던 분식점에 손님들이 몰려서 많이 바빴다. 2개월 후 어머니가 깁스를 풀고 당분간은 완전히 나을 때까지 몇 달 동안 같이했다. 그러다 보니 장사가 더 잘되었고, 나도 그런 것을 보며 아주 기분이 좋아 계속 잘되시길 빌었다.

〈실전 사례 300번〉

안양시 X동 M대학 입구에 대지 47평 상가주택이 매매가 20억 원에 매물로 나왔다. 그런데 건축물대장을 보니 1층, 2층, 3층은 근린생활시설 4층은 주택으로 되어 있고 현재 2층과 3층에 방 2개, 방 3개씩 층마다 들어가 있어서, 2층과 3층의 방을 다 철거하고 근린생활시설로 바꾸어 세를 놓지 않으면 안 된다고 현 건물 주인에게 통보하고 일단은 매매를 중지하였다. 그 후 건물 주인은 2층, 3층을 고쳐서 방을 없애고, 당구장과 음식점으로 임대차하여 수입이 올라가니, 매매를 취소하게 되었다.

03

중개법인 등을 경영하던 시절

강대길은 자본금 50억 5천만 원으로 **중개법인 ㈜한강**을 설립했다. 안양에 있는 2층 건물을 4억 원에 경매로 낙찰받았다. 그리고 2억 원을 들여서 올 리모델링을 하고, 와이프와 25억 원씩 자금을 투자하였다. 주주 현황은 다음과 같다. 강대길 25억 원, 김성숙 25억 원, 마리아 외 9명 5천만 원, 자본금 함께 50억 5천만 원, 대표 강대길과 감사 김성숙은 월급제이며 영업부 직원은 모두 성과급(회사 40%, 직원 60%)이고, 기타 부서의 직원은 월급제였다. 상기와 같은 체계로 개업한 지 얼마 안 되어 자리 잡기 시작했는데, 와이프의 공이 컸다. 와이프는 미술 대학장이 되었는데 이로 인해 인적 교류가 많았고, 재력도 있으니 활동 범위가 넓었다. 그리고 영업부 전무 이하 직원들은 공인중개사 자격증이 있는 사람들을 원칙으로 뽑았다. 경매 건은 아파트, 빌딩 땅을 주로 하였고, 초기부터 일 잘하는 경매 전문가를 직원으로 두었기 때문에 지금은 자리를 잡아서 전문가만 3명으로 경매 부서에서도 많은 수익을 올리게 되었다(경매 부서도 실적제로 하였다). 건물을 중개할 때 제일 신경이 쓰이는 것은 당연히 건물과 토지에 근저당이나 압류 등이 있는지를 확인하는 것과 토지와 건물의 주인이 어떤 사람인지 체크하는 일이다. 일반적인 경우 매매계약 후 1~6개월 사이에 보통 중도금, 잔금을 하게 되는데, 그 안에 혹시 압류, 가압류 등이 들어올 것인가를 생각하며 항상 신경을 쓴다. 그리고 명의인이 아니면 누가 뭐라고 하든 믿지 않았다. ㈜한강의 중개로 아파트를 구입한 사람들은 마리아, 아야꼬 등이었는데 주로 한강 변의 고급 아파트를 선호하여 46평을 거의 매입하였다. 그런 수수료는 무시 못 할 수입원이었다. 와이프의 선배들인 내과의사 정인숙, 이비인후과 의사 전나라 등도 아파트를 구입했는데 그것도 짭잘한 수입원이었다. ㈜한강을 설립한 해에 연말결산을 해 보니 매출 100억에 영업이익이 40억 원이었다. 중소기업의 수익과 금액이 비슷할 정도였다. 그 결과를 보고 와이프(김성숙)는 엄청 좋아했다. 잘만 노력하면 계속 사업이 번창할 것 같았다. 그렇게 세월이 흘러갔다. 대표보다 더 많은 수익을 갖고 가는 부장, 과장들이 많이 나왔다. 그러다 보니 경쟁이 되어 매출이 하루가 다르게 기하급수적으로 늘어났다. 창업 2년 차의 결산을 해 보니 매출 150억 원에 영업이익이 60억 원이었다. 그 후 부동산 임대업도 겸하였다. 나의 안양 건물(지상 6층, 지하 2층)과 와이프의 청담동 건물 (지상 10층, 지하 3층), 논현동(지상 1층 지하 5층) 건물들을 **빌딩임대업 법인** ㈜**상강**에서 관리하도록 조치했다. 빌딩임대업 ㈜상강의 주주현황은 다음과 같다. 강대길 25억 원, 김성숙 25억 원, 마리아 외 9명 5억 원, 자본금 계 55억 원, ㈜상강 대표는 강대길, 이사진은 김성숙 외 5명이었다. ㈜상강은 설립 1년 말 결산에서 매출 100억 원 영업이익 30억 원의 실적을 올렸다. 그리고 다음 해에 ㈜**양아성 경호회사**를 새로 설립하여 요인들의 경호를 담당하게 하였다. 자본금 52억 5천만 원으로 출발하였다(강대길 25억 원, 김성숙 25억 원, 안애리 외 4명 2억 5천만 원). 직원은 전부 각종 무술 4단 이상을 원칙으로 하되(올림픽, 세계선수권 아시안게임에서 금, 은, 동메달을 딴 선수들을 주로 선발했다) 회사 대표는 변호사 안애리, 이사 이성화 외 6명, 감사는 김성숙을 임명했다. 우선 경호원 100명을 선발하여 연습할 수 있는 체육관을 구입하고, 차량 150대를 구입하여 만약의 경우에 대비했다. 경호업무는 항상 수요가 많았다. 그래서 창업 초기의 연말결산 시 매출액 100억 원, 영업이익은 30억 원이 되었다. 마침 국회의원 선거가 10개월 앞으로 다가오니, 경호 수요가 많아서 눈코 뜰 새 없이 바빴다.

04

정치 입문 후 끝없는 야망의 시절

어느 날 여당의 원내 대표님이 강대길에게 전화를 주셨다. "이번 국회의원 선거에 비례대표 국회의원으로 출마할 수 있느냐?"라고 하시면서 좋다고 하면 추천을 하겠다는 것이었다. 그래서 "저를 어떻게 아셨습니까?" 하고 여쭈어보았다. 나의 부인이 자기 와이프의 직속 후배인데, 어느 날 자기 와이프가 강대길 사장의 이력을 얘기하면서 비례대표(국회의원) 후보를 추천하면 어떻겠냐고 물어보았다는 것이다. "예? 그러시면 와이프와 상의해서 대표님을 찾아뵙겠습니다. 감사합니다." 하고 전화를 끊었다. 정치는 전혀 생각해 본 적도 없는데 비례대표 국회의원이라니. 저녁에 와이프한테 자초지종을 얘기하니까 와이프가 "벌써 전화 왔어?" 하며 웃었다. 그러더니 "내 남편이 국회의원이면 나는 국회의원 사모님 아니야? 좋지 않아?" 하고 말하였다. 그래서 세상눈이 많고, 말 많은 사람들이 하도 많아서 걱정된다고 하니 걱정하지 말라고 하였다. "나는 당신을 믿으니까." 순간적으로 나는 감격하여 와이프를 껴안고 몇 번이고 고맙다고 하였다. 다음 날 원내 대표를 만나서 "비례대표를 추천해 주시면 영광으로 알고, 평생 은혜를 잊지 않겠습니다."라고 말씀드리니, "알았다."라고 하였다. 그다음 해 4월에 나는 여당의 비례대표 국회의원이 됐다. 나는 비서관 등 국회의원에게 제공되는 모든 것이 고마웠다. 그렇게 하여 의원 생활이 시작되었는데, 나의 재산과 와이프의 재산을 합하여 500억 원으로 제출하였다. 주로 나의 빌딩과 와이프의 빌딩, 또 S전자 주식 등을 합한 금액이었다. 나는 국방위원회로 배정받아서 국방위원이 되었다. 그렇게 활동하던 어느 날 원내 대표님이 하는 말씀이 "대통령님이 어떻게 아셨는지, 경호처장을 겸하면 안 될까?" 하고 말씀하신다는 것이다. 그래서 "그렇게 하겠습니다."라고 말씀드렸더니 이틀 후 발령이 났다. 그날부터 경호처장을 하게 되었고, 집에 와서 와이프에게 그 얘기를 하니 잘됐다고 한다. "어떻게 된 거야!"라고 물으니 아마 원내 대표와 국회 국방위원장이 추천했을 것이라고 한다. 세월이 빨리도 흘러갔고 대통령 선거가 3년 남았다. 원내 대표가 대통령님이 호출하시니 같이 들어가자고 하신다. 대통령님이 이번에 개각이 있는데, "강 의원을 경호처장 그만하게 하고, 국토교통부 장관으로 추천하면 어떨까요?" 하고 물어보셨다. "문제는 없겠지요?" 하며 다시 물어보시기에 원내 대표는 "문제없습니다. 열심히 의원들을 설득하겠습니다." 하고 나왔다. 한 달 후 장관 5명이 교체되었는데 국토교통부 장관에 강대길이 발탁되었다. 그래서 3개 회사의 회장직을 와이프에게 수행하도록 하고, 오로지 국회 국방위원과, 국토교통부 장관직에 모든 것을 걸고 수행해 나가기로 하였다. 저녁에 집에 와서 "국토교통부 장관 비서실장을 누구로 하면 좋을까?" 하고 와이프에게 물어보니 S법대 이성화 교수를 추천하였다. 그래서 "남자만 되는 것 아닌가?" 그랬더니 이성화(키 180cm)는 성격이 남자같이 활달하고 강단이 있으니 한번 써 보라고 한다. 그래서 이성화 교수의 의사 타진을 한 끝에 그녀로부터 "내가 할게요." 하는 답을 들었다. 그다음 날 이성화 교수를 비서실장으로 발령하고 비서진은 이 비서실장이 꾸미도록 했다. 3년 후면 대통령 선거인데 벌써부터 대선 바람이 불었다. 나는 국회 국방위원과 국토부장관 업무에 최선을 다하여 잡음이 없었다. 국민들의 장관 및 국회의원 호감도 조사에서 200등을 하였는데 개의치 않고 열심히 수행하다 보니 다음에는 190등이 되었다. 항상 내 사무실에 전국 아파트 공급량, 수요량 가격변동 폭 그래프를 비치해 한 번만 봐도 파악할 수 있도록 해 놓았다. 또한 국방 상황에 대한 현황 및 개선해야 할 부분을 보고서로 작성하도록 이 실장에게 지시하여 매월 받아 보았다. 대통령 선거가 2년 10개월 남았는데 호감도 조사에서 180등을 하였다. 나는 국민들과 관계가 많은 국토부 장관과 국토 방위업무인 국회 국방위원으로서의 임무를 하다 보니 국민들의 관심을 많이 받게 됐다. 매스컴에서는 강대길 장관이 아파트와 관련된 개발, 가격변동, 공항, 항만 건설 등에 대한 많은 업무와 관련이 있다 보니, 거의 매일 기자들과 면담을 10분이든 20분이든 하고, 기자회견도 하여 국민들이 오해가 없도록 했다. Y국과의 핵 관련 기사가 나와도 나에게 물어보는 기자가 있다 보니 답변을 피할 수가 없어 매일 기자들과 만나면 성실하게 답변을 했다. 그러다 보니 국민들의 호감도가 빠르게 올라가게 되어 몇 개월 안에 100위까지 올라갔다. 시간이 흐르면서 방송국에 나가서 토론도 하게 되었고, 이 실장이 꼼꼼하게 문제점과 답을 항상 알려 주다 보니, 이성화가 내 머리에서 말하는 것처럼 얘기하게 되었다. 그러니 국민들의 호감도가 급속히 올라가 30위까지 마크하게 되었다. 이성화는 나의 은인이 되다시피 하였다. 그러다 보니 이성화는 더욱더 열심히 내가 답할 것과 사람들이 질문할 것을 추려서 내가 정확하고 빠르게 대답을 하도록 가르쳐서 나도 덩달아 이성화 같은 천재가 되어 가는 것 같았다. 다음 달에는 여론조사 결과 국회의원과 장관들 사이에서 1위의 호감도를 갖는 위치까지 올랐다. 나는 국토부 장관으로 출근하는 날부터 지금까지 이성화로부터는 법학, 정치학 교수에게선 정치학, 외국어 강사로부터는 외국어(6개 국어)를 각 30분씩 배웠다. 1년이 지나니 모든 것이 다 새롭게 보이기 시작했다. 신문도 매일 이성화 실장이 메모하면서 중요한 것을 가르쳐 주었다. 어떤 경로로 대통령님께 보고되었는진 모르지만 대통령께서 호출하셔서 이 실장에게 물어보니 좋은 소식일 것이라고 답을 해 줬다. 나는 바로 들어가서 대통령님께 인사를 드렸다. 대통령님이 "국민여론조사결과 호감도가 1위이시던데, 대통령 후보 경선에 나갈 생각이 있으신가요?"라고 물어보셨다. 그래서 "국회의원과 장관을 한 지가 1년 정도밖에 안 됐는데 제가 후보 경선에 나가면 이길 확률이 있겠습니까?"라고 하자 대통령님께서 제약 조건도 없고 꼭 떨어지라는 법도 없으니 경선에 나가 보라고 하시어, "감사합니다. 대통령님께서 추천해 주시니 감사히 생각하고 경선에 나가서 대통령님께 누가 안 되도록 열심히 해 보겠습니다. 감사합니다." 하고 나왔다. 다음 날 10명의 후보 중 10번째로 등록하였다. TV 토론(여당 후보들만)을 10회(1회에 4시간씩) 하기로 하였다. 토론회가 끝나고, 10일 후 전국 여당 당원들만의 투표로 후보 3명을 뽑고, 3명의 후보들이 TV 토론을 5회(1회에 4시간씩) 하여 득표율이 많은 두 후보를 뽑기로 하였다. 두 후보를 뽑아서 다시 토론 및 연설회를 갖고(TV 토론 2회 각 4시간씩 TV 연설 1회, 각 후보마다 30분) 10일 후, 여당 당원만의 투표로 후보를 최종 결정하기로 하였다. 첫 번째 투표 결과 1위 김경술(전 국회의원), 2위 강대길, 3위 장성강 의원(5선 국회의원)이 되어서 2차 투표에서는 김경술 의원과 강대길 의원이 1, 2등을 했다. 3차 투표 결과 김경률 의원 50% 강대길 의원 49.9%로 김경술 의원이 최종 여당 대통령 후보가 되었다. 그래서 선배 의원님에게 축하 인사를 드리고 "대선에서 열심히 도와드리겠습니다." 하고 돌아왔다. 집에 돌아오니 와이프가 울면서 맞이하길래 다독거려 주고 1시간 동안 샤워하고 꿈속으로 떠나갔다. 다음 날부터는 본업인 국회의원과 국토부 장관으로서의 책무를 다하기 위해 열심히 일하고 공부도 꾸준히 했다. 정치, 경제, 사회, 모든 분야의 전공책도 계속 읽고, 신문도 매일 보고, 6개 국어도 계속 네이티브 수준으로 끌어올리도록 하면서 어려서부터 지금까지 해 오던 체력 훈련, 태권도 호신술, 단도(칼) 다루는 법도 계속 배워 나갔다. 어느 날 정은숙(교육학 박사)이 집에 와서 와이프와 얘기를 하고 있었다. 그래서 인사를 한 뒤 샤워를 하고 나오니 나더러 앉으라고 하였다. "김성숙 여사가 미술 대학장이며 미술학 박사이고, 유명한 화가이신데 학교 총장으로 추천하면 어떨까요?" 하고 나에게 물어보길래 "총장을 하면 좋긴 하지만 총장은 행정력과 통솔력이 있어야 하는데 어떻게 생각하세요?" 하고 정 사장에게 물어보니 "3개 회사 회장이며 미술 대학장도 하면서 자질은 충분히 검증되었으니 괜찮지 않을까요?" 하기에 "그거야 정 사장님이 이사회에서 인정하고 교수님들의 반대만 없으면 고맙게 받아들여서 총장으로서의 역할을 발휘하도록 일을 해야겠지요." 하니까 정

사장이 "그럼 그렇게 되도록 해 보겠습니다." 하고 같이 저녁 식사를 하고 헤어졌다. 강대길은 다음 날도 스케줄대로 열심히 국가의 장래와 국민들의 생활 개선, 국방력 강화를 위해서 노력하였다. 그렇게 지나던 어느 날, 원내 대표가 점심 식사를 하자면서 전화가 와 때맞춰 나갔다. 하시는 말씀이 "대통령께서 선거도 2년밖에 안 남았으니 내각을 개편하겠다고 하시면서 강 의원을 경제기획원 장관 겸 부총리로 생각하시는데, 제 생각은 어떠냐고 물어보시길래 강 의원이 경제학 박사이고 부동산이나 경제에 관한 문제에 대해서도 TV 토론을 20여 차례 하면서 실력이 인정되었으니 괜찮다고 생각합니다."라고 말씀드렸다고 한다. 그래서 대표님에게 감사 인사를 드리면서 "항상 저를 밀어주시는데 어떻게 은혜를 갚아야 할지 모르겠습니다."라고 말씀을 드리니 "알았습니다." 하고는 헤어졌다. 그리고 얼마 후 내각 개편이 있어 강대길 국토부 장관이 부총리 겸 경제기획원 장관에 임명되었다. 비서실장에 이성화를 임명하고 부동산학박사, 금융경제학박사, 한국은행금융국장(경제학박사) 산업부국장 출신 경제학박사 등을 국장급으로 각 분야에 관한 연구를 하도록 국가경제 부동산연구소를 출범시켜서 각종 현안 문제를 토론하고, 매월 결과물을 만들어 제출하도록 직제를 개편하였다(상임직으로 근무하게 하고 겸직은 허용하지 않았다. 연구원은 2명 안에서 인선하도록 했다). 대통령님의 남은 임기를 잡음 없이 매듭짓도록 하는 마음으로 직무에 열심히 임했다. 그리고 얼마 후 와이프도 대학 총장이 되어서 활동 범위가 더욱 넓어지게 되었다. 나는 더욱 건강에 신경을 쓰고 와이프도 자신의 건강과 나의 건강을 위해서 항상 신경을 쓰게 되었다. 그렇게 경제기획원 장관(부총리)과 국방위원으로 활동하다 보니 출근길 인터뷰도 계속 많은 호응을 얻을 수 있었다. 각종 매스컴에도 시간을 내서 경제 전반에 관한 대화를 하도록 노력하였다. 대학교 강당에서 학생들을 위해 경제 전반에 관한 강의 및 토론하는 자리를 만들어(방학 기간 제외) 계속 노력하였다. 원유, 가스 등의 가격변동이 심한 가운데서도 경제 성장률은 계속 4.5% 이상을 성장하고 있었다. 와이프는 나이가 들수록 더 예뻐져서 학교에서 별명이 예쁜이 총장으로 불리게 되었다. 한편 세계 경제에 영향을 끼치는 200인에 100위로 강대길이 등재되어 각 매스컴과 인터뷰를 하게 되었다. 그러다 보니 강대길의 인기도는 날이 갈수록 올라갔다. 어느 날 대통령님의 호출이 있었다. 비서실장에게 "무슨 일이실까?" 하고 물어보니 "아주 좋은 일일 겁니다."라고 하였다. 다음 날 일찍 대통령님을 뵙는 자리에 비서실장이 동석을 하였다. 강대길에게 세계 경제인 100위에 오른 것을 축하한다고 말씀하시더니 "이제 임기가 10개월 남은 것 같아요. 그래서 말인데 기획원 장관도 어느 정도 해 보았으니 국무총리를 하면 어떻겠나?"라고 물어보신다. 나는 깜짝 놀라서 "예?" 하고 놀랐더니 대통령님께서는 "놀랄 것 없다."라고 하시며 "이 정권에서 인기 1위를 해 보셨고, 국토부 장관에 기획원 장관을 해 보았으니까, 나는 내 후임자를 고르고 또한 나중에 대선 시 국무총리를 지낸 분으로서 선거에 임하시면 확실히 높은 평점을 받으실 것이 아닌가란 생각이 듭니다."라고 말씀하셨다. 울컥 눈물이 나서 눈물을 쏟으니 대통령님께서 수건을 건네주면서 눈물을 닦으라고 하셨다. 감사 인사를 드리니 비서실장이 "그럼 그렇게 알고 가 보세요." 하시기에 대통령님께도 인사를 하고 장관실로 오면서 별생각이 다 들었다. 이것을 와이프에게 얘기하면 안 된다는 생각을 하고 실장을 불러서 "국가 전반에 관해서 알고 싶은데 자료를 구할 곳이 있을까요?" 하니까 환하게 웃으면서 "찾아서 갖다드리겠습니다!" 하고 뛰다시피 하며 나갔다. 얼마 후, 각 부처에 관한 모든 직제와 정보를 모아서 가져오기에 "실장님 수고했어요." 하며 감사 표시를 했다. 퇴근 후 식사한 다음 샤워를 하고 나오니 "여보 오늘 수고 많이 했어요." 하고 또 건강 차를 가져와 마시고 푹 쉬었다. 약 10일 후에 전면적인 개각이 있었다. 나는 국무총리로 임명되어 정신없이 바빴다. 나에 대한 법적인 문제는 실장이 잘 처리해 놓아서 청문회에서도 일사천리로 넘어갔다. 이 자리는 대통령님을 위하여 업무를 완전무결하게 해야 하는 자리이니 아주 엄중하게 처리하여 마무리해 나갔다. 그러면서 시간이 흘러 대통령 선거 막바지에 이르렀다. 국정 전반에 별일이 없으니 나에 대한 국민들의 호감도도 아주 좋아졌다. 국무총리로서 나의 첫 관심은 국민소득향상, 두 번째 관심은 Y국의 도발을 미리 예방하는 것이었다. 그래서 항상 관심을 쏟다 보니 실장은 수족처럼 두 가지 문제점이 발생하면 답까지 가지고 와서 보고하여 나에게는 아주 좋은 파트너 겸 참모가 되었다. 비서실장은 내 옆에 있으면서 나날이 더 바빠졌다. 나는 "혹시 기회가 올지 모르니 6개 국어 회화를 열심히 공부해서 만약을 대비해야 합니다." 하며 와이프에게도 똑같은 얘기를 해 주었다. 그렇게 시간이 가면서 총리 업무에도 익숙해지게 되었다. 어느 날, ENG국에서 국왕의 장례식에 대통령님 특사로 국무총리가 참석하게 되었다. 그리고 교역 국가 몇 개국에도 다녀오게 되었는데, 국장에 참석하여 조문을 하고, 교역 국가 몇 개국에도 특사로 다녀오게 되어 관련 장관과 부서장들이 동행하였다. 업무를 완전하게 마친 다음 귀국하여 대통령님께 보고하고 총리실에서 잔무 정리를 하여 총리로서의 임무를 충실히 해 나갔다. 얼마 후, 갑작스러운 Y

국군의 서해상에서의 도발로 Y국군의 전투함을 침몰시키고 전부 몰살시켰으며 한국은 1명 경상, 1명은 중상을 입었다. 이 때문에 남북의 성명전이 시끄럽게 전개되었으며 강 총리는 한 번 만 더 해상이나 육지에서 도발이 있으면 Y국의 수도와 관련 지역까지 쑥대밭으로 만들겠다는 담화를 발표하였다. 이후 Y국의 돌발적인 만행을 대처하기 위해 전군 비상령을 내렸다. 이렇게 약 3개월이 지나는 사이에 선거일이 가까워지기 시작했다. 이런 환경에서 대통령 선거일이 되어 전 국민이 탈 없이 투표하도록 하고 만약의 경우를 대비하여 119 소방차, 구급차도 대기하도록 조치해 놓았다. 그리고 각부 장관, 처장 등 각 부서의 책임자에게는 경호원을 붙여 철저히 경호하도록 지시하였다. 선거 당일 날, 일찍 선거구에 강 총리와 김 여사가 투표를 하고 기자들이 사진을 찍고 나와서 차를 타기 위해 걸어가는데 경호원이 3명이나 있음에도 불구하고 3명의 괴한이 총리 부부에게 맹독물이 묻은 칼로 찌를 듯 다가왔다. 강 총리는 만약을 위해 1년(12개월)을 계속 수련하고 있었지만 세 괴한의 칼 솜씨가 보통이 아니었다. 와이프를 밀어 쓰러트리며 와이프부터 방어하고 나서 스스로 칼에 맞을 듯이 돌격하다 이단앞차기로 괴한의 얼굴을 정통으로 가격하여 기절시켰다. 나머지 2명은 경호원들과 대치 중 경호원이 쏜 총을 피하면서 괴한이 총리에게 단검을 던졌다. 슬쩍 아슬아슬하게 피하면서 기합을 주며 이단옆차기로 머리통에서 펑 소리가 나도록 가격하여 1명을 기절을 시켰다. 나머지 1명은 경호원의 총에 두 다리를 맞고 정신을 잃고 쓰러졌다. 안 그래도 선거일에는 대통령 등 3부 요인들의 투표하는 광경을 생방송하면서 인터뷰하는 것이 통례인지라 강 총리가 괴한 2명을 발차기 두 번으로 물리치면서 부인도 구하는 장면이 전국에 하루 종일(투표하는 광경을) 방송되어 국민들의 많은 박수를 받았다. 괴한들은 정신을 잃은 상태라 소지품을 검사하면서 이들의 신원을 파악하는 한편 깨어나면 진실을 고백받기 위해 수사관들이 계속 매달려서 24시간 심문을 하였다. 선거 다음 날, 발표에 의하면 지난번 국무총리의 Y국에 대한 강력한 담화에 불만을 품고 고위층의 지시에 의한 것이라고 발표되었고, 수사의 진행 상황에 따라서 더 세부적인 내용을 발표하겠다는 수사 고위층의 발표가 있었다. 현 대통령은 강력한 담화를 발표하여 일촉즉발의 정세가 되었다. 이번 대통령 선거는 여권에서 출마한 김경술 전 의원이 무난히 승리하였다. 투표 결과는 여당 54%, 제1야당 40%, 군소정당 및 무소속 6%였다. 투표일의 국무총리와 김 여사의 피습 상황은 전 세계로 방송되어 TOP 뉴스가 되었으며 이제 강 총리는 세계적인 유명인으로 이름을 날렸다. 몇 개월 동안의 정권인수위원회 결과를 김경술 당선자에게 보고한 후 대통령의 취임식이 있었고 바로 국무의원을 발표했는데 국무총리에는 강대길이 유임되고, 국방부 장관과 국회 국방위원을 겸하게 되었다. 총리 비서실장은 이성화를 유입시키고 비서진은 그대로 하되 3명을 증원하였다. 강 총리는 총리공관에 입주하여 김 여사와 같이 거주하게 되었는데 경비와 경호원이 있어도 김 여사는 불안하게 생각하여 김 여사에게 호신술을 하루에 한 시간씩 강사를 초빙하여 훈련하도록 하고 병원에서 심리치료를 받게 하였다. 와이프와 함께 이성화 실장, 정은숙 교육학 박사도 태권도와 호신술을 1년 정도 수련하더니 운동 신경이 뛰어난 것인지 아주 잘하였다. 국방부 장관도 겸했기 때문에 Y국의 도발적인 행동에 대비하여 맹훈련을 시키고 군 복무 기간을 24개월로 되돌려 놓았다. 여성이 병역을 2년 이상하고 전역하면 각종 공공기관 및 공무원

시험에서 10점씩 가점을 주는 것을 원칙으로 하였다. 전술 핵무기를 한국에 배치하는 것도 A국에 강력히 요청하였으나 A국에서는 거절하며 다른 방안을 찾아보자고 여운을 남겨서 김 대통령님께 "A국으로 출국하여 국방장관과 국무장관을 만나서 의견을 개진해 보겠습니다."라고 말씀드렸더니 설득해 보라고 하시어 10일 후 A국으로 출국하기로 계획을 세웠다. 이 실장으로 하여금 국방부 측과 협의하여 국방부에서 3명을 차출받아 국회 국방위원장 및 국방위원 3명과 경호원 50명과 같이 방문단을 구성하였다. A국의 상, 하원에서 간곡히 연설하고 국방부 장관, 국무장관도 만났으나 별 효과는 없었다. 호텔로 돌아와 비서실장에게 오라고 하여 모든 방법을 다 상의했으나 안 될 것 같아서 고민하고 있어더니, 비서실장이 "이왕 온 김에 대통령을 만나고 가요."라고 하길래 "무슨 좋은 아이디어가 있어요?" 하고 물으니 "총리님, 마리아를 만나서 하소연을 해 봐요!"라고 했다. "응? 그래요, 만나 볼 테니 지금 당장 전화해요!" 이 실장이 마리아에게 호텔 커피숍에서 만나자고 하니 10분 후에 나타났다. 그래서 그동안의 얘기를 다 하고 대통령을 만날 방법을 가르쳐 달라고 했더니 자기 절친이 대통령의 딸이라고 하며 친구에게 호텔 커피숍에서 만나자고 약속했더니 30분 뒤에 친구가 호텔 커피숍에 왔다(주위에 경호원을 5명씩이나 대동하고). 마리아가 진지하게 작은 소리로 도와달라고 얘기하니까 그 자리에서 아버지(A국 대통령)에게 전화로 내용을 다 얘기하고 나니 딸 소원이니까 만나서 대화를 하겠다고 하였다. 다음 날 강 총리가 대통령실에서 대통령을 독대하며 전술핵을 한국에 배치해 달라고 요청을 드렸다. 대통령은 한참을 생각해 보더니 전술핵과 미사일을 올해 안에 비밀리에 배치해 놓을 테니 절대 비밀로 하여 국제적인 문제가 안 되도록 하는 조건에 합의하였다. "대통령 각하 감사합니다." 하며 "한국 대통령에게도 대통령 각하의 진심을 그대로 말씀드리고 꼭 비밀을 지켜야 한다고 말씀을 드리겠습니다." 하고 호텔로 돌아와 마리아와 함께 식사를 하고 헤어졌다. 귀국하기 2일 전 마리아가 이 실장과 만나서 대통령 딸(마르안리)을 내일 낮에 강대길이 묶고 있는 호텔로 오라고 했다. 그래서 함께 식사를 하고 대화를 하다가 돌아갔다. 모든 일을 마치고 귀국하여 김경술 대통령님께 보고를 끝내고 나서 대통령님께 귀에 대고 "비밀리에 A국 대통령과 독대를 하여 우리나라에 핵무기와 미사일을 배치하겠다는 약속을 받아 냈는데 이것을 아는 분은 저와 A국 대통령, 김 대통령님뿐이시니 영부인님께도 비밀을 지켜 혼자만 알고 계십시오." 하며 신신당부를 하고 총리실로 돌아갔다가 퇴근하여 공관으로 와서 바로 꿈나라로 떠나갔다. 그렇게 총리로서 열심히 맡은 일을 하며 지내던 어느 날, JAP국에서 독도는 자기네 땅이라고 몇십 년을 소리 높이더니 이제는 안 먹히니까 더욱 소리 높여 외치고 각종 매스컴을 동원하여 더 떠들어 대고 있었다. 다음 날 대통령님의 부르심을 받고 들어가니 독도 문제를 말씀하시며 해결책을 가져오라고 하셨다. "예, 알겠습니다." 하고 차 안에서 실장에게 독도 문제 해결 방안을 내놓으라고 지시하고 총리실로 들어가니 이 실장이 따라 들어왔다. "지금 자료 수집을 해서 방안을 강구하고 있는데 빠른 시간 내에 보고를 드리겠습니다." 하고 나갔다가 다시 들어오더니 "몇십 년 전에 유전 개발 건 때문에 시끄러웠던 7광구 문제를 독도 문제와 엮어서 처리하시면 어떻겠습니까?"라고 하기에 고개를 끄덕이며 "좋아요. 그렇게 합시다."라고 하니, 이 천재 실장이 "그렇게 각본을 짜서 다시 오겠습니다." 하고 나가서 아! 천재는 다르다는 것을 새삼 느꼈다. 7광구부터 개발 날짜를 확정하고 나서 독도 문제를 협의하자고 하니 JAP국 측에선 "협의해서 통보하겠다." 하고는 3개월이 지났는데도 아무런 답이 없어 재차 매스컴을 통하여 제7광구 개발을 빨리 하자는 어조로 따졌다. JAP국에서 한국의 총리를 7광구 유전 개발을 위해 은밀히 초청한다고 통보를 해 왔고, 우리 쪽에서 3개월이 지났는데도 아무런 답이 없어 재차 매스컴을 통하여 '빨리 하자'는 어조로 따졌다. 그 후로도 한참 있다가 JAP국에서 강 총리를 초청하였다. 대통령님을 뵙고 "JAP국 총리실에서 초청하는데 준비해서 가면 어떨까요?" 하고 보고 드리니 다녀오라고 하시여 총리를 단장으로 외교부 장관, 산업자원부 장관을 대동하고 방문하여 협의했다. 그러나 결론이 나지 않아서 며칠 더 협의하자고 하여 아예 10일을 더 머물면서 검토하여 양측이 만족하도록 내용을 다듬어 나갔다. 그동안 아야꼬(포장회사 사장)와 비밀리에 호텔 Coffee shop에서 만났다. 아야꼬의 동창이며 JAP국 총리실 가야꼬 비서실장의 절친인 야끼다(법대 교수)가 40세인데 법에도 정통하고 지난번 테러사건으로 총리님 팬이 되었다고 이 실장이 말하며, 솔직한 해결책을 들어 보시지 않겠느냐고 하여 약속을 하고서 만났다. 만나고 보니 키도 크고 예쁘며 예의가 있었다. 결론적으로 JAP국 총리실에서는 독도는 독도고 7광구는 7광구이니 같이 놓고 대화할 생각을 가지지 않고 있다며 시간만 갈 뿐이라고 하였다. 다른 방법은 없느냐고 물어보니 가야꼬와는 절친인 야끼다, 가야꼬와 이 실장이 만나서 숙의를 해 보겠다고 하였다. 대담이 끝나고 나서 이 실장과 야끼다 교수가 함께 나갔다. 다음 날 저녁 총리 비서실장(가야꼬)이 나를 만나겠다고 하여 약속을 하고 만났다. 현 총리만 국회의원 초선 시절부터 모시다 보니 어쩔 수 없이 40

세의 노처녀가 되었다고 하며, 지난번 테러 사건 이후 나의 팬이 되었다고 한다. 그리고 나서 얘기를 시작하는데 "앞이 잘 보이지 않는다고 하면서 총리님이 방책을 말씀해 주시면 최대한 노력해 보겠다."라고 하였다. "7광구가 개발되면 협의되는 대로 배분을 하되, 성사만 된다면 다른 것으로도 JAP국에 보상을 하겠다."라고 말하며 부탁을 하고 나니, "총리님의 말씀 잘 들었습니다. 총리 각하께 진실로 말씀을 올리겠다."라고 말하며 헤어졌다. 며칠 후 JAP국 총리가 강 총리에게 만나자는 연락이 와서 회담을 했는데, 7광구 개발을 하겠다고 하며 국가 간의 약속을 했으니 올해 안에 7광구 개발을 시작하는 것을 JAP국 총리와 한국 총리가 합의했다고 담화문을 발표한 후에 강 총리는 다음 날 귀국하였다. 대통령께 귀국 인사를 하고 "연내에 7광구 개발을 하기로 합의했습니다."라고 보고드리니 대통령님이 아주 잘된 일이라고 칭찬하셨다. 인사를 드리고 총리실에 들어오니 이 실장이 "총리님, 고생하셨습니다."라며 인사를 하였다. 오후 6시가 지나서 퇴근하여 공관으로 돌아오니 와이프가 "고생하셨어요." 하며 같이 즐겁게 꿈나라로 떠났다. 다음 날 깨어 오랜만에 와이프와 식사를 하고 총리실로 출근하여 하루 종일 일에 열중하며 결재를 못 해 쌓여 있는 서류들을 전부 결재하였다. 이 실장에게 지시하여 JAP국 측 비서실장과 수시로 통화하여 개발 날짜 등 진행 관계를 보고해 달라고 하였다. 두 달 정도 지나서 JAP국에서 날짜를 정하여 통보가 와서 이 실장에게 관련 실무자들에게도 날짜에 맞추어 준비하라고 지시하였다. 그 길로 대통령실로 올라가서 보고드리니 "그대로 실행하세요."라는 지시를 받았다. 그렇게 한국 측 실무자 대표는 통상산업자원부 장관(이경수)으로 하고, JAP국 측 대표는 격에 맞는 장관으로 한국 측에 통보하라고 하였다. 유전 개발을 기념하기 위하여 JAP국 총리가 한국을 방문하여 대통령님과 단독회담을 한 후 유전개발기념 리셉션을 하고, 2일 동안 머물다 출국했다. 며칠 후 유럽 PRND국의 대통령이 서거하여 강 총리가 특사로 조문하게 되었다. 간 김에 유럽의 여러 나라와 경제적인 협력을 다지고 방산 제품들을 판매하고 자 하여 15일 일정으로 출국하였다. 우선 장례식에 조문하고 1박하면서 PRND 국방 장관과 협의하여 우리나라 제품의 우수한 성능과 가성비가 좋다는 것까지 설명하여 소기의 목적을 달성하고 호텔로 돌아왔다. 다음 날부터는 순서대로 5개국을 방문하여 한국 무기의 우수성과 가성비를 내세워 전부 소기의 목적을 달성하였다. 15일 동안 가는 호텔마다 강대길 총리 옆방에 비서실장이 숙박하도록 예약을 해 놓았기 때문에 아주 일하기가 편했다. 순방을 마치고 귀국하여 보고드리니 대통령님께서 많은 성과에 기뻐하시면서 방문하고 오신 분들을 위해 만찬을 열어 주시어 즐겁게 시간을 보내고 관사로 돌아왔다. 한 달 후, CND국에서 무기 구매 관계로 "한국에서 방문하여 설명해 주면 고맙겠다."라는 공문이 대통령실로 왔다고 하였다. 대통령실에서 부르시어 관련 서류와 명단을 가지고 가서 찾아뵈니, 강 총리가 책임자로 무기 관련 장관 및 관련 회사 책임자들과 함께 가시어 CND국에서 계약까지 하고 왔으면 좋겠다는 말씀을 하셨다. 며칠 후, 철저한 준비 끝에 관련 장관 및 업계 대표들과(경호원 포함 약 80명) 출국하였다. CND국에 입국하여 호텔에서 1박하고 CND국 국방부 장관 및 관련 부서장들과 국방부 대회의실에서 오전 10시부터 오후 10시까지 우리가 내보일 수 있는 무기와 가격을 오픈하여 상담을 했다. 그러고도 끝나지 않아 다음 날에 각자의 팀끼리 의논하기로 하고 헤어져 호텔로 되돌아왔다. 주요 품목은 방산 제품인데, 수출만 하는 것이 아니라 기술 이전도 포함해서 현지에 공장을 완공시키는 것까지 감안하여 계획서 및 수출오퍼를 CIF 조건으로 내놓기로 하였다. 3일 후 CND국 측하고 미팅을 했는데, 서로 만족하게 해결을 보고 사인까지 하게 됐다. 미팅이 끝나고 계약도 완료하고 나니 CND국 측에서 주최하는 만찬을 갖고 CND국 총리 부부도 참석하여 대단한 환영을 해 주었다. 인원이 100명이나 되었는데 음료수와 맛있는 음식과 조용히 흐르는 음악까지 어우러져 아주 좋았다. 만찬을 장장 5시간 즐기고 끝났다. 다음 날 귀국하여 대통령님께 인사를 하니 계약한 것에 대한 만족을 표하면서(무기 수출 사상 최고액을 계약했기 때문이다) 귀국팀 전원에게 만찬을 베풀어 주셨다. 만찬을 끝내며 대통령님께 인사를 드리고 총리실로 왔다. 비서실장이 따라서 들어오더니 "총리님, 괜찮으세요?" 하길래 "괜찮아요."라고 했더니 실장이 "몸 좀 생각하세요!" 하고 눈물을 흘렸다. 바로 집으로 돌아오니 와이프가 "여보! 왜 그렇게 얼굴이 창백해요?" 하면서 영양제와 정력제를 주고 자자고 하여 와이프 손만 붙잡고 그대로 쓰러져 잤다. 다음 날 8시까지 깨지도 않고 계속 잤다. "여보 식사하세요!"를 다섯 번이나 듣고 나서야 깨어났다. 샤워를 대충하고 밥을 조금만 먹고 수저를 내려놓았다. "누님! 나 오늘 쉬어도 될까?" 하니 와이프가 "나와 함께 병원에 가서 진찰해요!"라고 해서 와이프와 병원에 갔다. 검사한 결과를 의사 선생님이 말씀해 주시는데, 너무 무리하시어 그러신 것 같으니 25일 정도 입원하고 푹 쉬세요."라고 하기에 와이프가 이 실장에게 사정을 얘기했다. "제가 윗선에 보고하고 병원으로 바로 가겠습니다." 하고 나갔다. 대통령님께서도 위로의 전화를 주셨고, 많은 분들에게서 격려 전화가 왔다. 그렇게 푹 쉬고

25일 후에 퇴원했다. 퇴원하고 바로 대통령님께 인사를 드리면서 "죄송합니다. 앞으로는 건강을 철저히 관리하겠습니다." 하고 국무총리실로 돌아와 그동안 처리 못 한 서류를 이 실장이 조언을 해 주어 결재를 마쳤다. 그리고 3개월을 평온하게 지냈다. 와이프는 기력과 정력에 좋다는 약을 구해 주며 애틋하게 온 정성을 다하였다. 그럭저럭 5개월이 지나고 나니 옛날처럼 체력이 좋아졌다. 그렇게 또 3개월이 지났다. 그동안에 나는 전과 같이 열심히 체력 훈련을 하여 사상 최고의 컨디션을 유지했다. 그렇게 세월이 가는 동안에 PRND국으로부터 무기를 구입하겠다는 소식이 전해지면서 한국도 참여하기 위하여 PRND국에서 원하는 무기와 성능을 파악하여 10일 후, PRND국으로 출국하게 됐다. PRND 국방장관이 영접을 나와서 호텔까지 안내하고 내일의 미팅 준비를 위해 돌아갔다. 양국은 다음 날, 아침 10시부터 저녁 7시까지 회담을 하였다. 결국은 카탈로그와 오퍼시트 성능표 등을 일주일 동안 검토하고 다시 협상을 하기로 했다. 한국 대표단은 아침 10시부터 저녁 6시까지 7일 동안 계속 토론을 하여 1안부터 5안까지 뽑아 놓았다. 7일이 지난 후 다시 미팅하는데 1안으로 가지고 온 최고 가격에 합의하여 양국 총리가 약정서에 사인하고 매듭지었다. 그날 저녁 8시에 총리 이하 전국무의원들이 나와서 환송 만찬에 참석하여 진심으로 고맙다고 많은 축하를 보내 주었다. 우리 팀은 만찬이 끝나고 이틀을 더 묵으면서 실무자 간의 미팅과 양국이 합의한 내용을 사인 받고 다음 날 출국하였다. 귀국하여 대통령님께 귀국 인사 및 계약 등의 내역을 말씀드리니 대단히 만족하셨다. 총리실에 와서 그동안의 밀렸던 서류를 결재하고 하루의 일과를 마친 후 공관으로 퇴근하여 오랜만에 와이프와 만났고 다음 날 출근하여 정상 업무를 하였다. 그렇게 세월이 흘러갔다. 2개월 후 ASTRA국과의 수출(원전, 각종 무기, 조선), 수입(광물 자원, 기타 원자재) 상담을 하기 위해 15일 체류 예정으로 출국하였다. 상담을 만족스럽게 마치고 나니 다음 날 송별 만찬을 주최해 주어서 3시간 동안 즐겁게 보내고 숙소로 돌아왔다. 오후에는 교포들과의 만찬이 있어서 외국에 사시는 분들과 많은 얘기를 하며 고향의 향수를 풀어 주었다. 우리 일행은 성공적으로 업무를 마치고 다음 날 귀국하여 대통령님께 귀국 인사를 했다. 총리실에 들러 밀렸던 일을 하루 종일 하고 집으로 돌아와서 와이프와 잠자리에 들었다. 어느새 국무총리로 새 정부에서 일한 지 1년 6개월이 지나고 국회의원 선거철이 눈앞으로 다가와 있었다. 나라의 안보와 경제 발전은 어떻게 되든 이기고 보자는 욕심만 있어서 정부의 안정보다 자신의 PR과 여당 야당 싸움만 하는 계절이 돌아왔다. 대통령님의 부르심이 있어 대통령실로 찾아뵙고 인사를 드리니 국회의원 여당 취약 지역인 험지로 출마를 권하시어 "예! 대통령님의 말씀대로 여당의 제일 험지에 출마하겠습니다."라고 말씀드렸다. 그리고 총리실로 돌아와서 업무를 정리하고 퇴근하였다. 이튿날 대통령실로 들어가서 국무총리 및 국방부 장관직 사표를 냈다. 그리고 K시 갑구로 와이프와 같이 전입신고 하고 본격적인 선거 운동에 전력을 다하였다. 나의 국회의원으로서의 출세나 당선보다는 낙선되더라도 최대한의 득표를 올려 비례대표에서라도 많은 인원이 당선되도록 최선을 다했다. 비서실장 이성화도 지역구로 주소를 옮겨 한 표라도 보태도록 하였다. 이번에도 이성화를 비서실장으로 활약하도록 했고, 아는 분들도 모두 옮기게 하였다. 나는 뜨거운 눈물을 속으로 흘리면서 선거 운동을 자신감 있게 끌고 나갔다. 애초에 야당 1번가에서 여당이 이기리라고는 전혀 생각하지 않았다. 오직 득표율을 올리는 데만 올인하였다. 내가 아는 분들은 전부 갑구에 와서 6개월 동안 살면서 모든 연고를 동원하여 선거운동을 열심히 했다. 소문으로는 강대길 후보가 당선될 것이라고 하나, 강대길 후보 자신은 기대하지 않았다. 한 번도 여당에서 승리한 적이 없는 지역이기 때문이다. 경호원도 5명으로만 한정하고 와이프에게도 6명을 붙여 와이프의 경호에 많은 신경을 썼다. 지지자들이 계속 대규모로 움직이기 때문에 경호원들은 밀착 경호를 주로 맡았다. 그러던 어느 날 오후 5시경에 청중이 적고 한산한 N초등학교에서 유세를 마치고 와이프와 4계단 중 3계단까지 내려오는데, 우리 부부를 향한 총성이 들렸다. 소리를 듣자마자 와이프를 안고 계단을 굴러 내려와 대피했는데 와이프는 머리에 총탄을 맞고 축 늘어졌고 강대길도 다리에 총을 맞아 같이 쓰러졌다. 주위에 있던 청중들은 혼비백산하며 다 흩어져 도망갔고 경호원이 119와 112에 신고하여 구급차 2대와 경찰들이 달려왔다. 우선 와이프부터 싣고 가면서 응급조치를 하고, 나도 실려 가면서 응급처치를 하였다. 와이프는 머리를 수술하였으나 산소호흡기에 의지하며 위독한 상태에 빠졌고 강대길은 다리에만 총알이 관통하여 위독하지는 않았다. 병원에서는 와이프 옆에서 기도하는 수밖에 없었다. 2개월 동안 선거 운동을 전혀 하지 못한 채 와이프는 결국 되돌아올 수 없는 천국으로 홀연히 떠나고 말았다. 강대길은 넋이 나가 장례 기간 동안 계속 눈물만 흘리면서 모든 뒤처리는 이 실장과 비서실 직원들이 주축이 되어 진행하였다. 각종 매스컴에서는 1면 기사로 김성숙이 걸어온 길과 부모님이 키우고 있는 두 아들과 남편 강대길과 함께 회사 3곳을 창립하여 회장으로서 남편을 보필하고 대학교 총장으로서 사회적인 활동도 열심히 한 여성이었다는 것을 강조하였다. 이를 본 국민들은 회한의 눈물만 흘리고 있는 강 후보가 와이프를 뒤따라가는 것이 아닌가 하며 동정하고 부인의 죽음을 애도하였으며, 상대 당원들도 강대길을 동정하였다. 그런 동정과 연민 속에서 선거 결과는 강대길이 80%의 득표를 하며 사상 유례없는 몰표를 받아 험지에서(야당의 정통 선거구) 당선되었다. 얼마 후, 대통령님이 영빈관에서 당선자들에게 축하 모임을 열어 주셨다. 김 대통령님은 강대길에게 "부인의 죽음을 애도하며 당선을 축하합니다."라고 하며 이번에 여당과 야당을 통틀어 제일 많은 표를 얻은 강대길을 다음 번 국회의장으로 선출할 것을 여당 당선자들에게 부탁하였다. 며칠 후 국회 개원회의에서 비밀 투표에 의하여 강대길 의원을 국회의장으로 선출하였다. 이에 따라 강대길 의원은 이성화를 비서실장으로 임명하고, 이 실장이 비서진을 꾸미게 하였다. 국회의장 공관으로 이사하였으며 며칠이 지난 후, 대통령 특사로 EU 회원국 중 방산 물품, 반도체, 선박 등을 수입하고자 하는 국가들을 순방하여 40일 만에 귀국하였다. 대통령님께 보고한 후 의장실에 출근하여 그동안 밀려 있던 잔무를 다 마치고 마무리를 지었다. 여성 군복무 의무화 건을 다시 상정하여 통과시켰다(2년 이상의 군 복무를 하는 자에게는 공공기관, 공무원 임용 시험 시에 10점씩 가산점을 주는 것으로 하였다). 원내 대표가 국회의원들을 설득한 결과 통과되었으며 4년제 대학교, 전문대학에서는 여성 ROTC 제도와 하사관 제도가 실시되다 보니 국가 안보에 대한 여성들의 강한 국가관을 심어 주었다. 직장을 사직하고 실업 수당으로 살아가려는 빗나간 근로자들의 행태를 고치고자 하는 방안의 하나로 실업수당 제도를 현재보다 강하고 엄격하게 심사하여 근무의지를 가지도록 강화해 놓았다. 국회의원 선거 후 5개월이 지나서 강 후보 부부에 대한 총격 사건의 범인이 잡혔는데 JAP국 내 조총련의 지령을 받은 자가 국내의 고정간첩과 연계하여 사건을 일으켰다는 것을 밝혀냄과 동시에 한국 내에 있는 고정간첩 200명을 적발하여 전부 사형 선고를 내렸다. 1개월 후 사형집행을 하였고 대통령님께 보고하여 그동안 사형집행을 하지 않은 사형수들도 모두 사형집행을 하였다. 외국 및 국내의 적지 않은 인사들이 반대했지만 비인간적인 범죄는 70% 이상 줄어들고 거리의 무뢰한 이들이 설 땅이 없어지도록 조처하였다. 법의 개정을 통하여 범죄와의 전쟁을 강조하여 전국의 조폭과 마약을 생산 유포하는 자, 마약중독자는 지위 고하를 막론하고 법적으로 엄격하게 처벌하였다. 나는 밀려 있는 법안들을 내 임기 내에 100% 처리하겠다는 목표로 비서실장에게 내 취지를 말해 주고 무슨 법이든지 아직 잠자고 있는 법안을 정리해 달라고 하였다. 12월 초에 내년도 예산안도 통과시켰고 밀려 있던 법안들도 대부분 통과시켰다. 새해가 밝아 대통령님께 인사를 드리고 의원들과 국립묘지 현충원에 가서 묵념을 올리고 왔다. 다음 날 대통령님의 호출이 있어 찾아뵈니 "배터리 원자재와 디젤차에 쓰이는 요소수 등이 CH국에 대부분 있는데, 잊을 만하면 금수조처를 하니 수출로 먹고사는 우리로서는 문제가 많은데 유능하신 국회의장님이 해결해 보시면 어떨까요?" 하고 말씀하시기에 "예, 알겠습니다." 하고 나왔으나 뾰족한 방법이 없어 이 실장을 불렀다. 의견을 들어보니 ASTRA국의 잉그리트(지질학 박사) ENG국의 아데나(국방부장관) D국의 안네(상공부장관, 지질학박사)와 통화해 보겠다고 했다. 우선 D국의 안네와 통화해 보니 CH국에 대학원 동기가 있는데, D국으로 와서 자기와 자세한 얘기를 하자고 해서 D국에 입국하여 비서실장과 내가 같이 숙소에서 만나기로 하였다. 우리의 문제점을 자세히 알려 주면서 "CH국과의 연결 고리가 있을까?" 하고 물어보니 있기는 한데 CH국의 지질학자 랑난이 수출 관련 책임자들과 친분이 있는지는 확인해야 하지만 전화로(시차 문제 때문에) 그분이 일하는 낮 시간에 통화를 하여 알려 주겠다고 하였다. "D국에는 며칠 동안 숙박하실 건가요?"라고 물어보길래, "만약 여기서 어느 정도 긍정적인 답변을 얻을 수 있다면 한국에서 대기하고 있는 전문가들을 D국이든 CH국이든 오라고 할 것입니다."라고 하니 오늘은 여기서 1박하시고, 내일 새벽 4시에 통화해서 알려 주겠다고 한다. D국의 안내는 CH국의 랑난과 통화하고 CH국에 언제 들어가냐고 묻길래 "잘되면 날짜를 앞당길 수 있어요." 하니 "CH국 랑난이 광물 수출 책임자와 친합니다."라고 하면서 다 협조해 준다고 하여 "CH국의 친구는 어떻게 알아요?" 하니까 D국에서 대학교, 대학원 박사 과정까지 같이 공부한 절친이었다고 한다. CH국 제일가는 미인이라고 할 만큼 예쁜데 오로지 학문에만 정진하고 있는 유명한 학자이며 정계에도 많은 영향력이 있다고 한다. 그녀의 집안이 권력이 있고 부유한 집안이며, 죽은 남편의 집안도 비슷한 수준이라고 한다. "당신은 행운아야." 하면서 "가면 일이 잘될 거야!" 하며 웃어 주었다. 이튿날 CH국으로 떠나기 전 안내와는 작별 인사를 하였다. CH국을 5시에 도착하니 그녀(랑난)가 영접을 나와 있었다. 서로 인사를 하고 보니 과연 학자풍의 미녀였다. 예약한 호텔로 같이 가서 이 실장과 함께 대화를 하고 다음 날 광물과 요소수 수출 책임자인 심중관과 같이 만나기로 했다. 안내는 랑난이 하기로 했다. 아침에 랑난과 만나 같이 식사를 하고 실장과 약속 장소로 먼저 가서 기다리니, 랑난은 5분 후에 와서 심중광에게 오라고 한 후 10분 후에 만났다. 장시간 동안 대담한 후, 한국에서 원하는 것은 모두 들어 주었고 심중광이 수출자 명단에 이름을 쓰고 인장도 찍었다. 나도 똑같이 하고 서로 교환한 후 랑난과도 여기서 헤어지고 한국 대통령실에는 잘됐다고 보고 한 후, S공항에서 출국하였다. 귀국하여 대통령님께 상세하게 설명하고 나와 국회의장실로 복귀하였다. A국과 SAUD국과의 관계가 계속 악화되면서 CH국과 SAUD국이 협력 관계로 돌아가고 있고 RU국과 UKR국의 전쟁으로 인하여 전 세계적으로 유가 파동이 일어나고 있는데 우리나라는 RU국에서 JAP국이 비밀리에 20% 할인된 가격으로 원유를 수입하고 있다는 것을 알게 되었다. D국, IND국과도 상기와 같이하고 있다는 정보를 듣고는 무슨 방법을 쓰던 한국도 상기 국들과 비슷한 방법으로 원유를 수입한다는 원칙을 정하고, 심도 있게 의논하여 대통령님이 다시 국회의장에게 이 문제를 풀도록 지시하셨다. 나는 비서실장과 숙의하여 일단 CH국의 랑난에게 혹시 RU국 원유 수출 책임자와 통하는 사람이 있는지 물어보라고 하였다. 그날 저녁 CH국 랑난이 전화가 와서 "연이 닿은 사람이 있습니다."라고 하여 대통령실에 보고하고 다음 날 직접 중국과 러시아로 가서 해결해 오려고 비서실장과 경호원 20명을 대동하여 출국하였다. CH국 S시에서 랑난을 만나서 RU국 수출 책임자와 의논할 수 있는 방안이 생겨 이 실장이 함께 물어보고 RU국의 책임자와 약속을 했다. 호텔에 숙박하고 다음 날 아침 8시에 일어나 RU국으로 출국하였다. RU국 호텔에 예약한 방으로 들어가 4명이 논의 끝에 다른 나라와 같은 방법으로 20% 싼 가격에 수입하기로 하여 "우선 내일 선적하겠습니다."라고 하였다. 결제는 엔화로 하고 계약서를 작성하여 수출 책임자와 수입 책임자가 각각 사인하고 교환하였다. 그 후 별탈 없이 수입을 하게 되어 한국의 경제도 GDP 성장률이 높아지며 휘발유의 소매가격이 리터당 1,400원 이하로 내려갔다. 가스도 동시에 수입하여 국내 소매가격이 안정되었으며, 상기와 같은 사항은 대통령님과 국회의장 세관장 수입 총책임자만 알되 일체 비밀을 지키기로 하였다. 그 후 얼마 지나지 않아 Y국에서 비행 훈련을 하던 항공기 1대가 한국으로 귀순해 왔다. 신문에는 1면에 크게 보도되어 전 국민이 다 알게 됐는데, Y국에서는 억지를 쓰느라고 남측에서 납치해 갔으며, 항공기와 조종사를 전부 보내 달라고 했으나 한국 측에서는 "자신들의 의지로 귀순한 것"이라고 하면서 거절하였다. 계속 2개월 정도를 떠들더니 지쳤는지 다른 보복 수단을 강구하고 있는지, 그다음부터는 얘기가 없었다. 벌써 취임 2년이 다 되니까 전반기 국회의장은 그만두어야 하고, 다른 의원이 국회의장이 되어야 하는 시점이 왔다. 대통령님의 초치가 있어 대통령실로 가니 "국회의장이 끝나면 무엇을 하실 것인가를 고민하고 있습니다."라고 하신다. 그러시면서 "안기부장을 하면 어떨까요?" 하시길래 "대통령님께서 생각하신 대로 최선을 다하여 끝까지 대통령님을 보좌하겠습니다."라고 했더니 "그럼 그렇게 합시다." 하시면서 악수를 청하시어, 악수를 하고 대통령실을 나왔다. 기간이 되어 안기부장 발령장을 받고 안기부장실로 가서 취임사를 하면서 내부에 있는 적이 제일 무섭다는 말이 있듯이 국내 간첩들의 수가 얼마가 되던 간에 발본 색원하자고 하였다. 또한 "사격 훈련을 종전보다 50% 이상 더 하여 유사시에는 누구나 대처할 수 있도록 지위 고하를 막론하고 전부 열심히 훈련해야 하고, 머릿속에 든 것보다도 뛰는 안기부원이 되어야 하니 하루 1시간씩 체력 단련 및 무술 단련을 하여 유사시에 대처할 수 있는 요원이 될 수 있도록 하십시오. 또한 컴퓨터 등 정보 파악에 필요한 기술을 다룰 수 있는 훈련 또한 열심히 하여 만약의 경우를 대비해야 합니다. 조금이라도 이상한 점이 있는 사람은 공무원 조직의 지위 고하를 막론하고 보고하여 혼자만 알고 미적거려서 나중에 더 큰 사고가 발생하지 않도록 해야겠습니다. 그리고 우리가 처한 상황중 Y국 관련 정보가 제일 중요하니 그 부분도 열심히 체크하여 만약의 경우에 대비해야 하며, A국, CH국, RU국 등도 철저히 파악하여 보고해 주십시오. 그래야 우리 대통령님을 비롯한 수뇌부에서 먼저 대처할 수 있는 방안을 강구할 수 있으니 밑받침을 해 주시기 바랍니다. 감사합니다." 이상과 같이 취임사를 하고 항상 권총과 칼을 휴대하면서 방탄복도 착용하고 운동화를 신고 다녔다. 비서실장으로 이성화를 지명하여 비서실장인 만큼 권총 훈련을 열심히 하고 만약을 대비한 호신술 및 체력 운동을 하게 하였다. 전임 안기부장과 만나서 장시간 장단점 등 애로사항을 청취하여 만약 판단이 잘 안될 경우에는 전임자에게 상의하도록 방침을 세웠다. 전국의 공무원, 공기업, 은행 등을 막론하고 최소 1명 이상의 안기부원을 배치하든지 각 부서의 근무자 중 한 명씩을 택하여 아무도 모르게 정보원으로 임명하여 1일 보고를 하게 하였다. 매일 들어오는 보고는 꼭 비서실장을 통하도록 하되 아주 특별한 경우에는 직보하게 하였다. 얼마 후 대통령님이 A국 국빈 방문, 초청이 있어서 외무부 장관, 안기부장 등과 방문하게 되었는데, 안기부 직원 10명, 경호처장과 경호원 100명 정도 실업계 대표 등과 같이 방문단에 합류하였다. A국 측의 초빙으로 6일간의 국빈 방문을 마치고 공군 1호기 입구 계단에 오르던 중이었다. 그 삼엄한 경비를 뚫고 총알이 쏟아져 들어와 대통령 부부를 밀착 경호하던 경호처장과 경호원들이 총을 맞고 쓰러지는 순간 안기부장이 바람같이 날아가서 대통령님과 영부인을 안고 굴러 내려 항공기 뒤로 피신을 시키고 안기부 직원들이 그 곁을 다 에워쌌다. 총알이 더 날아오면 안기부 직원들은 전부 다 죽을 판이었다. 그러나 더 이상 총알이 날아오지 않자 경호원들이 총을 뽑아 들고 주위를 살펴보니 500m 정도 거리에서 엎드려 있는 놈들이 쏜 것이었다. 비서실장과 안기부장이 엎드려 쏴 자세로 총을 쏘니 총알을 엎드려 쏴 자세로 쏘고 있던 놈의 머리를 정통으로 맞추어서 사살되었다. 좌우로 도망가는 놈들이 각 3명씩 6명이라 정확히 사살했다. A국 경호원과 비행장 경비요원, 대통령 경호처, 경호원들은 다리에 총을 맞아 다행히 살아 있었고, 테러단은 거의 다 사살되었다. 앰뷸런스가 달려와서 우선 숨이 붙어 있는 놈부터 실어 가고 부상당한 곳의 총알을 빼고, 치료하면서 급히 병원 응급실로 갔다. 도착하자마자 병원 전체에 비상을 걸고 팔다리 부상으로 살아 숨 쉬고 있는 테러범 1명은 어떻게든 살려 내야 했다. 경호처장을 비롯한 경호원 6명은 사망하였다. 테러범들이 세계 최대의 경찰국가인 A국 국빈으로 방문한 대통령 부부를 쐈다니 전혀 말이 안 됐다. 살아남은 테러범의 국적은 Y국이다. 문제는 Y국 놈들이 어떻게 A국까지 와서 한국 대통령 부부를 테러하려 했는지 도저히 이해가 되질 않았다. 알고 보니 Y국 항공기를 납치해서 처리한 결과 이것이 세계만방에 Y국을 망신 주었던 것에 대한 답이라는 것이다. 하여튼 대통령님과 영부인은 무사히 귀국하였다. 대통령님은 귀국하자마자 경호처장에 국정원장을 임명하여 나는 겸임하게 되었고 이 비서실장도 임명하여 겸임하게 되었다. 국민들도 Y국을 주적으로 생각하고, 여성들도 군에 지원하는 숫자가 갈수록 많아졌다. 그렇게 세월이 가면서 한국의 군사 무기 기술이 전 세계에 알려져 각종 무기와 잠수함 등의 수출이 급격히 늘어나게 되어 우리나라 군수산업은 날이 갈수록 더욱 발전하였다. 대선이 약 3년 남은 상황에서 정치인들은 대선을 기대하고 각 매스컴에 출연하여 자기가 소속한 당과 자신을 위하여 열을 올리기 시작했다. CND국 수상의 초청으로 대통령님께서 국빈 방문을 하시게 되어 강대길은 경호처장 자격으로 경호원 100명과 관련 장관, 산업인들이 공군 1호기에 같이 탑승했다. CND국에 도착하니 수상의 영접으로 국빈으로서의 대우를 받으며 각종 현안에 대한 회담이 있었다. 그 가운데 반도체, 무기, 연습용 항공기와 잠수함 등에 대한 수출 계약을 했는데, 금액이 107억 불에 가까웠고, 원자재 수입액도 약 53억 불의 실적을 올리고 귀국하였다. 몇 달 후, 대통령님께서 CH국으로 국빈 방문을 하게 되었다. 과거 Y국과의 부분적인 서쪽 휴전선에서의 분쟁과 Y국 책임자와의 씻지 못할 기억 때문에 Y국과 매우 가까운 CH국에서 무슨 일이 벌어질지 몰라서 만류하는 분들도 많았지만, 대통령님의 신념을 깨지는 못했다. 5박 6일 일정으로 CH국을 방문하게 되었는데, 경호처에서는 여간 신경이 쓰이는 게 아니었다. 대통령 경호처 경호원 3분의 2를 대동하고, 안기부 현장 요원 100명을 다른 항공편으로 입국시켜 대통령 경호에만 신경 쓰게 하였다. CH국 주석과 우리 대통령은 저녁에는 환영 만찬이 있었고, 영부인께서는 다른 스케쥴에 맞추어 영부인으로서의 행보를 하였다. 한국에서 CH국에 건설한 반도체 등의 공장을 직접 시찰해 보고, 같이 동행한 산업계 인사들과도 환담을 하고 오늘의 일정을 마쳤다. 대통령님과 영부인의 숙소에 경호를 철저히 하고, 나는 대통령님 숙소의 아래층에 숙소를 정하고, 비서실장은 항상 내 옆방에 숙소를 정했다. 다음 날 아침 식후, 9시부터 하루가 시작되어 물 샐 틈 없는 경호로 2차 회담을 CH국 주석과 우리 대통령이 약 1시간 정도 현안 문제를 가지고 양측관리들도 회담에 참석하여 의견을 나누었다. 그리고 오후에는 CH국 교포들 상사 주재원 유학생들과 만찬을 하였다. 이날 스케줄은 저녁에 끝났다. 다음 날은 양국 관계 장관과 실무자들과의 회담이 오전부터 오후까지 하루 종일 한 후 끝났다. 대통령님은 경호원들이 신경이 쓰이시는지 오전 스케줄을 소화하고 숙소에서 쉬겠다고 하시어, 경호원들은 호텔 내외의 정위치에서 경호하게 되었다. 강대길도 숙소로 돌아와 휴식을 취했다. 이튿날 대통령 일행은 일정을 다 끝낸 후, CH국 관리들의 환호 속에 귀국하여 일행 전부는 각자의 업무에 복귀하였다. 이튿날 경호처에 들러서 대통령님 스케줄을 보니 외출하실 일은 없어서 안기부장실로 와서 보고를 받고 나서 오랜만에 참모 회의를 겸하여 간담회를 가졌다. 자동차 얘기를 꺼내며 매매실적이 거의 없어서 철수하겠다고 하는데, "무엇 때문일까요?" 물어보니 UKR국에 무기 지원하는 문제 때문에 태클을 거는 것이라고 하였다. "그러면 방법이 없을까요?" 하니까 모두 대답을 못 해서 RU국의 정보부장, 비서실장 등의 인사 기록표를 가지고 오라고 해서 보니 정보부 비서실장의 나이가 35세이고, 독신이라 자식은 없고 결혼한 적도 없었으며, A국에 유학하여 정치학 박사와 경제학 박사를 취득한 천재적인 머리를 가진 학구파라고 한다. 그녀의 아버지는 대통령과 같이 정부 기관에서 근무했었으며 친분이 있다고 한다. 그녀의 아버지는 현재 유명 대학교 총장으로, 어머니는 정치학 박사로 교수직에 있다고 한다. RU국에서 보면 출신 성분이 좋은 사람이라고 할 수 있다. 이 실장을 불러 내가 RU국에 가려면 핑곗거리가 있어야 하는데 별로 없다고 하니 답이 없다. 그래서 "오늘 회의한 것부터 리미어리

실장의 이력과 아버지가 전에 대통령과 같이 국가기관에 근무했었다고 얘기하면서 방문할 이유를 만들 수 있을까?" 하니 이 실장이 RU국 실장과 통화하여 핑곗거리를 만들어 보겠다고 하였다. 이튿날 이 실장이 그쪽 리미어리 실장과 장시간 대화를 했는데, "저쪽에서 안기부장님 팬이라며 보고 싶다고 하는데, 부장님이 가시려면 스케쥴을 서로 맞추어서 가야 될 것 같은데 어떻게 해야 될까요?"라고 문의하니 "정보부장님은 대통령의 최측근 중 한 사람인데 리미어리 실장이 정보부장님께 한국의 안기부장이 H자동차가 RU국에서 판매가 저조하여 철수하려고 해서 방법을 의논하고자 상담을 하려고 하는데, 정보부장님이 좋다고 하시면 초청장을 한국 안기부장에게 보내 주시면 고맙겠다고 합니다."라고 리미어리 실장이 직속 상사인 정보부장에게 보고하였다. 그리고 2일이 지나서 초청장이 오고 항공편 스케쥴까지 보내어 시간을 맞추어 갔다(출국하기 전, 강 부장은 세세한 내용을 대통령님께 보고하였다). 강 부장이 RU국에 입국하여 정보부장을 만났는데 대단한 미남이었다. 악수를 하고 앉아서 얘기를 하는데 UKR국 문제가 있어서 쉽지 않다고 하기에, 강 부장은 UKR 국에 전쟁 물자가 아닌 의약품 및 식량을 보내고 있으니 그것은 오해이며, 우리가 무기를 보내면 UKR국에는 안 보내고(나토 회원국에서 무기를 UKR국에 보내고 나면 채워 놓아 국방에 문제가 발생하지 않도록 해야 해서) 나토 회원국에 수출하는 것이니까 양해를 해 달라고 부탁하였다. 장시간 카난코(정보부장)와 얘기했으나 결론을 내지 못하고 카난코는 스케쥴이 있으니까 내일 오후에 다시 만나기로 약속하고 나왔다. 이튿날 이 실장과 호텔에서 식사를 하며 "오늘 만나서 어떻게 하면 될까요?" 하고 이 실장에게 물어보니 리미어리 실장에게 어제의 정보부장과

의 대화 내용을 설명하고 "어제와 똑같은 말을 한다면 짜증만 낼 테니 어떻게 하면 좋겠느냐?"라고 물어보니 "리미어리 실장에게 전화를 해 볼게요."라고 하기에 강대길은 기다리기로 하였다. 오전 11시경이 되었을 때 리미어리 실장과 이 실장이 통화를 했는데, 어제 정보부장이 P대통령에게 한국의 강 부장이 와서 부탁을 하는데, "올해부터 연간 3만 대씩을 생산 판매하라고 하면 어떨까요?" 하고 물어보았는데, P대통령은 연간 10만 대 생산 판매하는 것으로 하고 "UKR국으로의 원조로 무기는 안 된다는 각서를 받아 놓으세요."라고 하자 강 부장이 한국의 H자동차 회장에게 연간 10만 대를 생산 판매하는 것으로 하면 어떻겠냐고 전화로 물어보니, 좋다고 하여 RU국 카난코 정보부장과 한국의 강 부장이 각각 서명한 협약서를 교환하고 헤어졌다. 오후에 항공편으로 귀국하니 H자동차 측에서 시간을 맞추어 영접을 나왔다. "장관님 수고하셨습니다. 이 은혜는 절대로 잊지 않겠습니다." 하면서 서로 악수하고 헤어져 대통령님께 경과 보고를 드리면서 합의 문서를 드렸다. "수고했습니다."라고 하시어 "대통령님 덕분에 일이 잘되었습니다."라고 인사하고 집으로 돌아갔다. 저녁 늦게 이 실장이 전화로 찾아뵙겠다고 하여 만나니 "부장님, 제 친구가 하늘로 간 지도 시간이 좀 됐습니다. 제가 오랫동안 대길 씨를 진실로 사랑한 것도 아시리라 생각합니다. 저와 결혼하시어 대길 씨의 꿈을 위해서라도 정상적인 가정생활을 하시면 저는 성숙이의 쌍둥이 아들을 위해 온 정성을 다하겠으며 대길 씨도 제 생명을 다 바쳐 사랑하겠으니 결정해 주세요." 하기에 나도 그런 생각을 하고 있었지만 성화 씨를 위험에 빠트리고 너무 고생시킬 것 같아서 망설이고 있었는데 "성화 씨가 말 잘하셨어요! 이왕 말이 나온 김에 내일 행정복지센터에서 가서 혼인 신고합시다. 오늘은 이왕 온 김에 여기서 자고 아침에 같이 갑시다." 하고 우리는 이튿날 아침에 혼인 신고하여 같이 살기로 했다. 그래서 이 실장은 사직하고 S대 법대 교수로 복귀했고, 이 실장 후임에는 이성화의 직속 후배 정현숙 박사(S대 법대 교수)를 임명하였다 (37세, 키 180cm, 독신주의자). 공직자 재산 등록 제도에 따라 강대길의 재산은 1천억 원으로 변경 등록하였다(이성화의 재산 500억 원은 증여받은 재산을 포함한 것임). 대통령 선거가 2년 6개월 남은 가운데 여당이나 야당은 대통령 후보자를 부각시키기 위해 몸부림 치고 있었다. 제1야당은 기선을 잡기 위해 대통령 후보를 뽑기 위한 행사를 3번으로 나누어서 했다. 그들 중 1명이 대통령 후보에 올랐다. 이창용 후보였다(국회의원 5선 국무총리를 지낸 강력한 후보자이다). 우리 여당에서도 후보를 일찍 뽑자는 당원들의 요청에 의해 3개월 후에 뽑기로 하고 논의에 들어갔다. 15명의 유력한 후보자를 뽑아 그중에서 10명으로 당 최고 위원에서 줄이고, 그 10명이 토론을 거쳐 전국의 여당 당원에게 투표를 하게 하여 2위까지 차지한 두 분 후보자 간의 경선을 거쳐 대통령 후보를 뽑게 하였다. 어느 날 대통령님께서 호출하시어 "강 장관이 이번에 대통령 후보 경쟁에 나가면 어떨까?" 하고 말씀하시어 "예, 알겠습니다." 하며 "대통령님의 기대에 어긋나지 않도록 열심히 하겠습니다." 하고 10번째로 후보 등록을 하였다. 경호처에 들러 정 실장에게 앞으로의 일정을 물어보니 아예 일정표를 가지고 와서 보여 주었다. '천재는 천재다.'라며 속으로 생각하며 만족하여 그대로 따르기로 했다. 그리고 제주도부터 시작하여 부산을 거쳐, 각 지방마다 유세를 다녔다. 여당 대선 후보자들끼리의 TV 토론이 4시간씩으로 일주일에 1번씩 5차례 하는 것으로 예정되어 있었다. 강 후

보는 정 실장에게 모의고사와 답을 작성해 달라고 하여 정 실장 집에서 한 달 동안 연습을 하였다(물론 이성화에게 허락을 받았음). 드디어 한 달 후부터 TV 토론이 5주 동안 5번 진행되었고 끝난 후, 10일 지나서 전국의 여당 당원들만의 투표가 있었는데 1위는 강대길 장관 2위는 송인식(5선 국회의원)으로 압축되었다. 2번의 추가 TV 토론이 2주 동안 계속되었고 그 후 10일이 지나서 전국 여당 당원만의 투표가 있었으며 투표 결과 1위 강대길(51%), 2위는 송인식(49%)으로 강대길이 여당의 대통령 후보로 뽑혔다. 당사에 가서 당 대표님과 당원들에게 감사 인사를 드리고 대통령님께도 가서 인사를 드렸다. 대선 10개월 전부터 버스 등으로 전국을 계속 누비며 유세를 하였다. TV 토론은 다음 주 월요일 저녁 8시부터 4시간씩 하는데 참석자는 국회의원이 있는 정당 5개의 대선 후보들이고, 계속 7일에 한 번씩 하는 계획이다. 그래서 5주 동안 TV 토론을 하고 인기 순위를 발표하면서 계속 유세하여 전국을 순회하는 것으로 되었다. 5주 동안의 공개 토론 후 매스컴 인기 조사에 의하면 강대길 1위(45%), 제1야당 2위(40%), 군소정당 15%였다. 강대길은 안기부 장실에서 정치학박사 법학박사를 초청하여 하루에 1시간씩 열심히 학습을 하였고, 중국어, 일본어, 영어, 프랑스어, 독일어, 러시아어를 매일 공부하며, 운동도 1시간씩 꼭 하며 테러에도 대비하였다. 드디어 선거 20일 전 사전 투표가 있었다. 강대길 부부와 정 실장 등 참모와 경호원들이 각각 같은 지역구에서 사전 투표를 하여 일정을 줄이려 했다. 투표를 하고 나오니 각종의 매스컴에서 사진을 찍고 인터뷰를 하느라고 난리였다. 나에게 "무엇을 위해 후보로 나오셨습니까?"라고 물어보기에 바로 "위대한 대한민국을 만들기 위해 후보에 나왔습니다." 하니 사전 투표에 나와 있던 모든 국민들이 박수를 치며 우리 대통령 만세를 하며 눈물을 흘리는 사람도 있었다. 외국 기자들의 인터뷰에도 영어로 익숙하게 대답을 하다 보니 새삼 새로운 시각으로 보는 국민들도 많아서 건강하고 똑똑하고 외국어 잘하는 대통령 후보에게 경의를 표하는 사람이 많았다. 나는 유세에서 "우리나라는 이제 전 세계 일류 국가들과 어깨를 나란히 하고 세계를 이끌어 나갈 때가 되었습니다. 우리는 세계 평화와 발전을 위하여 항상 노력하겠습니다."라고 하는 것이 강대길이 항상 하는 유세의 중요한 내용이었다. 20일 후 선거일이 되어 오후 6시에 끝났는데 투표율이 95%였다. 나는 집에 일찍 들어와 와이프(이성화)와 같이 자다가 일어나니 투표가 끝나서 밤 8시부터 개표에 들어간다고 하였다. 또 깨어 보니 새벽 2시였다. 나는 당선권에 들어간 것 같았다. 나는 51% 득표율에 제일1야당 후보는 46%에서 헤매고 있었다. 새벽 4시에는 다 끝나서 나는 52%, 제1야당 후보는 45% 나머지 군소정당 후보는 3%였다. 강대길은 옷을 갈아입고 당사에 나가 당 대표님에게 감사 전화를 드리고, 대통령님께 전화로 "대통령님, 감사합니다. 대통령님의 지원 덕분에 당선되었으며 이 은혜는 잊지 않겠습니다."라고 당선 인사를 드린 후 "오늘 오전 중에 찾아뵙겠습니다." 하고 끊었다. 그날은 정말 바빴다(온 세계에서 축전이 왔기 때문에). 다음 해 5월에 대통령 이취임식을 끝내고 대통령실로 들어갔다. 하루 종일 바쁘게 보내고 대통령 관저로 이사하여 이성화(부인)와 첫날밤을 보내게 되었고, 나는 대통령 임기 동안 경제 성장과 Y국에 대한 강경정책 각종 최신무기 개발 및 수출 확대와 국민 생활의 향상을 위해 온 힘을 다하겠다고 맹세했다.